KB260915

에쿠스

에쿠스

박연명 장편소설

일송북

작가의 말

많은 한국인들이 갱스터 무비의 기념비적 작품 ≪대부≫, 김두한의 파란만장한 생애를 그린 드라마 ≪야인 시대≫, 그리고 그 수를 셀 수 없을 정도의 많은 조폭 영화들에 매료된 적이 있었다. 거기에는 진짜 사나이의 세계가 있고, 멋이 있고 낭만이 있었다.

≪에쿠스≫는 현대의 한국 사회를 살아가는 건달과 조폭, 정치인, 기업 사냥꾼 등의 야망과 좌절을 옆에서 보는 것처럼 사실적으로 그린 소설이다. 이 작품에 등장하는 사람들은 하나같이 사막을 달리는 야생마 에쿠스를 닮아 있어 필자는 소설을 쓰면서도 소설 속의 인물들에 매료되어 있었다. 필자는 그들과 함께 사막을 달리기도 하고, 어두운 밤 적을 향해 죽음의 필살기를 날렸는가 하면, 때로는 술이 취해 물가의 모래밭에서 잠이 들기도 했다.

필자가 이 소설을 무엇보다 사실적으로 그려낼 수 있었던 것은 십수 년 간을 직업 때문에 정치며 건달의 세계를 아주 가까이서 접할 수 있었기에 가능했다.

필자는 2002년 야당의 대통령 후보 경선을 지켜보면서 외견상으로는 집권 여당의 면면을 압도하고도 남을 집단이, 전 국민을 흥분시킬 정도로 드라마틱했던 상대당과는 달리 전시적이고 소모적인 논쟁에 매몰되는 한심한 상황을 지켜보면서 이 소설을 구상하게 되었다.

많은 비용을 들여가며 피날레를 장식하려고 노력했지만 기습과 매복, 뛰어난 기동성을 무기로 한 초원의 병사 같은 상대 캠프에 비해 야당의 행보는 중

세 유럽 기사들의 모습에서 크게 벗어나지 못했다.

그러나 이러한 것은 일부의 이야기일 뿐이고 필자가 가장 아끼는 소설 속의 인물은 열악한 환경 속에서도 진실된 삶을 살아가는 청년 은철이다. 도장에서 무당권을 익히던 은철은 어느 날 악마의 음모에 말려들면서 6여 년의 감옥 생활을 하게 된다. 감옥 속에서도 무도에 정진한 은철은 그곳에서 자신과 감성 코드가 맞는 정두섭이란 감방 동료를 만나게 된다. 그는 따뜻한 가슴을 가진 소매치기가 직업인 사람이다.

한편 그 반대편에는 아버지의 사업 실패로 어린 시절을 고아원에서 보내게 되는 영철, 영훈 형제가 있다. 이들 형제는 한 사람은 조폭의 세계를 한 사람은 재계를 평정한 천재들이다. 하지만 이들은 단 한번도 타인에게 따뜻한 인간애를 느껴보지 못한 사람들로, 하늘을 나는 에쿠스처럼 살다가 비극적인 최후를 맞게 된다.

은철과 두섭이 선을 지향하는 사람들이라면 영철과 영훈은 야망을 위해 목숨까지 내던지는 냉혈한들이다.

필자는 소설의 특권이라고 할 만한 허구의 폭을 광대하게 넓혀 독자에게 소설 읽는 즐거움을 최대한 증폭시키는 한편 각 인물들의 내면 세계를 과감히 생략하여 책장을 넘기는 시간을 최대한 빠르게 했다.

끝으로 이런 실험적인 작품을 선택해주신 일송북의 사장님께 다시 한 번 감사를 드린다.

박연명

    잠자리에서 일어난 정두섭은 이부자리를 한쪽으로 밀쳐놓고 냉장고의 문을 열어 비스듬히 기대어 있는 소주병을 꺼내었다. 병 뚜껑을 열고 글라스에 술을 채우는 그의 손은 마치 오랜만에 대하는 필로폰을 앞에 두고 맞기도 전에 변의를 느껴 화장실을 찾는 중독자들의 그것처럼 떨리고 있었다. 오래 된 음주 습관이 원인이었다.

    문득 두섭은 언젠가 본 적이 있는 영화 속의 한 장면을 떠올렸다. 주인공으로 등장한 알코올 중독자인 변호사가 떨리는 손으로 절반은 흘려가며 채운 탁자 위의 위스키잔을 입으로 물고 잔을 비우고는 평상심을 회복해가는 장면을. 그는 아직은…… 이라고 자위했다. 어느새 목구멍에는 여과 장치 없는 파이프 속을 통과하는 수돗물처럼 차디찬 소주가 흘러들고 있었다.

    정두섭은 남아 있는 소주를 빈 잔에 마저 채웠다. 흐릿하게 보이는 사물이 조금씩 입체감을 띠면서 떨리던 그의 손은 진정되었고, 어느새 의뢰인을 만족시키기 위해 고심하고 있는 영화 속의 주인공처럼 차분하고 지적인 손을 닮아가고 있었다.

    올해 나이 쉰둘.

    인생은 육십부터라는 말이 하나의 트랜드를 형성하고 있는 요즘이지만 그는 어쭙잖은 연습게임만 한 채 대망의 그라운드는 밟아보지도 못하고 역사의 뒤편으로 사라질 위기에 있었다.

    직업이라고 하기엔 뭣하지만 그에게도 생업이라고 이름 붙일 만한 것이 있다. 남이 가지고 있는 물건의 위치를 주인의 의사를 무시하고 옮겨주는, 소위 빵잽이(전과자)들의 은어로 '부러진 칼'이라고 하는 '절도' 다. 바쁜 세상에 딱 부러지게 말해볼까? 바로 '도둑'이다.

    현대는 다양한 기능 사회인 만큼 도둑도 그 종류가 많다.

고금을 통해 가히 정통파라고 할 수 있는 빈집털이부터 고속도로 휴게소에 잠시 세워놓은 화물차를 통째로 꿀걱 하는 불가사리, 대담한 수법에 비해 형량도 만만찮은 금고털이 등등. 요즘은 상대 기업의 특급 기술을 알기 위해 전전긍긍하고 있는 사람들의 궁금증을 해결해주는 도둑도 있다.

정두섭의 경우, 숨쉬는 것도 작업의 일부로 여기는 스릴 만점의 소매치기가 특기다. 특히 기구를 사용해서 상대방의 고급정장이나 가방을 훼손시켜가며 이중의 고통을 안겨주는 악질적인 수법이 아닌, 양쪽 손가락만으로 감쪽같이 상황을 종료시키는 그의 기교는 한때 업계에서 정평이 나기도 했다. 그런 그가 대박의 꿈을 안고 일본 정벌에 나선 것은 강산이 두 번 변한다는 이십 년 전의 일이었다.

돼지배(밀항선)의 비좁은 선실의 참기 어려운 고통을 인내로 견디면서 사자의 꿈을 꾸고 있던 그가 막상 일본 땅에서 느낀 좌절은 잘 정비되어 있는 일본의 치안 관계 탓은 아니었다. 게다가 전국구를 자처하고 있는 그에게 있어 나와바리(관할구역)를 둘러싸고 일어나는 터줏대감들과의 알력 따위는 더더욱 아니었다. 그것은 다름 아닌, 당시로서는 한국보다 한 발 앞서 있는 일본의 신용사회 정착이었다. 카드 한 장만으로 대부분의 결재가 가능한 까닭에 루이비통이나 구치 같은 고급가방에서조차 그 보상은 너무나 약했다.

지금 한국도 사정은 크게 다르지 않다. 그래서 우리 주변에서 알게 모르게 사라지는 것들 중 연탄가게, 전당포 등과 함께 소매치기도 이들 멤버 중 하나이다.

그러나 위기는 기회!

원화와 엔화의 환율 차이는 고작 세 배. 해외여행이 통제되었고 제품의 질에서도 현격한 차이를 보여 한국에 가져갈 수만 있다면 단무지도 돈이 되던 시절이 있었다.

정두섭의 변신은 어렵지 않게 이루어졌다.

당시 한 달이면 서너 차례씩 오사카와 고베 항을 왕래하는 한국 선적의 소위 한신고로라고 하는 정기화물선에 눈길을 돌리면서부터였다.

우선 정두섭은 국내에서 안면이 있는 한두 사람의 선원들과 거래를 트기 시작했다. 그들이 필요로 하는 물건을 구입해주고, 시장조사를 통해 시세차익이 월등하고 소비자들의 호감을 살 수 있는 물건을 알아서 챙겨주었다. 보잘것없는 규모였지만 발품을 아끼지 않고 그들의 기대를 만족시켜주자 수입이 짭짤했다.

3년이 지나면서부터 그에게도 많은 변화가 생겼다. 고베 시의 산노미야에 직원 두 사람이 딸린 가게를 장만했다. 아내에게도 부산의 광복동에 있는 세명약국 일대의 외제품 골목에 번듯한 가게 하나를 마련해주었다.

일찍부터 배당에 대한 셈만큼은 똑소리가 나는 소매치기 사회의 의리가 몸에 배어 있는 정두섭의 처세에 호감을 가지고 찾아오는 뱃사람들의 수효가 점점 늘어났다.

부산 남항을 근거지로 하고 있는 활어선의 선원들도 찾아왔다. 당시 선원들의 보수는 형편없이 낮았다. 특히 남항 사람들은 아예 월급 자체가 없었다. 월급은커녕 선주에게 선수금을 주고 배를 타는 실정이었다. 얼핏 생각하면 모두가 정신병원에서 만난 동기생들쯤으로 연상되기도 하지만 천만의 말씀이다.

선장을 비롯하여 기관사 등 5~6명으로 팀을 이룬 그들의 목표는 금이었다. 그것도 순도 99%의 황금이나 백금이다. 물주가 따로 있는 경우도 있지만 그들끼리 깡을 해서 출항하기도 한다.

서열은 선장을 좌장격으로 생각하겠지만 그쪽 세계에서의 선장이란 배당할 때의 하나의 머릿수에 불과할 뿐 별다른 의미가 없다. 대장은 따로 있다. 거래처와 연고가 있고, 흥정을 하고, 판매를 맡은 자가 대장이다. 대장은 의외로 기관실에서 기름걸레로 부품의 때를 벗기고 있는 자일 수도 있다. 일반적으로 생각하는 것과는 달리, 마진은 그리 크지 않다. 1할 정도에서 조금 웃돌 뿐이다. 그런데도 그들이 집착하는 것은 거래가 쉽고 뒤가 깨끗하기 때문이다.

그런 그들의 세계에 어느 날 갑자기 짙은 먹구름이 몰려오기 시작했다. 밀수에 대한 포상금 제도가 시행되고부터였다. 고가품인 탓에 부두에 기생하는 건달, 양아치 등 이른바 사냥개들이 늘어나기 시작했다. 지금까지 간간이 용돈이나 쥐어주는 이제까지의 관행으로는 그들을 얌전하게 있게 할 수가 없었다. 그들 사냥개들은 사내 남(男) 정도의 한자는 쉽게 풀이할 수가 있다. 열 식구 입을 책임질 수 있는 능력이 없다면 사내가 아니지 않은가. 스타일은 좀 구기겠지만 업종을 바꾸지 않을 수 없게 되었고, 그들 역시 정두섭의 중요한 고객이 될 수밖에 없었다.

바야흐로 정두섭의 전성시대가 시작되었다. 밀입국자라고 해서 사내의 욕구가 움츠러드는 것은 아니었다. 가게의 종업원으로 고용하고 있던 게이코를 유혹하고부터 이 문제는 간단하게 해결할 수 있었다. 게이코는 방년 22세의 아름다운 아가씨였다. 일본인 특유의 친절함이 몸에 배어 있는 그녀는 거친 선원들에게는 안성맞춤의 애교덩어리였다. 가끔 가게를 찾아오는 그녀의 친구들을 보면 특별했을 성장 과정을 짐작할 수도 있었지만, 정두섭 정도의 과거사에 비하면 조족지혈이었다.

"아니! 이런 것도 되는 거야?"

그녀는 나이답지 않게 테크닉 또한 다양하고 변화무쌍했다. 정두섭의 꿈같은 생활은 어느새 2년이 지나갔다. 가끔씩 거래하는 선원들의 입을 통해 아내의 추문이 들려오기도 했지만 그는 애써 무시했다. 아내의 과거를 익히 아는 그로서는 그녀의 고독을 이해 못해줄 좁쌀인간이 아니었다. 마음만 변치 않는다면 그것은 하찮은 간식거리에 불과하고, 신체에 유용한 스포츠일 뿐이라고 생각했다.

정작 그의 고민은 다른 곳에 있었다. 선원 중 몇몇이 필로폰을 들고 왔기 때문이었다. 필로폰은 독일군이 소련을 침공할 때 혹한의 날씨를 견디기 위해 말에게 주사하려고 개발한 약이다. 그러던 것이 일본에 들어와서는 머리카락이 쭈뼛쭈뼛 일어설 정도의 집중력과 함께 피로를 가시게 하는 탁월한 효능으로, 언젠가는 천황폐하의 하사주에 섞어 가미가제 특공대에게 내려져 위력을 발휘하기도 하고, 군수공장이나 탄광 같은 곳에서도 유용하게 사용되기도 하였다.

이후 일본은 종전 후의 혼란함을 지나 70년대 초반까지 필로폰의 폐해가 독버섯처럼 번져가자 이를 심각하게 받아들인 정부는 필로폰 제조범들에게는 사형에서부터 무기에 이르기까지 중형을 선고한다는 법이 제정되고부터 생산기지가 자연스럽게 한국으로 넘어오게 되었다.

이때 에페트린이라는 경제성이 있는 대체품도 개발되어 무섭게 대중 속으로 파고들었다. 전성기 때의 부산 유흥가에서는 작대기(일회용 주사기)가 하룻밤에 한 양동이씩 나오기도 했다. 정두섭은 선원들이 가지고 오는 필로폰을 위험한 물건인 줄 알고도 모르는 척하면서 나름대로의 루트를 통해 처분해주었다.

　항구도시 고베는 일본의 최대 폭력조직인 야마구치의 본부가 있는 곳이기도 했다. 인근의 오사카에는 가네야마, 우메노사카와 같은 명문 조직들도 있었다. 하지만 이들은 마약에는 손을 대지 않는다. 거래를 하다보면 본의 아니게 유혹에 말려들어갈 수도 있고, 중독자들로 인해 조직에 균열이 생기면서 기강이 무너질 것 같았기 때문이다. 또한 비교적 부드러운 관계를 유지하고 있는 검찰이나 경찰에게 빌미를 주게 되어, 조직 자체가 위기를 맞을 수도 있었다. 그래서 마약 거래를 한 조직원에 대한 제재는 엄격했다. 대개는 도끼에 손가락이 잘리고 파문을 당한다. 따라서 마약 거래는 파문당한 조직원들이나 2, 3류의 건달들과 이루어지게 마련이었다.

　이제 정두섭의 고민이 시작되었다. 다른 물건에 비해 이득이 비교할 수 없이 파격적인 대신 판매책에 대한 형량도 5, 6년 정도에서 결정되었다. 정두섭은 이판사판이라는 심정으로 건곤일척의 승부를 보고 싶은 마음도 없지 않았다. 하지만 밀항자의 경우는 이곳에서 수형생활을 마치고도 본국에 송환되어 다시 재판을 받는다는 설이 퍼져 있을 때였다.

　'휴우! 십 년이라…….'

　정두섭은 모처럼 이루어놓은 안정을 잃고 싶지 않았다. 다시 지난 과거의 나락으로 떨어진다는 것은 생각조차 하기 싫은 악몽이었다. 게이코와의 이별은 더욱 그를 안절부절못하게 했다. 그러나 정두섭은 자신도 의식하지 못하는 사이에 너무 깊은 곳까지 끌려 들어와 있었다.

　그 날 아침, 자신의 아파트에 초대받지 않은 손님들이 찾아왔다. 분명히 방문을 잠궈놓았는데, 퍼뜩 잠이 깬 그의 이마에 모젤형의 싸늘한 권총 총구가 얹혀져 있었다. 철공소에서 제작한 국내 제품인 것으로 보였다. 그러나 성능에 의구심을 품는다는 것은 참으로 위험한 생각이었다. 일찍이 포르투갈을 통해서 조총을 국내에 들여온 그들이었지만, 얼마 안 되어 개량된 소총을 역수출을 하였다.

일면식도 없는 녀석들이 어디서 소문을 들었는지, 혼자서만 너무 먹는 게 아니냐며 배당을 요구한 것이었다.

제기랄!

이제는 게이코며 징역이 문제가 아니라 목숨을 걱정할 때였다. 정두섭은 고민 끝에 한국영사관을 찾아가 자수 의사를 밝혔다. "돈을 벌기 위해 밀항선을 탔다. 오사카의 난바 부근 노동시장에서 악착같이 돈을 모았다"고 거짓말로 둘러대고는, 필요한 자금도 모였으니 가족이 기다리는 고국에 돌아가기를 원한다고 했다. 영사관을 통해 출두한 경시청에서도 일본에서의 행적에 대해 조사를 받았다. 고베에서의 생활이 그들의 흥미를 유발시켰지만, 외국인이면서 자국의 상품을 수출하느라 노고를 아끼지 않은 그에게 그들 역시 관대했다.

게이코에게도 과분할 정도의 전별금을 안겨주었다. 게이코와 나눈 이별의 밤은 몇 번이나 그의 결심을 흔들리게 했다. 부랑자였던 그를 영웅으로 변모시킨 사람이 바로 그녀였다.

"잘 가요, 당신의 가슴 속에서도 뜨거운 눈물이 흐르고 있었군요. 슬퍼하지 마세요."

이별에 서툰 그녀는, 찢어지는 듯한 슬픔을 당시 유행하는 노래로 대신했다.

은철은 오늘도 인력시장으로 걸음을 옮겼다.

삼월 중순의 쌀쌀한 날씨였지만 노가다 현장은 벌써부터 기지개를 켜고 있었다. 인부를 구하러 나온 변변찮아 보이는 남자를 따라 그 동안 이곳에서 안면을 익힌 강씨를 포함한 세 명의 목수와 함께 버스에서 내린 곳은 답십리에 있는 주택현장이었다. 건물은 30평 정도의 슬라브 형태였는데, 이미 외벽은 완성되어 있어 지붕만 올리면 되었다.

현장에는 공사현장 일이 체질처럼 보이는 까무잡잡하게 생긴 책임자인 듯한 초로의 사내가 일행을 기다리고 있었다.

"남대문에서 오셨소?"

"그렇소만……."

강씨가 삐뚜름한 자세로 누구냐는 듯이 대꾸했다.

"내가 아는 사람들이 지방 일이 마무리가 되지 않아서 인력에 사람을 보내봤소."

은철 일행을 데리고 온 사람은 이곳 현장에서 경비나 잡일을 보는 야방인 듯했다. 책임자는 일행을 3층으로 데리고 갔다.

"어느 분들이 기공이오?"

그제야 강씨는 부드러운 얼굴로 자기 옆의 두 사람을 가리켰다.

"짐작하셨겠지만 오늘 일은 슬라브 작업이오. 기와를 얹을 것도 아니고, 그냥 공구리를 칠 거니까 표시한 수평만 잘 맞춰 덮으면 되는 단순작업이오. 이 인원 같으면 오늘 하루만으로 충분한 것 같은데 어떻게 생각하오?"

"글쎄요. 자재는 2층을 해체해놓은 것을 쓰면 될 테고……."

"그렇소. 구조가 같으니까 잘 맞을 거요. 자재야 데모도 하는 분들이 날라줄 테고……. 그런데 무슨 문젯거리라도 있소?"

무관심하게 서 있는 강씨가 못마땅하단 표정으로 책임자가 물었다. 강씨는 조금 쑥스러운 얼굴을 하고 있다가 무슨 운동선수처럼 목을 두어 번 찍은 다음 입을 열었다.

"사실은 연장을 가지고 오지 않았소. 나야 물론 가지고 왔지만 이 사람들이 어제 현장에서 풀어놓고 왔다는데. 지금 가서 가지고 올 수도 없고……. 어떡할까요?"

책임자는 짐짓 난감한 표정을 짓고 있는 강씨에게 왈칵 치밀어오르는 짜증을 참느라 잠시 호흡 조정이라도 하듯 거친 숨을 몇 번 내쉬었다.

"허허, 목수가 연장을 갖고 오지 않았다? 혹시 빈손으로 화투패 돌리라고 하는 사람들은 아니겠지?"

앞의 말은 분명히 들으라고 한 말이겠지만 뒷말은 흡사 비 맞으면서 일하는 목수의 중얼거리는 소리처럼 들려 일행은 알아듣지 못했다. 잠시 생각에 잠겨 있던 책임자가 일행을 둘러보면서 말했다.

"그러니까 일단 필요한 것은 망치하고 못주머니 정도겠구먼. 수평은 미리 맞춰뒀으니까."

"그렇지요. 웬만한 건 모두 내게 있어요. 그러니까 철물점에 가서 못주머니하고 망치나 몇 자루 사오세요. 빠루(지렛대)는 있어요?"

"그거야 우리 창고에 있지. 그럼 철물점에서 대충 챙겨올 테니 그동안 작업들이나 하고 있어요."

"원! 성미도 급하긴. 바쁘게 설친다고 일이 되나? 아침이나 먹고 시작해야지. 어여, 함바집에나 안내해요."

"새참이 아니고 아침을 드시겠다?"

"꼭두새벽에 눈곱 달고 인력시장에 나온 사람들이 까끌까끌한 속에 뭘 담아 넣고 왔겠어요? 척하면 삼척이지."

"그려그려, 먹어야 힘이 나제. 그래도 슬라브에 올라가는데 술들은 많이 먹들 마소."

강씨와 일행은 벌써 계단을 내려가고 있었다.

은철을 비롯한 일행이 어느 틈에 팀의 리더로 부상해 있는 강씨를 중심으로 식후일미인 담배연기를 저마다 길게 뿜어내고 있을 때, 저만치 책임자가 손에 연장을 든 야방과 함께 걸어오고 있었다.

"식사들 많이 하셨소? 이제 시작해봐야지."

"허허, 다정도 병이고 걱정도 팔자셔. 어차피 받아놓은 밥상인데 어련히 알아서 하겠소. 사장님은 그저 목마를 때 막걸리 심부름이나 부지런히 하쇼."

강씨가 넉살좋게 책임자를 긁자 그제야 두 사람의 목수는 못주머니를 허리에 두르기 시작했다.

"그게 아니라 내가 바빠서 그런 게지. 수원 현장도 둘러봐야 하고 안산에도 가봐야 하거든."

책임자는 일을 벌려놓은 현장이 많으니, 일만 깔끔하게 처리해준다면 앞으로 일거리를 밀어줄 수도 있다는 것을 은근히 암시했다.

"염려 말고 볼일이나 잘 보고 와요. 일은 똑소리나게 해놓을 테니까. 그런데 혹시 사장님이 늦으시면 노임은 어디서 받아야 합니까?"

책임자는 그제야 일행들을 데리고 온 사내를 소개했다.

"이 사람이 이곳 현장의 야방이오. 노임이랑 필요한 것은 이 사람을 통하면 알아서 처리할 거요."

"알았어요. 얼른 볼일이나 보고 오슈. 우리도 한 대 꼬실렀으니 올라가봐야지. 그럼 소장님, 우리 올라가겠습니다."

눈을 찔끔 하며 야방에게 농담을 건네봤지만 야방은 무뚝뚝한 표정으로 자기 할 일이나 하겠다는 듯 밤이슬을 피하기 위해 덮어놓은 시멘트포대 위의 비닐을 벗기고 있었다.

은철과 함께 잡부일을 하게 된 또다른 사람은 군인으로, 휴가차 집에 왔지만 없는 가계에 부담을 주기 싫어서 현장에 나온 기특한 젊은이였고, 또 한 사람은 환갑이 넘은 듯한 노인으로 보였지만 현장생활에는 이골이 나 있는 듯했다. 실제로 노인은 힘만 앞세운 풋내기 젊은이보다 훨씬 효율적으로 일을 하고 있었다. 어지럽게 널려 있는 널빤지나 장애물들을 먼저 제거해 원만한 작업환경을 조성했고, 두 사람에게 운반할 자재를 미리 지적해줌으로써 목수들이 원하는 적재적소의 장소에 갖다놓게 했다. 그런데다 그는 아침을 먹은 관계로, 새참 대신 야방이 한 갑씩 던져준 담배로 담배타임을 자주 만들어가면서 마치 아버지와 일이라도 하는 것처럼 가족 같은 분위기로 작업을 이끌어갔다.

그러나 사고라는 느닷없는 불청객이 찾아왔다. 사건의 진원지는 목수들이었다.

은철이 일을 하면서도 조금 이상한 느낌이 들기 시작한 것은, 애써 올려놓은 자재가 쌓여 있는데도 소모가 되지 않고 있었기 때문이었다. 은철도 그제야 운반을 중단한 채 그들의 행동에 관심을 갖기 시작했다. 이유는 아침부터 낌새가 달라보였던 그들의 능력에서 문제가 생긴 것 같았다.

인부를 구하러 온 야방에게 저마다 목수라고 나섰던 세 사람이 모두가 신참이었다. 잡부에 비해 거의 두 배가 되는 일당을 가볍게 벌어보겠다는 심사로 이곳을 찾아왔는데 문제는 세 사람 모두가 망치로 겨우 못이나 박을 수 있는 수준이라는 데 있었다.

"아니, 최씨는 대체 어떻게 된 거야? 남대문에서 한참 보이지 않을 때 목수패들과 어울려 다녔다고 해놓고는 갑자기 꿀 먹은 벙어리라도 된 거야?"

담배만 죽이고 있고 최씨가 벗겨진 머리 만큼 뻔질뻔질하게 보였든지 마침내 강씨의 성미가 폭발했다.

"무슨 소리야? 내가 내장 전문이라고 했지 언제 거푸집 목수라고 했나? 나야 그렇다 치고 가방 밖으로 톱자루를 삐죽이 내놓고 다니는 당신은 또 뭐야?"

"뭐야? 꼴에 내장 전문이라고? 연장이라고는 주둥이만 가지고 다니는 자식이 어디서 사기칠 데가 없어 기공입네 하고 나서 가지고 남까지 망쳐놓고 있어?"

"뭐야? 이 무장공비 같은 자식이?"

"그래, 나는 무장공비다. 한번 붙어볼까? 대머리 자식아."

흥분한 두 사람이 육두문자까지 동원하면서 계속되던 설왕설래는 급히 뛰어올라온 야방의 개입에도 불구하고 누그러들 기미가 보이지 않았다.

평소에는 야방이라고 불리지만 책임자가 부재중인 지금에는 엄연한 현장소장이나 다름없는 자신의 중재에도 불구하고 싸움을 멈추지 않자, 화가 난 야방은 1층에 설치해놓은 전화통에 대고 큰소리로 책임자의 행방을 찾고 있었다.

흥분한 야방의 목소리가 쿵쿵거리면서 들려오자 그제야 원치 않는 상황을 우려한 듯 두 사람의 음성이 조금씩 잦아들더니 그 소리마저도 야방의 통화 내용에 신경을 쓰느라고 멈춰졌다. 아직 어떻게 될지는 모르지만, 모처럼 산뜻한 기회를 얻어 현장까지 왔는데 전혀 도움이 되지 않는 다툼질로 간만의 기회를 무산시킨다는 것은 억울한 일이 아닐 수가 없었다. 잠시 침묵이 흐르는 현장에는 고지식한 야방의 악쓰는 소리만이 들리고 있었지만 다행히 책임자의 소재는 아직 파악되고 있지 않는 듯했다.

"그러니까 최씨는 내장목수였고, 강씨는 생소한 작업이라서 일이 이렇게 꼬였단 말이지?"

지금까지의 시끄러운 현장에서 있는 듯 없는 듯 지켜보기만 하던 노인이 소강상태를 틈타 참견을 하고 나섰다.

"사실은 타일기공이었어요."

원님 행차 덕에 은근슬쩍 나팔 한번 불어보려다가 노임도 타지 못한 채 속절없이 쫓겨날 생각에 비감해 있던 고바우 김씨가 느닷없는 노인의 질문에 그래도 양심상 찜찜했는지 타일기공이라고 말했다. 그러나 그 말 역시 전과가 있는 사람의 말이라서 제대로 된 타일공으로는 믿어지지 않았다.

"그러니까, 타일공을 찾는 줄 알고 얼떨결에 따라나섰단 말이지? 그러니까 배가 산으로 갈 수밖에……"

말을 마친 노인은 다시 조는 듯이 눈을 감았다. 뾰족한 수라고는 쥐뿔도 없는 그의 말이 끝나면서 현장은 다시 침울하게 가라앉았다. 담배 한 대 태웠을 시간이 되었을까? 강씨가 고바우 김씨와 함께 반이라도 노임을 받아낼 궁리로 수군거리고 있을 때, 현장을 어슬렁거리고 있던 노인이 강씨 등이 벽 위쪽에 삐뚜름하게 붙여놓은 나무 패널들을 보고는 다시 참견을 시작했다.

"이게 누구 허락을 받고 여기까지 올라갔을까? 게다가 고약하게 인상을 쓰고 있는 게 종로 깡패들 같군. 이것도 우리 목수님들 솜씨인가?"

별 신통한 영험도 없이 이죽거리기만 하는 노인에게 속이 상했지만 참고 있던 강씨가 그제야 대거리를 하듯이 나섰다.

"영감님도 참, 누구 솜씨면 어떡할 거요? 가주목을 걸치려면 패널을 붙여야지, 영감님은 달리 어쩔 도리라도 있다는 거요?"

"패널 붙이는 건 어디서 본 모양이군. 그런 사람이 수평 찾는 것도 모르고 있으니……"

싸움의 불씨가 엉뚱한 곳으로 옮은 것 같았지만 이번에는 싱겁게 끝났다. 그것은 여태까지와는 달리 뭔가를 알고 있는 듯한 노인의 말투에 눈치 빠른 강씨가 재빨리 꼬리를 내렸기 때문이었다.

"그런 것도 있었나요?"

"허허, 이러니 원. 자네 연장 가방에 실 감아놓은 것 있나?"

노인은 실소를 금치 못하는 듯했다. 돌고 도는 것이 인생이라고, 그 나이면 뭔가 얻어 들을 말이 있을 법도 했다. 강씨는 가방 속을 부스럭거려보았지만 실 같은 것은 눈에 띄지 않았다. 그러나 가방 속의 손때가 묻어 있는, 그래서 아주 오래되어 보이는 연장들은 주인과는 어울려 보이지 않았다.

"없는데요. 그런데 어디 쓰려고 영감님은 실을 찾아요?"

강씨는 심술쟁이 노인이 가방 속을 엿볼까 싶어 얼른 지프를 잠그면서 말했다. 하지만 할배는 어느 틈에 가방 속을 엿본 모양이었다.

"날일꾼이 쓰는 연장은 아닌 것 같은데……."

그러나 노인은 대뜸 강씨의 말못할 입장을 이해하기라도 하는 듯 은철에게 고개를 돌려 야방에게 실을 얻어오라고 시켰다. 그의 지시는 거역할 수 없는 권위가 느껴졌다.

은철이 야방에게 판자 쪼가리에 감아놓은 나일론 줄을 받아가지고 올라왔을 때, 노인은 대머리 최씨의 못주머니를 허리에 두르고 건물

벽의 한귀퉁이에 의자를 딛고 선 채 은철을 기다리고 있었다.

"아는 길도 물어간다는데, 내가 훈수 좀 해도 괜찮겠지?"

이제까지의 태도와는 달리 말투조차 의젓해보였다.

"아침에 책임자인가 하는 사람에게 듣기로는 수평을 잡아놨다고 했는데, 보다시피 패널이 들쭉날쭉하게 붙어 있다는 것은 그 수평이라고 하는 것을 자네들이 무시한 것 같아서 이렇게 잔소리를 하게 된 거야. 그걸 표시했다는 곳을 찾아보기라도 했나?"

명색이 연장을 가지고 다니는 강씨가 모르는 것을 다른 사람들이 알 리 없었다.

"잘들 보라고, 바로 여기가 그 양반이 수평을 표시해둔 곳이네."

노인은 벽 위에 박아놓은 철근 중간의 페인트가 칠해진 곳에 나일론 줄을 익숙하게 묶었다.

"여기서부터 지붕이 올라가는 곳인데, 건물 모양이 기울지 않으려면 뭣보다도 수평을 바로잡아줘야겠지?"

은철은 노인에게 받은 줄을 건너편의 최씨에게 전해주었다. 그러자 최씨도 용케 표시를 찾아내고는 실을 묶었다. 이번에는 군인이 어느새 실이 올 지점을 짐작해서 올라가 있는 고바우 김씨에게 전해주었다. 그때쯤은 다른 코너에서 막 한 발을 딛고 올라서려는 강씨도 보였지만, 아직도 기공들의 표정은 — 더 이상 악화될 수 없는 지금의 상황에서 — 밑져야 본전이라는 생각으로 노인네의 말에 한번 따라주는 정도로만 보였다. 그러나 막상 전후좌우로 탱탱하게 수평을 이루면서 줄이 당겨지고, 패널에 못을 박는 할배의 망치 소리가 힘차게 울려퍼지면서부터 이제는 일이 기닥을 잡아가고 있다는 것을 알게 되었다.

"다들 뭘 멍하게 보고 있는 게야? 목수가 못 박는 거 처음 봤어?"

노인은 망치질을 하다 말고 돌아서서 자신의 동작을, 그러나 호의적으로 쳐다보고 있는 열 개의 눈동자를 향해 일갈했다. 조용한 주택가의 현장은 노인의 등장으로 이제까지의 먹구름은 사라지고 새로운 활기로 넘쳐나기 시작했다.

은철이 재촉하듯 올려주는 패널을 받은 강씨는 당겨진 실에 맞추고 있었고, 노인에게 빼앗긴 못주머니 대신 바지 주머니에 못을 넣은 대머리 최씨 역시 젊은 군인의 조력을 받아 열심히 못질을 하고 있었다. 그 누구도 노인이 무얼 했는지 아는 바가 없지만 그의 하는 일에 의의를 제기하려고 하지 않았다.

그의 주장에는 일관성이 있었고, 그의 말대로 진행되고 있는 작업 역시 시간이 지날수록 모두가 납득할 수 있는 모양새를 갖추기 시작했다.

야방이 점심식사가 도착했다는 말을 전하러 왔을 때는 철근과 콘크리트를 지탱하는 버팀목이 완성되었고, 새참인 막걸리와 순대가 도착했을 때는 마무리 작업이 한창이었다. 이윽고 슬라브 위의 사람들 그림자가 길어 보일 즈음에서 작업은 끝이 났다. 사람들은 손과 옷에 묻은 먼지를 털면서 노인의 주변으로 몰려들었다. 노인네는 못주머니를 풀어 원래의 주인인 최씨에게 돌려주었다. 그의 행위에서 시사하는 바를 모를 최씨가 아니었다.

"어르신, 오늘 정말 수고가 많으셨습니다."

아부가 섞인 최씨의 말을 시작으로,

"수고하셨습니다."

"애 많이 쓰셨습니다, 어르신."

인사말이 잇달아 흘러나왔다. 지나쳐서 손해볼 것이 없는 게 인사라고는 하지만, 쳐다보는 것만으로도 인사를 대신하는 노가다 현장에서 영감님도 아닌 어르신이라는 말은 대단한 파격이 아닐 수가 없었다. 이러한 인사는 이제까지의 노고를 충분히 상쇄시켜 줄 만큼 노인을 흐뭇하게 했다.

때맞춰서 볼일을 마친 책임자가 돌아왔는지 골목에서 차문 여닫는 소리가 들려왔다. 잠시 후 계단 밟는 소리와 함께 그가 모습을 나타냈다.

작업상황을 둘러보는 그의 표정에는 만족한 빛이 역력해보였다. 그는 팀의 리더격인 강씨를 돌아보면서 말했다.

"수고하셨소. 그런데 이렇게 남의 일에 신경을 써주시는 분이 현장을 잡지 못하고 인력시장에 나가고 있어요?"

대체로 현장생활을 하고 있는 사람들은 남의 칭찬에 인색하다. 하지만 그는 예상치도 못했던 날일꾼인 강씨의 깔끔한 일솜씨에 인간적인 매력마저 느끼는 듯했다.

"하하, 그러잖아도 말씀드리려고 했지만, 소문을 듣고 일을 맡기려고 더러 집으로 전화가 옵니다. 일이 없을 때 한번씩 인력에 나가기는 하지만, 놀면 뭐합니까?"

"역시 그러시군. 어쩐지 처음부터 그런 느낌이 들었어요."

책임자는 주머니에서 미리 준비해놓은 일행들의 노임을 꺼내 강씨에게 건네주었다.

"수고 많았어요. 공사 단가가 워낙 빡빡하다 보니 더 드릴 것은 없고 함바집에 들러 술이나 한 잔 하시지요."

강씨는 돈을 받으면서 가볍게 목례를 해 보이고는 일행 쪽으로 얼른 고개를 돌렸다. 타인이 조금만 호의를 보여도 눈시울부터 붉어지는 것이 요즘 새로 생긴 버릇이었다.

함바집으로 향하는 일행의 발걸음은 소주 안주에 삼겹살을 곁들일 생각으로 하루 종일 노동에 시달린 사람들 같지 않게 활기에 넘쳐 있었다.

.

정두섭은 새벽녘의 어지러웠던 꿈자리를 다소 희석시켜보려는 듯 냉장고의 술을 다시 꺼냈다.

지나간 옛 시절 헤어졌던, 아니 연기처럼 사라져버린 아내를 꿈에서 만난 것이었다. 이런저런 소문이 간간이 들려올 때만 해도 '그까짓 것쯤이야' 라고 애써 무시했지만, 마음 한편으로 서운하고 찜찜한 앙금은 말끔히 가셔지지 않았다.

기실, 정두섭이 귀국을 결심하게 된 동기 부여에도 그 일이 일조를 하였다. 그러나 귀국을 하면서 알게 된 현실은 더욱 심각했다. 새서방 맞이야 잡년들은 다 아는 것이라지만 그년은 기어코 임자를 만난 탓인지, 아니면 피치 못할 어떤 사정이 있었는지는 모르지만 돈과 함께 행방조차 묘연해 있었다. 마지막으로 어울렸다는 종팔이라고 하는 놈팽이 녀석도 때를 같이 해서 모습이 보이지 않았다.

"제기랄, 마누라 가게나 키우면서 멋들어지게 한번 살고 싶었는데 그걸 혼자 먹어? 그게 어떻게 번 돈인데……."

그는 망할 놈의 여편네를 찾기 위해 전국을 뒤졌지만 가끔씩 나타나는 꿈속을 제외하고는, 현대의 지도가 오차 범위가 없는 완벽한 것임을 확인하는 데만 그쳤다.

세월이 지나면서 바늘 하나 들어갈 곳 없이 차갑게 굳어 있는 그의 증오도 늘어나는 주량에 비례해 서서히 무너져가고 있었다. 게이코 탓인지도 몰랐다.

"아직도 그때 일을 심각하게 생각하고 계셨어요?"

다시 한 번 일본에서의 재기를 다짐하면서 어렵게 이루어진 전화 통화에서 놀란 듯이 되묻는 게이코의 인사말이었다.

"늙으면 뭐든지 약해지나 봐."

정두섭은 서둘러 수화기를 내렸다. 그쯤 해서 그녀의 말이 끝났다는 것을 스스로에게 인식시키고 싶어서였다.

"망할 년들."

정두섭의 입술이 파르르 떨려왔다.

수중에 돈 한 푼 남아 있지 않은 그는 본업으로 다시 돌아갈 수밖에 없었다. 제행무상. 세상에 변하지 않는 것은 아무것도 없다. 그녀들의 마음에서부터 지구라는 행성도 그 동안 무뎌진 그의 솜씨까지…….

어쩔 수 없이 그가 찾아간 곳은 그 동안 알려고도, 알고 싶지도 않았던 ─ 지금은 다른 세계에서 띄엄띄엄 섞여서 살고 있는 ─ 지난날의 동업자들이었다. 잘 나갈 때는 코빼기도 안 보이더니 이제야 찾아온 의리 없는 친구를 대하는 그들의 태도는 하나같이 싸늘했다. 그들은 일거리도 시원찮아진데다 감호제도가 생기면서부터는 거의가 업계를 떠났다고 했다.

또래의 사원(소매치기)들치고 별(전과) 두세 개 정도 지니고 있지 않는 자가 없다. 별 다섯 개, 오성장군도 그다지 높은 계급으로 치부하지 않는다. 동종범죄 3회 이상인 자에게는 본형을 치르고 난 후에도 7년이나 10년에 이르는 감호제도는 공포 그 자체가 아닐 수 없었다.

워낙 습관성이 강한 직업인 탓에 아마추어나, 자기도 모르게 낭패를 당한 친구들 외에는 학교(교도소)에서도 이제는 쉽게 만날 수가 없다고 했다.

　힘없이 돌아서는 정두섭이 본거지로 삼은 곳은 경마장이었다. 하루 배팅금액, 8백여 억이 난무하는 과천경마장은 정두섭의 새로운 사업무대가 되었다.

　발매 마감 3분 전에서부터 시작되는 혼잡한 장내, 말과 기수들이 하나가 되어 결승선으로 쇄도해 들어오는 박진감 넘치는 아찔한 순간은 그에게 참을 수 없이 매혹적인 공간이었다.

　그러나 10여 년이 지난 지금, 그의 형색으로 봐서는 경마장에서의 성적표는 신통치 못했다. 술로 인한 수전증 증세까지 겹쳐 형편없이 망가져 있었다.

　그래도 주위의 기막힌 상황들이 바람잡이 역할을 톡톡히 해주는 덕분에 한번씩 놀라운 성과를 거두기도 했다. 토요일인 어제는 결승선을 백 미터쯤 앞두고 악을 써대는 여자의 주머니에서 꺼낸 것이 상한선이 십만 원인 마권 5장이었다. 3번 말과 7번 말을 엮은 복승식 3-7로 된 마권이었다. 배당은 열 배, 순위에 관계없이 1, 2착으로 무난히 들어와 준다면 졸지에 5백만 원이 생기는 순간이었다. 결승선을 10미터쯤 앞두고 선두 각축을 벌이고 있는 3번, 7번 두 마리를 보고 까무러치듯이 비명을 질러대고 있는 여자보다 더 큰 소리로 고함을 지른 사람은 눈이 뒤집힌 정두섭이었다.

　그러나 착순은 바로 뒤에서 추입해 온 2번 마를 대가리로 한 2-7로 결정이 났다.

　"제기랄!"

　그 동안 학교(교도소)도 한 번 다녀왔다. 2년짜리였지만 예전의 한 번을 포함하면 두 번째였다. 한 번만 더 간다면, 남의 호주머니에 손가락이 얹혀 있기만 해도 이제는 영락없는 삼진아웃이었다.

청송 감호소의 차디찬 마룻바닥에서 남은 생을 마감해야 할지도 모른다는 생각에 저절로 전신이 부르르 떨렸지만 퇴로가 없는 막다른 골목이었다. 정두섭은 마누라에 대한 분노로 컵의 남은 술을 마저 구겨넣었다.

학교는 그곳 은어로 법자(법무부 자식)라고 하는 개털들에게는 이중의 고통을 안겨준다. 정해진 식사 외에는 거의 모든 것을 개인 돈으로 구입해야 하기 때문이다. 물론 속옷이나 세면용품 등은 관용품으로 지급되기는 하지만 품질이 형편없는데다, 그마저 턱없이 부족했다. 따라서 법자들의 경우에는 범털이라고도 하는 감방이면 모를까, 대부분은 그림자처럼 따라다니는 소외감과 스트레스를 어떻게든지 슬기롭게 극복하는 것이 문제였다.

형이 확정되어 C교도소에서 징역 보따리를 풀 때 정두섭은 검거 당시 가지고 있던 돈은 바닥이 났고, 찾아오는 사람 하나 없어 영락없는 법자 신세가 되어 있었다. 남은 형기는 1년 정도였다.

"제기랄, 어떻게 되겠지."

출역 신청을 해서 배당이 된 공장은 바구니를 만든 곳이었다. 작업 인원은 대략 백 명 정도였는데, 묘한 것은 반장은 그렇다고 하더라도 열 명 정도의 건달들은 일을 하지 않았다.

"내참, 더러워서."

정두섭의 첫 징역 때는 건달들이 아니라 사원들이 교도소를 주름잡았다. 사고를 대비한 보험차원에서 자금을 비축해두었고 수효 또한 만만찮았으며, 유별난 근성은 웬만한 깡패 정도는 의례 기가 질리게 마련이었다.

그리고 보니 요즘 학교에는 과거에 비해 깡패들이 많아 보였다. 아니, 사회 전체가 그런 것 같다. 일부 청소년들은 심지어 선망의 대상으로 여기고 있다고 한다. 사내다운 호쾌함, 근성, 날랜 주먹 솜씨, 의리로 다져진 탄탄한 조직의 위계질서…….

정두섭은 코웃음이 저절로 났다.

"지랄하고 있네."

도대체 한국 사회 어디에서 제대로 된 조직이 뿌리를 내릴 수 있단 말인가? 당장 검찰이나 경찰의 리스트에만 올라 있어도 운신의 폭이 좁아지는 형편이었다. 범죄단체조직이 추가되기 때문이다. 자칫 잘못하면 배보다 배꼽이 더 커지는 경우도 있다. 일부 대도시의 유명한 핵심 조직원들조차 성공 신화는 극히 미미했고, 한심한 말로가 대부분이다. 그런데도 전국 어디에서고 조직이 없는 곳이 없을 정도였다. 가히 깡패공화국이라고 할 만했다.

이곳에서는 ― 대형사고도 유발할 수 있는 자기들끼리의 불필요한 알력이나 마찰을 피하기 위해서겠지만 ― 막걸리 폭력은 제외하고 어디서든지 놀았다는 사실만 입증되면 그때부터 서열이 정해지고 무리에 합류하게 된다.

소도시에서 형님들 수발이나 하다가 엉겁결에 사고를 치고 와도 그럴 듯한 문신을 새기고, 이곳저곳의 인간들과 통성명을 하게 되면 그때부터 전국구로 새로운 도약을 하게 되는 것이다.

"어이, 꼰대! 나 좀 보자고."

서른도 안 돼 보이는 부반장이라는 녀석이 나이는 어디에 영치시켰는지 작업중인 정두섭을 불러 세면장으로 데리고 갔다. 가끔 한 번씩

흰눈을 뜨고 그들의 하는 꼴을 지켜보는 강씨를 못마땅하게 여긴 모양
이었다.

"우리한테 무슨 불만 있어? 그런 몸으로 웬 눈에 힘은 그렇게 주고
있어?"

문을 닫은 녀석은 정두섭의 어깨를 툭 하고 건드리면서 가소로운
듯이 말했다.

"……."

"그러면 못써. 왜 징역을 어렵게 살려고 그래?"

별 한심한 자식에게 훈계를 듣는다 싶으니 속이 부글부글 끓었다.
지금이야 많이 달라졌지만 싸움에는 이골이 나 있는 그였다.

"야, 인마! 너 몇 살 처먹었다고 벌써부터 혓바닥이 반 토막으로
부러졌어? 이 싸가지 없는 자식아."

"뭐?"

정두섭의 말이 떨어지기가 무섭게 녀석의 오른손 훅이 허공을 갈랐
다. 이윽고 툭탁거리는 불협화음들이 좀체 그치지 않고 문 밖으로 새
어나오기 시작했다.

"이봐, 넙치가 너무 심하게 다루는 거 아냐? 저러다 뒈지면 어떡하
려고 그래?"

세면장 입구의 작업대에 앉아 있는 반장이 옆에 서 있는 아그들을
보고 말했다.

"그러게 말입니다. 그만 하라고 말릴까요?"

"그래, 낫살이나 먹은 게 왜 주접을 떨고 있어."

문을 열고 들어선 아그들은 의외의 상황에 황당해하는 표정들이었
다. 쌍코피를 흘린 채 누워 있는 자는 부반장이었기 때문이었다.

"아니, 이 자식이? 애들아, 죽여버려."

뒤미처 세면장에 들어선 반장이 악을 써댔다.

"오냐, 잘됐다. 이 자식들아, 지게 아니면 바지 게지. 몽땅 뎀벼."

세면장의 떨어져나간 쇠파이프를 움켜쥐며 정두섭도 거품을 물고 으르렁거렸다. 양동이가 공중을 날고 그릇들이 와르르 쏟아지고 이곳 저곳에서 깨지고 터지는 소리에 공장주임이 뛰쳐나왔다. 연락을 받고 한걸음에 달려온 경비교도 대원들에 의해 소동은 진정되었다. 덕분에 정두섭은 2개월의 징벌 기간 동안 수갑을 찬 채 독방생활을 해야만 했다.

징벌이 끝나고 다시 배정받은 방은 안심할 만한 곳이었다. 모두 합해서 일곱 명을 수용하고 있는 중간 크기의 감방이었는데, 그 중 네 명은 비슷한 연배로 보였고, 나머지는 훨씬 나이가 들어 보이는 노인네였다.

그 중에서 특히 그를 고무시킨 것은 노인 중의 한 사람이 큰 기업을 경영하다가 피치 못할 사정으로 수감된, 말하자면 범털에 해당되는 사람이기 때문이었다.

담장 밖의 가족이 사동주임에게 한 달에 한 번씩 일정금액을 쏘아준다는 옆사람의 귀띔도 있었지만 실제로 담당자의 노인에 대한 예우는 극진했다.

어떤 방법을 썼는지 모르지만, 심지어 가족들이 집에서 달인 한약까지 대령할 정도였다. 식기세척이나 방청소 같은 것은 돌아가면서 하면 될 것이고, 가끔 노인네의 팔다리나 주물러주면서 재롱이나 떨면 그의 징역도 훤하게 풀릴 듯했다. 그러나 꿈같은 생활은 두달뿐이었다.

그에게 다시 출역 지시가 떨어진 것이다. 이번에는 양재공장이라고 했다. 일단 출역을 나간 사람은 징벌을 받아도 다시 나갈 수밖에 없다. 금고형을 선고받은 자는 자신의 의지대로 할 수 있지만, 수감된 사람들의 대부분을 차지하고 있는 징역형은 선택의 여지가 없다. 물론 선거에 투표하는 따위의 기본권리조차 형의 선고와 함께 소멸된다.

정두섭은 약간의 갈등을 겪었지만 이내 마음을 정했다. 담당교도관의 짓거리가 보기 싫어 두 눈을 바늘로 꿰맸다는 웃기는 녀석도 있었고, 출역이 하기 싫어 멀쩡한 자기 발을 마룻장에 못으로 박아놓고 발이 떨어지지 않아 출역을 할 수 없다고 생떼를 쓰는 녀석도 있었다. 하지만 정두섭은 어설프게 야쿠자 흉내를 내는 깡패녀석들 꼴이 보기 싫었고, 작업장에서는 작업장대로, 감방에서는 방대로 이중으로 겪는 법자로서의 비애가 차라리 맘 편한 징벌을 택하기로 한 것이었다.

출역을 하면 공장 단위로 수용하는 감방으로 다시 옮겨야 하기 때문이었다.

아침 출역 시간이 되어 호명을 하며 정두섭을 데리러 온 담당이 감방 문을 따려고 하자 정두섭은 출역을 거부한다고 짧게 말했다. 담당이 무표정한 얼굴로 고개만 끄덕였다.

출역 거부에 대한 징벌은 한 달이었다. 징벌을 마치고 다시 배방이 된 곳은 조금 이상한 방이었다.

담당이 문을 따는 데도 머리를 마룻바닥에 대고 물구나무를 서 있는가 하면, 가부좌를 틀고 삼매경에 빠져 있는 사람, 요가의 고수처럼 한쪽 다리로 목을 감고 있는 사람, 합장을 하고 있는 사람 등 하나같이 괴짜만 모여 있었다. 한데 그들보다 뺑끼통(변소) 옆에 자리를 잡고 있는, 아직 분위기에 적응되지 않은 탓에 꾸벅꾸벅 졸고 있는 신참인 듯한 사람이 그나마 정상으로 보였다.

한 시간 정도 그들 나름의 요란하고 괴상한 행공시간이 끝나 자리를 수습하자 봉사원(감방장)인 듯한 나이 지긋한 좌장에게 정두섭은 인사를 하고 나머지 사람들을 소개받았다.

봉사원 옆에 앉아 있는 반듯한 외모의 젊은이는 은철이라고 했다. 그런데 놀랍게도 그의 첫인상과는 달리 죄명은 살인으로 6년을 선고받고 남은 잔형 기간이 1년이라고 했다.

운동시간에 방을 나서면서 그에게 묘한 호기심을 느낀 정두섭이 감방 입구에 비치해놓은 간단한 신상을 적어둔 목차를 슬쩍 훑어본 결과 그가 스물일곱 정도가 됐을 거라고 짐작했다.

"아저씨, 여기서는 돈에 대해 부담 갖지 마세요. 방은 좌장어른하고 또 한 분이 꾸려가지만, 전 이모님께서 한 번씩 면회를 오시니까 편한 마음으로 지내요."

그 동안의 수형생활을 통해 정두섭의 처지를 이해하고 있다는 듯 은철은 말했다. 그러다 다정다감한 그가 무심코 내뱉은 이모라는 말이 긴 여운을 남겼다. 가족관계에 관심을 갖고 있는 듯한 정두섭에게 은철은 자기의 신상에 대해 간단하게 설명을 해주었다.

그 역시 가족이 없는 자신과 마찬가지로 이모 외에는 별다른 친인척이 없었다.

정두섭은 차츰 은철에게 호감이 갔다. 스물이 넘는 나이차였지만 은철 역시 두섭에게 부담을 느끼지 않는 듯했다. 격리된 일상 속에서 비슷한 처지의 두 사람은 시간이 지나면서 서로를 이해하고 의지하는 동류의식이 가슴에 자리잡기 시작했다. 어느새 은철이 자신의 지난 과거를 그에게 털어놓는 사이로까지 발전했다. 노래방을 운영하는 이모님 댁에서 하나뿐인 외사촌 여동생인 경옥이와 살았다고 했다.

고등학교 때까지만 해도 성적은 중간쯤이었지만 학우들과 잘 어울렸고 불량기도 다분히 있는, 주위에서 흔히 볼 수 있는 평범한 학생이었다. ·그 시절이면 의례 체력단련과 호신을 겸해 한 번쯤 도장을 출입하는 여느 사춘기의 청소년과 다를 바 없었다. 하지만 은철이 다녔던 도장은 레슬링이나 태권도 같은, 올림픽에 나가 메달의 꿈을 키워볼 수 있는 종목을 배우는 곳이 아니었다. 무당권이라고 하는, 중국 도교의 어떤 계파에서 전승되어온 듯한 것으로, 발력 위주의 외가공에 치중하는 다른 유파의 무술보다 내공에 주력하는 운동이었다. 그러므로 무예의 효과보다는 일종의 건강을 목적으로 수련하는 곳이라 할 수 있었다.

은철이 고등학교를 졸업할 때쯤에는 수련을 마치고 나면 온몸의 감각이 더욱 살아나고 심신이 솜털처럼 가벼워지며, 심지어는 상대방의 다음 동작이나 마음 상태까지 미리 알아볼 수 있을 정도의 경지에까지 이르러 있었다.

은철의 첫번째 시련은 이모가 재혼을 하면서부터 찾아왔다. 노래방이 우후죽순처럼 생겨나는 것은 물론이고 고급화된 업체들과의 경쟁에서 살아남는 것이 요원한데다 책가방이 무거워진 경옥이의 과외비며 레슨비를 감당하기 위한 어쩔 수 없는 선택인지도 모를 일이었다. 이미 머리가 커진 은철이 낯선 이모부에게 신세를 진다는 것은 경우가 아니라는 것쯤은 알고 있었다. 대학의 꿈을 접는 것과 함께 짐을 챙긴 은철은 도장으로 숙소를 옮겼다.

두 번째 시련은, 그의 스승으로부터 시작되었다.

운동을 시작할 때부터 일정한 사부를 정하지 않은 채 동명이종의 무술과 유파를 전전하던 스승의 야망은 모든 무도인의 꿈이라 할 수 있는 최고 경지인 도에 이르는 것이었다. 요즈음의 스승은 자신이 경험한 모든 유파의 절기를 한데 모아 분석하고, 정제된 것으로 자신의 독립된 독특한 유파를 완성하려고 고심하고 있었다.

그러나 스승은 근기가 미치지 못했던지, 정과 기와 신의 삼위일체가 완전히 융화되지 못한 상태에서 고된 연무의 강행군을 계속했다. 그러다 마침내 본질이 아닌 회상을 접하게 되었고, 그것이 마치 먼 옛날 하나의 경지에 이른 현자가 헌신하여 자신에게 계시를 주는 것으로 착각했다. 그런 연유로 자만심에 엉뚱한 방향으로 정진을 계속하다가 생각지도 못한 환상 속에서 영과 혼을 빼앗기고 마침내 주화입마의 지경에 빠져 반신불수의 몸이 되어버렸다.

폐인이 되다시피 한 스승은 술을 입에 대기 시작하면서부터 더욱 망가져갔다. 은철은 스승의 회복을 기대하면서 도장을 꾸려나갔지만, 약관의 은철에게 돈과 시간을 허비하려는 사람은 없었다. 스승은 날로 수척해 갔고, 도장은 피폐일로를 걷고 있었다. 상의할 만한 도반도 없었으며, 그렇다고 어린 그에게 달리 대책이라는 것이 있을 리 없었다.

얼마 후, 은철은 오징어 장사를 시작했다. 생산자와 직접 연결되는 동창녀석의 아버지 창고에서 살집 좋은 놈으로 골라 슈퍼나 생맥주집, 유흥업소 같은 곳에 팔았다. 처음에는 창피하기도 했지만, 인체의 경락 요혈도를 자기 방에 걸어놓고 몽롱한 눈으로 정진을 계속하고 있을 스승의 회복을 위해서라면 이 정도는 참을 만했다.

대형 유흥업소와도 거래를 트기 시작했다. 그런 곳에는 의례 안주 일체를 도맡아 공급해주는 건달들이 있긴 했지만 그들의 물건 틈새로 오징어 한 가지의 단일품목 정도는 얼마든지 가능했다.

그러던 어느 날, 은철의 운명을 가르는 일대 사건이 발생했다. 평소 그는 도장 앞의 큰길을 통해 등하교를 하는 경희라는 여학생에게 관심을 갖고 있었다. 그날도 도장을 나온 은철이 오토바이를 타고 귀가하던 중 학원을 마치고 나오는 길목에서 불량배들에게 봉변을 당하고 있는 경희를 발견한 것이었다. 용기가 없는 자는 미인을 얻을 수 없다.

"제기랄!"

은철은 조금 떨렸지만 오토바이를 세웠다. 고3인 경희 또래의 일진회 멤버쯤으로 짐작되는 녀석들이었는데, 술김에 콧대가 높은 그녀에게 뭔가 교훈을 주려고 작정한 것 같았다.

"야, 너희들 내 동생에게 무슨 짓을 하려는 거야?"

"어쭈구리, 동생?"

"짜샤, 괜한 일에 철가방 우그러뜨리지 말고 어서 가던 배달이나 가봐."

모두 세 명이었는데, 그들은 느닷없이 등장한 훼방꾼에게 안 그래도 몸이 근질근질하던 참에 오히려 잘됐다는 듯 다가왔다. 자세를 취하는 모양새가 제법 운동깨나 한 것 같았다.

순간, 한 녀석이 은철을 향해 몸을 날렸다. 은철은 슬쩍 상체를 틀어 몸을 피하면서 녀석의 팔목을 낚아채 꺾고는 동시에 다른 녀석의 옆구리에 잽싸게 옆차기를 찔러넣었다. 이 때 덩치가 좋은 녀석이 기회를 놓치지 않겠다는 듯 양쪽 허리에 팔을 감아 은철의 몸을 뽑아올려 바닥에 팽개치려고 했다. 하지만 그 역시 해머로 찍는 듯한 은철의 발굽차기를 발등에 받고는 불에 타는 듯한 충격에 잠시 허리를 숙이는 순간, 전광석화 같은 은철의 팔꿈치 공격을 명치에 허용하고는 맥없이 나가떨어졌다.

팔이 꺾여 비명을 질렀던 녀석이 다시 덤벼들었다. 태클을 시도하려고 은철의 무릎을 향해 몸을 날렸지만 은철의 예리한 앞차기를 턱에 맞고는 이내 잠잠해졌다. 은철은 잠시 얼떨떨한 기분이었다.

머리털 나고 처음으로 해본 싸움인데도 타이밍이 기가 막혔다. 마치 녀석들의 공격 방향을 예측이라도 하고 있었다는 듯 그의 반사신경은 자유자재로 반응했다. 평소의 축적된 내공 덕분이긴 했지만 스승의 존재가 한층 경이롭게 여겨졌다.

"이새끼, 너 얼굴 똑똑히 봐뒀다. 다음에 보자고."

입안의 핏물을 찍 하고 길바닥에 내뱉고는 녀석들이 사라졌다.

"괜찮아 오빠?"

"응, 보다시피. 근데 너, 나 알겠어?"

"알아요. 무당거민가 하는 도장에 있는 오빠 아냐?"

언젠가 한번 2층 도장에서 얼빠진 듯이 내려다보고 있는 은철의 시선을 의식했지만, 공주병 증세가 있는 그녀에게는 한낱 코웃음거리밖에 되지 않았다. 그러나 지금은 그게 아니었다.

"근데, 너 오늘 좀 야하게 입었구나. 그러니까 녀석들이 치근거리지. 빨리 집에 가봐."

경희는 쉽게 발걸음이 떨어지지 않았다. 무섭다고 오토바이로 집까지 태워달라는 말을 하려는데 어디선가 나타난 사내로 인해 그녀의 반쯤 열려 있던 입술은 원래의 위치로 되돌아갔다.

"짜식, 싸움 한번 끝내주게 하더군."

세련된 회색 정장차림에, 밤인데도 짙은 갈색의 보안경을 끼고 있는 사내가 씩 하고 웃으면서 은철에게 말을 건네왔다. 나이는 은철보다 열 살 정도는 더 돼보였다.

"어디서 놀고 있어?"

사팔뜨기가 아닐까 하는 생각은, 휙 하고 은철의 얼굴을 훑고 지나가는 사내의 보안경 속에 숨어 있는 섬뜩한 안광에 단번에 묻혀버렸다.

"아니오, 보다시피. 오징어 장사를 하고 있어요."

"그래? 믿어지지가 않는데…… 그런 솜씨를 썩히고 있다니."

여운이 묻어나는 사내의 말투와 한눈에 고수임을 직감케 하는 상대에게 인정을 받았다는 사실로 인해 경계심은 한순간에 허물어졌다. 사내는 라이터를 꺼내 담배에 불을 붙였지만, 그런 사소한 동작에서도 빈틈이라고는 조금도 엿보이지 않았다. 일류임에 틀림없었다.

"오늘 난 친구에게 완전히 반해버렸어. 어때? 영업이 끝났으면 나하고 술 한 잔 할까?"

의지할 동기간 하나 없는 은철은 거칠기는 하지만 당당한 사내의 태도가 마음에 들었다. 이런 정도의 선배라면…… 은철은 대답 대신 경희 쪽을 돌아보며 말했다.

"어서 집에 가봐."

가까운 주점에 자리를 정하고 앉자 사내는 먼저 간단하게 자신의 소개를 했다. 의외에도 그는 무슨 종교단체의 일을 보고 있다고 했다. 그는 맥주를 권하면서 은철의 현실에 대해 묘한 관심을 가지고 물어왔다. 자신의 삶에 대해 의논할 상대 한 사람 없었던 은철은 처음 대하는 그였지만 어떤 가능성 같은 것을 느꼈다.

은철은 자신의 심정을 하소연이라도 하지 않으면 못 견딜 것 같은 현재의 사정을 주저없이 말했다. 이야기를 듣고 난 그는, 은철의 사부에 대한 깊은 정에 감동을 느꼈는지 한동안 고개를 주억거렸다.

"그러니까, 스승의 건강 회복을 위한 자금이 필요하다는 말로 들리는군. 어떻게 될지는 모르지만, 나도 조그마한 힘은 되어줄게. 어쩐지, 그랬었구나……."

기분 좋은 하루였다. 평소 짝사랑하고 있던 여학생과 눈도장도 찍고 의논할 든든한 선배는 생겼으니……. 그날 은철은 제법 마셨다.

"내 이름은 정길이지만 넌 그냥 형이라고 부르는 게 어때? 그리고 이건 후원비 정도로 알고 받아둬. 왜 있잖아? 운동선수들 후원회에서 주는 그런 거 말이야."

은철의 눈에 오십만 원짜리 자기앞수표 한 장이 보였다. 계산을 치르고 밖에 나와 택시를 타는 정길에게 은철은 자신도 모르게 허리를 직각으로 꺾었다.

잿빛의 음울한 공간에 갇혀 있는 듯한 은철의 일상에 경희의 등장은 메마른 가슴을 촉촉하게 적셔주는 신비로운 음악과도 같았으며, 황량한 들판에서 찾은 감로의 물과도 같았다. 서툴지만 은밀하게 한층한층 쌓아가는 둘만의 사랑탑은 은철에게 삶의 의욕과 함께 자신감을 되찾아주고 있었다.

가끔씩 들르는 경희에게 스승도 호의적으로 대해주었다. 이제 장사도 다음 단계를 생각하게 할 만큼 자리를 잡아가고 있었으므로 스승의 건강만 회복된다면 만사 걱정이 없었다.

정길에게서 만나자는 연락이 온 것은 그날 헤어지고 난 뒤 한 달이 지나서였다. 보름 전, 도장에 한번 찾아왔으니까 두 번째 만남이 되는 셈이었다. 약속한 커피숍에는 정길이 먼저 와서 기다리고 있었다.

"안녕하셨어요?"

평소와는 달리 정길은 회색 보안경을 끼고 긴장된 표정으로 은철을
맞았다.

"무슨 일 있었어요? 얼굴색이 안 좋은 것 같은데."

"네가 보기에도 그러냐? 사실, 그런 일이 조금 있었다." 정길은 커
피를 시키고 나서 군더더기 없는 평소의 그답게 하던 말을 계속했다.
"내가 모시고 있는 분이 곤란한 일을 당해서 그래. 같이 사업을 하던
동업자 관계였는데, 거래대금을 차일피일 미루면서 결재를 하지 않는
다는 거야. 법적으로 대처하기도 웃긴 일이고, 연락도 없어서 두고만
보고 있었는데, 마침 그 사람이 오늘 자기 사무실에 들른다는 정보가
들어왔거든. 그래서 회장님이 날더러 찾아가 뵙고 대책을 세우고 오라
고 하셨는데……."

정길은 아가씨가 갖고 온 커피를 스푼으로 저어 한 모금 마셨다.

"문제는, 알고 보니 그쪽이 좀 골치 아픈 인물이라는 거야. 이런 말
네게 하기는 뭐하지만, 정치 쪽으로도 발이 넓고 꽤 알려진 조직을 거
느리고 있는 거물이야."

어렴풋이 짐작은 하고 있었다. 정길은 내색을 하지 않으려고 했지
만 역시 그런 쪽의 세계에 발을 담그고 있었던 것이다.

"뭐, 별일이야 있겠어? 하지만 만에 하나, 내가 말이라도 실수하면
혹시 에워싸고 있는 병풍들에게 봉변이나 당하지 않을까 하는 생각에
서 너를 불러 의논을 좀 하려고 했던 거야."

일순 은철은 긴장했다.

"그렇다고 나하고 같이 행동하자는 건 아냐. 넌 밖에 있다가 혹시
원하지 않는 사태가 발생하면 뒤쫓아오는 녀석들과 잠시만 시간을 벌
어주면 되는 거야. 네가 약간만 커버를 해준다면 일이 좀더 수월해질

수 있을 거 같은데 말야."

굳어 있는 은철의 표정을 슬쩍 살핀 정길은 커피잔을 탁자에 내려놓으며 대수롭지 않다는 듯 말을 이었다.

"내가 알기로는, 오늘 그쪽은 병풍들을 거느리지 않고 단출하게 오는 것으로 되어 있어. 하기야 누가 있든 말든 그게 무슨 상관이야? 합의만 원만하게 된다면 다 부질없는 노파심이지. 어때? 형을 한번 도와줄 수 있겠어?"

은철은 갈등했다. 정길의 말은 만약에 생길 수도 있는 일을 우려해서 대비를 해놓겠다는 뜻으로 들렸지만, 어쨌든 스승이 원하는 길은 아니기 때문이었다.

"참, 내가 깜빡 잊을 뻔했네. 저번에 도장에 들렀을 때 네게 관장님 계좌번호를 물은 적이 있었지?"

정길이는 정말 잊고 있었던 일이 생각나기라도 한 것처럼 지갑을 꺼냈다. 그리고 은철에게 건네준 것은 오백만 원짜리 입금표였다.

"오늘 일과는 연관시켜서 생각하지 마. 우리 사이에 이까짓 일에 무슨 수고비가 필요하겠어? 난 단지 네가 요즘 사람들과는 달리 관장님에게 헌신하는 제자로서의 도리가 맘에 들었고, 같은 무도인으로서 뭔가 도와주고 싶어서 그런 거니까. 마침 돈이 좀 생겼길래 어제 통장에 넣었는데, 나중에 확인해봐."

은철은 태어나서 처음으로 코끝이 찡해오는 감동으로 전신이 떨려오는 듯했다.

"이번 일만 원만하게 해결되면 내가 회장님께 주선을 해볼 테니 어디 적당한 곳에 입원을 시켜 치료를 받도록 해보자."

정길의 다음 말은 은철의 의식을 지배하고 있는 뇌의 부품들을 일시에 정지시켜놓을 만큼 막강한 파괴력을 발휘했다. 선인지 악인지…… 무도인으로서 걸어가야 할 정도인지 아닌지, 하는 그런 것은 아무래도 좋았다. 이런 선배를 위해서라면…….

정길이 차를 세운 곳은 강남의 한 주택가 이면도로였다. 차에서 내린 두 사람이 어둑어둑해진 거리를 십 분 정도 걸어서 도착한 건물은 주차시설이 있는 곳이었다.

"은철아, 아무리 생각해도 예감이 좋지 않은데. 쇠파이프나 연장 같은 것을 지니고 있는 게 좋지 않겠어?"

불쑥 정길은 그답지 않게 소심한 말을 꺼냈다. 방문 목적이 단순한 결재 정도가 아니라 보다 심각한 것 같았다. 은철은 은근히 불안했다. 하지만 이미 주사위는 던져진 셈이었다.

"그런 건 써본 적도 없어. 걸리적거릴 것만 같아요. 걱정 말고 볼일이나 잘 봐요. 만일 도울 일이 생긴다면 힘껏 할게요."

정길은 안심이 되지 않는다는 듯 고개를 옆으로 한번 꺾고는 건물로 들어갔다.

은철은 아무런 문제 없이 정길이가 무사히 일을 마치기를 마음속으로 빌었다. 하지만 그것은 어디까지나 은철의 희망사항일 뿐이었다. 은철의 바람과는 달리 기어이 사고가 터지고 말았던 것이다. 차 한 잔 마실 시간이 되었을까? 갑자기 정문 유리가 부서지는 소리와 함께 거칠게 문을 열고 뛰쳐나오는 정길과 그의 뒤를 쫓고 있는 건장한 사내 셋의 모습이 한눈에 들어왔다.

거친 숨을 몰아쉬면서 뛰어오는 정길이 은철과 가까운 거리에 이르자 갑자기 몸을 돌리며 품속에서 뭔가를 꺼내 바짝 근접해 있는 사내의 얼굴을 향해 휙 하고 그었다. 보기에도 섬뜩하게 날이 서 있는 회칼이었다.

사내가 당했는지 얼굴을 감싸고 주저앉았다. 쉭, 쉭, 정길은 계속해서 나머지 두 사람을 향해 칼을 휘둘렀다. 단순한 위협이 아닌 살수였다. 사내들이 주춤거리는 사이 정길이 다시 뛰기 시작했다. 그런 긴박한 와중에서도 그의 보안경은 신체의 일부이기라도 한 듯 떨어질 줄 몰랐다. 은철의 앞에 이르자 정길이 부탁한다는 듯이 한쪽 손을 살짝 들어 보이고는 그대로 지나쳤다.

"이건, 약속하고 다르잖아?"

커피숍에서 정길이 한 말은 상황이 발생하면 잠시 은철이가 가세해 주는 것뿐이었다. 그러나 그런 것을 따지기에는 시간이 너무 없었다. 선두의 사내가 은철의 코앞으로 바짝 다가왔던 것이다. 은철은 앞뒤 잴 것 없이 녀석의 미간에 스트레이트를 박아넣었다. 달려오는 탄력으로 졸지에 카운터를 허용한 상대의 육중한 몸이 곤두박질치듯 바닥에 뒹굴었다.

이어서 은철은 공중으로 몸을 날리며 한 팔로 다른 상대의 목을 감았다. 목을 제압당한 사내는 가쁜 호흡을 컥컥거리며 바둥댔지만 학원 앞에서의 풋내기들과는 달랐다. 넘어지려는 몸을 간신히 고정시킨 사내는 죄고 있는 은철의 손목을 양손으로 꺾기 시작했다. 엄청난 힘이 느껴졌다. 은철이 남은 손의 검지와 중지를 구부려 갈퀴처럼 상대의 눈에 타격을 가하려고 하자, 순간의 빈틈을 놓치지 않겠다는 듯이 사내는 힘껏 엎어치기를 시도했다. 세상이 한 바퀴 핑 도는 느낌과 함께 은철의 몸통이 맥없이 바닥에 내팽개쳐졌다.

겨우 낙법으로 몸을 추스른 은철은 재차 몸을 던지는 사내의 보디슬럼 공격을 재빨리 피했다. 땅바닥에 몸을 부딪친 사내가 비명을 질렀다. 은철은 누운 채 상대의 늑골 밑으로 강력한 발차기를 찔러 넣었다.

끄응 하는, 허파에 바람 빠지는 듯한 상대의 신음 소리를 들으며 은철이 일어났다. 그러나 이미 정길을 쫓아가기에는 늦었다고 생각했는지 처음 은철에게 당한 자가 가까스로 정신을 수습하며 재차 달려들었다. 사내는 앙갚음이라도 하려는 듯 거칠게 은철을 몰아붙였다. 고릴라 같은 상대 팔의 완력에 관자놀이가 끼이자 가물가물해지는 의식 속에서도 은철은, 정길의 칼을 맞고 얼굴에 피를 뒤집어쓴 채 달려오는 저승사자와도 같은 사내의 모습이 보였다. 또한 뒤늦게 사태를 알고 정문 쪽에서 쏟아져 나오는 패거리인 듯한 몇몇 사람의 다급한 모습도 보였다.

은철은 몸을 숙여 상대의 두 다리 사이로 팔을 감아넣고는 기합과 함께 몸을 훌쩍 뒤로 젖히며 사내를 땅바닥에 메다꽂았다. 사내는 뒤로 넘어지면서 머리를 바닥에 부딪쳤는지 둔탁한 소리와 함께 늘어졌다. 정길이 모습이 보이지 않은지도 제법 된 듯했다. 시간이 없었다. 이제는 은철도 몸을 피해야 했기 때문이었다.

그러나 서두르며 일어서는 은철의 옆구리에 날아온 것은 피칠갑의 구둣발길이었다. 찌르르 하는 통증이 온몸으로 퍼져왔다. 은철은 재빨리 옆으로 몸을 굴리면서, 재차 이어지는 사내의 공격을 피하며 발목을 후려찼다. 비틀 하면서 중심을 잃는 사이에 은철은 벌떡 일어났다.

"잡아라, 놓치지 마라."

"회장님이 죽었다."

악을 쓰는 소리가 은철의 귀에 점점 가까이 들려왔다. 은철과 피칠

갑은 동시에 몸을 날렸다. 그러나 녀석보다는 은철이 빨랐다. 예리한 은철의 발차기가 복부에 명중되자 자연스레 허리를 꺾는 상대의 목덜미 위로 은철의 수도가 떨어졌고, 숨쉴 틈도 없이 녀석의 안면에 은철의 무릎이 작렬했다. 상황 끝. 너덜너덜해진 녀석의 얼굴이 아무렇게나 구겨진 채 길바닥에 처박혔다. 그러나 이런 말은 1분 전쯤이면 가능했을지도 모를 일이었다. 어느새 같은 패거리인 듯한 대여섯 명이 은철을 에워쌌다. 새로운 싸움이 시작되었다.

"이 새끼가 회장을 칼로 찔러 죽였어?"

"조심해. 녀석은 벌써 세 명이나 해치웠어."

이런저런 웅성거림 속에 대로변에서의 싸움을 지켜보던 사람들이 신고라도 했는지 멀리서 경찰차의 경적 소리가 들리기 시작했다.

'어째서 정길이는 회장이라는 사람을 죽여야만 했을까?'

'어째서 정길이는 이런 일에 나를 끌어들였을까?'

'왜 정길이는 나를 속여야만 했을까?'

끝없이 이어지는 의문들이 은철의 머릿속을 헤집고 지나갔다.

은철은 뭐라도 부수고 집어던지지 않으면 머리가 돌아버릴 것만 같았다.

"제기랄!"

이내 무리 속에 뒤섞인 은철이 자신을 향해서인지 정길을 향해서인지 정체 모를 분노를 폭발시켰다.

은철이 의식을 회복한 것은 경찰서 유치장에서였다. 담당경찰이 정신을 차린 은철을 데리고 간 곳은 강력반 형사과였다. 상기된 표정의 담당형사가 피의 사실조서의 죄명 칸에다 톡톡거리며 두들기는 타자기에서 튀어나오는 모음과 자음들은 '살인'이라는 단어로 조립되고 있었다.

　살인? 내가 사람을 죽였단 말인가? 아니다. 살인을 한 것은 정길이었고, 나는 그의 속임수에 말려든 단순한 폭력피의자일 뿐이다. 아니, 나 역시 비겁한 살인 청부업자의 덫에 걸려든 피해자일 뿐이다. 죄가 있다면 사람을 너무 믿은 것밖에 없다. 나에게 누명을 씌운 그 자는 얼굴 없는 떠돌이 청부업자일 수도 있고, 이런 경우를 대비해서 조직의 보호를 위해 식구가 아닌 나를 바람막이로 선택할 수도 있었다. 그러나 그런 사실을 어떻게 입증할 수가 있단 말인가? 뒤늦게 은철의 억울함을 알게 된 이모가 변호사를 선임하고 백방으로 구명을 탄원하고 다녔지만 끝내 사건을 뒤집지는 못했다. 다만 살인에 직접 가담하지 않았고 초범인데다, 이제 겨우 성인에 이른 미숙함이 참작되어 6년의 형이 확정되었다.

　6년.

　한때 빛나던 은철의 청춘의 꿈과 이상은 젊음의 교만함과 함께 물거품으로 변해버렸다. 경희와의 사랑도 무너진 사랑탑이 되고 말았다.

　형이 확정되어 C교도소로 이감된 은철은 한마디로 꼴통 중의 꼴통으로 변해 있었다. 그의 무용담을 익히 들은 바 있는 건달들은 은철의 비위를 건드리려고 하지 않았지만, 심기가 불편해지면 아무에게나 주먹질을 해대는 바람에 형님들의 체면은 말이 아니었다. 덕분에 징벌방에도 몇 번이나 들락거렸고, 갈지마오상이라는 달갑잖은 별명도 붙어다녔다.

　그러던 어느 날, 은철에게서 변화의 조짐이 보이기 시작했다. 그것은 이감을 한 후 두 번째로 찾아온 이모의 면회 때문이었다. 스승의 안부를 걱정하고 있는 은철에게 이모가 전해온 소식은 도장의 주인이 바뀌었다는 것이었다.

한글로 무도라는 간판이 붙어 있기는 했지만, 지금은 나이 드신 아주머니나 아저씨들이 황혼의 블루스를 즐기기 위해 드나드는 댄스홀인 무도장으로 변했다는 것이다. 은철의 부탁으로 발길을 돌린 이모는 이번에는 스승의 행방을 찾기 시작했다. 몸이 불편한 스승이 있을 만한 보호시설이나 서울역 같은 곳을 서성이다가 스승을 만난 곳은 벽제의 행려병자 묘지에서였다고 했다.

은철의 슬픔은 너무도 컸다.

비록 4년의 짧은 기간이었지만 은철을 향한 스승의 정은 각별했기 때문이었다. 성취도가 빠른 자질 있는 제자에게 스승으로서의 권위를 유지하는 길은, 끊임없이 자신을 단련시키는 것밖에 없었을 것이다. 은철은, 스승을 죽음으로 이끈 것은 정길과 우유 부단한 자신 때문으로 여겨졌다. 우습게 당한 것을 생각하면 정길이란 존재에 대한 적개심은 더욱 불타올랐다. 그러나 은철의 슬픔은 오래가지 않았다.

밀려오는 비통함은 이루 말할 수 없었지만, 스승의 참뜻에 대한 의미를 생각하는 시간이 길어지면서 차츰 원래의 내성적이고 착한 품성으로 돌아가고 있었다. 무도에 대한 열정 하나로 사나이 일대사 모든 것을 걸고 새로운 의문과 지식에 도전했던 스승은, 수련을 거듭할수록 이제까지의 무도와는 또다른 보다 큰 차원의 세계를 보게 된 것인지도 모를 일이었다.

그것은 도저히 말로 표현할 수 없는 불가사의한 것으로 여겨졌지만, 한 걸음 한 걸음 정진을 계속하던 스승은 마침내 그것이 도저히 풀 수 없는 수수께끼가 아니라는 단정을 하기에 이른 것이리라. 그것은 이제까지의 사람들이 전혀 몰랐던 새로운 신비의 세계일 수도 있을 것이고, 불가에서 말하는 고도, 과거의 정각자들이 거닐었던 옛길이었지만 지금은 까마득히 잊고 있었던 고도를 발견한 것인지도 모를 일이었다.

그러나 스승의 삶은 비극으로 끝나고 말았다.

은철은 못다한 스승의 뜻을 계승하여 스승에게 영광을 돌려주고 싶었다. 사고를 치고 교도소에 들어온 종교인들의 말에 의하면, 이곳만큼 수행하기에 좋은 곳도 드물다고 했다. 지금처럼 세월을 무의미하게 보낸다는 것은 스승을 욕되게 하는 일이라고 생각했다.

은철이 있는 교도소에 정두섭이 전방(專房)을 왔을 때는 그의 수행이 4년째로 접어들고 있었으며, 체계적으로 정돈된 상태는 아니었으나 나름대로의 경지를 이루고 있었다.

기맥(氣脈)이 자유로이 운행되고, 온몸이 깃털처럼 가벼워지면서 자신도 모르게 몸이 붕 하고 뜨는 공중부양도 몇 번이나 경험했다. 교도소 측에서는 저러다가 훌쩍 담을 넘어 탈옥이나 하지 않을까 하는 우려에서 바깥 운동 시간의 행공 때는 은철의 주변에 따로 교도대원을 세워두기도 했지만 교도소의 담장은 까마득히 높았다.

은철은 자신이 수련하고 체험한 것들을 많은 사람들에게 가르쳐주고 싶었다. 특히 징역을 사는 사람들에게는 유익한 건강법으로 여겨졌기 때문이었다. 그러나 교도소라는 공간이니만큼 제한적일 수밖에 없었다. 은철의 희망은 출소를 하면 도장을 개설하는 일이었다. 보다 많은 사람들에게 스승으로부터 비롯된 하나의 세계를 열어보이고 싶었기 때문이었다.

정두섭은 일요일인 오늘, 여느 때의 주말과 다름없이 경마장으로 출근했다. 다정하게 손을 잡은 연인들의 모습도 보였고, 기왕에 태우고 온 손님 탓으로 돌리면서 마권에 투자해보려고 차에서 내리는 택시 기사의 모습도 보였다.

셀러리맨, 유한마담, 자영업자, 수많은 인간 군상들이 욕망이라는 이름의 전차에 쉴새없이 오르고 있었다.

정두섭은 혹시 그들 틈에 은철이가 끼여 있지나 않을까 하고 유심히 살펴봤다. 왜냐하면 은철의 출소 날짜가 얼마 전이었기 때문이다. 남은 형기 동안 불편함이 없이 대해준 은철이가 새삼 고마웠다. 은철은 정두섭뿐만 아니라 감방 식구 모두에게 그랬다. 변기 청소나 설거지 같은 궂은 일을 도맡아서 했다. 그러면서도 은자의 여유로움 같은 것이 언제나 그의 표정에서 흐르는 것이었다.

출소를 얼마 앞두고 무료하게 보내던 날, 정두섭은 말로나마 은철에게 고마움을 표시하고 싶었다.

"은철아, 출소하면 경마장에 한번 찾아와라. 원수 한번 톡톡히 갚을 테니까. 3층 뷔페식당 부근이다. 알았지?"

"거기 가면 아저씨를 만날 수 있어요?"

"그럼! 비가 오나 눈이 오나 거기다. 잠시 자리를 비우더라도 주위 사람들에게 '정두섭' 이란 이름 석 자만 대면 깜박 죽는 시늉을 할 테니까 걱정 끊어."

정두섭은 경마도 경마지만 말 자체의 매력에 흠씬 빠져 있었다. 특히 자신이 점지한 명마 에쿠스의 날렵한 몸매를 보노라면 그놈에게 판돈을 걸지 않고는 배길 수가 없었다. 천마처럼 신비한 매력을 가진 에쿠스를 바라볼 때면 비록 그 대상이 말이지만 영혼의 교감을 주고받는 듯한 느낌을 받았다.

"거기 가면 돈푼이나 만질 일이 있어?"

법자 주제에 방의 간식을 남의 두 배나 먹어치우는 껄떡이 최씨가 아무 데나 껄떡거리면서 끼여들었다.

"이 사람이? 돈 놓고 돈먹기 판에서 그걸 말이라고 해?"

"그럼, 정씨는 얼마나 먹어봤어?"

"그러니까 한 삼 년 전일 거야. 연말 경주였는데 대낄(우승 가능마)이 빠지고 똥말이 간다는 소스를 받고, 그 말 놓고 두어 구멍 질렀지. 그 중에서 삼십 만원어치 산 마권이 적중됐는데, 3백 몇 배짜리 대박이 터진 거야. 9천5백 만원? 아마 일 억 조금 못 됐을 거야. 근데 얼굴색이 왜 그래? 갑자기 배가 아프기라도 한 거야?"

순간, 은철의 눈이 반짝 하고 빛났다.

"일 억!"

그 돈이라면 도장을 시작하기에 충분했다.

"근데, 그 돈은 죄다 어디에 꼬불쳐두고 왔기에 지지리 궁상만 떨면서 징역을 깨고 있어?"

"이런! 그게 어디 전부 내 돈이야? 가는 봄 오는 봄에 사랑과 진실, 진실과 사랑이지. 가는 게 있어야 오는 게 있잖아? 소스를 제공한 녀석에게도 얼마 떼어줘야 하고, 데리고 있는 기수도 생각해줘야 할 거 아냐? 무식하기는."

"그래, 넌 유식해서 좋겠다. 어쨌든 한동안 흔들고 다녔겠네?"

"말 마, 그 말 다하자면 입이 부르틀 테니까. 근데 껄떡이."

"왜?"

"이번 징역은 그렇다 치더라도 다음 징역에서는 만나지 않는 게 좋지 않겠어?"

"이 자식이? 야! 은철아, 너 혹시 경마장에 가더라도 정가 행색을 먼저 살펴보고 아는 체하라고. 거의 뺑일 테니까."

그의 말대로 1억이라는 뺑에 과민하게 반응하는 은철의 모습이 좀체 잊혀지지 않았다. 은철은 분명히 한 번은 찾아올 것 같았다. 그러나 과거의 정을 생각해서 한 번 들르는 정도라면 몰라도 그의 허풍과는 달리 거래하는 마방의 소스도 없는 주제에 정작 은철이가 튀겨보겠다고 돈이라도 싸들고 온다면 난감한 일이 아닐 수가 없었다. 하지만 어때? 소스가 있든 없든 간에 경마해서 잘된 놈 봤냐고? 죽는 건 은철이가 아니라 가지고 온 돈밖에 없을 테니까…….

정두섭의 예감대로 은철이 나타난 것은 9경주가 끝났을 때였다.

"아저씨."

"야, 은철이구나. 이게 얼마만이냐. 출소했다는 것은 알고 있었지만…… 어쨌든 잘 왔다."

"혹시나 했었는데 역시 만나보게 되네요. 어때요?"

"하하, 나야 뭐 항상 그렇지. 근데 이모님 댁에 있는 거야?"

은철은 말쑥한 작업복 차림이었다.

"아니요. 찾아뵙기가 뭣해서 전화로만 말씀드렸어요. 어느 정도 안정이 돼야 이모부를 만날 수 있지 않겠어요?"

"말 되는군. 그럼 지금은 어디에 있는 거야?"

"인력시장에 나가 노가다하고 있어요."

"노가다? 뜻은 기특하다만! 글쎄, 그걸 해가지고 어느 세월에 도장을 하겠다는 거야?"

"그러게 말입니다. 그래서 아저씨와 의논을 해보려고 찾아왔는데……."

은철은 호주머니에서 만 원짜리 한 다발을 건넸다.

"이거, 그 동안 모아둔 건데 아저씨하고 경마를 해보려고 가지고 왔어요. 튀길 수 있겠어요?"

녀석, 순진하긴……. 하지만 어느 구름에 비가 실려 있는지 모른다. 노가다를 해서 모은 돈이라고 하니 찜찜하기는 했지만 요즈음은 본업보다 바람잡이에 더 익숙해 있는 경력 십 년의 그로서는 사양하고 싶지 않은 제의였다. 돈을 본 정두섭은 처음 대할 때의 마음과는 달리 느닷없이 등장한 호구로 인해 기대에 잔뜩 부풀어 있었다.

"당연히 그렇게 해야지. 그런데 보자……."

정두섭은 바지 뒷주머니에서 예상지를 꺼내 살피면서 말했다.

"내가 점찍어둔 경주는 마지막 11경주이긴 하지만, 이번 경주도 괜찮을 거 같군. 결정은 이따 하기로 하고 우선 말 돌리는 데나 가보기로 할까?"

두섭이 은철을 데리고 간 곳은 이번 경주에 출주할 말의 컨디션을 보여주는 예시장이었다. 식별하기 좋은 번호표를 부착한 말들은 기수를 태우고 트랙을 돌고 있었다. 경주마들에게는 평소의 기록도 중요하지만 경주 당일의 컨디션 역시 변수로 작용하기 때문이다.

은철은 이미 교도소에서 두섭으로부터 들은 바가 있기에 초보자답지 않게 출주하는 경주마들을 유심히 살펴보고 있었다.

1번마 북극성, 2번마 행진곡, 3번마……. 사실 동물의 컨디션 정도를 파악하는 것은 은철에게 대수로운 일이 아니었다. 그래도 은철의 눈에 도드라져보이는 것은 3번마 오대양과 7번마 향로봉이었다. 우람한 체구와 무리들과는 달리 범상치 않은 명마로서의 분위기가 느껴졌기 때문이었다.

스무 군데가 넘는 예상지 업체에서도 순위만 틀릴 뿐 3번과 7번 두 마리를 거의 대낄로 예상지 상단에 올려놓고 있었다.

마감 십 분 전.

경주마들은 관중들에게 선을 보이기 위해 예시장을 벗어나 스탠드로 향하고 있었다. 은철은 결론을 내렸다.

"아저씨, 3-7로 사는 게 어때요?"

"글쎄, 나도 3-7로 보고 있어. 하지만 이번 대낄 경주야 배당이 변하잖아. 맞배당(2배)이나 나오려나?"

어느새 그는 자기 몫을 생각하고 있었다.

"그래도 상대마가 없을 것 같은 경주인데, 배당보고 엉뚱한 것 샀다가 죽는 것보다는 낫잖아요. 이번 경주는 3-7로 가고, 얼마라도 튀겨지면 아저씨가 말한 11경주에서 승부를 보는 게 어떻겠어요?"

말이 되는 소리다. 은철은 정두섭을 만나기 전에 경마장을 돌아다니면서 어느 정도 분위기를 파악해둔 모양이었다. 두 사람이 마권발매장 건물에 들어섰을 때는 전광판에서 발매마감 4분 전을 알리고 있었다. 창구에 줄지어서 있는 사람들은 거의 대낄인 3-7마권을 구입하는 듯 배당은 두 배에 머물러 있었다. 망설이고 어쩌고 할 시간이 없었다. 은철은 줄 뒤에 매달려 있는 정두섭에게 돈을 건네주었다.

탕 하는 발주기 문이 열리는 소리와 함께 열두 필의 말들이 일제히 경주로에 쏟아져나온 것은 마감시간이 임박해서야 가까스레 마권을 구입한 두 사람이 2층 관람대의 사람들 사이에 자리를 정하고 섰을 때였다.

선두에 나선 말은 2번 행진곡과 4번 동풍호. 의외의 복병마들에게 선두 빼앗기 선행 전문인 3번 오대양이 안쪽 공간의 비어 있는 1번 자리로 재빨리 뛰어들었지만 이미 한 발 앞서 있는 두 마리가 유리한 코스를 양보할 리 없었다. 경주는 1,800미터로 진행되는 경주였다. 관중들은 장거리 경주의 초반 선행에 별다른 의미를 두려고 하지 않는 분위기였지만 조금은 우려 섞인 시선으로 경주 상황을 지켜보고 있었다.

이윽고 외곽코스의 말들도 조금씩 탄력을 받기 시작하면서 거리 차이를 좁히고 있었지만 3코너를 돌아 직선주로에 들어서는 마지막 4코너의 입구에 이를 때까지 경주 순위는 변함 없이 2, 4, 3번마로 이어지고 있었다.

은철은 구입한 마권의 말들이 처져 있어서 내심 초조했다. 드디어 선두권의 말들이 4코너를 선회하기 시작하자, 이제까지 말의 각질(角質, 동물의 몸을 보호하는 비늘·뿔·털·부리 따위를 형성하는 물질)에 따라서 진행되던 경주의 흐름이 갑자기 빨라지면서 중위권에 머물러 있던 9번 태양과 10번 흑장미가 어느새 3번 오대양을 추월하면서 선두마저 위협하기 시작했다.

예측 불허의 혼전 속에서 공방을 벌이는 선두그룹이 코너를 돌아 직선주로에 나서기 시작하자 그때까지 잠잠하던 관중들의 열기가 서서히 달아오르기 시작했다. 그것은 이제까지 맨 후미에 머물러 있던 강력한 우승후보인 7번 향로봉이 외곽주로를 따라 미친 듯이 앞선 말들을 하나씩 따돌리고 선두권에 들어섰기 때문이었다.

앞으로 결승선까지 남은 거리는 백 미터. 이를 구분 못한 선두공방에서 2번 행진곡과 4번 돌풍호가 페이스를 오버한 듯 피로한 기색을 보이면서 주춤주춤 뒤로 물러나기 시작하면서 승부의 추는 쇄도해 들어오는 7번 향로봉을 정점으로 기우는 듯했다.

남은 거리는 70미터. 그러나 3-7 마권을 구입한 대다수 관중들은 아직도 9번 태양과 10번 흑장미에 가려 머뭇거리고 있던 3번 오대양에게 저마다 목청을 돋우면서 안타까운 성원을 보내고 있었다. 은철 역시 그들과 같은 심정이었다. 남은 거리는 50미터. 의외의 파이팅으로 버티고 있는 앞선 말들에게 추격의 타이밍을 한 박자 놓쳐버린 오대양의 기수는 당황했다.

이제 와서 코스를 바꾸기에는 이미 틀린 노릇이었다. 지금은 몸싸움밖에는 방법이 없었다. 체중 5백 킬로가 넘는 거구의 오대양이 두 마리 사이의 미세한 공간을 비집고 들어갔다. 왜소한 체구의 흑장미가 압박해 들어오는 오대양의 힘에 밀려 가드레일 쪽으로 튕겨 나가면서 기수는 쥐고 있던 채찍마저 놓쳐버렸다. 이윽고 관중들의 열렬한 응원에 부응이라도 하듯이 선두로 나서고 있는 오대양, 7번 향로봉은 3착이었지만 2착인 태양을 추월하기는 그다지 어려워보이지 않았다. 은철은 승리에 대한 확신으로 마른침을 꼴깍 삼켰다.

남은 거리 20미터. 그러나 9번 태양의 저력도 만만치 않았다. 데뷔 후 4연승의 기대주였지만 1,800미터 장거리 경주의 벽에 이르러서는 5개월째 바닥을 치는 태양은 그 동안의 부진을 만회해보기라도 하듯이 악착같은 투지로 맞서고 있었다. 아나운서의 중계 방송 소리가 열병을 앓는 환자의 신음처럼 종잡을 수 없이 들려왔다.

이제 남은 거리는 10미터.

드디어 선두인 3번 오대양이 결승선을 통과하자 후착 그룹들도 뒤따라 결승선에 빨려 들어갔다.

마침내 경주는 끝이 났다. 은철은 조마조마한 심정으로 정두섭을 쳐다봤지만 그는 말없이 담배 연기만 빨아대고 있었다. 그러자 관중석의 일부에서 3, 9라는 말들이 간간이 새나오고 있었다.

"3-9? 그렇다면 오대양과 태양이란 말인가?"

은철은 낭패한 기분이었다. 그러나 혹시 하는 은철의 기대는 아랑곳하지 않은 채 곧바로 전광판에 새겨지는 착순은 1착인 오대양과 2착인 태양의 3-9를 빠르게 그려내고 있었다. 복승식 마권과는 상관없는 3착은 어디에 있었는지조차 몰랐던 똥말인 6번 한산도에게 돌아갔고, 강력한 우승후보였던 향로봉은 3착과 반 마신 차이로 4착에 머물러 있었다.

배당은 20배.

은철의 상심은 이루 말할 수 없었다. 한 달 동안의 노고가 불과 2분여 동안에 흔적도 없이 사라지고 말았던 것이다.

"이게 바로 경마장에서 말하는 바람이라는 거야. 우리 경마는 말이 뛰는 게 아니고 기수가 함께 가야만 제대로 된 승부를 하는 거라고. 향로봉쯤 되는 말이 한산도에게조차 부러진다는 것은 뭘 의미하겠어?"

"……"

"짜식들이 빼먹은 거야. 장에서는 승부가 있다고 흘려놓고는 해먹은 거지. 센말이 간다는데 그 말을 놓고 마권을 사지 않을 사람이 어디 있겠어?"

정두섭은 피우던 담배를 바닥에 내던져 구둣발로 비벼 껐다.

"그런데 향로봉의 마방 사정을 아는 녀석들도 제대로 된 마권을 샀을까? 이거 걱정되는군……."

별걸 다 걱정하는 정두섭을 은철이 슬쩍 흘겨봤다.

"이거 갖고 창구에 가서 돈 찾아와. 배당의 20배니까 2천은 될 거야."

놀랍게도 정두섭이 호주머니에서 꺼낸 것은 은철이 시킨 3-7마권이 아닌 3-9마권 열 장이었다. 은철이 자기 눈을 의심하기라도 하듯 다시 한 번 마권의 확인했지만 인쇄도 선명한 오대양과 태양의 3-9마권이 확실했다. 은철의 입에서는 탄성과 함께 신명 넘치는 휘파람 소리가 길게 이어졌다.

"아까 예시장에 갔을 때 향로봉 집의 소스를 아는 녀석이 누구하고 쑥덕거리는 소리를 엿들었지. 없는 것 같더라고. 그래서 상대 마로 태양을 찍었지."

"근데, 왜 그때는 말해주지 않았어요?"

"그 말 했다가는 니 맘이 변할까 싶어서 그랬다. 다들 고만고만한 말들인데, 차라리 내가 알아서 하는 게 낫겠다는 생각에서였어. 태양은 몇 번 뛰는 걸 봤지만 전력질주는 하지 않는 것 같더라고. 그렇지만 오늘 예시장에서 보니, 힘이 차 있는 게 마방에서 분명히 승부를 할 것 같은 예감이 들었어."

은철은 마치 정두섭이 외계에서 온 사람처럼 경외감마저 들었다. 그때였다. 장내 아나운서의 예정에 없는 안내방송이 흘러나오고 있었다.

"관중 여러분, 이번 경주는 심의 경주입니다. 가지고 있는 마권을 버리지 마시고 심의 결과를 기다려주시면 감사하겠습니다. 이번 경주는 심의 경주입니다. 가지고 있는……."

풀이 죽어 있는 사람들은 어떤 이변이나 생기지 않을까 하고 귀를 쫑긋 세웠다. 쓰레기통에 버려진 마권을 뒤지는 사람도 보였다. 장내에 설치되어 있는 TV 모니터에서는 자막과 함께 심의 경주임을 알려주고 있었다.

"심의 경주가 뭔데요?"

"으응! 그건 경주 도중에 기수가 반칙을 하지 않았나 하는 의심이 들 때 하는 제도야. 새로 생긴 건데, 심의에 걸리면 착순이 변경되기도 하지. 하지만 신경 끊어. 거의 없었던 걸로 유야무야 되는 게 대부분이니까."

TV 모니터에서는 해당 기수들을 심리하는 재결실의 광경을 보여주다가 이내 결승선 앞에서의 경주 상황을 보여주고 있었다. 거기에는 흑장미와 태양 사이의 빈 공간을 파고드는 오대양의 거친 모습이 느린 화면으로 진행되다가, 충격으로 밀려난 흑장미에 기승한 기수가 채찍을 손에서 놓치는 장면에서 고정되었다. 정두섭은 애써 무시했지만 결승선 앞에 있었던 오대양의 무리한 추입 장면은 은근히 그를 불안하게 만들었다.

이윽고 재결위원들간의 합의가 이루어졌는지 결과에 대한 아나운서의 담담한 음성이 장내의 웅성거림을 잠시 정지시키면서 흘러나오고 있었다.

"재결 결과를 말씀드리겠습니다. 이번 10경주의 오대양은 결승선 전방 30미터 지점에서 고의적인 충돌로 10번마 흑장미의 주로 이탈을 유도했기에 1착으로 결승선을 통과했지만 순위를 12착으로 변경합니다. 따라서……."

아나운서의 결과 발표는 계속해서 반복되고 있었다. 한동안 공황상태에 빠져 있던 은철은 그제야 현실 감각을 되찾고 있었다. 머리인 오대양이 꼴찌로 추락하면서 은철이 갖고 있는 3-9마권은 졸지에 휴지조각으로 변하고 말았다.

반복되는 아나운서의 말소리가 헛된 망상을 품고 경마장을 찾은 자신을 비웃듯이 들려왔다.

오대양이 제외된 복승식 마권의 행운은 의외의 가꾸시(능력을 숨긴 말)인 9번마 태양을 머리로 하고, 아무도 거들떠보지 않는 6번 한산도의 9-6으로 확정된 탓인지 배당은 무려 1천 배에 이르렀다. 좀체 보기 드문 대형사고였다.

금세 잡았다 놓쳐버린 행운에 대한 허탈감으로 은철은 관람석의 빈자리에 털썩 주저앉았다. 정두섭 역시 머리에 쥐라도 났는지 무릎을 꿇고 얼굴을 감싸고 있었다.

"망할 놈의 자식, 진작에 추입을 서둘렀으면 뭐가 어때서 그래? 다 된 밥에 재를 뿌려놓다니, 흐유……."

머리를 꺾은 채 정두섭은 한숨과 함께 미숙한 경주를 펼친 기수를 씹기 시작했지만 오래 지속되지는 않았다. 그것은 그 동안의 경험으로 이미 되돌릴 수 없는 현실이라는 것을 누구보다도 잘 알고 있기 때문이었다.

"은철아, 너 어디 가지 말고 여기 앉아 있어. 오래 걸리진 않을 테니까."

잠시 뭔가를 생각하는 듯한 정두섭이 자리에서 일어났다. 그의 눈빛은 심오한 결의를 다진 사람처럼 빛나고 있었다.

"어디 가려고 그래요?"

"아는 사람을 좀 찾아보려고 해. 빌려준 돈이 생각났거든. 오랜만에 만난 사이에 이렇게 헤어질 수는 없잖아."

정두섭은 돌아서다 말고 다시 은철을 보면서 조금 전과는 달리 부드럽게 말했다.

"다 잊어버려, 이게 바로 경마장의 진실이라는 게야. 아쉬움이야 남겠지만 적당할 때 포기하는 것도 현명한 방법 아니겠어? 사실, 이런 일도 사회경험이 부족한 니가 살아가는 데 있어서 어쩌면 배워야 할 일인지도 몰라."

정두섭은 돌아서서 발매장 안으로 성큼 걸음을 옮겼다. 맞는 말임에 틀림없다. 의외의 해프닝으로 끝난 일이었지만 오랜 수형생활 끝에 별로 고상하지 못한 장소에서 맛본 경험이었다. 또한 이제부터 헤쳐나가야 할 만만찮은 사회의 한귀퉁이를 엿본 것 같았다. 은철은 잃어버린 돈에 대한 미련을 접기로 했다. 어차피 그 돈은 정두섭이가 다른 마권으로 바꾸지 않았어도 이미 죽어 있었던 게 아닌가?

워낙 배당이 큰 탓인지 환불창구는 쥐 죽은 듯 조용했다. 시간이 지나면서 관중들의 소요가 점차 가라앉으며 경주로 중앙에 버티고 있는 대형 전광판에는 이제까지의 경주 내용은 말끔하게 지워지고 대신 새롭게 시작될 11경주의 말과 기수에 대한 소개가 한창 진행되고 있었다.

사람들은 하등동물처럼 조금 전의 일은 금세 잊어버리고 새롭게 펼쳐질 경주에만 골몰하고 있었다. 고액배당의 환상에 젖어 번들거리고 있는 그들의 눈빛에서 은철은 문득 자신이 머물 곳이 아니라는 것을 느꼈다. 그가 추구하는 세계와는 너무 동떨어진 곳이었다. 이런 경험은 한 번만으로 족했다.

"오래 기다렸지?"

마지막 경주가 끝나고 소중하게 가지고 있던 마권들을 아무렇게나 구겨 던져버리고 서둘러 자리에서 사람들이 일어날 즈음에야 정두섭이 나타났다. 그는 무슨 기분 좋은 일이 있는지 얼굴색이 환해져 있었다.

"가자고. 열불 나는데 소주라도 한잔 꺾어야 하지 않겠어?"

두 사람은 사람들 틈에 섞여 밖으로 나왔다. 그리고는 경마장 밖의 노점식당에서 소주 두 병을 마시고 2차를 가자면서 서두르는 정두섭을 따라 은철은 마지못한 듯 택시에 올랐다.

택시에서 내린 곳은 가까운 방배동이었고, 그가 안내한 곳은 비싼 룸살롱이었다. 비즈니스급의 보통 룸에 자리를 정하고 앉았지만 정두섭은 호기롭게 마담을 향해 고급양주와 안주를 거침없이 시켰다. 교도소에서의 법자 시절과는 너무도 달라보였다. 그날, 은철도 꽤 마셨다. 8시쯤 시작된 술자리가 두 사람이 업소를 나올 때는 자정이 다 된 시간이었다. 룸의 아가씨와 외박을 권하는 은근한 정두섭의 청을 거절한 은철이었다.

"그럼, 이거라도 넣어둬."

혀꼬부라진 소리로 은철의 손에 쥐어준 것은, 백 만원짜리 자기앞수표 몇 장으로 계산을 마치고 남은 오십 만원 정도의 거스름이었다.

"괜찮아요. 만나서 반가웠고 이렇게 과분할 정도로까지 환대를 받았는데 뭐가 부족해서 돈까지 받아요?"

처음 만났을 때와는 달리 거금을 지니고 있는 그가 예사롭게 보이지 않았다.

"아냐! 날 찾아와서 넌 오늘 쪽박신세가 됐잖아. 당분간 교통비도 없을 텐데 아무소리 말고 넣어둬."

"그건 내 잘못이지 어째서 아저씨 탓입니까? 젊은 몸뚱인데 뭐가 아쉽다고 폐를 끼치겠어요?"

"이녀석 좀 봐. 너 정말 받지 않을래?"

정두섭은 짐짓 화가 난 듯이 음성을 높였다.

"알았어요. 받을게요. 십 만원만. 그런데 아저씨."

은철은 십 만원 정도만 손에 쥐고 귓속말을 했다.

"멋진 출소식이었어요."

두 사람은 마주보고 유쾌하게 웃었다.

"만나서 반가웠다. 자주 연락해라."

정두섭은 비틀거리면서 한쪽 팔을 들어보이고는 때마침 앞에서 멎는 택시에 올랐다. 택시의 진행 방향을 보며 정두섭은 뒷좌석의 쿠션에 비스듬히 몸을 기댔다. 고약한 10경주가 끝나고 은철에게 별다른 내색은 하지 않았지만, 그의 심정은 놓쳐버린 월척에 대한 미련으로 착잡한 정도가 아니라 발광 일보 직전이었다. 그러나 혼란 속에서도 분명하게 떠오른 생각은 이대로 은철을 보내서는 안 된다는 것이었다. 어려울 때 신세를 진데다가, 자기를 믿고 찾아왔는데 이런 상태로 헤어진다는 것은 어떤 경우보다 자신이 초라하게 여겨졌기 때문이었다. 정두섭은 퍼뜩 6층의 마주실을 떠올렸다.

그곳은 마주나 그들로부터 위임받은 사람들이 출입하는 곳으로 일반 사람들에게는 통제구역이었지만 파장 분위기인 지금쯤은 별 어려움 없이 드나들 수 있는 곳이기도 했다. 그의 발길은 지체 없이 마주실로 향했다. 그의 몸은 전성기의 그것처럼 알 수 없는 투지로 활활 타올랐다.

드디어 사냥감이 총구의 가늠자 위로 떠올랐다.

마지막 경주의 구매표에다 뭔가를 열심히 적어 넣고 있는 통통한 사내가 정두섭에게는 알맞게 익은 통닭구이로 보였다. 마주실을 나오면서 확인한 전리품은 백 만원짜리 자기앞수표 석 장. 하지만 아쉬웠다. 시간이 없기 때문이었다. 남은 경주만 있었다면 창구에서 교환해 은철의 본전만큼은 돌려주고 싶었는데……

정두섭이 지그시 눈을 감았다. 녀석은 알고 있었을까? 그의 얼굴에는 묘한 미소가 감돌고 있었다.

"아니! 이럴 수가?"

간밤의 숙취 때문에 냉수를 들이키면서 아무 생각 없이 TV에서 흘러나오는 아침 뉴스를 보고 있던 정두섭의 입에서 튀어나온 말이었다. 사람들의 일상과는 달리 사건 사고만을 다루는 뉴스에서는 흔히 있을 수도 있는 살인 사건이었지만, 어디선가 들어본 적이 있는 피살자의 이름이 흘러나오면서 정두섭은 조금씩 긴장했다. 그러던 중 그가 불에 데이기라도 한 것처럼 깜짝 놀란 것은 피살자의 얼굴이 화면에 나오면서부터였다. 놀란 것도 무리가 아니었다. 왜냐하면 화면 속의 주인공은 다름 아닌 간밤에 성대했던 은철의 출소식을 마련해준 마주실의 바로 그 사람이었기 때문이었다.

사건의 내용은 대충 다음과 같았다.

마주이기도 한 피살자 최대포는 그날 9경주에 있었던 대상경주에서 2착으로 입상한, 자신이 소유하고 있는 보라매를 관리해온 조교사와 한담을 나누다가 헤어진 것은 어두워진 저녁 7시경. 차량들로 가득 메워졌던 지상의 주차장은 언제 그런 일이 있었느냐는 듯 몇 대의 차량만이 드문드문 서 있던 시간이었다. 바로 그 시간, 승용차의 문을 열던 최대포가 살해됐다는 것이다. 사건의 목격자도 용의자도 아직은 밝혀진 것이 없다고 했다.

진행자는 장소가 장소인 만큼 단순 강도살인 같다는 경찰인지 자신의 견해인지 모를 아리송한 말을 덧붙이면서 다음 뉴스를 보도하기 시작했다.

정두섭은 취한 탓에 아무렇게나 벗어놓은, 방바닥에 널려 있는 옷들을 황급히 뒤지기 시작했다. 건수를 올리고 나면 상대방의 지갑 같은 불필요한 것들을 폐기하는 것이 대부분이었지만, 기다리고 있을 은철을 생각해서 그대로 호주머니에 넣은 채 은철에게 갔던 것이 생각나서였다.

혹시나 하는 마음으로 꺼내 본 지갑 속의 신분증은 불행하게도 방금 TV에서 보도한 피살자와 일치했다. 정두섭은 전신이 얼어붙는 듯한 오싹한 전율에 휩싸였다. 졸지에 소매치기도 아닌 살인사건의 용의자로 몰릴 판이었다. 경마장을 나서면서 입구의 노점에서 소주를 시켜놓고 이런저런 얘기를 나눈 것도, 사건을 저지르고 룸살롱에 들어갔다면 시간마저도 절묘했다. 서른 개 정도의 탁자를 길가에 빌려놓고 한꺼번에 밀어닥치는 손님들을 받기에 경황이 없었던 주인이 물론 그들을 기억할 리가 만무했다.

"휴우……."

재수라고는 파리 뭣 만큼도 없는 자신이 한심하기만 했다. 그나마 위안이 되는 것이 있다면, 만일의 경우를 대비해서 만들어놓은 신분증으로 수표에 이서를 해준 것이 다행이라면 다행이었다.

하지만 그것도 잠시뿐.

그의 입이 좌악 벌어진 것은 뒤미처 꺼내본 명함을 보면서부터였다. 집권여당의 무슨 상임이사라든가, 관변단체의 부위원장이라든가 하는 글자가 인쇄된 명함이 더욱 그를 주눅들게 만들었다. 이 정도의 거물이 살해됐는데 투입될 수사의 규모가 눈앞에 아른거리면서, 주위의 사물이 빙글빙글 돌아가는 듯한 아찔한 현기증을 느꼈다.

정두섭이 은철과 통화하기 위해 수화기를 들었다. 신호음과 함께 은철이 바로 전화를 받았다.

"어, 두섭이 아저씨! 어제 잘 들어가셨어요? 그런데 웬일로 아침부터?"

정두섭은 누구에게 쫓기기라도 하듯 이제까지의 일을 다급한 목소리로 말하기 시작했다. 사건의 중압감이 혼자만 알고 대처하기에는 부피가 너무 컸다. 매사에 서두르지 않는 차분한 성격인 그에게 해결 방식까지는 몰라도, 도움이 될 수 있는 말 정도는 있을 것으로 여겨졌기 때문이었다.

소매치기 부분에 이르러서는 곤혹감이 밀려들었지만, 은철은 묵묵히 듣고만 있었다. 그러나 장황한 정두섭의 말이 끝나자 그 역시 동요하는 빛이 역력해 보였다.

"문제는 수표인데……."

"그러게 말이야, 내가 이서해줄 때는 뒷면이 깨끗했어. 발행일은 엊그제 토요일이었고."

"수사 도중에 튀오나오면 그때부턴 우리에게도 불똥이 튀겠지. 살인 사건인데 본인의 은행계좌 정도 뒤지는 것이야 기본일 테고, 물론 적어준 인적 사항은 아저씨 것이 아니죠?"

"그건 말해서 뭘 해. 하지만 영문을 모르는 술집 사장이 칼같이 입금시킬 것은 뻔한 일이잖아. 휴우……."

조금씩 대화의 내용이 가닥을 잡아가고 있었다.

"그러면 당연히 술집으로 연락이 갈 테고, 수사팀에게는 아연 활기가 돌겠지. 고대하던 단서가 드디어 수면 위로 떠올랐으니까. 안 그래요?"

"우선, 사장이랑 룸에 있었던 아가씨와 마담을 부르겠지. 몽타주라도 만들어야 하니까. 그렇다면 술 취한 갸들보다는 여우같은 마담이 더 신경이 쓰이는군. 아이구 골치야."

"아저씨, 차라리 자수를 하는 게 어떻겠어요?"

"자수?"

기대했던 은철에게서 전혀 도움이 되지 않는 말이 들리자 정두섭의 머리는 더욱 지끈거렸다.

"그걸 말이라고 하는 거냐? 내 처지를 몰라도 한참 모르는 사람 같은 말을 하다니. 이번 것까지 둘러매면 3범이라고. 영락없는 청송행이야. 그런 내가 어떻게 호랑이굴로 어기적거리면서 들어갈 수가 있겠어?"

"아냐! 내 말 들어봐요. 이건 살인 사건이라고. 수표는 경마장에서 주웠다고 둘러대면 되잖아요. 기껏해야 점유 이탈물 횡령밖에 안 될 텐데 무슨 청송씩이나……."

"죽은 자는 말이 없다. 그런 말인가?"

과연! 은철다운 냉정한 논리였다.

"그런데 문제는, 우리 결백을 어떻게라도 증명해야 할 게 아냐. 노점 주인이 우리를 기억해줄까?"

그제야 은철도 심각한 표정이 되었다. 일단은 노점 주인을 만나야겠지만 영업을 하는 토요일 경마날까지는 기다릴 수밖에 없다.

그 동안 망할 놈의 범인이 잡히기만을 바랄 수밖에 없는 노릇이었다. 찜찜했다.

"알았어. 내가 생각을 좀 정리하고 다시 연락할게. 좌우간 미안하게 됐다."

"……."

전화는 끊어졌다.

룸살롱 금맥의 사장 김종팔은 조금 전 경찰로부터, 며칠 전 입금시킨 수표에 하자가 생겼다는 연락과 함께 경찰서로 출두해 수사에 협조해 달라는 은근한 부탁을 받았다. 출두할 곳은 얼마 전에 있었던 살인 사건의 관할서인 수사본부라고 했다.

"제기랄! 소액재판에서 30%밖에 못 챙길 수표 사고에다 귀찮은 일까지 덤으로 생기다니."

일명 똥팔이라는 별명에 어울리게 그의 얼굴은 벌레 잡는 용도에 사용하는 끈끈이 종이에 붙어버린 파리처럼 일그러져 있었다. 하지만 거절할 성격의 일이 아니었다.

종팔은 지금 당장 아가씨들을 찾기가 곤란하다면서 저녁 점호시간에 업소로 와줄 수 없겠느냐고 말했다. 피라미 시절, 별 것 아닌 건수로 경찰서 조사를 받고 있는 똘마니들의 선처를 위해 평소 안면이 있는 담당 형사를 찾아갔다가 "씨팔, 도둑놈을 잡아놨더니 강도가 와서 빼달라고 하니 이거 원, 더러워서 순사질 해먹겠나?" 하는 무안을 당한 뒤로는 경찰에 대한 기피 증세가 보통사람들보다 유난히 심해졌다. 관계되는 사람들끼리 조사를 하든, 지지고 볶든 간에 현장에 없었던 자기는 한 발 물러나 있겠다는 심보였다.

상대방은 윗사람의 지시를 받으려는지 잠시 기다리게 해놓고는 이내 그렇게 하자고 했다. 종팔은 친구이며 후견인이기도 한 게바라에게 전화를 해야겠다고 생각하고는 공중전화 부스로 향했다. 중남미의 교민인 것으로 짐작되는 게바라는 성도 이름도 출신국이 어디인지도 모르는 인물이었기에 전설적인 게릴라 지도자 이름으로만 통하고 있었다.

게바라는 휴대전화가 몇 개 있는지는 몰라도 가끔씩 전화번호가 바

꾀었다. 특히 업소의 유선으로 전화하는 것은 질색이었다. 그 역시 종팔처럼 어떤 피해 의식이 있는 모양이었다.

그의 나이 마흔둘.

그보다 대여섯 아래로 보이는 게바라와 친구 사이로 트고 지낸 것은 3년 전쯤의 일이었다. 고향의 부둣가에서 건달 노릇을 하며 필로폰이며 선원들의 휴대품을 거래하면서 노름판이나 기웃거리던 그가 고향을 떠난 것은 지금으로부터 15년 전의 일이었다. 단골로 드나드는 나이트클럽에서 어떤 여자를 유혹하게 된 것이 원인이었다.

명색이 건달이라고는 하지만 주먹보다는 말 펀치가 더 세다는 주위의 평을 받쳐주기라도 하듯, 훤칠한 미남의 잡놈인 그가 클럽에서 웬만한 남자들 못지 않게 지폐를 펑펑 써대는 물 좋은 그녀를 놓칠 리 없었다. 당시 사귀고 있던 기둥 녀석은 직계 꼬봉인 복서 출신 땅개의 레프트 한 방으로 잠재우고 그녀를 접수한 것은 그다지 오랜 시일이 걸릴 것도 없었다.

이름이 명자라고 했던가? 지난 세월 흘러갔던 많고도 많은 여자 중의 하나였지만 쉽게 잊혀지지는 않았다.

종팔의 신수가 훤해진 것은 물론이었다. 그러나 화근을 자초한 것도 그였다. 보다 여유가 생긴 그가 드나드는 곳은 그곳에서도 판이 크기로 유명한 마작하우스였다. 처음에는 의례 그런 것으로 알고 건네주던 돈이 사업 평계를 대고 설득 반 애원 반으로 요구할 때는 차츰 단위가 커졌던 것이다.

두들기면 맷돌소리가 툭툭거리며 날 것 같은 그녀의 머리로도 완전히 코가 꿰었다는 생각이 들 때쯤에는 마르지 않는 샘물 같은 그녀의 돈도 차츰 바닥을 보이기 시작했다. 이번에는 그녀가 발벗고 나섰다.

물론 본전을 찾기 위해서였지만 세상만사가 뜻대로 되는 것이라면 얻어먹는 거지의 행위도 자신이 원해서 하는 성자들의 고귀한 수행처럼 보일지도 모른다.

서울 장안에서 날고 긴다는 선수들까지 투입시켜보았지만 시일만 지체시켜주었을 뿐 별다른 약효를 거두지 못했다. 낌새를 눈치챈 터줏대감들이 또다른 기술자를 투입하면서 용병들의 대리 전쟁으로 비화된 게임은 도박장 주인의 배만 잔뜩 불려놓은 채 막을 내렸다.

그럴 즈음, 일본에 있던 그녀의 남편에게서 느닷없이 귀국을 하겠다는 연락이 왔다는 것이다. 풍문에 의하면, 일본 최고의 폭력조직인 야마구치 구미의 무시할 수 없는 간부급이라고 했다. 아무리 소문이라고 하는 것이 부풀려지는 힘을 가지고 있다고는 하지만 진땀나는 일이 아닐 수 없었다. 자신을 향해 예리한 일본도를 휘두르며 떼거지로 몰려오는 귀신 형상의 사무라이들의 모습이 꿈속에도 등장하기 시작했다. 제기랄!

이제는 생각하고 말고 할 것도 없었다. 손자병법에서도 삼십육계 줄행랑을 으뜸으로 꼽고 있지 않은가!

서울 변두리에 위치한 어느 허름한 동네의 후미진 방에서 소주잔을 비우고 있는 종팔과 그녀의 모습을 보게 된 것은 그로부터 얼마 후의 일이었다. 그리고 거추장스러울 뿐 아니라 이미 용도가 다한 그녀를 종팔이 폐기 처분한 것은, 얼기설기 엮은 동네의 가건물들을 납작하게 덮어버릴 듯 뭉텅이 눈이 줄기차게 쏟아지는 몇 달 후의 겨울밤이었다.

문 밖으로 가방과 함께 던져지며 덤으로 여겨지는 사내의 거친 욕설은 육정에 눈이 멀어 비참한 말로를 겪고 있는 자신에게, 마디마디 살을 저미는 비수같이 느껴졌다. 힘없이 돌아서는 그녀의 걸음마다 후회와 함께 남편 정두섭에 대한 미안함이 어지럽게 밟히고 있었다.

"어디로 가야 하나?"

그녀 역시 과거의 본업으로 돌아갈 수밖에 없었다.

"괜찮을까? 지금, 이 나이로?"

약속한 커피숍에 게바라의 모습은 아직 보이지 않았다. 종팔은 의자에 비스듬히 기댄 채 담배를 꺼내 물었다. 게바라와의 첫 만남은 명동 사채시장에서 몇몇 업자들의 진상구좌(채무 불이행자)를 해결해 주는 해결사 노릇을 할 때였다. 그날도 그림자처럼 따라다니는 땅개와 함께 종팔은 채무자의 사무실을 방문했다. 으르렁거리며 윽박지르는 종팔을, 채무자와 아는 사이인 듯한 사내가 갈색 보안경 너머로 가소로운 듯 보고 있었다. 땅개가 앞으로 나서자, 우두둑 하는 주먹의 관절을 꺾는 소리와 함께 사내도 자리에서 일어났다. 자식이 주제넘게 싸움을 가로막는 듯이 보였다.

기분 나쁜 훼방꾼을 노려보던 땅개의 작은 눈이 험상궂게 찢어지는 순간, 땅개의 장기인 레프트훅이 전광석화처럼 사내의 안면을 흔드는 듯했다. 그러나 사내의 동작은 땅개보다 빨랐다.

약간 고개를 숙이고 펀치를 흘려보낸 그는 라이트로 땅개의 텅빈 옆구리를 찍고 이어 안면을 강타했다. 숨쉴 틈도 없이 이어지는 재빠른 동작이었다. 사내의 더블펀치에 술 취한 사람처럼 이미 눈동자가 풀려 있는 땅개의 턱을 또다시 들썩거리게 하는 어퍼컷은 산뜻한 마무리였다.

"왜들 시끄럽게 하고 있어? 좀 조용하게 해결할 수 없을까?"

잠들어 있는 땅개를 측은한 듯이 내려다보면서 사내는 말했다. 개

망신이었다. 땅개만한 실력자가 무명의 인물에게 묵사발이 되다니……. 그러나 전혀 소득이 없었던 날은 아니었다. 사내의 중재로 얼마 후 채권을 회수할 수 있었기 때문이었다.

어쨌든, 그날 게바라를 알게 된 종팔은 세상은 넓고 강호에는 숨은 인재도 많다는 사실을 새삼 확인했다.

요즘 건달 세계의 왕초들은 지난날의 형님들과 차별화를 선언하고 있다. 관할구역을 둘러싸고 벌어지는 조직간의 피 말리던 전쟁은 먹거리가 시원찮았던 당시로서는 사활을 건 생존 문제였다. 하지만 지금의 다양화된 사회에서는 양질의 선택을 할 수 있는 기회가 보다 많아졌기에 비록 과거의 인물들에게 단련을 받은 왕초들일지라도, 뒤돌아보고 싶지 않은 지난 시절의 추억들과 함께 기억의 저편으로 묻어버린 지 이미 오래다.

실제로, 강남이나 명동 같은 번화가는 여러 조직들이 한데 어울려서 공존하는 황금 분할의 구도를 보이고 있다. 자연히 조직의 규모도 소수정예로 축소되는 추세다. 웬만한 일들은 요즘 성업중인 폭력 복덕방에 오더를 주는 선에서 해결하고, 어지간한 일에 식구들은 노출시키려고 하지 않는다. 이제 전국을 주름잡는 보스는 존재하지 않는다. 아직도 꿈을 깨지 못한 왕년의 보스가 있다고 하더라도 어느새 몸집이 커져 있는 후진들에게 금품을 요구하거나, 해외의 카지노로 원정을 다니면서 탕진한다면 아무리 왕년의 그라고 하지만 제거 대상이 되지 않을 수가 없다. 주식과 향락사업, 사채며 건설업에서 덩치를 키운 그들은 보다 세련되고 능률적인 일들의 경우, 연장이나 주먹이 아닌 검찰을 이용하기도 한다.

야쿠자나 해외의 기타 조직들처럼 몸집 부풀리기에도 나서지 않는다. 다양한 경로를 통해서 축적한 부는 그들의 생활방식마저 우아한 사업가로 변신시켜놓았다. 한국적인 토양에서 뿌리를 내릴 수 없는 건달 세력의 한계를 절감한 재빠른 변신이었다.

집권세력의 주변이나 이권단체에 기생하면서 유명 골프클럽의 필드에서 최고급 시리즈의 골프채를 번쩍이며 나이스 샷을 외치는 그들에게, 과거의 어두웠던 잔영은 어디에서도 찾아볼 수가 없다. 청소년들에게는 우상으로 보일 만도 했다. 그러나 그 숫자는 과연 얼마나 될까?

명성이 자자한 조폭들이야 돈깨나 만지고 살지만 대부분의 건달들은 여전히 춥고 배고프다. 게바라는 과연 어느 정도의 수준일까 하고 종팔은 생각해 보았다.

비윗살 좋은 종팔이 게바라를 찾아간 것은 벤처 열풍이 지나간 명동거리에 찬바람이 불고 있을 때였다. 벤처기업을 중심으로 비상장 주식이 거래될 때, 대부분 어음할인 수수료에 의존하던 사채업자들이 창업투자회사의 까다로운 심사를 피해 찾아온 벤처들에게 돈을 빌려주는 대신 당시 붐을 이루고 있던 주식을 인수하는 형식으로 코가 꿰이면서부터였다. 일거리를 주던 업자들이 거품이 빠진 종이조각을 안고, 사채업자의 상품인 현찰이 없는 개점 휴업 상태의 아는 얼굴들이 하나둘씩 늘어나기 시작하면서 종팔은 결단을 내리지 않을 수가 없었다. 동맥경화증의 움직이지 않는 시장은 더 이상 그가 머물 곳이 아니었다.

게바라는 종팔을 따뜻하게 맞아주었다. 이미 어떤 경로를 통해서 쓸 만한 인물인가를 알아두고 있었던 모양이었다. 두꺼운 얼굴 가죽과 입심 하나는 죽여주는 그에게 안성맞춤인 룸살롱이 맡겨졌다. 그 동안 모아놓은 돈으로 30%의 지분을 갖는 주주이기도 했다. 게바라는 덤으로, 이 바닥에서 날고 긴다는 한 마담이라는 여자까지 정부 겸 사업 파트너로 안겨주었다.

업소에 드나드는 사람들 중에는 더러 정계와 재계의 인사들도 눈에 띄었다. 종팔은 또래의 인사들과 어울리면서, 쓸 만한 정보가 있으면 가감없이 게바라에게 알려주는 창구 역할도 했다. 두 사람의 관계는 무늬는 친구이지만 충성 서약만 하지 않았을 뿐, 시간이 지나면서 차츰 종속관계로 변하고 있었다.

약속 시간 한 시간이 지나서야 게바라가 도착했다. 중남미 쪽의 교민으로 알려진 그는 현지인과 혼혈에 가까웠지만 범상치 않는 인물이라는 것을 한눈에 알아볼 수 있었다.

"그러니까, 사건의 용의자들이 업소에 들렀단 말이지? 대체 어떻게 생긴 놈들이었어?"

"하나는 쉰이 조금 넘은 듯한 꼰대였고, 한 녀석은 서른이 안 돼 보였어. 무슨 토목사업을 한다고 꼰대가 음흉을 떨길래 한 마담도 깜박했다는 거야."

"생김새는 기억할 수 있겠어?"

"난 얼핏 봤을 뿐이야."

"애들은?"

"먼저 들어간 애들은 단골이 찾는다기에 보냈고, 1차를 뛴 애들을 들여보냈다는데, 술이 취한 상태라 글쎄…… 그런데?"

"좀 신경이 쓰여서 그래."

"신경 쓸 것 뭐가 있어? 저녁에 경찰들이 오면 묻는 대로, 기억나는 대로만 말해주면 될 텐데."

게바라는 잠시 뭔가를 생각하는 듯이 보안경을 만지작거리면서 말했다.

"피살자가 최대포라는 걸 알고 있어?"

"뭐, 최대포? 최대포가 살해됐다는 거야?"

그제야 종팔은 안면을 굳혔지만, 머리 속은 재빨리 최대포에게 받을 술값이 얼마인지를 계산하고 있었다. 자주는 아니더라도 가끔씩 들르는 VIP 고객이었다. 굵직한 정치 브로커로 알고 있는 그는 다행히 자기가 술값을 지불하는 경우는 드물었다. 그러나 녀석들 때문에 중요한 고객을 잃었다는 것은 화가 치미는 정도가 아니었다. 신경쓸 것 없이 대충 넘어가려고 했던 종팔은 갑자기 수사에 협조를 해주고 싶었다. 그런데 게바라의 반응이 엉뚱했다.

"녀석들이 사고 현장에서 곧바로 업소로 와 사고가 난 수표로 술을 마셨다? 뭔가 좀 아닌 것 같다는 생각이 들지 않아?"

"아니긴 뭐가 아냐. 어차피 교환도 안 될 테고 해서 술이나 마시려고 무턱대고 들어온 것이 우리 업소였겠지. 재수가 없으려니까……."

"아냐, 범인으로 속단할 수는 없겠는걸. 이번 일은 좀 생각해봐야 할 것 같아. 최대포에 대해서도 알아봐야 할 일도 있고."

"최대포와 관계되는 일이라도 있어?"

"응, 조금은. 하지만 네가 신경 쓸 것은 없어."

게바라는 반짝 하는 종팔의 호기심을 가볍에 묵살했다. 그 동안 어디를 바쁘게 다녀온 탓인지 아가씨가 늦게 가져온 냉수를 단숨에 들이켰다.

"이번 일은 이렇게 하자고. 여자들의 입에서 최대포가 자주 들르는 사람이었다느니 하는 소리가 나오기라도 하면 괜한 일에 업소까지 구설수에 오를 수도 있지 않겠어? 귀찮기도 하고 말이야. 우리에게도 약점이 없는 건 아니니까 한 마담에게 입조심하라고 이르고, 몽타주를 만들 때는 곧이곧대로 머리 짤 것 없이 그들이 그리는 대로만 따라가라고 해."

게바라는 냉수를 마시던 때와는 달리, 재빨리 가져온 커피를 스푼으로 젓고 있었다. 선뜻 이해가 되지 않는 종팔은 뭔가 더 묻고 싶었지만 불필요한 말을 아끼는 그의 성격으로 봐서 얘기는 끝난 것 같았다.

"그럼!"

게바라는 언제나처럼 급한 일이라도 있는 듯 자리에서 일어났다. 묘한 일이었다. 녀석들이 들른 곳이 하필이면 피살자와 관계가 있는 업소였고, 녀석들을 이롭게 하려는 듯한 게바라의 태도, 하지만 그의 말을 따를 수밖에 없었다.

은철이 그 주의 토요일 오후, 정두섭과 함께 다시 경마장을 찾았다. 물론 경마를 하려는 것이 아니었다. 혹시 노점주인이 자신들을 기억해줄까 하는 마음에서였다. 방배동까지 태워준 택시기사를 찾는 것도 도움이 될 수는 있지만, 그들의 능력으로는 불가능했다. 일단은 노점주인의 기억력에 기댈 수밖에 없었다.

사건이 일어났던 시간과의 짧은 시차 관계로 주변의 정황 증거와 종합해본다면, 그의 증언만 있다면 완벽한 알리바이로 인정받을 수 있기 때문이었다.

그러나 주인의 태도는 실망에 가까웠다.

하기야, 하루 네댓 시간 반짝 하는 영업을 경마장 입구의 노점들이 한꺼번에 밀어닥쳤다가 썰물처럼 빠져나가는 손님들의 얼굴을 기억한다는 것은 무리였다. 그것도 6일이나 지난 지금은 사실상 불가능에 가까웠다.

"글쎄요……."

마치 '글쎄요'라는 말밖에 모르는 듯 그 말만을 되풀이하는 주인을 더 이상 난처하게 할 수도 없었다. 기가 막혔다. 경마장 앞에 붙어 있는 수배전단은 두 사람을 향해 조여오고 있는 수사망을 더욱 실감나게 했다. 그나마 다행이라면 몽타주의 그림이 두 사람을 별로 닮지 않았다.

은철은 오전에 수사본부가 설치되어 있는 관할 경찰서에 들렀다. 유명인사의 피살사건이었기에 취재진들의 압력에 못 이겨 이제까지 있었던 수사상황에 대한 브리핑 형식의 기자회견이 있다는 것을 들었기 때문이었다. 회견장에는 의외로 젊은 수사본부장이 당시의 상황과 수사방향에 대한 자신의 견해를 설명하고 있었다. 그의 어조는 분명하고 확신에 차 있었다. 그러나 은철의 관심은 그런 것보다 사건현장에 있었던 피살자의 사체와 죽음에 이르게 한 결정적인 사인을 찾기 위해 벽에 걸려 있는 피살자의 사진에만 신경을 집중시키고 있었다. 수사본부장이 내린 피살자의 사인에 대한 결론은, 누가 봐도 쉽게 알 수 있을 정도의 두개골 함몰이었다.

그러나 은철은 둔기로 당한 듯한 상처 부분과 함께 확대시켜놓은 피살자의 표정에서 흐르는 미세한 파장까지 놓치지 않으려는 듯 그의 얼굴을 주시하고 있었다. 범행동기를 거의 강도살인 쪽으로 가닥을 잡아가고 있는 듯한 수사본부장의 말을 마지막으로 기자회견은 끝이 났다.

은철은 기왕 경마장까지 온 김에 사건현장을 둘러보고 싶었다.

"실례지만 지난주에 있었던 살인사건 현장이 어딥니까?"

호기심 많은 경마꾼들에게 몇 번씩이나 들은 말이었던지, 입구의 경비원은 아무 생각 없이 그쪽을 향해 손을 들어보였다.

현장은 발매장 건물 쪽으로 있는 철망이 쳐진 외진 곳이었다. 경마 때마다 빼곡이 들어차는 차량들은 그곳이 끔찍한 사고현장인지도 모른 채 오늘도 어김없이 주차해 있었지만, 주차선 밖으로 희미하게 그려진 사체가 있었던 곳의 그림은 아직도 지워지지 않고 있었다.

운전석이 앞바퀴 쪽으로 엎어져 있는 죽은 자의 흔적 앞에서 은철은 생과 사의 경계 너머에서 아직도 서성거리고 있는, 한 맺힌 그의 영혼을 초혼이라도 하듯 조용히 무릎을 꿇었다. 무슨 의식을 치르는 것처럼 은철의 표정은 경건했다. 은철은 오전에 있었던 회견장에서 깊이 새겨놓았던 피살자의 모습을 떠올리면서 온몸의 감각기능을 정지시켰다. 그리고 자기 최면상태에 들어갔다. 최면에 의해 마음 속의 영적인 부분을 재생시켜 텔레파시를 통해 접속되는, 무심하게 입력되는 것조차 놓치지 않겠다는 듯이 몰입상태에 들어갔다.

이윽고 은철의 몸에서는 오랜 수련의 결과인 내생통이 서서히 작동되기 시작했다.

"왜 당신은 죽어야만 했던가? 우발적인 강도의 소행으로? 아니면 죽음으로 보답하지 않으면 안 될 어떤 사연이라도 있었던가? 말하라. 죽은 자여! 나는 당신들의 인연과는 아무런 관련이 없는 사람이다. 왜? 내가 당신들의 악연에 끌려다녀야만 하는가? 내게 말해줄 수 없는가? 당신이 알고 있는 것들을……. 죽은 자여! 나를 도와줄 수 없겠나? 그것은 당신을 위한 길이기도 한 것이다."

무슨 불가사의한 주문이라도 마친 듯 은철의 입술이 조용히 닫혔다. 그의 모습은 마치 죽음 저쪽의 무리들과 자리를 함께 하고 있는 듯했다.

이윽고 은철의 눈에 피살자의 몸이 꿈틀 하고 움직이는 것이 보였다. 그는 천천히 돌아누우면서 조용히 은철의 눈을 쳐다봤다.

은철도 금세 없어져 버릴지도 모를 피살자의 환영을 붙잡듯이 조심스럽게 마주 봤다. 두 사람은 말없이 서로를 바라보기만 했다. 잠시 무거운 침묵이 흘렀다. 지극히 짧은 순간이었지만, 은철은 죽은 자의 눈길에서 의미하는 것들을 짐작할 수가 있었다. 그의 눈은 비명횡사한 자의 것이 아니었다. 그것은 증오와 저주로 가득한 원귀의 눈이었다. 수사팀이 결정적인 사인으로 주장하고 있는 둔기에 당한 두개골 함몰과 그외 몇 군데의 상처들은 오히려 죽은 자의 메시지를 역설적으로 더욱 선명하게 부각시켜주고 있는 듯했다.

모든 것은 확연해졌다. 단순강도로 위장한 살인사건이었다. 최초의 사인은 두개골 함몰이 아니다. 지금까지 은철에게 끊임없이 의문을 가지게 했던 사진 속의 벗겨진 머리 위로 드러난 백회혈의 미세한 상처 부분이 결정적인 사인이었다.

피살자는 최초의 일격에서 이미 숨을 거둔 상태였다. 일류가 아니면 흥내조차 낼 수 없는 필살기였다. 나머지 부분들은 아마추어 강도로 위장하기 위한 악마의 교활한 웃음 속에서 저질러진 얼룩일 뿐이었다.

은철의 주먹은 어느새 불끈 쥐어졌다. 교도소를 나오면서 못다한 스승의 꿈을 완성하는 데만 전념하기로 결심한 터였다. 정길에 대한 원한까지도 잊으려고 했다. 그러나 두 번씩은 당할 수 없었다. 자신의 불운을 끊임없이 획책하는 악마들의 모습을, 어떻게 해서라도 축축함 음모의 지하 늪에서 지상으로 끌어올려야만 했다. 잊으려고 했던 정길에게도 새삼 복수를 다짐했다. 은철의 눈은 마치 자신의 전생이 한 마리 사나운 야생 짐승이라도 한 듯 충혈되기 시작했다.

　　서울 여의도동 1번지 국회의원회관 50X호실은 3선의 중진의원인 옥만호의 집무실이었다. 그는 정통성에 문제가 있는 정권 하에서 비빔밥의 나물처럼 구색을 맞추기 위해 자의반 타의반으로 교수직을 사임하고 비례대표인 전국구를 시작으로 정치권에 몸을 담았다. 어쨌든 그것까지 포함해서 적어도 3선 의원 정도라면 관록이라든가 카리스마 같은 것이 은연중에라도 몸에 배어 있을 법도 하지만 양복 깃의 의원 뺏지를 제외하고는 검정색의 뿔테안경을 비롯해 외관상으로 교수 시절과 비교해 변한 것이라고는 없어보였다.

　　잘 어울리는 바바리코트에 긴 머리를 쓸어올리면서 오염된 정치 풍토를 일신시켜보겠다는 거창한 구호와 함께 등장했지만, 정작 정치와는 무관하게 많은 여성들의 마음만 심란하게 흔들어놓고 정치판에서 사라져버린 어떤 동료교수와 같은 매력도, 날치기를 저지하려고 몰려오는 상대당의 의원들을 원수의 일본군으로 착각하고 종횡무진하는 기개도, 한 마디의 립서비스로 깨물어주고 싶을 만치 보스에게 귀염을 떠는 기교도 없는 그였다.

　　하지만 부침 많았던 격동기의 십여 년을 가히 직업이라고 해도 좋은 만큼 연이어서 의원직을 장수하게 된 원인이라면, 오히려 그들의 반대쪽에 서 있었기 때문인지도 모를 일이었다.

　　패거리 정치에서 보스의 관심은 물론이고 지역구민의 인기에도 초연한 듯한 자세에, 천성이라고 해야 할지 몸에 배어 있는 선비정신이라고 해야 할지는 모르지만 시류에 쉽게 야합하지 않는 그의 처세는 혼탁한 정치판에서 쉽게 접할 수 없는 인물 중의 하나로 보였다.

　　헐뜯는 것은 기본 종목이고, 건수나 없을까 하고 극히 인간적인 것마저 이야깃거리로 각색해내는 세계에서 문득 자신의 정체성에 대해 고민해보고 정치에 처음 입문했을 때의 청운의 꿈과 그때의 순수했던 초발심을 회고해볼 때면, 어느새 귀감의 대상으로 산맥처럼 우뚝 서 있는 그를 의식하는 것이 주변의 많은 의원들의 공통된 생각이었다.

그러나 옥만호는 외유내강이기는 하지만 매사에 유연하지 못한 외곬수의 대쪽같은 인물은 아니었다. 초글로벌 시대인 21세기에서 그런 인물은 어떤 면에서 향수를 자아내게 할지는 모르지만, 제대로 된 국리민복을 창출해낼 지도자감으로는 시대착오적인 인물이기 때문이다.

올해는 선거의 해.

과거의 예로 본다면, 수조원의 선거자금이 뿌려지는 대선에서부터 풀뿌리 민주주의인 지방의회 선거까지 기다리고 있다.

옥만호는 이제부터 자신도 어떤 역할을 할 때가 됐다고 생각했다. 그 동안의 정치수업으로 현실정치에 관한 것이라면 결코 속내를 드러내보인 적은 없지만 누구보다도 경쟁력이 있다고 생각했다. 그 정도의 경력이라면 누구라도 정치적 야심을 보일 만했다.

대부분을 차지하고 있는 보수정당의 구태의연한 인사들 사이에서 생존을 위해 이제까지 보호색으로 위장하고 있었던 낡은 보수의 가면도 벗어던질 때가 되었다고 그는 생각했다.

그러나 정치는 조직과 막대한 자금이 있어야 했고, 이를 조달하는 과정에서 정치 스캔들은 필연적일 수밖에 없었다. 과거를 돌이켜볼 것도 없이 지금 시점에서도 고개를 넘지 못하고 낙마하는 예는 현재진행형이다. 막대한 효용가치로 인해 현실정치 상황에서 없어서는 안 될 필수불가결한 것이다. 위정자들에게는 수단이 아닌, 추구하는 목표가 되어서는 결코 안 되는 것이기도 하다.

다행히 옥만호는 적어도 돈에 관한 문제 만큼은 그다지 신경을 쓰지 않아도 된다는 것이다. 그것은 이제까지의 정치 이력에는 당연할 수도 있었겠지만, 지금부터 새롭게 시작될 행보에서 남몰래 추구해 오며 절대선이라고까지 결론을 내린 바 있는 이념과 철학으로, 국민과 국가에 헌신하며 거대한 족적을 남기겠다는 꿈과 야망으로 이글거리고 있는 지금 순간에도.

제대로 물려받은 유산도 없이 교수의 급여만으로 만족했던 그가 주요 현안인 정치자금 문제에 초연할 수 있다는 것은 나름대로의 배경이 있기 때문이었다.

사연은 6년 전으로 거슬러올라가야 했다.

당시 15대 국회의원 선거 때였다. 고향의 소도시에서 소속된 여당의 공천으로 지역구 후보로 나선 그의 상대는, 지역에서 3선에 도전하는 현 챔피언. 건설업을 하면서 지역경제를 주름잡고 있는 그에게, 교수 출신의 전국구 의원인 옥만호는 자금이나 조직면에서 당연히 열세일 수밖에 없었다. 좀 나은 것이 있다면 여당의 프리미엄과 깨끗하다는 이미지뿐이었다. 중앙당에서 내려보내는 자금도 접전 지역과의 차등 분배 때문에 겨우 조직을 가동할 수 있는 정도뿐이었다. 악전고투의 연속이었다.

그럴 때 옥만호의 선거캠프를 찾아온 사람은 뜻밖에도 강영훈이었다. 영훈은 교수 시절 만난 옥만호의 제자였다. 그러니까 정계에 입문하기 위해 학교를 떠날 때의 3학년까지 그의 강의를 듣던 마지막 제자 중 한 사람이었다. 옥만호가 기억하고 있는 영훈은, 귀공자 같은 풍모에 성적도 우수한 모범생이었지만 병약한 체격 탓인지 어딘지 모르게 우수 어린 분위기를 느끼게 하는 학생이었다. 호감을 갖고 있던 그에게 왜 재미도 없는 이런 학문을 택했는지 물었다. 영훈의 대답은 의외로 간단했다. "돈을 벌고 싶어서"라고 했다.

"돈을 벌고 싶어서라고?"

옥만호는 실소를 금치 못했다. 돈이 되는 학문이라면 그 정도 실력이면 어디라도 가능할 텐데 하필이면 이런 학과를? 그러나 옥만호는 다음 순간 흠칫 놀라지 않을 수 없었다. 그의 미래를 뚫어보는 직관력을 전류처럼 느꼈기 때문이었다. 사실 오래 전부터 그가 집착하고 있던 연구 분야가 바로 그런 것이었기 때문이었다. 실용화만 될 수 있다면 대박 정도가 아니었다. 그러나 그는 아직도 핵심의 주변에서만 맴돌고 있었다. 조금씩 좌절의 골이 깊어가고 있을 때였다.

옥만호는 차츰 재능 있는 제자인 영훈과 의견을 주고받는 사이가 되었다. 그러다 결국은 자신의 연구에 동참시켰다.

그럴 즈음 그에게 정계 입문 제의가 들어온 것이었다. 수학 전문가도 있었고, 성공한 벤처 사업가도 포함되어 있었다. 옥만호는 그렇게 해서 떠나갔고 영훈과도 헤어졌다. 4년 전의 일이었다.

상대 후보는 여당의 후보가 옥만호로 결정되면서부터 터져나오는 웃음을 참지 못하고 있었다.

그러잖아도 야당 성향이 강한 도시에서 고교졸업 후 코빼기도 보이지 않던 샌님 같은 녀석이 돈도 조직도 없이 낙하산을 타고 왔으니 결과가 뻔히 보였기 때문이었다. 이미 포기하고 있던 지역을 여당의 체면상 후보를 내지 않을 수 없고 해서 바지를 내려보낸 듯한 포석으로 보였다.

아무리 그렇다고 하더라도 선거에 임하는 옥만호의 자세는 진지했다. 기획실과 총무부, 유세와 홍보를 겸한 기본 조직의 골격만 갖추어 놓은 채, 쥐꼬리만한 자금은 기름이 없으면 멎어버리는 여당 생리에 젖어 있는 말단 지역책임자에게 몽땅 투자했다. 중앙당에서 지원 받은 선거참모가 한두 번만으로 끝을 내려는 운동원들의 교육을, 자신이 직접 몇 차례나 더 반복하면서 이름과 얼굴을 익혔고 인간관계를 좁혀갔다.

지역순회 때는 지역책임자에 대한 예우를 깍듯이 했으며, 말단 운동원에게까지 따뜻한 포옹과 격려의 악수를 잊지 않았다. 차량은 검소했고, 수행비서를 포함한 동승했던 사람들은 자신에게 관심을 두지 않고 유권자에게만 전념하도록 했다. 지역에서 떠도는 자신에 대한 소문을 먼저 파악했기에 바람을 잠재우는 데 우선 주력했다.

그제야 여론은, 찢어지게 가난했던 그가 고학을 하며 대학 교수를 거쳐 국회의원에 입후보하기까지의 감동적인 한 편의 드라마 같은 삶에 대해서 조금씩 호의적인 반응을 보이기 시작했다.

그럴 즈음 영훈이 찾아왔다. 영훈은 혼자가 아니었다. 7, 8명의 청년들과 함께였다. 영훈은 정식 운동원이 아닌 외곽조직을 자원했다. 이른바 적진을 교란시키는 유격부대였다. 영훈은 여당의 선거전략으로는 파격으로 여겨지는 젊은 유권자들에게 파고들었으며, 그들을 주축으로 한 자원봉사대를 조직하면서 서서히 능력을 드러내기 시작했다.

영훈과 함께 온 일행들은 하나같이 유능했다. 예로부터 선거법을 지키지 않는 쪽이 당선 확률이 높다는 것을 증명이라도 하듯 그들의 운동방식은 거칠었다. 이미 고전이 되다시피 한, 상대후보의 이름으로 모임을 주선해놓고 펑크내기. 밤 12시, 상대방 ○○후보의 사무실입니다, 하고는 전화기 감이 좋지 않다는 핑계로 일방적으로 전화 끊기 등. 베테랑 선거참모조차 역효과를 우려해서 보류하는 것들을 그들은 거침없이 해치웠다. 낌새를 눈치채고 동정표를 유발하기도 했지만, 증거도 없고 악감정을 털어내기에는 선거기간은 턱없이 짧았다.

“○○후보는 돈을 엄청나게 뿌린다는데, 당신은 얼마나 받았소?”

조직을 이간질시키는 술책은 선거기간 내내 상대후보를 괴롭혔다. 그런 와중에서도 그들은 서서히 시장바닥의 여론을 주도해가기 시작했다. 사태의 추이를 지켜보고 있던 중앙당이 선거대책 본부에서도 대등한 게임을 벌이고 있는 옥만호에게 드디어 단비 같은 지원사격을 시작했다.

운동원끼리의 마찰은 불가피했다.

지역의 건달들로 조직된 경호원과 일부 운동원들이 합세한 싸움에서 영훈 일행의 진가는 더욱 빛이 났다. 싸움에 무관심한 듯 멀리서 팔짱을 끼고 갈색 보안경을 쓴 사내를 가리키며, 일행 중의 누군가가 단 한번의 싸움에서 의욕을 상실해버린 그들을 보고 말했다.

“짜식들, 선거기간만 아니라면……. 저기 계시는 우리 형님이 어떤 분인지 알아? 청와대 경호실의 무술 사범님이셔.”

그제야 잠자코 있던 갈색 보안경의 사내는 자기가 맡은 역할을 할 때가 되기라도 했는지 으르렁거리고 있는 그에게 호주머니에 있는 담뱃갑을 던져주었다. 잠시 호흡을 고르는 듯한 그는 이내 이얍, 하는 기합소리와 함께 한쪽 손바닥을 활짝 펼쳤다. 순간 놀라운 일이 벌어졌다.

담뱃갑을 쥐고 있던 자의 비명과 함께 사내의 장풍에 적중된 담뱃갑에서 사르르 파란 불길이 일고 있었기 때문이었다. 믿을 수 없는 사실이었다. 이런 자가 옥만호의 신변을 돌보고 있다니? 옥만호는 대체 어느 정도의 인물일까?

당장 다음날부터 옥만호에 대한 소문은 각하께서 차세대 인물로 염두에 두고 있다는 꼬리도 없는 설이 무성하게 퍼져가고 있었다. 그러나 지역의 맹주인 상대후보 역시 만만찮았다. 지역에 봉사했던 이제까지의 사실들을 일일이 열거하면서, 연고라고는 어릴 때 조금 살았다는 희미한 기억밖에 없고, 아무런 기여를 한 것도 없는 굴러온 돌이 도둑놈처럼 달콤한 열매만을 움켜쥐려는 수작에 현혹되지 말자면서 지역민들의 애향심에 호소하기 시작했다.

서서히 위기의식을 느낀 상대당에서 드디어 야당 특유의 흑색선전을 하기 시작됐다. 각종 유언비어가 난무했고, 막판에는 근거 없는 사생활을 폭로하는 삐라까지 동원되었다. 난장판이 되다시피 한 선거전이 막을 내린 것은 투표일을 앞둔 자정이었다.

드디어 진흙탕 위에서 물고 물리며 할퀴던 개들의 전쟁은 끝이 났다. 개표 결과는 불과 2백 표 차이로 박빙의 승부였지만 옥만호의 승리로 돌아갔다. 막강한 화력지원을 등에 업은 적군의 시체를 넘고 넘어 대망의 고지를 점령한 옥만호의 감회는 남달랐다.

그러나 그가 소속된 여당으로서는 이긴 선거가 아니었다. 자욱한 포연 속을 헤치고 여의도에 입성한 아군의 숫자는 과반수에도 미치지 못했다. 전사자 명단에는 내로라하는 백전노장의 중진들의 이름도 올라 있었다. 벌써 정권 말기의 누수현상이 시작되고 있었다.

약체로 평가되던 옥만호가 기사회생한 무용담은 한동안 여의도 정가의 화젯거리가 되기도 했다. 축승회 자리에서는 계보를 거느린 계파 보스들의 은근한 추파를 전신으로 느껴야 했다. 그러나 그는 그 집단에 섞이고 싶지 않았다. 우선 그들이 내미는 눈앞의 달콤한 오리발과 이권이 가난한 정객에게는 참기 어려운 유혹으로 다가왔지만, 그들과는 다른 차원의 이상향의 세계를 펼쳐보이려는 그에게는 부담으로 느껴졌다.

편리한 의원생활과 다양한 정보를 제공받을 수 있는 유리함은 있지만 계파의 보스를 뛰어넘기에는 많은 세월과 인내가 요구되기 때문이었다. 은근한 말로 물 좋은 상임위자리를 추천하겠다는 제의도 들어왔지만 옥만호는 남들이 별로라고 여기는 국방위자리를 원하고 있었다. 군을 이해하지 못하고 국가라는 원석을 조각한다는 것은 무리이기 때문이었다.

그러나 아직은 때가 아니었다.

한동안 들떠 있던 분위기가 가라앉을 때쯤 영훈이가 찾아왔다. 옥만호는 영훈을 조용한 일식집으로 데리고 갔다. 이번 선거의 야전사령관은 영훈이라고 해도 과언이 아니었다. 그가 아니었다면 예상 외로 선전했다는 평은 들었을지 몰라도 게임의 패자가 되었을 것임에 틀림없었다. 병약한 듯한 그의 외모에서 어떻게 그런 강인한 정신력과 지혜가 샘솟듯 나왔는지 경이로울 정도였다.

선거기간 내내 깊은 인상을 심어주었던 갈색 보안경의 사내는 영훈에게 가히 헌신적이었다. 그러나 그와 일행들은 개표가 완료되고 승리의 환호에 몸을 떨며 서로를 얼싸안고 춤추고 노래할 때 조용히 자리에서 일어나 어디론가 사라지고 없었다.

"한데 색안경 끼고 있던 친구는 자네하고 어떻게 되는 사이야?"

술이 한 순배 돌자 옥만호가 슬쩍 화제를 바꾸며 궁금했던 그에 대해서 물었다.

"아! 그분, 제 형이에요."

영훈은 아무렇지도 않은 듯이 말했다.

"친형인가?"

"예."

“예끼 이 사람아, 그렇다면 소개할 때 진작 그렇다고 말해줬어야지. 뭘 하시는 분인가?”

“가족이라고는 한 분밖에 없는 형님입니다. 덕분에 학교도 다닐 수 있었고, 지금도 그런 셈이죠. 그런데 선생님.”

영훈은 옥만호가 묻는 말에 슬쩍 다른 말로 대신하고는 뭔가 중요한 말을 하려는지 심각한 표정을 지었다. 담담한 어조로 찾아온 용건을 말하는 영훈의 잘생긴 얼굴을 바라보며 술잔을 채워주던 옥만호는 영훈의 말이 끝나기도 전에 자신도 모르게 쥐고 있던 술잔을 떨어뜨렸다. 영훈이 찾아온 용건이란 한마디로 충격 그 자체였다. 아니, 그 이상이었다. 옥만호는 한동안 정신적인 공황 상태에서 헤어나지 못하고 있었다.

교수 시절.

노심초사하며 몇 년 세월을 허비하면서도 끝내 문제의 본질에 다가서지 못했던, 미완성으로 묻어버려야만 했던 필생의 숙원을 영훈이 해냈다는 것이었다. 불과 3개월 전이라고 했다. 비록 자신의 연구에 기초한 것이라고는 하지만 당대의 권위자인 자신을 뛰어넘은 제자의 청출어람에 진한 감동이나 갈채보다는 먼저 그의 천재성에 오싹하는 전율이 느껴졌다. 과연 그의 한계는 어디까지일까?

선거운동 현장에서 보여준 탁월한 능력에서부터 학문에 이르기까지 그야말로 그의 사전에 불가능이라는 단어는 없어보였다. 하지만 그에게도 불가능은 있었다. 바로 돈이었다. 스승과 제자의 2대에 걸친, 그로서도 족히 4, 5년은 투자했을 연구 결과를 아무렇게나 싸구려로 내놓고 싶은 마음은 눈곱만치도 없었을 것이다.

그가 왜 이번 선거판에 뛰어들었으며, 생사를 걸 정도로 열성적이었는지에 대한 해답이 깜깜한 정전상태에서 갑자기 반짝하는 전구의 불빛처럼 환하게 밝아졌다.

자기 말대로 형을 제외하고는 일가 친척 하나 없으며, 돈도 배경도 없는 그가, 공동제작자이기도 하며 어차피 배당을 나눠줄 수밖에 없는 옥만호에게 기대하는 것은 국회의원으로서의 옥만호였지, 힘없는 자연인 옥만호가 아니기 때문이었다.

"저는 이번 선거를 통해 선생님에게 큰 꿈이 있다는 것을 알았습니다. 왜 선생님이 학교로 돌아가지 않고, 저같은 후학이 할 수 있는 일도 마다한 채 이상한 정치판에 계속 머물러 계시려는지에 대해 생각하고부터는 선생님의 포부가 여간 크신 게 아니라는 것을 알게 되었습니다."

영훈은 자기 앞에 놓인 잔을 공손하게 비웠다. 그제야 정신을 수습한 옥만호는 황급히 영훈의 잔을 채워주었다.

"저는 그때나 지금이나 변함없는 선생님의 제자입니다. 그러나 많은 제자들 중의 한 사람일 때보다는 선생님의 연구실에 그림자처럼 있을 때가 제게는 진정 행복한 시간들이었습니다. 그때 저는 학문보다 더 소중한 것을 배웠습니다. 연구에 몰두하는 선생님의 모습에서 사람은 꿈을 먹고도 살 수 있다는 것을 배웠습니다. 저는 그때까지도 꿈이 뭔지를 몰랐습니다. 대학을 졸업하고 취직을 하고 그리고 가정을 꾸리고…… 그런 일상의 평범한 것들이 고아인 제게는 엄청난 꿈이었기에 또 다른 꿈이 있다는 것을 저는 그때야 알았던 것입니다. 어린 시절, 고아원에서 저는 형님 속을 무척이나 썩였습니다. 그러나 형님은 한번도 저를 꾸짖거나 때리지 않았습니다. 그럴 때면 형님은 조용히 저의 눈을 들여다보았습니다. 특히 알지 못할 외로움에 흐느끼며 잠을 깬 한밤중이면 머리를 쓸어주며 바라보는 형님의 다정한 눈길은 어떤 자장가보다 편안하게 상처받은 어린 영혼을 꿈길 속으로 인도해주었습니다. '그렇지, 착한 아가야, 잠을 자야 꿈을 꾸지.' 형님은 꿈이 뭔지를 알고 있는 분이었습니다. 저도 꿈이 뭔가를 조금은 알 것 같았습니다. 그러나 성인이 된 형님이 고아원을 떠났다가 몇 년 후 다시 만났을 때, 형님은 자신의 꿈인 무도의 일인자가 되어 있었지만 예전의 다정했던 눈길은 혹독한 훈련으로 인해 보안경 깊숙이 감출 수밖에 없었습니다. 저는 그때부터 꿈을 생각하지 않기로 했습니다. 그러나 선생님! 선생님은 이번 일로 제게 꿈이 무엇인가를 다시 일깨워주셨습니다. 그것은 마법처럼 저를 끌어당기는 젊음의 광기 때문인지도 모를 일입니다. 저는 선생님의 꿈을 충분히 이해하고 있습니다. 사자의 꿈을……. 선생님께서는 연구실에서의 작은 성취보다 세상을 움직이는 핵심에 서 계셔야만이 선생님의 원대한 비전을 펼칠 수 있습니다. 저는 선생님을 도와드리고 싶습니다. 그리고 연구실의 그때처럼 선생님의 꿈을 쫓아가고 싶습니다."

옥만호는 영훈의 빈 잔에 다시 술을 채워주며 생각에 잠겼다.

"그래, 사랑하는 제자야. 나는 네가 말하고자 하는 뜻이 무엇인가를 알고 있다. 그러나 꿈이란 게 단지 꾸미다라는 말의 준말이라는 것을 알았을 때 너의 실망은 얼마나 크겠느냐? 그러나 까짓 것 한번 해보자꾸나. 기껏 부러져봐야 어차피 물과 흙과 공기로 되돌아갈 뿐인 인생인 것을……. 사실 나도 그 동안 외로웠다. 뜻을 같이할 수 있는 동지가 생겼다는 것은 내게는 행운이 아닐 수가 없다. '천재'라는 수사가 부끄러울 정도의 네가 현실 정치를 모를 리가 없을 것이다. 그래! 나의 꿈을 따라와라. 내가 아니면 지금의 꿈 역시 네게 돌아갈 수도 있으니까. 그러니까 돈이 필요하겠지? 그것도 아주 많이……."

일찌감치 집권 말기의 증상을 보이면서 사회 곳곳에서 균열의 증세가 시작되는 문민정부에서도 정보화의 물결을 타고 서서히 불기 시작하는 벤처의 바람은 신선한 충격으로 다가왔다. 고부가가치를 창조하며 새로운 일자리를 만들어내고, 소요하고 있는 민심을 분산시키는 효과도 가져다주는 다기능의 벤처를 마침내 문민정부에서도 지원하기 시작했다.

대통령의 눈과 귀를 열어주는 정보의 보고인 국정원에서도 경제단의 기능이 더욱 활발해졌고, 청와대 보고에도 벤처에 대한 동향과 유망종목의 정보가 자주 등장했다.

바야흐로 벤처와 정치권의 불륜으로 인한 기형아의 탄생을 눈앞에두고 있었다.

옥만호가 로비의 대상으로 삼은 인물은, 북한의 개방을 위해 끊임없이 구애의 제스처를 보내고 있는 문민정부의 의도와는 달리, 20여년 전에나 거리에서 볼 수 있었던 승공연합회라는 구태의연한 간판을아직도 달도 있는 우익단체의 회장인 허춘삼이었다.

한때는 야당의 투사로 현 집권여당의 인사들과 어울리며 오늘의 정권을 이룩하는 데 일조한 인물이었다. 하지만 초등학교를 중퇴한 학력탓에 그 흔한 공기업의 회장 자리 하나 차지하지 못한 채 일찌감치 권력의 핵심에서 멀리 떨어져 있던 사람이었다. 그러나 원조 건달 출신의 그에게 현 정권과의 관계는 발 없는 소문이 되어 하루아침에 그를전국구의 수장으로 변신시켜놓았다.

주위의 부추김 탓도 있었다. 하지만 저물어가는 정권의 마지막 남은파이의 분배에는 결코 빠지지 않겠다는 결의를 다지고 있었고, 정권 실세들의 입에서도 그에 대한 보상차원의 말들이 조금씩 흘러나올 때이기도 했다. 거래는 옥만호의 예상대로 별 어려움 없이 결말이 났다.

그런데 문제는 엉뚱한 곳에서 불거졌다.

융자가 결정된 서류를 들고 온 그는, 낌새를 보니 될성부른 사업으로 생각되었던지 작업비 대신 자기도 한몫 챙기겠다는 소리였다. 하기야 맨주먹으로 하는 사업에 그의 역할이 기대되는 것이 사실이다. 그러나 지분을 30%나 요구하는 것은 무리가 아닐 수 없었다. 협상을 한다고 해도 20% 미만으로는 물러날 것 같지 않았다.

말을 갈아타기에도 이미 늦어버렸다. 이제부터 공은 영훈에게 넘어간 셈이 되었다.

느닷없이 거머리 같은 녀석의 생떼 때문에 자신의 포석이 엉망이 되어버렸지만, 영훈은 의외로 그의 말에 고분고분했다. 한술 더 떠 대표이사 자리까지 그에게 양보할 의사까지 비쳤다. 소문은 들었는지 자신의 모양새나 위상을 미리 알고 어려워하는 영훈에게 만족한 허춘삼은 정식계약은 사무실의 모양새가 갖춰진 후에 하기로 하고 그날은 각서만 쓰고 협상 테이블에서 일어났다.

"날강도 같은 놈! 이걸 어떻게 이룬 건데……. 게다가 양아치 같은 네 녀석과의 동업이라니."

영훈의 얼굴에는 비웃음이 일고 있었다.

그 일이 있은 후부터 이상하게도 허춘삼의 직계 부대원들이 정체불명의 청년들에게 테러를 당하는 일들이 부쩍 잦아졌다. 어떤 농간이 작용했는지는 모르지만, 군소 조직원들조차 허춘삼의 부하들을 우습게 알고 시비를 걸기 시작했다.

평소 머리 회전이 늦는 허춘삼이 자기와는 상관없는 일에도 나서기 좋아하다가 쓸데없이 적을 많이 만들어놓았다는 소문이 나돌기 시작했다. 라이벌로 여기던 조직의 움직임도 심상찮아보였다. 때를 같이 해서 조직간의 전쟁이 임박했다는, 출처를 알 수 없는 제보가 여기저기서 날아들어와 검찰과 경찰의 조폭 전담반들을 긴장시키고 있었다.

그러던 어느 날, 허춘삼이 자신의 사무실에서 살해되는 사건이 일어났다. 그날 현장에 있었던 허춘삼의 부하들에 의하면, 범인은 건달 세계에서조차 보지도 듣지도 못한 놈이라고 했다.

전쟁을 원하지 않는 어떤 조직에서 신인을 등장시켜 미리 선수를 친 사건으로 여겨졌다. 현장에서 검거된 은철이라고 하는 젊은 녀석도 완강히 자신의 결백만을 주장하면서 수사는 제자리걸음이었다. 허춘삼과 관계가 좋지 않았던 몇몇 조직만 날벼락을 맞은 채 시간이 치나면서 사건은 흐지부지되는 기미를 보였다.

옥만호도 허춘삼이 살해된 것을 모를 리 없었다. 그가 살해되고부터 사무실을 개설하고 공장 건물을 임대하고 가계설비를 들여오고 스카우트 내지는 공채 출신의 인물들을 적재적소에 배치하는 등의 일로 몸을 두세 개로 나누어도 모자랄 만큼 바쁜 영훈이였지만, 그의 형이란 사람은 모습을 보이지 않았다. 그러나 옥만호는 왠지 그것만큼은 영훈에게 물어봐서는 안 될 것 같은 느낌이 들었다.

세월은 흘렀다.

그 동안 정권은 문민정부에서 국민의 정부로 자리바꿈을 했지만, 영훈의 사업은 주변 여건에 아랑곳하지 않은 채 꾸준히 상승곡선을 지속하고 있었다. 해외시장에서의 주문도 차츰 증가했고 효율적인 생산라인을 갖춘 공장건설을 위해 시도한 해외전환사채(CB)의 발행도 순조로웠다. 기업의 경영실적에 비중을 두고 있는 해외금융시장에서 전환사채가 먹혀든다는 것은 해당기업의 실적이 구체적으로 검증된 상태이므로 기업의 신용도 함께 높아지는 것은 당연한 일. 삼천 원하던 영훈 회사의 주식이 CB를 발행하는 것과 동시에 무려 오천 원으로 뛰어올랐다.

2, 3차의 발행 때는 아예 외국에서 삼자명의의 페이퍼 컴퍼니(유령회사)까지 운영하면서 전환사채를 사들인 뒤 국내시장에서 주식으로 전환해 되팔면서 시세차익을 챙겼다.

국민 모두를 꽁꽁 얼어붙게 만들었던 IMF 한파는 영훈에게는 절호의 기회였다. 기업들은 자금이 얼어붙어 마치 팔등신의 미녀가 발가벗은 채 햄버거 한 개를 구걸하는 꼴이었다. 이건 원해서 하는 기업사냥이 아니라 완전 무방비 상태의 노마크 찬스였다.

보다 풍족해진 자금으로 영훈은 자선 사업을 하듯 장래가 있어 보이는 기업 몇 개를 건졌다.

그때부터 영훈은 재계의 무서운 신인에서 어엿한 우량그룹을 이끄는 강 회장님으로의 변신에 성공한 것이다.

오랫동안 파라과이에서 생활하고 있던 형도 불렀다. 그러나 형은 원래의 성격이 그렇듯 그 동안 있었던 동생의 눈부신 성취에도 별다른 감정을 드러내지 않았다. 영훈의 진정한 능력이 발휘될 곳은 아직도 별같이 높은 곳에 있다는 것을 그는 알고 있기 때문이었다. 그 높은 곳을 향해 이제 막 한 발을 내딛기 시작한 동생의 어깨를 한번 두들겨주었을 뿐이었다.

옥만호는 15대 총선 당시의 약체라는 이미지를 털어버린 지 이미 오래 되었다. 2년 전에 있었던 16대 총선에서는 와신상담, 권토중래를 노리는 그때 그 사람과의 리턴매치에서 다시는 재기를 노리지 못할 정도로 참담한 패배를 안겨주었다. 통쾌한 승리였다.

졸지에 야당으로 전락했던 소속당도 과반수 가까운 개가를 올리면서 당의 분위기가 일신되고 있었다. 97년 겨울의 대선 패배 때와는 판이한 상황이었다. 당시의 주변 상황은 최악이었다. 양지의 여당생활에 길들여진 일부 의원은 찬바람 부는 거친 야당생활에 적응하지 못하고 적진에 투항하기도 했다. 대선 후보를 겸했던 총재의 권위가 현저히 약화된 가운데 구심점을 잃은 당은 폭풍우 속의 조각배처럼 흔들리고 있었다. 그때부터 옥만호의 진가는 서서히 나타나기 시작했다. 우선 상주하는 직원만도 스무 명을 거느린, 동북아 경제연구소라는 개인 사무실을 열었던 것이다. 연구소의 주축 멤버들은 학계를 대표하는 기라성 같은 인물들이 총망라되었다.

유망기업의 대주주라는 사실과 일찍부터 파당의 정쟁에 휘말리지 않았고, 누구에게도 자세를 낮출 줄 아는 겸허함과 친화력은 IMF 한파에 마땅히 갈 곳도 없는 많은 의원들이 몰려들게 했다.

사무실은 마치 의원회관을 축소시켜놓은 것 같았다. 평소 꺼려했던 당에 대한 불만과 직언들도 이곳에서는 거침없이 흘러나왔다. 나라를 걱정하는 난상토론으로 자정이 가깝도록 사무실의 불이 꺼지지 않을 때도 많았다. 학계의 권위자들과 실물경제에 밝은, 재계의 야전 지휘관을 초청한 세미나도 가끔씩 열었으며, 이를 당론에 반영시키기도 했다. 다양한 곳에서 들어오는 정보의 양도 많았으며, 일부 춥고 배고픈 의원들에게 권해주는 돈이 될 만한 것들은 이미 치밀한 검색과정을 거쳤는지 전혀 버리지도 않았고, 뒤탈도 없었다. 주인은 결과를 묻지도 않았고, 여전히 공손했다. 은연중에 계보가 아닌 계보가 형성되고 있었다.

어디서 몰려왔는지도 모르는 축축하고 음습한 밤안개가 도시의 하늘을 뒤덮고 있었다.

영훈은 섹스 뒤의 포만감을 즐기기라도 하려는 듯이 침대 위에 누운 채 눈을 감고 있었다. 잠깐 젖혀본 커튼을 제자리에 가져다놓은 경희는 욕실로 향했다.

쏴아 하고 세차게 틀어놓은 샤워기의 찬물이 알맞게 부풀어 있는 유방을 흔들면서 아직도 열정으로 팽배해 있는 유두를 조금씩 식혀주고 있었다. 유방을 타고 내려간 물줄기가 숲으로 울창한 비옥한 삼각주에 이르자, 그녀는 몸 속에 담고 있던 영훈의 일부가 떠내려가기라도 하듯 황급히 손가락을 집어넣었다.

'어디서부터 시작되었을까? 그의 삶이 나의 전부가 되어버린 것이……'

그리고 보니 호텔의 욕실과 타월도 낯설지 않았다. 2년 전쯤이었을까? 은행 본점의 일개창구 직원이었던 자신과 유명 그룹 청년 회장과의 러브스토리가 시작된 것이?

처음에는 그가 그런 위치에 있는 줄 몰랐다. 어떤 회사의 상냥하고 매너 좋은 총각 대리 정도로만 짐작하고 있었다. 그 역시 그렇게 행동했기 때문이었다. 그러나 겨우 서너 번 정도의 만남 뒤에 그녀는 자신도 이해할 수 없을 만큼 사랑에 빠져버렸다. 사랑의 힘은 위대했다.

주변에 존재하는 모든 것들이 자기만을 위한 것 같았으며, 자신을 향하는 그의 눈길은 언제나 희망과 낙관으로만 넘실대고 있는 환상의 바다로 데려다주었다. 그가 들려준 말들은 가슴에 묻어두고 싶은 시의 한 구절처럼 헤어진 후에도 음미해보는 즐거움을 주었고, 그와 함께라면 극복할 수 없는 대상조차도 자유자재로 변화시킬 수 있을 것 같았다. 애무는 부드러웠고 격한 움직임 끝의 땀냄새도 향기로웠다.

그래서 사랑하는 사람들은 평생을 해로하는 모양이었다. 그녀가 어처구니없게도 그의 현실을 알게 된 것은 1년 전의 일이었다. 그러나 그때의 경희는, 그의 성공이 자신과는 상관없는 것처럼 들떠 있지도 않았고, 바보처럼 신데렐라의 꿈에 젖어 있지도 않았다.

왜냐하면 지금까지의 그는 애정 표현은 물론 과분할 정도의 선물을 잊지 않았지만, 그녀가 기대하는 결혼에 관한 말이나 언질 같은 것은 한 마디도 하지 않았기 때문이었다. 꿈에서는 가능할지도 몰랐다.

"어! 그런 생각을 하고 있었어? 그거 근사한데……. 그럼 우리도 결혼이라고 하는 걸 한번 해볼까?"

그러나 완벽할 정도로 빈틈이라고는 찾아볼 수 없는 그가 꿈에서라도 그런 대사는 털어놓을 것 같지는 않았다. 왜 이런 남자를 사랑해야만 하는가?

경희는 자신이 그에게 전혀 기쁨을 주는 존재가 아닌 것 같았다. 이젠 모든 것을 한때의 추억으로 묻어야 할 때가 되었다고 생각하고 있을지도 모를 일이었다. 그 한 예로, 그에 대한 구체적인 혼담이 그녀의 귀에까지 들려왔기 때문이었다. 상대 여성은 집안의 후광도 만만찮은 엄격한 옥스퍼드 출신의 재원이라고 했다.

언젠가는 그의 입에서 고뇌에 찬 고백을 듣게 될 것이다.

그러나 경희는 그의 말을 듣는 것이 두려웠다. 죽음보다 더한 고통이 닥쳐오기 전에 스스로를 추스려야 할 때가 됐다고 생각했다. 어쩌면 그는, 겉으로 드러나 보이는 교양 있는 신사의 뒷면에 날카로운 맹수의 이빨을 숨기고 있는 악마인지도 모를 일이었다. 하지만 아무리 그렇다 할지라도 경희는 단호한 자신의 의지와는 달리 영훈을 포기하고 싶지 않았다. 다른 누구보다도 그에게만큼은 잊혀진 여자로 전락하고 싶지 않았다.

그런 식으로 자신의 인생이 결정된다고 하더라도 결코 후회하지 않을 것 같았다. 영훈은 잠이 들어 있었다.

경희는 방의 스위치를 내리고 조용히 방문을 나섰다.

"딩동, 딩동."

은철의 핸드폰이 요란하게 울렸다.

"나야, 정두섭이야. 여태 집에 있었어?"

"지금 막 나가려는 참인데요. 최대포 사무실에나 한번 들려보려고요."

"그래? 거기 가서 뭘 하려고?"

은철과는 달리 사건을 파헤쳐보려는 마음이 없는 그로서는 당연한 질문이었다. 호감이라고는 눈곱만치도 가지 않는 경찰들과 마주칠 일도 있을 테고, 그들의 능력으로는 전혀 답이 나오지 않는 헛수고라는 계산이 앞섰기 때문이었다. 차라리 그럴 바에 유리한 증거나, 하다 못해 그들이 수긍할 수 있는 말이라도 준비해두는 것이 현실적이라는 생각이 들었다.

맞는 말임에 틀림없다. 전과자는 아무나 하나?

"일단 한번 부딪쳐보는 거죠. 저번에도 말했지만 이건 단순강도가 아닌 것 같아요. 주변을 탐문하다 보면 뭐라도 하나 걸리지 않겠어요? 기자라도 만나면 수사 진행을 알아볼 수도 있을 테고……."

"그러자면 기자 신분증 정도는 필요할 텐데 생각해둔 거라도 있어? 기자 신분증이라면 내가 구해줄 수도 있어."

"그래요? 그렇다면 아저씨가 한번 수고를 해주셔야겠네요. 언제까지 되겠어요?"

"까짓 것쯤이야. 내일까지 준비해놓을게."

"알았어요. 그럼."

"아냐, 잠깐 기다려. 아직 얘기 다 끝나지 않았어."

전화를 끊으려는 은철을 정두섭이 황급히 말렸다.

"껄떡이 최씨라고 알고 있지?"

한 감방에서 1년이나 같이 지낸 껄떡이 최씨를 은철이 모를 리 없었다. 생김새야 오대양물산 회장님이라는 또 다른 별명처럼 죽여주지만, 범죄 사실은 아니었다. 슬쩍한 남의 신용카드를 긁다가 들어왔다던가?

"그 껄떡이를 우연히 길에서 만난 거야."

거짓말이다. 경마장을 예전처럼 드나들기가 난감해진 그가 얼마 전 건수나 있을까 하고 껄떡이의 연락처로 자진해서 찾아갔던 것이다.

"껄떡이 아저씬 요즘 뭘 하고 있어요?"

"영등포에서 성인 오락실을 하고 있대."

"성인 오락실?"

"왜 있잖아, 슬롯머신 기계도 있고, 카드나 경마도 하는 곳."

"언제 그런 걸 다? 나온 지도 얼마 안 됐을 텐데……."

법자 주제에 일이 억 정도는 아예 용돈 정도로 큰소리치던 그의 모습이 눈에 선했다. 뭔가 믿는 구석이 있긴 했구나 하는 생각이 들기도 전에 정두섭의 말이 흘러나왔다.

"그러니까, 그게 말하자면 바지 사장이라는 거지."

"바지?"

"그런 게 있어. 원래가 불법이지만 수지맞는 장사니까. 건달들이 하는데 단속에 걸리지 않겠어? 그때 총대를 메고 들어간다는 거야. 단속이라고 한답시고 해놓고는, 갸들도 무슨 실적이 있어야 할 게 아니냐? 좋은 사이에 있는 진짜 주인을 잡아넣을 수도 없고, 누이 좋고 매부 좋은 식이지. 건당 이천만 원 정도 주는 모양인데, 초짜는 벌금이나 집행유예 정도지만 꽈배기들은 몇 개월씩 뜨는 모양이야."

"그래서요?"

"업소도 여러 군데 되고 해서 바지들을 아예 합숙까지 시키는 모양이야. 껄떡이 그 친구 틀이야 원래 범틀이잖아? 하는 짓거리가 족제비라서 그렇지, 삼시 세 끼 챙겨먹고 푹신한 침대생활 하다 보니 처음 봤을 때는 나도 놀랐다니까. 이건 회장님이 아니라 삐쿠샤 돼지였어. 나도 갈등이 조금씩 생기더라고. 그 친구도 권유를 하고……. 그래서 이렇게 맘졸이고 다닐 때 못 다니고 하느니보다는 나도 그렇게 하기로 했어."

정두섭은 잠시 말을 끊었다가 다시 계속했다. 그 동안 담뱃불이라도 붙었던 모양이었다.

"사건이 우리에게 불똥이 튀지 않고 유야무야된다면 경마 밑천이라도 만들어오는 거고. 그렇지 않을 경우라도 안에서 대비책을 세워놓고 여유 있게 조사에 응해준다는 거지. 설마 죄도 짓지 않았는데 험한 꼴이야 당하겠어?"

정두섭은 피곤하고 쥐뿔도 생기지 않는 은철의 일에서 빠지고 싶다는 뜻의 말을 전했다.

"알았어요. 아저씨 생각이 정 그렇다면."

"좀전에 말한 증은 내일 갖다줄게. 그리고 참."

그는 깜빡 잊고 있던 것이 생각난 모양이었다.

"내가 껄떡이와 같이 있게 된다면 숙소가 필요없잖아. 빈방 놀리면 뭘 해. 돈도 없을 것 같은데 네가 와서 있으면 어때? 집은 전세니까 걱정 말고. 쌀하고 부식도 당분간은 신경 쓰지 않아도 될 거야. 그럼 아예 집에서 내일 만나기로 할까?"

"그래요, 아저씨."

"아저씨는 무슨 말라죽을 아저씨야. 그냥 형이라고 해."

"에이, 아저씨도……."

"나도 좀 젊어져야겠다. 나이 차이 많은 큰형님이라고 생각하면 되잖아."

은철은 망설여졌지만 그렇게 하기로 했다.

"고마워, 형."

"어쨌든 사건을 헤집어보겠다면 하는 데까지 해봐. 도움이 된다면 껄떡이까지 데리고 갈 테니까."

전화는 끊어졌다.

21세기 내외문제 연구소

은철이 찾아간 곳은 업무의 성격이 다소 모호해보이는 최대포가 이사로 있었다는 마포의 사무실이었다. 사건 발생 후 열흘 정도가 지난 탓인지 그의 명패는 눈에 띄지 않았다. 사무실 한쪽에 두 개의 탁자를 사이에 둔 소파에는 바둑을 두고 있고 사람과 잡담을 나누고 있는 사람들이 보였지만 은철에게 관심을 두는 사람은 없었다. 여직원 역시 그에게 용무를 묻거나 차를 가지고 오지 않았다. 바쁠 것도 없는 업무에 바쁘지도 않는 사람들이 드나드는 곳이라서 체질이 된 탓으로 보였다. 기자나 경찰 쪽의 인사로 보이는 사람은 없었다.

"며칠 전에 있었던 최 이사 장례식에 가봤어?"

"아니! 마침 바쁜 일이 좀 생겨서."

잡담을 하던 두 사람의 대화는 마침내 대구의 오른쪽보다 왼쪽 볼 탱이가 물의 저항을 더 많이 받아 부드럽고 맛이 있다는 결론을 내리기라도 했는지 이어지는 화제는 최대포의 장례식으로 옮겨와 있었다.

"인생무상이라고 하더니, 최 이사가 그짝이었어. 죽은 사람에게 이런 말하기는 뭣하지만, 그 양반 얼마나 발발거리면서 돌아다니기를 잘했어?"

"점심은 주로 검찰인사들과 했고, 저녁은 기관장들이 아니면 시간을 낼 수가 없었다면서?"

"가끔은 실세들의 초청에도 마지못해서 응해주었다는데."

"예끼 이 사람! 실없는 소리 그만하고, 그날 어쨌는데? 최 이사가 다시 살아나기라도 했다는 거야?"

"예순가? 다시 살아나게. 하긴 그 말도 맞는 말이긴 하네. 방명록을 봤더라면 머리털이 곤두서서 벌떡 일어났을지도 모르지. 세상 인심을 새삼 느끼게 하더라고. 친인척하고 몇몇 가까운 지인들 외에는 내가 아는 얼굴들은 별로 찾아볼 수가 없었으니까. 죽음 자체가 너무 참혹해서 그랬던 건 아닐까?"

"그럴지도. 그런데 그 양반 왜 경마장에서 쓸데없이 마주 노릇을 하면서 그런 꼴을 자초했을까?"

"그거야 뭐, 하루 매출이 칠백 억이 넘는다는데 무슨 거리라도 있을까 하고 다녀본 거겠지."

"이러니 원. 몇십 년이나 정권을 쥐고 있었던 사람들이 누구 좋은 일 시키려고 그런 노른자를 아무 대책도 없이 고분고분하게 전리품으로 바치겠어? 회장이야 이쪽 몫이겠지만 이미 심어놓은 실무진이야 통제할 순 없잖아. 오히려 생각보다 맑은 곳이 그런 곳이라고."

"그럴까? 근데 최 이사는 야당 쪽 인사하고도 꽤 친하게 지냈다고 하는데 사실이야? 옥만호 씨 동북아 사무실에도 제법 얼굴을 내밀었다는데……."

"옥만호?"

은철이 표정에 반짝 하는 호기심이 스치고 지나갔다.

"어때! 업무가 아니더라도 교분을 나누는 게……. 그리고 옥 의원이야 원래가 무던한 성격이잖아. 부담을 느끼게 하지 않는 타입이지."

두 사람의 대화가 잠시 중단되었다. 중국집에서 배달한 점심식사가 도착했기 때문이었다. 앉아 있기가 민망해진 은철은 자리에서 일어났다.

문을 열고 밖으로 나서던 은철이 맞은편의 회장실에서 나오던 여자와 잠시 마주쳤다. 평소의 습관대로 이내 고개를 돌리고 복도를 걸어가던 은철은 등 뒤에서 자기를 빠르게 쫓고 있는 여자의 시선을 의식했다. 어디선가 본 듯한 얼굴이었다. 잠시 기억을 더듬어가던 은철의 입에서 자신도 모르게 가느다란 신음 소리가 새어나왔다.

"아!"

경희였다.

앳된 소녀에서 성숙한 숙녀의 자태로 변해 있었지만 경희임에 틀림없었다.

철없던 시절의 소중했던 그녀를, 희망이 사라져버린 우울한 회색의 십자로에서 마주치게 될 줄이야……. 그 동안의 혼탁했던 여정이 그를 움츠러들게 했다. 그러나 밀물처럼 밀려드는 그리움은 기어코 그의 몸을 돌려세우게 만들었다.

"은철 오빠 맞지?"

그녀 역시 자신의 감정을 어떻게 추스려야 할지 혼란스러워하는 듯했다.

"역시 경희였구나! 이렇게 만날 줄이야. 그래, 어떻게 지내는 거야?"

모든 것이 한때의 꿈이었고, 성장기 때 누구나 가질 수 있는 단순한 추억일 뿐이라고 스스로에게 침착하자고 은철은 다짐했다.

지하 커피숍.

깔끔한 단발머리에 브랜드 표시가 보일 듯 말 듯한, 그래서 더욱 고급스러워 보이는 촉감의 정장 차림은 말하지 않아도 그녀의 궁색하지 않은 현실을 대변해주었다. 또래의 사무직 여성들과는 다른 분위기를 연출하는 경희에게서 도전적인 리포터나, 자유롭고 조금은 방종스러운 연예가의 여성이 떠올려졌다. 세상물정을 너무 빨리 알아버린 조숙한 여성들이 흔히 할 수 있는 질문이 나올까봐 은철은 조마조마했다.

'아파트는 몇 평이세요?'

'차는 뭘 타고 다니세요?'

그러나 경희는 그런 말을 하지 않았다. 그녀는 그런 것보다는 6년 전에 있었던 느닷없는 증발 사건에 대해 아직도 좋지 않은 감정을 갖고 있었다.

"어떻게 된 거예요? 그렇게 소리없이 사라지다니. 대체 무슨 이유였어요?"

"미안해. 언젠가 만나면 말해주려고 했었지만……"

“그래서요?”

“하지만 지금에 와서…….”

“그런 게 무슨 상관이야? 그때의 내 심정을 이해한다면 어떻게 그런 말을 할 수 있어? 모욕감을 느끼기까지 했다고요. 말해보세요. 말 못하고 떠나야만 했던 절박한 사정이란 것을. 스승님도 모르고 계셨잖아요.”

“스승님도 모르고 계셨어?”

“그럼, 스승님은 알고 계셨다는 말이에요?”

“아니! 그럴지도.”

“그런 말이 어디 있어? 내가 알기로는 모르는 것 같았어요. 오빠가 올 동안만이라도 보살펴드리려고 몇 번 찾아갔지만 그런 내색은 한번도 한 적이 없었어요. 그러다가 두 달쯤 후에는 그분마저 행방이 묘연해졌으니……. 혹시 수행을 계속하려고 입산한 것은 아니었어요?”

경희의 농담 같은 말에 묘한 안도감을 느꼈다. 그러나 모든 사실을 그녀에게 털어놓고 싶은 마음은 없었다.

“스승님은 경희의 짐작대로 오대산에 가셨어. 도장 운영도 어렵고, 건강도 한두 달 정도로는 회복될 기미가 안 보였거든. 경희보기도 민망했고……. 그래서 스승님 친구분에게 의논을 드렸던 거야. 나는 스승님을 위해 돈을 벌려고 차력사를 따라 전국을 다녔지. 경희에게 사정을 말해주려고 했었지만 상황이 어떻게 변할지도 몰라, 그때 봐서 소식을 전하기로 하고 그냥 떠났던 거야.”

경희는 조금은 이해가 된다는 표정을 지었다.

“그때 맡은 역할이 뭐였어요?”

모성본능이 있는 여자들은 어떤 경우에는 의외로 너그러워지기도 한다.

"뭐, 차력사들이 깰 돌들을 주워오거나 송판을 준비하는 정도였지."

"무거운 돌을 배 위에 얹고 함마질을 당하지는 않았어요?"

"끔찍하군. 그런 건 고참들 몫이고 내게 돌아오진 않았어."

은철은 잘도 둘러댔다.

"어쨌든 1년쯤 지나 서울에 왔을 때 스승님은 생각대로 오대산에 계셨고, 경희는 대학생이 되어 있었지. 하지만 경희 앞에 불쑥 나설 수는 없었어. 만나서 당시의 입장에 대해 해명을 하고 싶었지만, 자격지심 탓인지 선뜻 그럴 용기가 나지 않았어. 그 동안의 세월은 우리들 사이를 어느새 장벽으로 갈라놓고 있었던 거야. 이미 경희에게는 경희대로의 삶이 존재하고 있었고. 그런 경희에게 잊혀졌을지도 모를 내가 다시 나타난다는 것은 부담을 주는 일로밖에 생각되지 않았거든. 멀리 떨어진 곳에서나마 경희를 볼 수 있었던 것이 그나마 행운으로 여겼는데, 이렇게 다시 만나다니……."

은철은 이미 식어버린 커피를 홀짝거렸다. 은철의 소설은 끝이 났다. 어떻게 그런 거짓말이 술술 나오는지 본인도 경이로울 정도였다. 교도소 생활은 괜히 한 것이 아니었다.

경희는 은철의 이야기를 감동에 젖어 들었다. 그리움에 앞서 야속한 마음만이 가득했던 그였지만, 진심을 알고부터는 당시로 돌아간 듯하여 설레임으로 들떴다. 그러나 당시의 증발 사건이 나약한 감상에서 비롯됐다는 것에는 실망을 감추지 못했다. 그가 알고 있는 은철이라면 좀더 선이 굵고, 운명적이면서 피치 못할 사연이 개입되어 있어야만 했다. 문득 은철의 점퍼 차림을 보니 연민이 느껴졌다.

"지금은 뭘 하고 있어요?"

"응, 주간 신문의 사건기자로 일하고 있어."

기삿거리를 탐색하러 나온 것보다는 잠복근무를 나온 듯한 일선 기자의 이미지와 흡사했다.

"경희는 어때, 사무실하고는 어떤 관계야?"

"회장님 비서로 일하고 있어."

"회장님 비서? 오래 됐어?"

은철의 눈이 반짝 하고 빛났다.

"아냐, 한 삼 개월 쯤. 저번 다니는 직장에서 구조조정으로 밀려났다가 아는 사람의 주선으로 일하게 됐어요."

"최대포 씨 사건은 물론 알고 있겠지?"

"역시, 그 일로 왔었구나. 그 일 때문이라면 나보다 그쪽 사무실의 미스 리가 훨씬 잘 알고 있을 텐데……."

"미스 리한테 이야기는 벌써 들었어. 경찰이고 일간지 기자들에게도 되풀이했던 말이라서 건질 게 하나도 없었어. 경희도 알다시피 주간지는 뭔가 독특해야 하잖아. 사건 이면에 담겨 있는 범죄를 저지를 수밖에 없는 원인이라든가, 사생활을 통해 추리해볼 수 있는 사건 당사자들의 인간적인 고뇌나 심리상태, 뭐 이런 거. 주변을 캐나가다 보면 경찰 수사보다 앞서 나갈 때도 있었어."

"하고 있는 일이 꽤나 마음에 드는 말투네요."

"글쎄, 일단 적을 두고 있다면 최선을 다한다기보다는, 즐길 수 있는 수준 정도는 만들어놔야 하지 않겠어? 정 안 되면 직장을 그만두는 것도 좋은 방법 중의 하나지."

"호호, 실례지만 지금이 몇 번째야?"

"스포츠 센터에 수영코치로 있을 때는 의욕이 너무 앞서서 수강생들을 익사 직전까지 몰고 간 일도 있었어. 물론 잘렸지만."

"오빠도 많이 변했어. 개그도 할 줄 아는 걸 보니."

"경희도 마찬가지야. 업무에 관계되는 일이면 시침을 떼는 걸 보니."

"그렇게 보였어요? 그건 아냐. 아는 게 없을 뿐이에요. 미스 리에게 듣지 못한 게 있다면, 16대 공천에서 탈락한 후로는 소속단체의 일보다 주변의 비공식적인 일에 더 신경을 쓰고 다녔다는 정도일 거야."

"비공식적인 일이라면?"

"기자분이 그런 걸 내게 물으면 어떡해요? 마침 잘됐네. 나도 궁금해하고 있었는데. 한번 설명해줘봐요."

"비공식적인 질문에는 그런 식으로 대답하는 게 유능한 비서라고 했지? 성격은 어땠어?"

두 사람은 조금 전까지의 감정에서는 벗어나 있는 듯했다.

"뭐랄까? 보스 기질보다는 관리형 참모가 어울리는 분이었어요. 주변에선 문제가 있는 사람으로 여기는 분위기였지만요. 우리에겐 짓궂은 농담을 곧잘 했지만 괜찮은 상사였어요. 동생이 벤처 기업을 한다고 했는데, 사건이 나고 부도를 당했다고 해요."

"뭐 하는 회사였는데?"

경희는 고개를 저었다.

"근데, 오빠는 이번 일을 강도의 소행으로 보고 있지 않은 것 같네. 사람들 말로는 그날 이사장님이 갖고 있던 말의 상금이 많이 걸린 경주에서 입상해 상금도 상금이지만 그 말을 놓고 마권을 많이 산 걸로 알고, 노리고 있었던 사람들에게 당했다고 하던데……."

"그랬었나? 그렇다면 단순한 직업상의 습관으로만 생각해둬. 과학자든지 종이쟁이든지 간에 호기심 빼면 시체잖아. 그리고 범인이 검거되기 전까지는 사건의 실체보다 추측기사가 오히려 독자들의 흥미를 더 유발시킬 수도 있으니까. 회장님과의 사이는 어땠어?"

"별로였어. 공천 경쟁이 시작되면 라이벌이 될 수도 있는 사이잖아."

"그럴까? 하지만 회장님은 국회보다 내각 쪽에 더 신경을 쓰고 있다는 소문이 들리던데. 아무튼 고마웠어."

은철은 이 정도에서 최대포에 대한 이야기를 끝내려고 했다. 뜻밖의 만남에 동요를 느끼고 있는 경희에게 더 이상의 내용을 기대한다는 것은 무리로 여겼기 때문이었다.

"언제 다시 한 번 들려도 될까?"

은철은 애써 사무적인 투로 말했다.

"언제라도 와요. 참! 명함 가진 거 있으면 한 장 줘요. 그 동안이라도 알아볼 수 있는 게 있으면 알려줄게."

"그러고 보니 명함을 안 가지고 왔네."

은철은 메모지에다 휴대전화번호를 빠르게 적었다.

"그럼!"

자리에서 일어나는 두 사람을 무관심한 듯 보고 있는 중년남자가 있었지만 은철은 의식하지 못했다. 오피스가의 커피숍에 실수로 들른 부근의 예식장을 찾아온 사람 같았지만 예사롭게 보이지 않았다.

끝없이 이어지는 게이트의 숲을 비늘 하나 다치지 않은 채 대선가도를 달려온 집권여당의 일곱 마리 용들은 수컷인 봉과 암컷인 황의 교태 어린 영접을 받으면서, 만인지상의 자리에 등극할 그날을 위해 잠시 숨고르기에 들어가고 있었다. 앞으로 전개될 치열한 예선을 대비하기 위해서였다.

집단 부락이 생긴 이래 처음으로 여당에서 시도해보는 국민경선제도는 이런저런 갈등과 잡음을 야기시키기도 했지만 쉽게 합의를 도출할 수 있는 능력 있는 후보들의 페어플레이 정신과, 정치개혁이라는 대의명분 앞에서 그다지 산고도 겪지 않은 채 세상 밖으로 모습을 드러낼 수가 있었다.

유럽의 어중간한 제도보다는 이미 신문과 방송으로 익숙해진 바 있는 미국식의 경선제가 거부감이 덜하고, 유세를 통해 국민과의 공감대를 형성해가는 민주적인 과정은 이제까지의 밀어붙이기 식의 개혁에 대한 국민감정을 다소나마 희석시켜줄 활력소로 기대되었다.

일찍이 세계사적인 관점에서 돌이켜봐도, 치열한 내전을 겪지 않고 타민족을 정벌한 전례는 거의 없다. 원정에서 희생된 것보다 내전을 치르면서 죽은 병사와 물자의 손실이 월등히 많은 경우가 허다하다. 하지만 적자생존의 게임의 법칙에서 승리한 후보는 그 과정을 통해서 터득한 더욱 첨예화된 전술과 기능적인 조직을 거느리게 될 것이다.

이제까지의 실정으로 인한 여론의 핸디캡에도 불구하고 그는, 총재직과 조직을 한꺼번에 거머쥐고 있으면서 아직까지 이렇다 할 경쟁자하나 없이 무풍지대를 달려왔다. 얼마 후면 이미 확정된 야당의 후보와 승부를 겨루어도 전혀 손색이 없을 정도로 부쩍 성장해 있을 것이다. 제왕은 태어나는 것이고 대통령은 만들어지는 것이다. 어떻게 포장하고 어떻게 연출하고 각색하느냐에 따라 결정된다. 시간은 충분하다.

불과 3, 4개월이면 새로운 이미지와 가능성으로 무장한 후보가 이제까지의 정치집단과는 차별화를 선언하고 새시대가 요구하는 국가관과 새로운 가치와 질서를 창조하는 지도자로 변신해 사자후를 토할 것이다. 쉽게 끓어오르기도 하고, 쉽게 용서할 줄도 알고, 남의 허물을 곧잘 잊어버리는, 심성 고운 국민들은 후보의 말에 귀를 기울이게 된다.

각종 게이트나 구설수로 실수를 연발하며 후보의 애간장을 태우던 실세집단들도 그때쯤은 쓸모가 없는 게 아니다. 아니, 그때가 바로 그들의 진면목이 발휘되는 시기이기도 하다. 정치보복이라는 악순환의 굴레를 벗어날 수 있는 유일한 돌파구인 정권 재창출을 위해 오랫동안 장고를 거듭해온 그들에게 대비책이 없을 리가 없다. 전운이 무르익기를 기다리며 인내하고 있던 그들이 나섰을 때는 몸 속의 신경망을 자극했을 때처럼 공개된 조직은 물론이고, 오직 이날만을 위해 숨죽이고 있던 그룹들과 이미 위장한 채 적진에 침투해 왕성한 식욕으로 전력을 갉아먹고 있는 조직까지 본래의 모습을 드러내고, 전면전에 나서는 총동원령이 내릴 때일 것이다.

조금 전, 부총재단과의 회동을 끝내고 총재실로 돌아온 이영만은 의자 깊숙이 몸을 파묻으며 방금 있었던 회의 장면을 떠올리고 있었다. 대기하고 있던 사진기자들의 플래시가 두어 번 터진 것은 비주류를 자처하고 있는 지난 정권의 실세이면서 각료까지 지낸 바 있는 4선의 K 부총재와의 악수장면 때였고, 나이트클럽의 사이키델릭 조명처럼 무차별로 플래시의 세례를 받은 것은 기이하게도 2선에 불과한 박정숙 부총재와의 악수장면 때였다. 그러나 유권자의 과반수가 넘는 여성들의 경우는 총재 자신의 이름보다 그녀의 이름을 더 많이 알고 있는지도 모른다.

박정숙!

대대로 물려받은 것이라고는 가난밖에 없는 이 땅의 역사에 마침표를 찍고, 한강의 기적을 이루는 데 견인차 역할을 하며 한 시대를 풍미했던 지도자를 부친으로 둔 그녀가 정치에 뛰어든 것은 불과 5, 6년 전의 일이었다. 데뷔 당시부터 엄청난 후폭풍을 잠재하고 있는 그녀가 오직 대선 고지만을 향해 질주해 온 그에게 도전장을 내민 것은, 집권 여당의 국민경선제에 대한 논의가 활발하게 이루어지고 있는 바로 그때였다. 국민경선제?

모양새는 그럴듯해 보였지만 지금의 당으로서는 극히 소모적이고 비현실적인 것으로 보였다. 그러나 국정에 참여할 수 없는 야당의 한계 탓이기는 했지만 상대당의 자충수로 인한 반사이익만을 챙겨온 듯한, 그리고 수권정당의 리드로서 제대로 능력을 검증 받지 못한 듯한 현실에서는 당에 활기를 불어넣고 이완되어 있을지도 모를 조임새 부분을 점검해보는 차원에서의 경선은 나쁠 것도 없었다.

그런데 문제는 박 부총재의 득표력이었다.

선거에서의 유권자를 통한 득표력은 막강한 파괴력을 발휘할 것으로 쉽게 짐작할 수 있지만, 당내 기반이 그것도 비주류인 그녀에게는 취약할 수밖에 없는 입장을 고려한다면 제도 자체를 박 부총재에 유리하게 만들지 않는 한 끊임없이 불공정 시비에 휘말릴 것은 불을 보듯 뻔한 일이기 때문이었다.

경선에 소요될 비용 또한 만만찮았다.

전국을 열 개 정도의 권역으로 나눠 순회경선을 치르면 최소한 육십 억은 어림잡아야 할 비용을, 후보가 많은 상대당의 경우에는 각개

약진에 맡기면 되겠지만 사실상 단 두 사람으로 굳어진 지금의 상태에서 박 부총재의 자금사정으로는 전액을 중앙당에 의지하지 않으면 안 될 입장이기도 했다. 앞으로 남은 대선과 지방선거에 써야 할 피 같은 돈을 당내 경선에 쏟아부어야 하다니……. 민주화 흉내 한번 내보기에는 득보다 실이 많은 것으로 예상되었다.

그러나 그녀의 입장에서는 필사적일 수밖에 없었다. 현실적으로는 그를 꺾기가 어렵다고 하더라도 경선을 통해 현실 정치에 대한 확고한 개혁 의지와 해박한 논리의 자기 사상과 함께 부친의 개척정신으로 오늘의 난국을 헤쳐나갈 정치력을 피력해보임으로써 당내의 입지는 말할 것도 없고, 동조세력을 규합함으로써 그녀가 실질적으로 겨냥하고 있는 행보를 더욱 가볍게 할 수 있는 절호의 기회를 느슨하게 놓치려고 할 리가 없었다.

그녀의 의사가 적극 반영된 경선 준비위원회를 발족시킨 것은 상대당의 후보들이 저마다 출정식을 갖고 신문의 정치면을 뜨겁게 달굴 때의 일이었고, 이례적으로 선수가 심판진에도 참가하는 선준위의 일원으로 합류한 박 부총재가 지금은 후보와 총재를 겸임할 수 없다는 논리를 펴며 총재의 결단을 촉구하고 있는 중이었다.

비주류를 제외한 대부분을 차지하고 있는 의원들 사이에서는 전시적이고 소모적인 경선에 대한 비판의 목소리가 높아져가고 있었고, 소수의견에 민감해 있는 지도부에 대한 불만 역시 확산되고 있었다.

당내 공식기구에서 개선안을 만들고 있으니 기다려보자는 중재도 있었지만, 선준위의 회의까지 보이콧하는 박 부총재의 태도는 완강했다. 어느새 그녀는 먹기에는 그렇고 버리자니 아까운, 고사의 계륵 같은 존재가 되어 이영만 총재의 흰 머리카락을 이래저래 늘려 가고 있었다.

어떻게 하면 좋은 걸까? 마음 같아서는 이미 예정된 정치 일정대로 밀어붙이고도 싶지만, 얼마 전 일본에서 있었던 고이즈미 총리의 여성 각료인 다나카 마키코 외상의 경질 이후 20% 아래로 급격 직하한 인기를 생각하면 진땀이 흐를 지경이었다. 이러다 탈당이라도 하게 된다면?

우수수 하고 표 떨어지는 소리가 이영만 총재에게는 우레 소리처럼 크게 들렸다. 박 부총재의 대중적인 득표력을 감안하고 모셔온 상대당의 후보는, 새로 작성한 대선 지도를 앞에 놓고 벌써부터 집권 구상에 들어갈지도 모를 일이었다. 그것은 생각하기도 싫은 오싹한 최악의 시나리오였다. 97년 대선 패배의 악몽이 되살아났다.

"차 한 잔 하시겠어요?"

심기가 불편해보이는 총재의 기분을 전환시켜주려는 듯 일정을 챙겨주는 미세스 최가 상냥하게 말을 건넸다. 옥으로 만든 조개 모양의 귀걸이가 그녀의 귀 아랫부분을 깨물고 있듯이 덮여 있었다.

"그럴까, 녹차로 한 잔 줘요."

옥 색깔의 연상작용에서 무심코 녹차를 시켰다.

"이럴 때 내 맘을 알고 경선에 나서줄 자가 한 사람만 있다면……."

차를 시킬 때처럼 무심코 나온 말이었지만 그의 무의식 속에 알게 모르게 잠재하고 있었던 생각이기도 했다.

마치 어른과 아이의 싱거운 싸움에서 무슨 성 대결처럼 보이는 것도 싫었고, 상대방의 요구에 끌려다니는 듯한 무기력한 이미지도 털어버리고 싶었다. 차기를 생각하더라도 자기와는 정치관이 다른데다, 사

사건건 충돌하는 그녀에게 기회를 준다는 것도 내키지 않는 일이었다.

　이럴 때 누군가 한 사람이 경선에 나서준다면 모양새도 좋은 삼각 구도에다, 그녀의 입지나 요구사항 역시 위축될 수밖에 없으리라. 그러나 그것은 이영만의 희망사항에 불과할 뿐이었다. 힘을 합쳐도 역부족인 싸움에서 그녀와 표를 나눈다는 것은 비주류 측으로서는 생각할 수 없는 일이었고, 일인 체재 하의 당내 분포에서 겁도 없이 감히 자기와 맞서려는 자는 없을 것이기 때문이었다. 미세스 최가 끓여온 녹차를 탁자에 내려놓았다. 찻잔을 놓으려고 허리를 굽힐 때 옥장식의 귀걸이가 유난히 돋보였다.

　순간 이영만은 자신도 모르게 무릎을 치며 자리에서 벌떡 일어났다.

　"그래, 바로 그거였어. 내가 왜 그 생각을 하지 못했을까?"

　잔뜩 구겨져 있던 이영만에게 푸른 신호등처럼 떠오른 인물은 다름아닌 옥만호였다.

　두꺼운 안경이 트레이드마크처럼 연상되며, 어디에 가져가 섞어놓아도 학자일 수밖에 없는 단아한 모습의 옥만호.

　과제가 주어지면 문제 해결을 위해 끊임없이 몰두하며 연구하는 성실성과 결과물은 반드시 토론 과정을 거쳐 상대방의 체면은 물론, 자칫 빠지기 쉬운 편협의 우를 사전에 제거할 줄 아는 슬기로운 옥만호.

　우량기업의 지분을 소유하고 있으며, 어려운 당의 재정을 위해 거금을 쾌척할 줄 아는 배포 큰 옥만호.

　계파에 연연하지 않고 어떤 모임에 모습을 보여도 전혀 이상하지 않은 옥만호.

　그런 옥만호가 드디어 야망을 드러내고 경선에 뛰어들었다?

　마치 추리소설의 마지막 장면에 독자들의 허를 찌르고 등장하는 범인처럼 상상되는 이 총재의 기발한 캐스팅이었다. 그러나 그것은 옥만호를 조금이라도 아는 사람이라면 이내 고개를 끄덕이며 수긍하는 태도를 보일 것이다. 그것은 평소부터 그의 능력과 자질을 알게 모르게 사람들이 인정하고 있다는 뜻이기도 했다.

이영만은 직접 수화기를 들었다. 조금 전에 끝난 총재단 회의를 다시 소집하자는 것은 물론 아니다. 자신의 지척에 있는 가신들을 부르기 위해서였다. 중요한 당직만 거치지 않았을 뿐 오히려 그런 면에서 더욱 신선하게 보이며, 각종 구설수에 초연했던 강직한 옥만호가 경선에 나선다는 것은 난립하고 있는 여당이 후보들에 비해 조금도 손색없는 인물로 여겨졌다.

옥만호가 제의에 응하지 않는다면 삼고초려라도 하고 싶은 심정이었다. 삼각체제의 경선이라면, 총재의 프리미엄도 버리고 국민들에게 보란 듯 모범적인 경선을 해보이고 싶었다. 깨끗하고 선명한 이미지의 세 사람이 벌리는 각축은 결과적으로 경선이란 이렇게 하는 것이라고, 상대 진영의 일곱 용들의 코를 납작하게 해주고 싶었다.

수사본부가 설치되어 있는 ○○경찰서의 장민태는 올해 쉰셋의 경장이다. 전경대 시절부터 소급한다면 30년 가까운 경찰생활이고, 수사통으로만 20년을 보낸 베테랑이지만 나이를 감안하면 더 이상의 진급은 틀린 것 같은 만년경장으로 정년퇴직을 맞아야만 할 것 같았다. 구속사유가 되지 않는 취객들 간의 자질구레한 사건까지 뒤치다꺼리를 하는 형사과에서 수사본부로 차출된 것은 사건발생 이틀 후의 일이었다.

사건의 가닥을 단순강도나 주변에서 빚어질 수 있는 우발적인 범행과 원한관계로 생각하는 수사초기의 정석에 따라, 그의 끈기와 함께 최대포와 교류하고 있었던 점잖은 세대의 인사들을 찾아가 방문조사하거나 탐문하기 위해 합류시킨 것이었다. 대체적으로 관내에서 강력 사건이 발생하면 공명심에 불타거나 경찰이 체질인 몇몇을 제외하고는 대부분의 당사자들은 못마땅한 표정부터 짓게 된다. 범인이 쉽게 검거되지 않고 사건이 복잡한 양상을 보이면, 관내에서 범행을 저지른 범인을 원망하기도 한다.

그래서 관할구역에 대한 마찰이 더러 일어나게도 되는 것이다. 동원된 인력은 사건이 해결될 때까지 매달리게 되다보니 고역이 아닐 수가 없다. 예전과는 달리 많이 좋아졌다고는 하지만, 쥐꼬리만치 나오는 수사비도 문제다. 이럴 때를 대비해서 이런저런 경로를 통해 조금씩 비축해두긴 하지만, 그것마저 떨어지고 나면 빚을 내면서까지 수사를 강행하지 않을 수가 없다.

사건이 발생한 지 열흘이 지났지만 수사는 별다른 진전을 보이지 않고 있었다. 강도 쪽으로 단서가 될 만한 증거를 찾을 수 없었고, 유력한 용의자 두 사람의 인상착의와 사용한 수표는 건졌지만, 수표에서 용의자의 지문을 찾는 데는 실패했다. 동일사건의 전과자들과 몽타주를 대조하는 작업에서도 소득은 없었다.

요즘이 범인들이란, 죄다 영화나 소설을 많이 본 녀석들이라서 그런지 다른 사람들의 제보나 우발적인 데서 빌미를 제공하기는 하지만 현장에서의 뒤처리만큼은 깔끔해서 이래저래 바쁜 경찰이 속을 썩인다.

주변의 탐문수사 역시 지지부진하기는 마찬가지였다. 가족관계에서는 허점을 찾을 수가 없었고, 워낙 마당발인 최대포의 평소 행적 탓에 주변인물들은 어디서부터 범위를 좁혀야 할지 거론조차 하지 못하고 있는 상태였다. 사적인 일을 깊이 캐고 들 것 같으면, 한창 유행하고 있는 게이트에 또 한 개의 게이트가 추가될 것만 같아 경찰의 힘만으로는 역부족이었다. 그러나 그런 내부의 분위기와는 아랑곳없이 장민태는 자기 스타일대로만 맡겨진 일에 열중하고 있었다. 오늘은 같이 최대포의 주변을 캐고 다니는 황 형사와 모처럼 소주집의 구석자리에서 술잔을 기울이고 있었다.

"이걸 보라고, 이게 얼마 전에 도착한 팩스야."

장민태가 건네준 팩스용지를 펼치고 있는 황 형사는, 고물상이나 노숙자들의 사건에는 적격일 것 같은 얼굴에 장물아비 같은 묘한 표정을 지으면서 내용을 읽기 시작했다. 몇 장 정도로 보이는 팩스의 발신지는 ○○교도소로 되어 있었고, 얼마 전에 출소한 박은철과 같은 감방에 있다가 띄엄띄엄 출소한, 몇몇 사람들의 인적사항이 적혀 있었다.

사흘 전, 최대포의 사무실 주변에서 어슬렁거리다가 커피숍에서 회장의 여비서와 담소를 나누고 있던 남자의 거동이나 말투가 수상해보여서 그가 마시고 난 커피잔을 슬쩍 가지고 와 감식반에 의뢰를 했는데, 놀랍게도 살인전과가 있는 자였던 것이었다. 그래서 최종 복역했던 교도소에 사건내용과 함께 같이 복역하다 출소한 자들에 대한 사항을 부탁했었는데 이틀만에 도착한 것이었다.

읽기를 마친 황 형사의 입에서 끄응 하는 신음 소리가 섞여나왔다. 범인검거에는 민첩한 그였지만, 사건의 본질을 파악하는 데는 한 박자 늦은 그로서도 뭔가를 느끼게 하는 팩스였다.

"보고했어요?"

"아니, 오늘은 과장이 석회(저녁회의)도 하지 않은 채 나가버렸잖아."

"지문 감식 건은?"

"여비서와의 관계는 어땠어요?"

황 형사는 번갈아가면서 질문을 했다. 장민태가 여전히 알아서 설명을 해줄 텐데도 조급증을 참지 못하는 듯했다.

"확실한 내용은 잘 몰라도 자식이 눈은 높은지 징역을 가기 전부터 잘 알고 있는 사이인 것 같았어. 한데 그자는 복역한 사실을 감추고 싶어했고……. 그날 두 사람이 만난 것은 순전히 우연이었지만 왜 그가 기자를 가장하고 최 이사의 사무실에 찾아갔느냐 하는 것이 우리가 알고 싶은 문제의 핵심이네."

"뭔가를 좀더 알고 싶어서가 아니었을까요? 원하는 물건을 아직 수중에 넣지 못했든가……."

단순한 황 형사는 은철을 아예 범인으로 지목하는 듯했다.

"이 사람이? 추리소설을 아예 길게 쓰기로 작정을 한 거 같네. 방 뺀 지가 언젠데 아직 물건 같은 것이 남아 있다고 그래?"

황 형사는 목을 움츠리며 소주잔을 입으로 가져갔다.

"근데, 황 형사."

뭔가 또 다른 실언이라도 할까 싶어서 그는 얼른 담배를 꺼내 물었다. 경험에 의한 반짝 하는 직관력으로 한 번씩 사건을 해결하는 그이기도 했다.

"이 부분은 아무래도 이상한 느낌이 들지 않아? 은철이에게 누명을 씌운 자가 알고 보면 조폭계의 인사 이정길 아냐. 당시 이 사건은 나도 들어서 알고 있지만 허춘삼은 건달세계에서 뼈가 굵은 사람은 아니었어. 그가 워낙 유명하다보니 알게 된 사실이지만, 그는 정치 세력의 한 축이었다가가 정권이 바뀌자 자기 영역을 구축하고 있었는데, 일종의 과격한 우익인사로 보는 게 정확할 거야. 정치 실세들과의 교분을 이용해서 이권사업에 자주 얼굴을 내밀었거든? 비교적 인텔리인 이번 사건의 최대포와는 바탕은 틀릴지 몰라도 비슷한 데가 많은 인물이었지."

"그러니까 선배님은 두 사건에 대해 어떤 공통점이 있지 않나 하고 생각하는 건가요?"

"글쎄!"

"그렇잖아요? 비슷한 성향의 피살자에다 이번 사건에도 은철이란 자가 등장했으니 우연의 일치라고 보기에는 석연치 않다 뭐 그런 말이 잖아요?"

"글쎄, 그런데 그게 좀……."

"이런 경우에는 생각하고 말고 할것없이 일단 검거부터 해놓고 시 작해야 하지 않겠어요? 어영부영하다가 낌새를 알고 튀어버리면 한동 안 고생할 텐데."

성급한 황 형사는 의심스러운 부분은 취조를 통해서 얼마든지 자백 을 받을 수 있다는 투였다.

"일단 보고는 해야겠지. 하지만 내 생각은 그게 아냐. 황 형사, 냉 정히 생각해봐. 그가 범인이라면 당연히 잠수하고 있어야 할 게 뻔한 데 미쳤다고 주변에서 얼씬거리고 있겠어?"

"혹시 알아요? 정길이란 자와 연결이 되어 있을지도……."

"연결이 됐다면?"

황 형사는 이내 입을 다물었다. 조금 전의 핀잔을 당한 말과 별반 다를 바 없는 생각 탓이었다.

"오히려 그 반대일 가능성이 많아. 팩스에 의하면 은철은 시종일관

자기의 무죄만을 주장하고 있었거든. 살의를 품고 있었던 그의 심중을 모르고 따라나섰다가 뒤통수를 맞았다는 거야. 그의 주장이 사실이라면, 어쩌면 그는 이번 사건에서 그의 냄새를 맡고 복수를 위해 탐문하고 다니는지도 모를 일이야.”

커피숍에서 은철의 말을 대충 들은 바가 있었기에 그는 동정적이었다. 그러나 수사상황에 따라 그런 감정은 언제라도 변할 수 있는 것이었다.

“그럼, 선배님은 이번 사건을 강도의 소행으로 보지 않는다는 말인가요?”

“두고봐야겠지. 좀더 선명한 사진을 구해 몽타주와 대조를 해봐야겠고……. 어쨌든 내일은 법원에 가서 당시의 사건기록을 좀 보고 와야겠어. 교도소에서 보관하고 있는 것은 수용자에 관한 것이라서 전체를 파악하기에는 무리야. 강도사건이 아니라면 참고가 될 것 같아.”

장민태는 컵의 술을 단숨에 비웠다. 세심할 것 같은 그는 술에 대해서는 파격적이었다.

“근데 사건이 오래갈 것 같으면 마나님께서 불평을 꽤 할 텐데?”

“걱정 끊어요. 요즘엔 고스톱에 재미를 붙여 내게는 관심도 보이지 않으니까.”

“그러다가 사무실에서 만나면 어쩌려고?”

“어때요. 한 번씩 당해봐야 군기도 잡고, 남자 고생하는 것도 제 눈으로 똑똑히 볼 테니 일석이조 아니겠어요?”

“말 되네.”

두 사람은 자리에서 일어났다. 오랜만에 집으로 가기 위해서였다.

제노바라는 레스토랑에 은철이 도착한 것은 약속시간인 여섯 시 정각이었다. 웨이터는 점퍼차림의 은철을 사람들의 눈에 잘 띄지 않는 구석으로 안내했지만, 오히려 그런 것이 홀가분한 은철은 천천히 실내를 둘러보았다.

2층으로 된 50여 평 정도의 홀은 거리를 내려다볼 수 있는 전면을 ㄱ자 형의 대형유리로 훤하게 시야를 트이게 해놓았고, 서서히 밀려들기 시작하는 밤의 어둠은 실내의 조명들을 더욱 돋보이게 했다.

이태리풍의 메뉴를 전문으로 하는 가게답게 은은하게 들려오는 칸초네 음악이 바닥의 카펫 깊숙이까지 스며드는 듯했다. 아직도 추운 바깥 날씨는 벽지 대신 사용한 붉은 비로드 천의 촉감에서 안온함을 느끼게 해주었지만, 벽에 걸려 있는 싸구려 액자나 꽃 알레르기가 있는 사람들을 배려하기 위해서인지는 몰라도 한 송이만 궁색하게 꽂혀 있는 장미꽃 화병이 그럴 듯한 분위기를 망쳐놓고 있었다.

이틀 전, 은철은 경희가 말한 최대포의 동생이 경영했다는 벤처회사의 사무실을 찾아갔다. 사무실에는 연쇄적으로 이어지는 부도사태에 일찌감치 철수해버린 직원들 대신 협력업체의 사람들 몇명이 자리를 지키면서 대책을 숙의하고 있었다. 지금은 재계의 기린아로 무섭게 성장하고 있는 강영훈 회장의 주력기업인 삼도물산의 하청업체로 시작했지만, 독립을 선언하고 경쟁관계에 들어서면서부터 많은 중소업체들이 그랬듯이 쇠락의 길을 걷기 시작했다고 했다.

일단은 은철의 관심을 끄는 사항 중의 하나로 선택되었다. 그때 문이 열리면서 경희가 모습을 나타냈다. 그날 만나고 사흘만이었다.

몇 시간 전, 휴대폰으로 퇴근쯤에 만나고 싶다는 그녀의 연락을 받고 온 것이 사무실 부근의 이곳이었다. 가끔 들르는 모양인지 경희는 지배인인 듯한 사람과 알은체를 한 뒤 은철이 앉아 있는 테이블로 걸어왔다.

원산지가 영국인 듯한 한눈에 봐도 세련되어 보이는 바바리코트에 촉감이 좋은 핑크색의 모직 블라우스가 코트 속에서 튀어나올 듯이 보였다.

"안녕?"

"경희도 잘 있었어? 날씨가 잔뜩 흐려 있는데 비가 오지나 않을까?"

"계속 건조한 날씨였는데 올 때도 됐겠죠. 우산 준비는 했어요?"

걱정하는 말투였지만 표정은 아니었다. 의외의 곳에 자리를 정하고 앉은 그녀를 힐끗 쳐다보는 웨이터가 어느새 무관심한 표정으로 메뉴판을 가지고 왔다.

"뭘 마실래?"

이런 곳에 익숙하지 않은 은철이었지만, 교도소의 잡범들 속에 섞여서 들은 지식이 있었기에 풀코스의 만찬 정도는 몰라도 이런 자리쯤은 여유도 부릴 수 있었다. 들떠 있는 기분을 가라앉히기 위해 진이 섞인 마티니 더블을 시킨 은철은 경희의 의향을 물었다.

"나도 그걸로 주세요."

음료수를 시키려다 말고 경희는 생각을 바꿨다. 식사 전에는 술을 하지 않는 그녀였지만 오늘은 특별히 하고 싶었다. 그때의 여학생이 아니라는 은근한 자기 과시도 포함되어 있었다. 여자의 인생에서 한꺼번에 많은 성장을 하는 경우가 결혼 전후라고 했던가?

"분주하게 할것없이 아예 식사도 시킬까?"

"그러죠, 뭐."

“오늘의 스페셜은 뭔가요?”

은철이 웨이터를 쳐다보면서 물었다. 번거로운 것을 싫어하는 손님이나 아는 것이 별로 없는 손님들을 위한 답이 오늘의 추천 요리 정도인 것 같았다.

“시칠리 식의 스테이크입니다. 연한 암소의……”

“됐어요. 그걸로 하죠.”

경희가 먼저 말했다. 은철도 고개를 끄덕이며 동의를 표했다. 먹고 마시는 따위는 중요하지 않았다. 기억의 조각 속에서 가끔 생각났던 그였지만, 그와의 관계가 지속되었더라면 자신의 인생이 어떻게 되었을까 하는 식의 생각은 해본 적이 없었다. 과거에 집착하는 것은 어느 면에서는 퇴보를 의미하였다. 진취적인 삶을 살아가는 사람에게서 과거란 것은 어떤 가치를 깨닫게 하는 것에만 의미가 있을 뿐이다.

하지만 은철과의 관계에서는 해결되지 않고 남아 있었던, 그의 따스했던 눈길과 그녀를 들뜨게 했던 숨결만큼은 가슴 한구석에 접어두고 싶었다. 오늘 은철을 만나자고 한 것은 그에게는 미안한 노릇이지만, 그가 원하는 사건에 대한 어떤 소스가 있기 때문이 아니었다. 영훈과의 사이에 있었던 흔들리고 있는 부실하던 끈이 기어코 툭 하고 끊어진 탓이었다. 어젯밤의 일이었다. 마음속의 불안이 드디어 현실로 나타났다. 이미 예견하고 있던 일이었지만, 그녀의 상심은 너무나 컸다. 어떻게 마음을 달래야 할지 아직도 갈피를 못 잡고 있었다.

“우리 건배할까?”

은철의 유쾌한 음성이 그녀의 아픔을 잠시 덜어주었다.

“뭘로 건배할까요?”

“이렇게 만나게 된 우연에 대해서라면 어떨까?”

“좋아요. 특종에 대해서요.”

두 사람은 잔을 부딪쳤다. 경희는 분위기를 가볍게 가져가고 싶었다. 은철을 만나자고 한 것은 그에게 의지하기보다는 지금의 위기에서 누구와 대화라도 나누지 않는다면 미칠 것만 같은 심정에서였다. 그러나 동네에서 약국을 하고 있는 잔소리 많은 어머니나, 벗겨진 머리 주변에 흰머리가 듬성듬성 자리잡고 있는 철도국에 다니는 아버지와는 사양하고 싶었다.

친구를 만나는 것도 내키지 않았고, 혼자서 와인을 홀짝거리기에는 자신이 초라해보였다. 은철에게 전화를 한 것은 그 이상도 이하도 아니었다.

“상수라는 애 알아?”

“상수?”

“왜 있잖아? 학원 앞에서 오빠하고 싸운 애들.”

“오! 그 덩치 큰 녀석?”

은철은 그제야 생각이 났다. 그 일이 있고 난 며칠 후 녀석들이 어떻게 알았는지 도장을 찾아왔다. 앙갚음을 하러 온 것으로 지레짐작한 은철이 긴장하여 녀석들을 맞았다.

“왜 왔어?”

그런데 녀석들의 태도는 의외로 부드러웠다. 그 중에서 상수라고 하는 녀석이 앞에 나섰다.

“오해하지 말아, 형. 우린 그 일 때문에 온 게 아니야. 사실은⋯⋯.”

“사실은 뭐야?”

“형에게 운동을 배우고 싶어서 왔어. 그래도 되겠어요?”

은철은 터져나오는 웃음을 억지로 참았다.

"그래서, 그 상수가 어쨌는데?"

"걔가 얼마 전에 사법고시에 합격해서 연수원에 들어갔다는 거야. 동네에서 말썽대장으로 소문난 상수가 어떻게 그런 사고를 저질렀는지, 호호……. 사람일이란 게 참으로 알 수 없다는 생각이 들어요."

"호! 상수가? 그건 정말 축하해줘야 할 일이로군. 사람이란 누구에게나 계기라고 하는 게 있는 모양이야. 상수를 변하게 한 동기는 과연 무엇일까?"

경희는 술잔을 만지작거리고 있었다.

"어떤 소설에서 봤는데, 어느 성공한 기업의 오너가 자기에게 전환점이 생긴 것은 시골 고향에서 하얀 파라솔을 보는 순간부터였다는 거야."

"그게 무슨 뜻이야?"

"당시로서는 귀한 파라솔을, 짝사랑하고 있던 동네의 누나가 외국 유학갔다가 방학을 맞아 잠깐 들렀을 때 쓰고 오는 것을 동네 입구에서 보고는 자신의 인생관이 확 달라졌다는 거지. 혹시 상수가 경희에게서 영향을 받은 건 아닐까?"

"어머! 영광스럽게도. 미안하지만 그런 건 내 친구인 혜리에게 물어봐요. 그 뉴스도 혜리에게 들은 거니까."

그때 웨이터가 주문한 식사를 가져와 테이블 위에 내려놓았다. 기분이 유쾌해진 은철은 마티니 한 잔을 더 시켰다.

"경희는 어때?"

"비 오는 밤, 울적해보이는 그녀를 만나 술잔을 나누었다. 그리고 과음한 그녀를 부축해서……. 뭐, 이런 스토리로 진행하려는 건 아니죠?”

　“하하, 어떻게 내 맘을 그렇게 잘 알까? 하지만 안심해. 은철은 과음한 경희를 집까지 데려다주었다. 이런 식으로 결말이 날 테니까. 근데 듣고 보니 경험이 많은 것 같네. 혹시 그 동안 연애박사가 된 건 아냐?”

　“호호, 역시 오빠 센스는 알아줘야 해. 하지만 그건 착각이었어. 방금 한 말 취소 못 하겠어요?”

　“어어, 알았어 취소할게. 술 한 잔 더 할 거야?”

　두 사람은 소리나게 웃으면서 식사를 시작했다.

　“지금 하고 있는 일은 어때?”

　은철이 식사를 하면서 지나가는 투로 물었다.

　“저번 직장에 비해 몸은 편하지만 신경은 더 쓰이는 편이죠. 회장님의 일정을 챙겨주는 일 외에도 불필요한 사항이라고 생각되면 스스로 판단해서 결정하는 일도 자주 있거든요.”

　“그건 그래. 단순히 스케줄만 관리한다면 탁상용 일일달력이나 다름없지. 지금 생활에 만족하고 있다는 뜻으로 들리는군.”

　“그래요. 은행에 있을 땐 십 원 동전 한 개라도 시재가 틀리면 밝혀질 때까지 확인작업을 했던 기억이 있었는데, 여기서는 그런 완벽주의보다 유연한 사고라고나 할까, 뭔가 융통성 있게 대처할 수 있다는 게 마음에 들어요.”

　“직장생활이라는 게 구속력은 갖지만, 자기 세발도 되고 성취감마저 느낄 수 있다면 아주 환성적이겠지? 그런데 저번에 근무했다는 은행은 무슨 은행이었지?”

　“한독은행. 왜요?”

"한독은행이라면 별다른 구조조정이 없었던 걸로 알고 있는데 경희만한 능력 있는 행원이 왜 잘렸을까?"

"과찬의 말씀을 하시네."

"아냐, 내 생각이 틀림없어. 경희는 어디에 있더라도 인정을 받을 타입이야."

"호호, 고마워요. 사실은 나도 불만이었어. 하지만 어떡해? 힘없는 백성이 짐싸라면 어쩔 수 없잖아요."

"그게 3개월 전이라고 했지?"

"응."

"그리고는 바로 이곳으로 직장을 옮겼단 말이지? 하! 그러고 보니 경희의 배경도 무시할 수 없겠는데. 대체 여기 직장은 누가 주선해준 거야?"

경희는 잠시 망설였다.

"괜찮아. 말 안 해도. 하지만 대단한 분인 것만은 틀림없는 것 같아."

경희는 그다지 대단할 것 같지도 않는 일로 은철을 속이고 싶지 않았다.

"옥만호 씨야."

"옥만호? 국회의원 옥만호?"

은철은 갑자기 옥만호라는 존재가 거대한 바위처럼 생각되었다. 같은 소속의 정치세력도 아닌 그가 이곳에까지 영향력을 미칠 수 있다는 데 대해 경외감마저 들었다. 정권 말기에 흔히 볼 수 있는 회장과 같은 사람의 이중플레이에 비애를 느끼기도 했다.

"옥만호 씨와는 어떤 관계야?"

"그렇게 꼬치꼬치 물으면 나 곤란해질 것 같아. 그 정도만 알고 넘어가면 안 되겠어요? 기자 양반."

"하하, 그럴까? 경희를 난처하게 해선 안 되겠지. 그런데 경희도 정치 쪽으로 관심을 두고 있는 것 아냐?"

사실은 업무의 한계를 넘어 흥미를 느끼고 있는 것이 요즘의 그녀였다. 가능하다면 여성 단체의 직능 대표까지 진출하고 싶었다.

그리고 또…… 운만 따라준다면 결코 먼 곳으로 생각되지 않았다. 그러나 그런 게 다 무슨 소용이란 말인가? 사랑이 떠나가고 없는 지금의 내게……. 경희는 격해지려고 하는 감정을 추스르려고 애를 썼다.

"내가 무슨 정치씩이나……. 다만 주어진 여건에 적응하며 충실하게 나가다보면 어떤 결과가 있지 않겠어요? 운명을 의지대로 컨트롤할 수 있는 사람은 없으니까."

말없이 고개를 끄덕이던 은철은 식사를 마치고 후식으로 나온 커피를 마시고 있었다. 시간이 지나면서 레스토랑 안은 몰려나온 직장인과 아베크족들로 인해 조금씩 분위기가 산만해지고 있었다.

"한잔 더 하겠어요?"

경희는 은철과 헤어지는 것이 싫었다.

"그럴까. 나도 경희에게 하고 싶은 말이 있어. 하지만 여기서는 별로야. 부근의 공원에라도 갈까?"

"비가 올 것 같지 않아요? 어머, 저기 좀 보세요."

지금 막 입구로 들어오고 있는 연인 사이인 듯한 한 쌍이 들고 있는 우산에서 빗물이 주르륵 흘러내리고 있었다.

"소나기로군."

대형유리를 통해 보이는 바깥의 휘황한 네온사인들도 흐릿하게 물기에 젖어 있었다.

"오늘 저녁은 정말 근사한데! 봄비까지 내려주다니……. 이런 기분에 2차를 가지 않는다면 평생 후회하겠지? 어디로 갈까? 어디 생각나는 데 없어?"

"그런데 우산도 없잖아."

"까짓 거 없으면 어때. 맨발의 청춘이 한번 돼보는 거지."

"호호, 키나 작으면 비를 맞고 자라기나 할까. 빗속을 다녀봤자 도움될 것은 아무것도 없어요. 차라리 나 있는데 가면 어때? 바래다 줄 겸 해서."

"경희가 사는 곳?"

"응, 아파트야. 작년에 구입한 건데 그런 대로 견딜 만해. 마침 회장님에게 선물로 들어온 와인도 한 병 있거든."

"그래? 한데 느닷없이 이렇게 따라나서도 될까?"

"걱정 끊어. 괜히 맘 변하기 전에."

눈을 흘겨보이는 경희에게서 예전의 수줍어하는 자태는 찾을 수 있었다.

"여기서 잠깐 앉아 있다가 십 분쯤 후에 입구로 내려와요."

자리에서 일어난 경희는 카운터 쪽으로 또박또박 걸어갔다. 계산을 하는 그녀의 모습이 보이는 듯하다가 이내 입구 쪽으로 사라졌다. 은철의 머리 속은 잠시 혼란스러웠다. 아파트를 구입했다는 경희의 말을 듣고서였다. 은철이 알고 있는 구두쇠인 그녀 부모가 결혼도 하지 않은 딸의 몫으로 선뜻 집을 사줄 리가 만무했다. 은철의 머리로는 요령부득의 납득할 수 없는 일로 여겨졌다.

그러나 이해할 수 없는 일들이 버젓이 상식으로 통하는 요즘 세상에서는 그런 것마저 가능할지도 모를 일이었다. 시간이 얼추 된 듯해서 은철은 자리에서 일어났다.

"여기예요, 여기."

은철을 발견한 경희가 손짓하며 차 문을 열어주었다. 평범한 흰색의 중형차였다. 은철이 경희 옆에 앉자 차가 미끄러지듯 빗속을 헤치며 마포대교 쪽으로 향했다.

어젯밤, 영훈이 경희의 아파트에 도착한 것은 저녁을 같이 하기로한 약속과는 달리 밤 10시쯤이었다.

"미안해. 많이 기다렸지? 예상치도 못한 일이 생겨 약속을 지키지 못하게 됐어."

영훈은 거실의 옷걸이에 상의를 걸치고 소파에 앉으면서 말했다. 언제나 다름없는 상냥한 음성이었지만 그날 따라 피로한 듯이 보였다.

"저녁은 어떻게 하셨어요?

표정만으로도 알아차릴 일인데 굳이 의사를 물어본 것은 그에 대한 소리 없는 항변이기도 했다. 주방에는 정성껏 준비한 저녁식사가 그의 손길이 닿기를 기다리고 있었다. 전화라도 해줬으면 이렇게까지 삭막한 기분은 아니었을 것이다. 어쩌면 그는 아파트에 도착하면서 비로소 저녁 약속이 생각났을지도 모를 일이었다.

언제부터였을까? 그의 전화를 기다리면서 까닭 모를 불안이 자리잡기 시작한 것은. 언제부터였을까? 따스한 눈빛은 여전했지만 그늘을 느껴야 했던 것은. 언제부터였을까? 우려 섞인 시선으로 그녀의 생활을 지켜보고 있는 가족들의 얼굴을 떠올리게 된 것은?

"저녁보다는 술이 한 잔 하고 싶어."

술이 약한 그가 경희의 기분을 생각해주는 듯한 말을 했지만 여느 때와는 달리 술 냄새가 배어나왔다.

"그럼, 주방으로 가요."

"아냐. 여기서가 좋을 것 같아."

한 가닥 기대마저 저버리는 그의 말에 그녀는 주저앉고 싶었다. 경희는 탁자에 저녁식사를 위해 준비해놓은 와인과 글라스를 내려놓았다.

"그것말고."

영훈은 어쩌다 한 번씩 경희가 마시는 스카치를 기억한 모양이었다. 경희가 술병을 가지고 오자 영훈이 와인글라스에 채우고는 맞은편의 경희와 자기 자리에 놓았다.

"요즘 일은 어때. 힘들지?"

"아뇨."

"회장님이 유능한 비서를 추천해줬다고 의원님에게 칭찬이 대단했다는데."

"두 달 전에 들은 얘기?"

"하하, 언제 봐도 경희의 매력포인트는 톡톡 튀는 바로 거기에 있었어."

영훈은 과장되게 웃으면서 글라스의 술을 한 모금 마셨다. 하지만 표정과는 달리 그의 눈은 웃고 있지 않았다. 그것은 다음의 순서를 어떻게 가져가야 할지를 냉정하게 계산하는 눈빛이었다. 또한 갈등하는 눈빛이기도 했다. 경희는 분명 좋은 여자였다. 어쩌면 자신에게는 과분한 여자인지도 몰랐다. 처음 만났을 때나 지금이나 그녀에 대한 자신의 감정이 달라진 것이라고는 아무것도 없다. 대학을 졸업하고 가난한 기업의 연구직 사원으로 경희를 만났더라면 그녀에 대한 감정은 열정과 순수, 그런 것이었을 것이다.

아무리 자기 중심적이고 생리적인 본능에서 시작되는 것이 이성간의 사랑이라고는 하지만, 그 동안의 세월이라면 그녀에 대한 사랑은 충분히 한 차원 더 높은 곳에서 그녀를 향하고 있어야만 했다. 그러나……

자리에서 일어난 영훈은 베란다의 문을 열고 차가운 밤공기를 한껏 들이마시듯 심호흡을 했다. 밤하늘의 별들은 이미 그의 배신을 알고 있다는 듯이 비밀스런 몸짓으로 깜박이고 있었다.

오늘 영훈은 여자에게 프로포즈를 하고 오는 길이었다. 맞선을 본 후 세 번째의 만남에서였다. 명문 옥스퍼드를 거치면서 박사 학위는 따지 못했지만 양가의 규수답게 교양미와 재기가 돋보이는 여자였다. 흔히들 갖고 있는 머리 좋은 여자에 대한 고정관념대로 미인과는 거리가 있었지만 스승인 옥만호 의원과 당을 같이 하고 있으면서 학원 재벌이기도 한 부친의 후광은 그런 그녀의 부족한 부분을 상쇄시켜주고도 남았다.

빛나는 그녀의 재능을 언제쯤 밝은 사회를 위해 환원시킬 것인지에 대해서는 생각한 바도 없다는 듯이 신부수업에만 열중하고 있는 그녀는 영훈의 재력보다는 오히려 수려한 용모에 더 빠진 듯했다.

이제는 모든 것을 냉정하게 정리할 시기가 되었다.

"선생님을 위해서!"

영훈의 입술에는 씁쓸한 미소가 떠올랐다. 자신에게조차 위선적인 자기가 못마땅해서였다. 경희는 그 동안 글라스의 위스키를 반 넘어 비우고 있었다. 불그레한 색깔이 짙어지고 있는 눈 가장자리는 매혹적으로 보이기는 했지만 어쩐지 그녀에 비해서는 격이 떨어져보였다.

"사무실 분위기는 어때?"

"이사장님이 변을 당하고부터는 한동안 침울했어요. 경찰이랑 외부 사람들이 들락거려서 업무도 손에 잡히지 않았고……. 하지만 조금씩 자리를 찾아가고 있어요."

"그렇겠지. 그런 일은 누구라도 빨리 잊고 싶어할 테니까. 그런데 경희."

영훈은 창 쪽에서 걸어와 소파에 앉았다.

"지금 하고 있는 일, 정말 괜찮아?"

"왜요?"

"난 경희의 능력을 알고 있어. 결혼을 하더라도 경희는 전업주부로 만족할 사람이 아니야. 주위에 끊임없이 일거리가 있어야만 안정되는 체질이야."

"이제 겨우 3개월인데, 차츰 지내봐야 알겠죠."

"하긴 그래. 그렇지만 이왕에 일을 계속할 것 같으면 하루라도 빨리 자기 인생에 도움이 될 수 있는 것에 전념하는 게 좋지 않을까?"

영훈은 잔을 들어 입술을 적시고는 말을 이었다.

"지금 하고 있는 일이 맘에 들지 않아. 보수도 다른 분야에 비해서 별로잖아?"

"걱정해줘서 고마워요. 하지만 내겐 과분할 정도야."

"하하. 그렇던가? 하지만 이 바닥에서 머물겠다는 건 어떤 대상에 대한 봉사라든가 목적의식이 뚜렷하지 않으면 불가능해. 내가 알기로 는 지금 하고 있는 일이 그렇게 가치 있는 것이라고는 여겨지지 않아. 특히 젊은 여성의 경우에는 결혼 전의 사회체험 정도나 잠시 머물렀다가는 장소 외에 의미를 찾아보려고 하는 것은 바람직한 생각은 아닌 것 같아."

경희는 영훈의 말에서 톱니가 어긋나는 모순을 느꼈다.

"그렇다면 그곳에 소개장을 써준 사람은 누구였던가요?"

"그야 물론 의원님이었지. 스승님이 하시는 일에 대해 생각해봤는데……."

영훈은 잠시 말을 중단한 채 경희의 표정에서 흐르는 파장을 주시하는 듯했다.

"직장생활도 웬만큼 경험했으니 이젠 자기 사업을 한번 생각해보는 게 어때?"

"자기 사업?"

"응, 유통 쪽이 경희의 적성에 맞을 것 같아서 알아봤는데, 마침 잘 아는 사람이 두어 군데 지점을 내겠다는 거야. 본사는 업계에서 알아주는 건실한 곳이니 그런 걱정은 말고 한번 나서보는 게 어떻겠어? 경희가 한다면 틀림없이 잘할 수 있을 거야."

"무슨 마트 같은 그런 걸 말하는 건가요?"

"응! 그것도 대형매장으로."

경희는 하늘에라도 오를 것 같은 기분이었다. 유망한 매장의 업주가 될 수 있다니…….

"하지만 그런 걸 하자면 자금이 많이 필요하잖아요? 내가 어떻게 그런 걸 할 수 있겠어요?"

"일단은 해보겠다는 뜻으로 들리는군. 그러면 됐어. 내가 요량도 없이 그런 말을 했겠어? 경희가 결심을 한다면 당연히 내가 밀어줘야지."

경희는 마치 꿈을 꾸고 있는 듯했다. 어쩐지 믿어지지 않는…….

그래서 그런지 가슴 밑바닥에는 뭔지 모를 불안감이 꿈틀거리고 있었다.

"이왕 시작하려면 서두르는 게 좋을 거야. 경쟁자들이 나서기 전에 내일 실무자를 소개시켜줄 테니 만나보는 게 어떻겠어? 나는 찬성인데. 경희도 확신이 서면 전결사항으로 처리해도 돼. 그리고 이것부터 받아둬. 뭔가 있어야 상담에 떳떳하게 나설 수 있지 않겠어?"

영훈이 내민 것은 놀랍게도 액수가 적혀 있지 않은 백지수표였다. 수표를 건네주는 영훈의 표정은 뭔가를 감추고 싶어하는 감정과 무사히 일을 매듭지을 수 있다는 자신감이 교차하고 있었다.

영훈은 경희에게 수표를 쥐어주었다.

얼마나 많은 동그라미가 그려져도 좋을 만큼 수표의 금액란은 운동장처럼 넓어보였다. 경희는 수표를 다시 한 번 확인했다. 그녀의 결단을 가감없이 받아들이겠다는 듯이 수표에는 영훈의 직인과 사인이 자신만만하게 조각되어 있는 듯이 보였다.

그러나 경희는, 행복의 나라로 안내하는 이정표처럼 나열되어 있는 전면의 내용들과, 여백으로 남겨져 있는 뒷부분의 대조되는 이중성에서 느껴지는 막연한 불안감이 영훈의 호의와 겹쳐지면서부터 거짓과 진실의 어두운 양면을 눈앞에서 보는 듯했다. 그것이 자신의 미래를 보증하는 천국행 티켓일 수도 있지만 반대로 날이 선 면도날을 쥐고 있는 듯한 느낌이 강하게 들었다. 그녀의 입에서 가느다란 한숨이 새어나왔다.

그녀의 한숨은 깊은 빙하의 골짜기로 추락하고 있는 자의 절망에 찬 비명 같기도 했다. 경희는 순간적으로 그의 배신을 직감했다.

그가 주선해주기로 한 실무자의 전화를 기다린다는 것은 바보 같은 짓이라고 생각했다. 그의 전화는 영원히 걸려오지 않을 것이기 때문이었다. 백지수표는 그 동안의 노고와 정신적인 보상차원에서 건네주는 위자료의 의미밖에는 없을 것이다. 사랑이 떠나가는 소리를 죽기보다 듣기 싫었지만, 이제는 현실 속에서 들어야만 했다.

눈물을 보이기는 싫었지만 경희의 두 눈은 어느새 촉촉하게 젖어 있었다. 영훈이 말없이 그녀의 변화를 지켜보고 있었다. 그녀에게 수표를 쥐어주면서 바라는 것이 있었다면, 적어도 하루나 이틀쯤 후에야 자신의 진심을 알게 되는 것뿐이었다. 그때쯤이면 갑작스런 충격에서 벗어난 체념 섞인 전화를 받게 될 것이다. 물론 거대한 꿈을 접은 소박한 그녀의 인생 정도는 충분히 윤택하게 해줄 금액이 적힌 수표는 거래은행을 통해 확인될 것이다.

거실의 분위기는 침울하게 가라앉아 있었다. 먼저 침묵을 깬 것은 영훈이었다.

"미안해. 먼저 말해줘야 했었는데……."

뭔가를 계속해서 말하려는 영훈을 경희가 고개를 저으면서 눈으로 제지했다. 이미 결심을 굳힌 그에게는 모든 것이 부질없어 보였다.

"알고 있었어요. 당신이 내게서 떠나리라는 것을……. 그전부터 알고 있었어요. 인생은 어디까지나 선택이라는 것도 알고 있었지만 용기가 없었어요. 하지만 이런 식으로 당신이 해결을 하리라고는……. 난 처음 만났을 때의 회사직원이라고 했던 영훈 씨를 사랑했을 뿐이었어요. 그후 당신의 입장을 알게 된 후부터 내게 있어서는 고통과 불안의 시간뿐이었어. 당신은 한가하거나 외로울 때만 나를 찾아와서 사랑했던 이기적인 사람이었지만, 나는 마음속으로 당신을 용서해주고 있었어요. 당신을 사랑하기에, 누구보다도 당신의 외로움을 알고 있었기에…… 언젠가는 내게 말해줄 줄 알았어요. '경희! 아무래도 헤어져야만 할 것 같아. 결혼할 여자가 생겼어. 꿈을 쫓아가야 할 나로서는 그녀를 선택할 수밖에 없었거든' 하고 당당하게 말할 수 있는 영훈 씨를 상상하고 있었어요. 사랑이 떠나간 자리에 미움만이 남으란 법은 없잖아요? 지난날 있었던 우리들의 사랑과 서로의 자존심을 위해서는 그보다 더한 적절한 말은 없을 거라고 생각했기 때문이었어요. 그런데……."

경희는 글라스에 남아 있는 위스키를 단숨에 들이켰다.

"미안해. 하지만 경희는 내 진심을 오해하고 있는 거야. 나도 그런 대사 정도는 얼마든지 할 수 있어. 그렇지만 나는 좀더 경희에게 솔직하고 현실적이고 싶었어. 물론 이런 식으로 비난받을 각오도 하고 있었지. 하지만 감상 따위에 젖어 있기보다는 우린 이미 자신을 책임질 수 있는 성인이라는 것도 알아야만 해. 전부냐 아니냐 하는 논리는 위험한 생각이야. 한때 사랑했던 여자의 앞날을 위해 뭔가를 해주고 싶었던 것을 어떤 거래로 매도한다는 것은 지나치게 편협한 생각은 아닐까? 나는 이상주의자들의 낭만보다는 현실을 택한 것뿐이었어."

"그건 궤변에 불과해요. 당신과의 관계를 알고 있는 사람들이 당신과 헤어진 후에도 변변찮은 직장을 전전하고 있는 나를 보고 당신을 조소하는 것을 모면하려는 술책으로밖에 여겨지지 않아요. 당신은 근본적으로 나를 사랑하지 않았어요. 죽은 최대포 씨의 주변을 살피게 하거나, 도청기를 설치할 때도 분명히 내게 향하는 당신의 마음을 알고 있었지만 나는 거절하지 않았어요. 사랑하는 여자에게 그런 일을 부탁하는 사람이 있을까요? 이 수표는 그때의 대가도 포함시키라는 뜻인가요?"

"경희!"

조용하고 낮은 음성이었지만 단호한 그의 표정에 압도된 경희는 다음 말을 할 수가 없었다.

"그 일은 몇 번이나 말한 적이 있잖아? 그와 동생은 나와 같은 프로젝트를 놓고 다투고 있었다고. 정직한 경쟁보다 스파이를 이용해 남의 앞선 기술을 훔치려는 그들의 증거를 잡으려는 것은 당연한 일이잖아? 결국은 내부의 적도 잡아내고, 회사는 자연적으로 도산해버렸지만……. 사실 그때의 일은 나도 내키지 않았어. 경희의 역할 역시 만족할 수준은 아니었지만 내 고민을 알고 있는 경희의 자발적인 협조로만 알고 있었어. 지금의 태도는 마땅치가 않아. 그 정도의 마찰은 기업을 하다 보면 언제라도 생길 수가 있어. 사소한 그런 일을 애정관계에까지 결부시키다니……. 어쨌든 경희! 이건 받아줘. 이 정도라도 내 맘을 표시하지 않는다면 나는 평생을 죄책감에 시달리면서 살아가게 될 거야."

경희는 또다시 채운 글라스의 위스키를 입 속으로 흘려보냈다. 그와의 이별이 움직일 수 없는 현실로 다가서자 그녀의 가슴은 찢어지는 듯한 슬픔으로 터질 것만 같았다. 그러나 조금 전까지의 격렬한 분노는 일어나지 않았다.

"미안해, 경희에게 몹쓸 짓을 하게 되다니. 나 역시 괴로운 건 마찬가지야. 하지만 더 이상의 변명은 하지 않겠어. 부디 성공하길 바래. 경희는 잘 할 수 있을 거야. 어떤 분야에서 무엇을 하더라도 나는 경희의 성공을 의심치 않아. 그런 다음 나를 마음껏 비웃어준다면 내 마음도 한결 편할 수 있을 것 같아."

영훈은 자리에서 일어났다.

"안 돼! 영훈 씨, 가지 말아요."

경희는 소파에서 일어나려고 했지만 어느새 배어든 취기로 인해 몸을 가눌 수가 없었다.

술병을 기어코 바닥내고 완전히 망가진 자태로 경희가 잠든 것은 어젯밤의 일이었고, 영훈의 수표를 우편으로 보낸 것은 오늘 낮의 일이었다. 마음 같아서는 그에게 받은 선물과 아파트도 돌려주고 싶었지만 언젠가는 돌아올 수 있다는 실낱 같은 기대 때문에 그냥 있기로 했다.

한밤중이든 새벽이든 문을 두들기는 그를 기다리기 위해서는 집이 있어야만 했다.

경희가 와인병과 글라스를 거실의 탁자에 내려놓았을 때 은철은 어젯밤 영훈이 서 있던 바로 그 자리에서 하염없이 내리고 있는 빗줄기를 바라보고 있었다. 실내는 50평이 안 돼 보였지만, 여자 혼자만의 공간으로는 지나치게 넓어 보였다. 아파트의 문을 열고 들어오면서부터 눈에 띄는 고급스러운 실내의 소품들과 장식은 그것들이 가지고 있는 고유의 가치보다는 부정적인 가정에 바탕을 두고 있다는 엉뚱한 생각들로 인해 은철의 눈에는 그 모든 것이 몹시 저급해 보였다.

그녀에 대한 호기심과 사건에 대한 기대 때문에 따라나섰지만, 그녀의 생활은 기분 좋은 긴장보다는 자신에 대한 무력감만 느끼게 했다.

'경희는 왜 나를 이곳에 데리고 왔을까? 자신이 이렇게 산다는 과시하고 싶은 허영심에서? 예전과는 확실히 구분되는 그녀는 내 마음속에 일고 있는 불안감도 알고 있을까?'

은철은 갑작스레 경희를 따라나선 것이 후회스러웠다. 고된 수형생활 도중에도 마음속으로 확실하게 안녕을 고하지 못했던 자신에게 짜증이 났다. 억수같이 쏟아지는 비가 아스팔트 위에 파편처럼 튕겨나갔다가 퇴색해버린 그녀와의 추억도 함께 쓸어가고 있는 듯했다. 경희가 턴테이블의 전원을 넣었는지 경쾌한 음악 소리가 방안 가득히 넘쳐났다. '비는 사랑을 타고'의 음률인 듯했다.

"무슨 생각해요?"

글라스에 와인을 따르면서 묻는 경희의 말에 은철의 생각이 잘려나갔다.

"한 잔 마셔봐요. 보르도 지방의 품질이 좋은 거라는데……."

은철은 경희와의 사이가 무슨 연인 관계이기라도 하듯 그녀의 사생활에 관심을 집중시켰던 조금 전의 자신이 갑자기 우스워졌다. 그것도 6년이란 긴 세월이 지난 지금에 와서……. 오랜 기간 동안 감방에서 보낸 탓으로 돌리면서 은철은 경희 쪽으로 걸어가 소파에 마주 앉았다.

탁자에는 어제 저녁 영훈과의 만찬을 위해 마련해놓은 캐비어와 왕새우구이가 놓여 있었다.

"좋은데. 하지만 옛날 구멍가게에서 사다가 도장에서 함께 마신 포도주보다는 못한 거 같아."

잔을 비운 은철은 입술을 닦으면서 말했다. 경희는 우스웠다. 달콤한 맛에 멋모르고 몇 잔 마시고는 취기가 가시기 전에 집에 갔다가 어머니에게 혼이 난 기억이 났기 때문이었다.

"조금 전에는 무슨 생각을 그렇게 골몰히 하고 있었을까?"

"잠시 머리를 식혔을 뿐이었어."

"머리를 식혔어요? 처음 방문한 숙녀의 집에서는 좀 아닌 것 같은 말로 들리네요."

"내가 실례를 한 게로군."

"죽을 죄는 아닌 것 같아요."

"그랬었나? 그럼 무슨 말로 아부를 해야 빗속으로 쫓겨나지 않을까?"

"호호, 다른 사람이면 몰라도 오빠에게 그럴 수 있겠어? 근데 오빠는 변한 게 하나도 없는 것 같아. 무뚝뚝한 말투 하며……. 애인은 있어요?"

"글쎄, 건수는 몇 번 있었지만 현재 진행하고 있는 것은 없어. 경희는?"

경희는 말없이 와인을 홀짝거렸다. 갑자기 비애가 밀려들면서 은철에게 자신의 모든 것을 고백하고 싶은 충동을 느꼈다. 경희는 자신의 실수를 인정했다. 오랜만에 만난 은철에 대한 반가움과, 영훈에게서의 실연으로 인해 뭐가 뭔지도 모를 상황에서 집으로 같이 오긴 했지만…… 언제까지나 꾸며진 감정으로 그를 대할 자신이 없는 것을. 이는 은철을 조롱하는 것이기도 했다.

"어떤 스타일의 여자들을 주로 꼬셨어요?"

경희는 가벼운 농담으로 그가 묻는 말에 대한 답을 대신 했다.

"다양했지. 하지만 그걸 말로 하자면 시간이 너무 걸려."

"어때요, 한번 해보세요."

"내가 얼마나 바보인지 시험을 해보려는 것 같군. 사양하겠습니다, 아가씨."

"엉터리. 사실은 연애를 한번도 못해 본 거 아냐?"

"그건 왜?"

"경희만한 여자를 만나지 못해서겠지?"

"하하, 이거 정말 감동적으로 들리는군. 꿈 깨! 아직도 공주병 증세를 버리지 못하고 있다니. 그런데 이 아파트는 어떻게 된 거야? 복권이라도 당첨됐어?"

생소한 와인이라든가 진실을 회피하려는 그녀의 마음을 돌려보기 위해 은철은 이왕이면 관심사항 쪽으로 화제를 돌렸다. 경희는 긴장했다. 이제 농담은 끝났다. 아직도 예전의 순수했던 자기를 기억하고 있을 그에게 진실을 털어놓는다는 것은 두려웠지만 경희는 솔직하기로 했다. 그것은 누구에게라도 하소연을 하지 않으면 못 견딜 것 같은 심정에서이기도 했다.

"궁금해할 줄 알았어요. 사실은 그 동안 어떤 남자를 사랑하고 있었어."

충격을 받은 은철의 손이 떨리고 있었다.

"축하해야 할 일이로군. 그러나 동거하고 있었다는 게 더 적절한 표현이 아닐까?"

"그건 아니었어. 그이는 늘 바쁜 사람이었고, 내게 나눠줄 시간보다는 일에 더 흥미를 느끼고 있는 사람이었어요. 그이는 지금의 성공에 만족할 사람이 아니야. 자기의 꿈이 어디까진지도 모르는 야심가예요."

"상대는 누구지? 옥만호?"

비꼬는 듯한 은철의 말투는 차가웠다.

"아냐. 도덕군자 같은 그분이 무슨 젊은 여자와……. 교수 시절 그분의 제자였던 사람이야."

그제야 은철의 머리 속에 떠오르는 인물이 있었다. 며칠 동안 최대포와 옥만호의 주변을 살피다가 갑작스럽게 부각된 인물이었다. 뚜렷한 이유는 없었지만 은철은 옥만호에게 집착하고 있었다.

"옥만호 씨의 정치적인 후원자라고 하는 사람? 재력도 대단하다고. 들어본 일은 있지. 강영훈이라고 했던가?"

경희는 또 한 잔의 와인을 입속으로 흘려보냈다.

"그래서 어쨌다는 거야? 결혼을 약속하고 그날이 오기만을 요조숙녀처럼 기다리고 있다는 행복에 겨운 스토리인가?"

경희는 그가 자기를 비웃고 있다는 생각이 들었다.

"어젯밤의 일이었어. 오빠가 앉아 있는 바로 그 자리에서 영훈 씨가 말했어요. 여자가 생겼다고."

"……."

"평소부터 우려하고 있었던 일이 현실로 찾아왔을 뿐이라고만 생각했었어. 별다른 충격은 없었어요."

그러나 그녀의 눈은 어느새 젖어 있었다.

"그이는 일찍부터 로맨스보다는 더 높은 곳으로 날아오를 날개를 달아줄 여자를 원했던 사람이었어요. 나는 싸움도 걸지 않았고, 여자가 누구인지도 묻지 않았어요. 이미 마음을 굳히고 있는 그이에게 그런 것이 무슨 의미가 있겠어요?"

은철은 생각지도 못했던 의외의 말을 듣고서야 비로소 그녀의 깊은 슬픔에 자신도 침잠되어가 빗줄기를 향해 우울한 시선을 보냈다. 그리고 인생의 부정적인 부분을 한번도 경험하지 못했던 순진한 그녀에게 견딜 수 없는 시련을 안겨준 영훈이라는 인물에 대한 증오심을 느꼈다.

"그건 공평하다고 생각되지 않아. 어떻게 일방적으로 당할 수만 있이?"

“그럼 고소라도 하란 말인가요?”

이런 결과를 원한 것은 아니었다. 동정어린 시선이라도 좋았다. 포근하게 감싸주는 위로의 한 마디가 그리웠는데……. 영훈과의 관계가 원만했더라면 은철과의 만남은 그날 지하 커피숍으로 끝났을지도 모를 일이었다.

“영훈 씨와의 일은 정말 안됐어. 하지만 그런 뜻으로 들린다면 그렇게 하지 말라는 법도 없잖아? 여자에게 몹쓸 짓을 해놓고 자신만의 야망을 위해 떠난 사람에게 동정이나 무조건적인 헌신은 필요없다고 생각해.”

은철이 경희의 마음을 모를 리 없다. 그러나 영훈과의 헤어짐을 고통스럽게 생각하는 그녀의 좌절이나 비애를 계속해서 들어준다는 것은 결코 경희에게 도움이 되는 것이 아니다. 그녀에게 지금 필요한 것은 안정이고, 영훈에 대한 환상을 다소나마 희석시켜주는 것뿐이다.

“한 가지 물어봐도 될까?”

“뭔데?”

“경희가 은행을 퇴직하고 지금의 직장으로 옮겼을 때 전에 있었던 회장님의 여비서가 어디로 갔는지 알아?”

경희는 화가 났다. 자신의 얘기가 끝나지도 않았는데 마음대로 화제를 바꾸었기 때문이었다.

“그걸 내가 어떻게 알아?”

“영훈 씨가 소유하고 있는 회사로 옮겼다는 거야. 내가 알기로는 여기보다 보수가 높게 책정되어 갔다는데. 그럴 필요가 있었을까?”

경희는 들고 있던 술잔을 은철의 얼굴에 뿌려주고 싶었다. 남자들이란 하나같이……. 이런 와중에서도 자기 일만 챙기려고 하는 그의 태도가 마음에 들지 않았다.

"그래서 영훈 씨가 나를 이 직장으로 옮기게 하려고 그 여자를 스카우트했다는 말인가요? 하기야 착각은 자유니까."

"미안해. 경희의 지금 마음 상태를 몰라서 하는 말이 아니야. 하지만 그 사람과의 관계를 되돌릴 수가 없다면 과거에만 매달려 있을 것이 아니라 냉정하게 앞으로의 인생을 생각해야 하지 않겠어? 그리고 조금 전에 말한 여비서 건은 중요한 일이야."

"적어도 당신에게만은……."

어느새 오빠라는 호칭은 사라졌다.

"내게 말해줄 수 있겠어? 그 동안 알고 있었던 최 이사에 대한 행적이나 영훈 씨와의 관계에 대해서."

"내가 하고 있는 업무와는 상관없는 일이었어요."

"업무라고 하지 않았어."

"그렇다면 최 이사님 사건에 영훈 씨가 관련이 있다는 심증이라도 갖고 있다는 말인가요?"

"경희!"

은철의 말에 대꾸도 하지 않은 채 경희는 술잔을 입으로 가져갔다.

"경희는 분명히 뭔가를 알고 있어. 경희가 근무했던 한독은행은 영훈 씨의 주거래 은행이었어. 최고의 고객과 사이가 좋은 행원을 도대체 어떤 간덩이 부은 놈이 함부로 자를 수 있겠어?"

"나까지 어떤 역할을 하지 않았나 하고 생각하고 계시네. 미안하지만 그건 억측이에요. 영훈 씨는 그럴 분이 아니에요. 그분을 몰라서 하는 말인데, 설사 어려운 일이 있다고 해도 여자에게 부탁하는 따위의 일은 하지 않아요."

경희의 말은 단호했다.

"그런데 오빠는 그 사건에 왜 그렇게 관심을 갖고 있죠? 단순한 기자의 열의로서가 아니라 마치 생사를 걸고 사건을 파헤치려고 하는 것 같은데."

은철은 뜨끔했다. 그러나 다음 순간 그 역시 경희와 마찬가지로 지금까지 자신의 일들을 고백하고 싶은 강한 충동을 느꼈다. 그녀에게 무엇을 숨긴다는 것은 공정하지 못한데다 또한 지금의 대책 없는 현실에서조차 그녀에 대한 미련을 버리지 못하고 미적거리고 있는 듯한 자신이 한심하게 여겨졌기 때문이기도 했다. 양극을 이루고 있는 두 사람의 삶에서 현실의 간격은 더욱 넓어보였다. 그녀와의 미래도 끝이 보이는 듯했다.

그러나 이제까지 알고 싶었던 의문에 대해서는 부담없이 다가갈 수 있을 것으로 여겨졌다.

"그 점이 알고 싶다면 경희에게 숨기고 싶지 않아. 경희가 자신의 일을 털어놓았듯이 나 역시 거짓으로 경희를 대하지 않겠어."

은철은 그녀의 눈 가장자리에 남아 있는 눈물자국을 애써 외면하면서 말했다.

"사실 나 기자가 아니야."

경희가 놀란 듯이 눈을 동그랗게 떴다.

"경희에게 말했던 스승님에 관한 일도 사실은 거짓말이었어. 스승님은 내가 사라지고 없을 때 도장을 나와 거리를 헤매다가 행려병자 묘지에 묻히는 신세가 되어버렸어. 왜 그렇게 됐는지 알아?"

"……."

"모두가 정길이라는 작자 때문이었어."

경희는 학원 앞에서 보안경을 끼고 있던 남자를 기억해냈다. 어쩌면 한 번 정도 더 그를 봤을지도 모른다는 생각이 들었다. 영훈과의 데이트 때 멀리서 지켜보고 있던 남자를 얼핏 떠올렸기 때문이었다. 남미 원주민과의 혼혈로 보였지만 보안경 속에 가려진 눈빛 만큼은 잊혀지지 않았다.

정길의 이름이 나오면서부터 시작되는 은철의 6년간에 걸친 파란만장했던 청춘극장은 사건 현장에 따라갔을 때와 그의 배신으로 인해 살인 피의자로 재판을 받는 과정에 이르러서는 감정이 격앙되기도 했었다. 하지만 이내 마음의 평정을 되찾고부터는 형이 확정되고 대부분의 수형생활을 보낸 이감된 교도소에서의 생활도 담담하게 말해줄 수가 있었다. 또한 교도소를 나와 엉뚱한 사건에 휘말려 있는 지금의 한심하고 고약한 처지까지도 빼놓지 않고 말해줄 수가 있었다.

생각하기도 싫은 악몽 같은 회상은 제법 시간이 지난 후에야 끝이 났다.

말을 마친 은철은 경희가 새롭게 채워준 술을 단숨에 마셨다. 답답하게 조이고 있던 족쇄를 벗어던진 듯 후련하기조차 했다. 두 사람 사이에 잠시 무거운 침묵이 흘렀다.

경희는 이제까지 몰랐던 불운으로만 점철된 그의 삶을 생각하니 절로 눈시울이 뜨거워졌다.

그의 구겨진 인생은 그녀가 대학을 다니며 청춘의 꿈과 낭만으로 젖어 있을 때, 분노와 비탄으로 창살을 움켜쥔 채 맹수처럼 울부짖고 있었고, 뜨거운 물로 채워진 욕조에 몸을 담그고 있을 때, 영하의 추운 감방에서 얼음 같은 물로 몸을 씻으면서 후회와 수치심으로 떨고 있었으며, 연인과 레스토랑을 드나들 때 조악한 관급식을 씹으면서 세상을 저주하고 있었던 것이다.

　경희는 자신의 문제는 잠시 잊은 채 은철의 아픈 상처를 어루만져주고 싶었다.

　"부끄러운 얘기였지만, 내가 왜 최 이사 사건에 집착하고 있는지를 경희도 조금은 이해할 수 있겠지?"

　"난 오빠가 그런 일을 당했을 줄은 꿈에도 몰랐어요. 게다가 이번에도 그런 끔찍한 혐의를 뒤집어쓰고 있으니……. 그런데 교도소에 있을 때는 왜 내게 연락을 하지 않았어요?"

　편지 한 장만으로도 충분히 가능한 일인데도 자신의 초라함을 드러내고 싶지 않았던 은철에게 어떤 감동보다 연민을 먼저 느꼈다. 은철은 어느새 자기 옆으로 자리를 옮겨와 있는 경희의 어깨를 가볍게 두드려주는 것으로 대답을 대신했다.

　"사실 난 교도소에 있을 때 모든 것을 잊기로 했었어. 정길에 대한 복수마저도……. 그렇게 결심하지 않았다면 증오의 불길로 인해 나 자신도 견디지 못했을 거야. 대신 스승님의 못다한 무도의 세계를 완성하는 데만 모든 것을 바쳤어. 덕분에 많은 정진이 있었고……. 출소를 앞두고는 스승님의 뜻을 이어갈 도장을 시작해보려는 소박한 꿈을 실현하려고 했었지. 그런 내게 또다시 그런 악몽이 계속되다니……. 참을 수 없는 일이었어. 두 번 다시 악마의 무리들에게 당할 수 없다는 생각만이 내 의식을 지배하기 시작했고, 이제 와서는 삶의 목적이 되고 말았어. 나는 이번 일을 스스로 해결하지 못하면 아무 일도 할 수 없는 인간으로 전락해버릴 것만 같아. 나는 이미 세상에 존재하고 있는 너절한 법 따위는 믿지 않은 지 오래 됐어. 나는 복수를 할 수 있는 권리가 있는 사람이야. 경희! 나를 도와줄 수 없겠어? 사실 옥만호나

강영훈 모두 내가 생각하고 있는 용의자들 중의 한 사람일 뿐이야. 그
렇지만 나는 그 많은 사람들에게서 혐의를 찾아내야만 해. 그래서 기
어코 악마의 정체를 세상 밖으로 끌어내야만 하는 거야.”

경희는 마치 천상의 누군가에게 계시를 받은 자이기라도 하듯 허둥
대고 있는 은철의 말을 조용히 듣고 있었다. 그리고 두꺼운 세월의 이
끼 속에 깊숙이 묻혀버린, 황금과도 바꿀 수 없는 그의 청춘의 꿈과 이
상을 생각했다. 초췌한 그의 모습에서 더욱 짙은 모성본능을 느꼈다.

“경희! 경희가 알고 있는 것만이라도 말해줄 수 없겠어?”

경희는 불안했다. 자기가 알고 있는 단순한 사실들이 어쩌면 커다
란 파장을 일으킬 것만 같은 예감이 들었기 때문이었다. 말할 수 없었
다. 두 사람을 위해서……

뭔가를 다시 말하려는 은철의 입술에 경희의 떨리는 입술이 포개
졌다.

처음으로 해보는 키스의 감촉은 부드럽고 따스했다. 창 밖의 비는
어느새 그쳐 있었다.

뺨을 타고 흐르는 경희의 눈물을 의식하면서 은철은 그녀에게 무엇
을 기대한다는 것은 부질없는 일로 여겨졌다. 실연으로 인해 약해져
있는 그녀를 이용해 영훈에 대한 정보를 얻으려고 했던 얄팍한 자신의
술책이 부끄러웠다.

은철은 목을 감고 있는 경희의 팔을 조용히 내려놓았다. 내일이 없
는 남자와 버림받은 여자가 사랑을 하기에는 많은 시간이 필요할 것
같았다. 작별 인사도 없이 은철은 조용히 경희의 아파트를 나왔다.

“최대포.”

은철이 도착한 최 이사 집 현관에는 아직도 그의 이름으로 된 문패가 있어 은철의 수고를 조금은 덜어주었다. 집은 은철의 생각보다는 조출한 정원을 포함해서 백평 정도의 2층 주택이었다. 그러나 이 집도 은철이 알고 있기에는 머지않아 법원의 경매에 넘어갈 운명에 놓여 있었다.

공조직은커녕 심부름센터의 직원조차 동원할 수 없는 은철은 오늘도 저인망식의 정보수집은 꿈도 꾸지 못하고 몸으로 때우며 자신의 감에만 의존한 채 최 이사의 집을 찾았다.

사건발생 후 한 달이 지난 지금, 그의 신상에도 많은 변화가 생겼다. 경희 정도의 고급 정보를 가지고 있음직한 소스원에게조차 유익한 말 한 토막 건져낼 수 없었던 은철이었다. 그렇다고 특별히 여자를 후리는 재주도 없었고, 대인관계에서도 비사교적인 그였지만 많은 사람들과 접촉을 하다보니 이제는 웬만한 사무실 여직원들과의 수작 정도는 거리낌없이 할 수 있게 되었다. 또한 만나는 상대방에게 부담을 주지 않는 유연한 처세술도 터득하게 되었다. 어느새 은철은 활동적이고 냉소적이면서도 신랄한 전형적인 기자로 변해 있었다.

그러나 수사에는 큰 진전이 없었다.

그 한 예로, 사업을 도맡아 했다는 최대포의 동생을 사흘 전 고생 끝에 만났지만, 아무런 소득이 없었다. 자신은 생산과 판매에만 전념했을 뿐, 대외적인 문제는 형님인 최 이사의 소관이었기에 그 밖의 외부적인 것은 모르는 일이라고 말하는 것이었다. 은철은 직접 최대포의 집을 찾아보기로 했다.

"딩동."

인터폰을 누르고 한참이 지나서야 응답 소리가 들렸다.

“아침에 전화를 드린 바 있는 ○○신문사 기자입니다.”

문을 열어준 사람은 은철보다 어려보였지만 비슷한 또래의 젊은이였다. 그 동안 집안일을 도와주는 친척들도 돌아갔고 삼촌도 부도를 당한 후에 잠적한 탓인지 집안은 조용했다.

최 이사 아들이라고 소개받은 청년의 안내에 따라 은철은 거실의 소파에 앉았다. 조금 전 인사를 나눌 때, 자신의 이름은 종대라고 했다. 은철의 사양에도 불구하고 그는 차를 준비하고 있었다. 사건 직후 집안이 들썩거릴 정도로 드나들면서도 정작 범인의 그림자는 밟아보지도 못한 채 설쳐대기만 하던 경찰이며 기자들이 썰물처럼 빠져나간 지 오래 되었다고 했다.

그래서 그런지 종대는 오랜만에 찾아온 기자에게 새로운 소식이라도 듣지 않을까 기대하고 있었다. 당시는 대인기피증이 생길 정도로 귀찮게 구는 그들이었지만 지금은 아니었다. 범인을 검거할 수 있다는 희망이 차츰 사라지고 있는 지금에 와서는 당연한 생각이었다.

차를 준비하고 있는 사이에 주위를 둘러보고 있는 은철의 눈에 서가의 한쪽 귀퉁이에 놓여 있는 독특해보이는 성경과 예언서 신권전도 같은 것이 보였다.

그러고 보니 종대의 깔끔한 차림새에서 어떤 독특한 분위기를 느낄 수 있었다. 은철은 그의 모습에서 교도소에서 만났던 신앙에 의한 병역 거부자들의 모습을 어렵지 않게 상상할 수 있었다. 세상의 기준을 돈으로만 재단하려다가 비명횡사한 아버지와 영혼이 있는 양심을 추구하는 아들? 은철의 입술에는 쓴웃음이 지어졌다.

“실례지만, 왕국회관(여호와의 증인)과 관계가 있는 분은 아닌가요?”

은철은 느낌대로 솔직하게 물었다. 탁자에 찻잔을 내려놓은 종대의 표정이 밝아졌다.

"어떻게 그걸 단번에 알 수가 있었습니까? 단순한 기자분의 직감은 아닌 것 같은데요."

"어릴 때 어머니를 따라 몇 번 다녀본 기억이 있습니다. 하지만 내 경우는, 건강이 좋지 않았던 어머님께서 설교를 듣고 기도를 하시면서 마음의 안식을 찾아가는 그분을 거역하지 않으려고 다닌 것뿐이었어요. 기억에 남는 것이라고는 천국에서보다 현실에서 영생을 얻으려는 교리 정도라고나 할까요."

은철은 유년 시절의 기억을 떠올렸다. 그러나 그는 그곳이 어떤 교회였는지는 솔직히 몰랐다. 여호와의 교리는 상식이었지만.

"그러셨군요! 그럼 어머님께서는 지금 어느 교회에 나가시는가요?"

"어머니는 오래 전에 돌아가셨습니다. 벌써 옛날 얘기가 된 셈이죠."

"미안합니다. 저는 그런 줄도 모르고."

종대는 경솔했던 점을 사과했다. 두 사람은 같이 차를 마셨다. 종대는 한때는 교우였던 은철에게 호감을 느꼈다.

"김○○라고 하는 기자분 혹시 모르십니까? 한번 들르셨다는데."

"글쎄요, 잘 기억이 나지 않는데요."

충격이 가시지 않은 때라 많은 기자들을 기억해낸다는 것은 무리였다.

"데스크의 고참 선배님입니다."

"그러셨어요?"

"사실은, 이번 최 이사님 사건이 지지부진하고 있는 원인에 대해 사건을 맡고 있는 수사 담당자들의 자질 문제가 우리 사건기자들 입에 오르내리고 있습니다. 애초에 강도사건으로 너무 힘을 실었다는 거죠. 자칫하면 영구미제 사건으로 가지 않을까 하는 우려도 하고 있을 정도니까요."

종대의 표정이 잔뜩 찌푸려졌다.

"그래서 수사관들의 안목과 자질에 일침을 놓고 최 이사님 사건을 재조명하기 위해서 별도의 박스기사를 기획하고 있는 중입니다. 구면인 선배님이 계셨더라면 당연히 오셨을 텐데 마침 지방출장 중이라서 제가 찾아뵙긴 했습니다만……."

"아니! 잘 오셨습니다. 그래서 무슨 자료가 필요하다는 말씀인가요?"

은철에게 호감을 느끼고 있는 종대는 뜸 들일 것도 없이 협조할 의사를 보였다. 종대가 안내한 작은 서재는 코를 킁킁대며 덤벼들었을 경찰의 냄새는 말끔하게 지워지고 잘 정돈돼 있었다.

"도움이 될 수 있을까요?"

"경찰이 필요하다면서 가지고 간 것은 없습니까?"

"별로, 유품을 정리하다 보니 오히려 늘어나긴 했지만……."

은철은 생각해왔던 대로 책장보다는 편지나 개인신상에 소용되는 물건과 문서부터 꼼꼼하게 챙겨보기 시작했다. 얼마나 시간이 지났을까? 오래 전 것으로 보이는 편지봉투 속에서 꺼낸 각서를 읽고 있던 은철은 마치 돌부처로 변하기라도 한 듯이 굳어버렸다. 내용은 6년 전에 작성된 것으로 은철의 사건에 연루된 피살자 허춘삼과 강영훈 사이에 있었던 것이었다. 기교를 부려 흘린 흔적이 역력해보였지만 어떤 거래에 대한 약속이었다. 각서자는 영훈으로 되어 있었다. 은철은 홍분되는 마음을 진정시키려고 눈을 질끈 감았다.

"이건 최 이사님 것이 아닌 것으로 보이는데, 이게 왜 여기 있었나요?"

은철의 말에 각서내용을 훑어보던 종대는 그제야 뭘 알겠다는 듯 말했다.

"최근 정리한 것들이죠. 민주화 운동을 같이 했던 친구분인가 봐요. 모시는 분은 달랐지만, 당시 야인 시절이었던 아버님이 그분 일을 많이 도와주셨다고 들었어요. 그분의 사무실에 출근했다고 하셨으니까요."

다행히 종대는 허춘삼이 살해된 것을 모르고 있는 것으로 보였다.

"미안하지만 복사를 한 부 하고 싶은데 어떨까요?"

"집에서는 안 되죠. 필요하시면 가지고 가셔도 좋습니다."

돌려줘도 되고 그렇지 않아도 좋다는 투의 종대의 말은 은철을 신뢰하고 있다는 뜻이었다. 금맥을 발견한 은철은 더 열심히 뒤졌지만 각서를 압도할 만한 노다지는 없었다. 은철은 지금 당장 파악하기는 곤란하지만 쓸모가 있을 것으로 여겨지는 몇 가지를 더 챙겨들고 종대와 인사를 나누었다. 이제까지의 기자들과는 달리 업무에 몰입하고 있는 은철의 성실한 태도에 종대는 기대를 품고 있는 듯했다. 강영훈과 허춘삼, 허춘삼과 최대포, 최대포와 강영훈. 꼬리를 물고 있는 삼각의 구도 속에 정길이 있었던 것이다. 이제부터 은철은 이들의 상관관계를 파악하는 데 중점을 둬야겠다고 생각했다.

"젊은이, 나 좀 볼까?"

버스정류장 부근에 이르렀을 때 누군가가 은철을 부르는 소리가 들렸다. 은철은 잠시 걸음을 멈추었다. 그는 다름 아닌 수사본부의 장민태 경장이었다. 의아해하는 은철을 부근의 다방으로 데리고 갔다.

"나, 이런 사람이야."

자리에 앉자마자 장 형사는 경찰수첩을 보여줬다가 빠른 동작으로 다시 포켓에 넣었다.

"뭐 하는 친구야?"

기자라고 말을 하려다가 은철은 황급히 입을 다물었다. 사문서위조로 연행 당할 빌미를 제공할 수도 있기 때문이었다.

"왜 그러시죠? 내가 형사님의 질문에 대답해야 할 까닭이라도 있나요?"

장 형사 역시 오랜만에 최대포의 집을 찾아갔다가 뜻하지 않게 대문을 나서고 있는 은철을 발견한 것이었다. 안 그래도 평소 궁금해하고 있었는데 마침 잘됐다 싶어 은철을 따라나선 것이었다. 은철의 당돌한 태도가 마음에 들지 않았다.

"난 자네를 알고 있어. 교도소에서 얼마 전 출소한 것까지도."

"그래서 어쨌다는 거요? 내가 갱생하는데 보태줄 거라도 있다는 말인가요?"

은철 역시 경찰에 대한 나쁜 기억이 되살아난 듯 퉁명스럽게 대꾸했다.

"이봐, 은철이."

이름을 부르는 장 형사에게 비로소 꼬리가 말려들어가는 듯했다. 너무 많이 알고 있잖아? 그러나 다행히도 수배 전단지 속의 인물이라는 것은 모르는 듯했다. 그걸 알고 있다면 지금쯤은 경적소리를 앵앵거리면서 경찰차가 벌떼처럼 몰려오고 있어야만 했다.

“오늘 최 이사 집을 찾아간 건 무슨 이유인가?”

“…….”

“그리고 보름 전에 회장 여비서를 만난 것은 무엇 때문이고? 난 자네가 그밖에도 몇 군데를 더 들락거렸다는 것도 알고 있어. 우린 자네를 연행해서 조사할 수도 있어.”

그제야 은철은 마음이 놓였다. 별 것 아니었다.

“영장 있어요? 혐의만 인정된다면 기꺼이 조사에 응할 수도 있죠.”

“누가 빵잽이 아니랄까봐, 그래? 지금 걸어도 공무집행 방해 사유에 해당된단 말이야. 알겠어?”

“어디 한번 해보시죠.”

은철은 지지 않겠다는 듯이 대꾸했다. 겁을 집어먹으면 재빨리 빈 틈으로 파고드는 것이 그들의 습성이기 때문이었다.

“담배 피울 줄 알아?”

장 형사는 담배 한 개비를 입에 물고 은철에게 권했다. 은철은 고개를 저었다.

“은철이라고 불러도 되겠지?”

은철이 고개를 끄덕였다.

“난 은철이 너에 대한 모든 것을 조사해봤어. 교도소에서의 생활부터 법정 진술에까지……. 억울하다고만 주장했더군.”

“잘못된 재판이었어요.”

장 형사는 그가 거짓말을 하고 있지 않다는 확신이 들었다.

“그래서 그때 사건의 무죄를 입증하려고 다녔단 말인가? 그렇다면 그건 잘못된 거야. 검찰에 재수사를 의뢰하면 될 텐데……. 아까운 시간 허비하지 말고 직장이나 구할 생각을 해야지.”

경희와의 대화를 엿들은 바 있는 장 형사는 그때의 호감이 되살아나고 있었다.

"그럴 수는 없어요. 나를 궁지에 몰아넣은 사람에게 신세를 지다니. 도대체 신용할 수 없는 그들에게 왜 내가 손을 내밀어야 합니까?"

"그들의 잘못을 깨우쳐주기 위해서야. 그들은 신이 아니니까."

"하하."

자조 섞인 공허한 웃음이었다.

"나는 그들을 믿지 않아요. 그들은 항상 사건 속에 묻혀 살아요. 바쁘다는 비명만 질러대는 그 사람들이 자신들의 소중한 시간과 노력을 돈도 백도 없는 빵잽이의 누명을 벗기는 데 허비하지는 않아요. 같은 조직원으로서 전임자의 무능만 들추는데다, 돌아오는 것은 원죄를 인정하는 꼴밖에 안 되는데 무슨 신명을 내고 일을 처리하려고 하겠어요? 그런데도 청춘을 보상해달라고 그들에게 호소하란 말인가요? 누가 뭐라고 해도 나는 내 손으로 문제를 해결하겠습니다. 그리고 당신들은 무능해요. 내 경우만 해도 그렇지만, 이번 사건도 마찬가지였어요. 한 달이 지났어도 당신들이 건진 게 뭐가 있나요? 얼마 있으면 수사본부도 해체되겠지요. 그리고는 당신들이 헛수고한 서류뭉치들은 미제사건으로 먼지를 뒤집어쓴 채 창고 속에서 길고 긴 잠 속으로 곯아떨어지겠지."

은철은 흥분하고 있었다. 남은 찻잔을 비우고 있는 그의 손이 떨리고 있었다.

"미안합니다. 떠들어서."

"아냐, 난 은철이 네 심정을 이해하고 있어. 그렇다면 자네는 이번 사건에 대해 뭔가 짚이는 거라도 있단 말인가?"

'나를 따라온 목적이 바로 그거였군.' 은철은 갑자기 장 형사가 측은해보였다. 얼마나 수사가 진척되지 않으면 한번쯤 용의자로 생각해봤을 녀석에게까지 소스를 기대하고 있을까?

"없어요."

"그래, 알았어."

실망한 표정이 완연했다. 장 형사는 메모지를 꺼내 뭔가를 적기 시작했다.

"내 휴대폰 번호야. 도움이 필요할 땐 언제라도 연락해."

도움보다는 소스가 있을 때 거래를 하자는 말로 들렸다. 두 사람은 자리에서 일어났다.

은철과 헤어진 장 형사는 당혹감을 느끼지 않을 수 없었다. 녀석에게 조롱만 당하고 말았으니……. 하지만 언젠가는 녀석에게서 그럴듯한 소스를 건질 수 있을 것 같은 예감이 강하게 들었다.

집에 도착한 은철을 반갑게 맞은 것은 방문 앞에 놓여 있는 낯익은 정두섭의 구두였다.

"웬일이세요? 쫓겨나기라도 했어?"

은철을 기다리고 있은 지 제법 되었는지 그 앞에 놓여 있는 소주병은 바닥을 보이고 있었다.

"쫓겨나긴, 다른 문제가 생겨서 그랬다."

정두섭의 말은 이랬다.

오락실에 단속반이 몰려왔다는 것이다. 예정된 수순대로 껄떡이가 총대를 매고 경찰서에 간 것은 사흘 전의 일이었고, 굳게 닫혀 있던 가게문이 열린 것은 어제였다. 그러니까 어젯밤에 일어난 일이라고 했

다. 공짜밥이나 축내는 것도 미안하고 해서 껄떡이가 평소 하던 대로
가게에 나와 잔돈이나 교환해주면서 어슬렁거리고 있는데, 생돈 들어
갈 일에 울화통이 터져 홧술이라도 마셨던지 비틀거리면서 가게에 들
어온 사장 녀석의 뒤를 따라온 사내가 아무리 봐도 어디서 본 듯한 낯
익은 얼굴이었다는 것이다.

　이번 단속은 강도가 셀 거라는 담당자의 귀띔에 알아서 간다고 모
셔온 조정자 역할을 했던 사람인 모양이었다.

　고개를 갸우뚱거리던 정두섭이 이윽고 그 자의 정체를 확실하게 알
게 된 것은 지갑 속에 금쪽 같이 지니고 있던, 도망간 마누라와 정부
녀석의 이미 너덜너덜해진 사진을 확인하면서부터였다. 바로 그 정부
녀석. 일순 눈앞이 아찔하고 머리 위로 수증기가 모락모락 새나오는
충격을 받았지만 억지로 참기로 했다. 여기서 개꼬장을 부리며 설쳐봤
자 아무 이득도 없다는 것을 잘 알고 있기 때문이었다. 녀석이 간 뒤에
조용히 사장에게 물어봤다.

　목에 잔뜩 힘을 준 사장 녀석이 한다는 말이, 과거 명동에서 놀 때
모시고 있던 형님이라고 했다. 이름은 종팔이라고 했고, 지금은 방배
동에서 금맥이라는 룸살롱을 하고 있다는 말까지 덧붙였다.

　"이런 우라질! 십 몇 년간이나 눈에 불을 켜고 찾아다닌 놈이 하필
이면 그곳에 박혀 있었다니."

　"금맥이라면 그날 우리가 갔던 데잖아요."

　"그러게 말이야. 사무실에서 나오는 녀석을 한번 보기는 했는데 술
이 많이 취해서 그냥 어디서 많이 본 녀석이라고만 생각했었지. 은철
아, 어떡하면 좋으냐?"

　지금까지 은철을 기다린 정두섭의 이유란 이것이었다.

"글쎄요."

남의 가정사에 관한 문제라 일단은 모호한 대답밖에 할 수 없었다.

"그런 건 신경 쓸 것 없어. 그건 내 마누라가 아냐. 웬수라고."

눈치 빠른 정두섭이 재빨리 은철의 심중을 알고 먼저 쐐기를 박았다.

"그때 고소는 했어요?"

"건수가 안 되잖아. 마누라가 돈을 갖고 튀었는데 무슨 명목으로 고소를 할 거냐? 고소를 했다고 해도 이미 공소시효는 지났잖아. 가출인 신고밖에 못했어."

정두섭은 방바닥이 꺼져라 한숨을 내쉬었다.

"그런데 이건 내 짐작이지만 그놈이, 아직까지 그 여자를 데리고 살 놈은 아냐. 허우대가 멀쩡한 놈이 연상인데다 볼품도 없는 년을 총 맞았다고 여태 데리고 있겠어?"

말이 되는 소리였다.

"적당히 돈이나 빼돌리고 차버렸거나……." 갑자기 정두섭의 말소리가 낮아졌다. "아예! 죽여버렸을지도 몰라."

그러고 보니 뭔가 의문이 가는 인물이기도 했다.

"마음 같아서는 당장 달려가 어디 한 군데 병신이라도 만들어주고 싶지만, 하필이면 우리 얼굴을 알고 있는 그곳이라니……."

정두섭은 또 한 차례 한숨을 내질렀다.

"알았어요. 내게 맡겨주세요. 우선 형은 흥분한 상태니까 일을 그르칠 확률이 많아요. 그러니까 형이 원하는 것은 여자의 행방과 돈, 그리고."

"보복이야. 난 그 년놈들에게 반드시 앙갚음을 하고 말 거야."

"하하, 형도 참! 십 년이 훨씬 넘는 가정문젠데. 어쨌든 알았어요."

자정이 넘은 시간.

룸살롱 금맥의 사장실 전화가 불이 나게 울어댔다. 종팔이 예의를 챙겨야 할 굵직한 손님은 빠져나가고 몇 개의 룸만 가동고 있었다. 귀가를 하려고 일어서던 종팔이 수화기를 들었다.

"수고하십니다. 사장님인가요?"

"그렇소만."

"여긴 최 이사 사건의 수사본붑니다. 장 경장이라고 아시겠어요?"

종팔은 왈칵 짜증이 치솟았다.

"부근에 있는데 잠시 기다려주시겠어요?"

"무슨 일인데 그래요?"

잔뜩 볼이 부은 종팔의 말이 뒤따랐지만 전화는 일방적으로 끊어졌다.

"니기미! 머 이런 새끼가 다 있어? 배 전무."

소리를 질렀지만 곁에 없는 땅개가 냉큼 나타나 줄 리 없었다. 심리적으로 불안감을 느낄 때면 땅개를 찾는 것이 버릇이 돼버린 그는 어느새 땅개의 휴대폰 번호를 전화통에다 누르고 있었다. 그때 노크도 없이 입구의 문이 열렸다. 방금 통화한 수사본부의 형사들로 여겼지만 행색을 보니 그런 것 같지도 않았다. 그러나 어디선가 한 번쯤 본 기억이 있는 듯한 두 사람이었다. 재빨리 문을 잠그고 자기 앞을 가로막고 있는 젊은 녀석의 민첩함이 예사롭게 보이지 않았다. 방금 전의 통화는 자기의 소재를 확인하는데 불과한 것이다. 종팔은 은근히 불안했다.

"어떻게들 오셨소? 밤늦은 시간에."

세상의 쓴맛 단맛 다 겪어본 종팔은 여유를 부리면서 자리에서 일어났다. 시비는 은철에게 맡겨놓았다는 듯 정두섭은 입구 쪽의 의자에 앉아 담배에 불을 붙이고 있었다.

"경마장에서 사건이 있던 날 들른 분들이라면 아마 기억을 하실까?"

종팔은 섬뜩했다. 경마장의 강도들이었다.

"오! 말은 들었소만, 그날 술이 많이 취했다고들 하던데. 집에는 무사히 가셨소?"

"천만에! 떳다방인 호구 손님들 잔에 필로폰을 얼마나 넣었던지 다섯 병을 마셨는데도 정신은 말짱하더라고."

은철이 존칭을 생략했다.

"그럴 리가?"

"하기야 요즘처럼 단속이 심할 때는 귀하신 몸이지. 값도 만만찮을 테고."

"그래서 오셨나?"

"그것말고도 찾는 손님이 있으면 해시시도 내놓는다는데."

"하하, 그래서 오셨구면. 그렇다면 잘못 짚었어. 부근에 있는 친구들이 편의를 봐준다는 말은 들었지만 난 아냐."

종팔은 서서히 자세가 나오기 시작했다.

"하지만 밤늦게 찾아온 귀한 손님들이 원한다면 구해줄 수도 있지. 어째, 연락해줄까?"

"좋은 생각이군. 어차피 1부 쇼는 그분들과 함께 공연해야 하니까. 혹시 지금 오고 있는 건 아닌가?"

은철의 말이 끝나기도 전에 밖에서 거칠게 문을 두들기는 소리가 들렸다. 은철이 눈짓을 하자 정두섭이 문을 열어주었다. 쏟아지듯 방 안에 들어선 녀석들은 모두 셋이었다. 정두섭은 다시 문을 닫았다. 땅 개로서는 기가 찰 노릇이었다. 종팔의 연락을 받고 영문도 른 채 급하 게 왔는데 사무실에는 웬 젊은 녀석과 꼰대뿐이었다. 호기심을 자극하 는 존재들로는 보이지 않았다.

"간덩이가 부었군. 어디서 흘러온 똥덩이들이야?"

땅개는 적의를 드러내면서 자세를 고쳐잡았다.

"여기가 어디라고?"

밤늦게 방문한 사연이 뭔지는 모르지만 톡톡히 대가를 치러야만 했 다. 그러지 않아도 땅개는 오랜만에 선수로 뛰고 싶어 몸이 근질근질 했던 차였다. 하지만 밑에 있는 아이들의 실력도 점검할 겸 양보하기 로 했다. 비슷한 또래들이었다. 한쪽은 태권도 선수 출신의 빵잽이였 고, 다른 하나는 알고 지내는 지방 복싱도장의 관장 추천으로 데리고 왔다. 국내 챔피언 벨트도 허리에 감아주었지만 복싱 시장의 침체와 과거의 전력 탓에 태권도 협회에서 제명당한 두 녀석을 빈민구제 차원 에서 지금은 필로폰 중간 판매책으로 용도 변경하여 사용하고 있다. 땅개의 기대에 부응하려는 듯이 두 녀석은 경쟁적으로 나섰다. 책상이 며 소파 등 비품을 제외하면 7, 8평 정도의 공간에서 맞선 꼴이었다.

탐색은 없었다.

엇비슷하게 자세를 취하고 있는 은철의 왼쪽에 위치한 태권도의 그 림자가 불빛에 출렁거리면서 도약을 시도할 때 다른쪽 녀석의 창끝 같 은 날카로운 원투 역시 은철의 안면을 파고들었다. 전광석화 같은 선 제공격이었다.

제대로 수비자세를 취하지 못한 채 열려 있는 듯한 은철의 턱과 후

두부가 둔탁한 파열음과 함께 부서지려는 순간, 은철은 약간 허리를 숙이면서 한 녀석의 공중공격을 무위로 흘리고 권투쟁이의 펀치를 맞받아쳤다.

간발의 차이로 은철의 주먹이 먼저 녀석의 턱을 흔들었다. 턱뼈가 부서졌는지 우지직 하는 소리가 뒤따랐다. 절묘한 크로스카운터였다. 녀석의 육중한 몸이 풀썩 하고 무너지는 순간, 착지를 한 후 중심이 흔들리고 있는 다른 녀석의 관자놀이에 은철의 돌려차기가 바람처럼 날라갔다. 상황 끝.

눈 깜짝 할 사이에 또래에서 날고 긴다는 두 녀석을 한꺼번에 잠재운 은철의 솜씨에 땅개는 벌린 입을 다물지 못했다. 적이 아니라면 박수라도 치고 싶은 심정이었다.

저런 녀석을 똘마니로 둔다면……, 묘한 심정이었다.

"병신 같은 자식들. 계집 밝힐 때부터 알아봤어."

평소에 똘마니들을 관리하지 못한 불찰을 자기 탓으로 돌릴 수밖에 없었다. 탁 하고 바닥에 침을 뱉은 땅개가 습관인 주먹의 관절을 꺾으면서 은철 앞에 나섰다. 자기의 행동을 주시하고 있는 두 개의 눈동자만이 미미한 움직임을 보일 뿐 은철의 자세는 뿌리깊은 나무처럼 흔들림이 없었다. 좋은 자세였다.

밖으로 드러나보이지 않지만 잘 발달된 하체의 근육임을 느낄 수 있었다. 게바라도 아마 저런 자세를 하고 있었지? 불길한 연상작용에서 벗어나려는지 땅개는 세차게 머리를 흔들었다. 게바라에 비하면 용모부터가 애송이에 불과했다.

단순한 운일 수도 있었다.

땅개는 기분 좋은 생각을 하기로 했다. 왼손 훅에 떨어진 녀석의 찢어진 입술의 피를 닦아주면서 자기가 얼마나 후배들을 아끼고 쌈박한 벌이가 많은 선배라는 것을 설득하고 있는 장면이었다. 땅개의 엉뚱한 상상은 그의 투지를 더욱 불태웠다.

땅개는 천천히 몸을 이동시켰다. 보기에는 느린 움직임으로 보였지만 극히 절제된 위압감을 느낄 수 있었다. 바닥을 쓸 듯이 한 발 한 발 은철의 앞으로 다가서는 안정된 스텝은 일발필도를 노리는 인파이터의 이상적인 자세였다.

스트레이트에 가까운 견제 잽이 나간 것은 은철을 좀더 벽 쪽으로 몰아세우기 위해서였다. 덩치에 비해 신장에 열등의식을 갖고 있는 땅개는 선수 시절부터 즐겨 사용한 코너에서의 접근전을 시도한 것이다. 좁은 공간에서 무아지경으로 치르는 공방은 딱 한 번 국내 라이벌끼리 겨룬 동양챔피언전에서 좌절을 맛보았을 뿐, 링에서나 건달계나 할것 없이 언제나 그를 영광의 주인공으로 만들었다. 그뿐 아니었다. 훗날! 건달계에서 맞닥뜨린 그때 그 녀석에게도 통쾌한 앙갚음을 했다. 운동은 어디까지나 운동일 뿐 그는 천성적인 싸움꾼이었다. 쉭쉭, 두 번의 연속 잽에 이어 건성으로 휘두른 오른손 훅에 몸을 숙이는 은철의 동작에서 빈틈을 발견한 것은 벽과의 거리가 불과 두어 걸음 떨어진 곳에서였다.

은철의 턱이 농구공처럼 크게 보였다. 찬스!

땅개는 혼신의 힘을 다해 아껴두었던 왼손 훅을 목표물을 향해 거침없이 돌렸다. 알고 보니 싱거운 싸움이었다. 잠시 후면 퍽 하는 둔탁한 소리와 함께 짜릿한 희열을 담은 쾌감을 주먹을 통해 느낄 것이었다.

그런데 이상한 것은 분명히 목표지점을 통과했을 텐데 아직도 몸이

헛돌고 있다는 느낌이었다. 아뿔싸! 땅개는 본능적으로 턱을 가리면서
이번에는 올려치기를 시도했다. 그러나 이번에도 몸이 솟아오르는 느
낌 외에는 주먹에 걸리는 것은 아무것도 없었다. 두 번의 공격이 무위
로 돌아갔다.

황급히 한 발 뒤로 물러선 땅개는 재차 공격을 시도했다. 그러나 이
번에는 녀석의 모습이 보이지 않았다. 순간적으로 상대방의 위치를 놓
쳐버린 것이었다. 그제야 땅개는 당황했다. 시야에서 목표물이 사라졌
다는 것은 싸움꾼에게는 절대절명의 위기를 의미한다. 그것이 기량의
차이가 원인이라면 해보나마나 한 게임이다.

땅개의 불길한 예감대로 명치에 묵직한 통증을 느끼면서 눈앞이 캄
캄해진 것은 거의 동시의 일이었다. 최초로 당한 가격이었지만 땅개의
얼굴에는 체념하는 빛이 역력해보였다. 엄청난 파워를 느낀 탓이었다.
이윽고 속사포처럼 옆구리와 턱에 잇달아 터지는 펀치에 속수무책이
된 땅개가 드디어 무릎을 꿇었다.

가물가물 멀어지는 의식 속에서도 녀석과 게바라의 우열을 저울질
하는 자신에게 왈칵 짜증이 난 땅개는 드디어 바닥에 얼굴을 처박았다.

마음에 드는 녀석을 똘마니로 거두기 위해 설득하는 그림은 희망
사항에 그치고 말았다. 하기야 귀신을 똘마니로 둘 수는 없는 노릇이
었다.

정두섭은 신기에 가까운 은철의 싸움 솜씨에 놀란 눈을 더욱 크게
뜨고 있었다. 교도소에서 쫙 소문은 나 있었지만 이 정도일 줄은 몰랐
다. 종팔 역시 땅개를 비롯해서 맞짱에 있어서는 누구하고 상대해도
손색이 없는 세 명을 눈 깜짝할 사이에 해치운 젊은 녀석의 괴력에 놀
라움을 금치 못했다. 다음 차례는 분명히 자기였다.

종팔은 공포로 인해 온몸의 기능이 일시에 정지하는 듯한 느낌이었다. 이들이 원하는 것은 뭘까? 가능한 일이라면 요구를 들어주고 두 번 다시 보고 싶지 않은 지겨운 녀석들과 1초라도 빨리 헤어지고 싶었다.

"협상합시다. 원하는 게 뭐요. 필로폰?"

"처음에는 딱 잡아떼더니 제 입으로 술술 부는 걸 보면 매는 안 맞아도 되겠구먼."

다행이라면 젊은 녀석 대신에 꼰대가 나섰다는 것이다.

"정신 차려 선생! 우리가 그따위 때문에 밤늦은 시간에 여기 온 줄 알아?"

정신이 들기라도 한 듯 휘청거리며 일어서려는 권투쟁이의 복부를 걷어차는 은철을 보고 자신감에 차 있는 정두섭은 종팔의 귀를 잡아당기면서 이죽거렸다. 자신의 인생을 엉망으로 만들어놓은 뻔뻔스런 녀석의 얼굴에 침이라도 뱉어주고 싶은 마음을 억지로 눌렀다.

"P시에서 살았던 김명자라고 하는 여자, 설마 모른다고 하지는 않겠지?"

오래 갈 것도 없이 종팔의 얼굴이 단번에 일그러졌다. 어느 해 겨울 욕설과 함께 눈보라 속으로 팽개쳐버린 여자의 얼굴이 떠올랐다.

"모른다면 어쩔 수 없는 일이고, 거짓말하는 혓바닥이나 잘라놓고 갈 수밖에."

정두섭은 안주머니에서 왕년의 소매치기들이 위협용으로 애용했던 대형 면도칼을 꺼냈다. 핏기 하나 없이 핼쑥해진 종팔의 얼굴 위로 서서히 다가가는 면도칼은 그의 눈앞에서 움직임을 멈추었다. 종팔의 이마에는 식은땀이 주루룩 흘렀다. 경험으로 미루어봐서 지금의 경우는 단순한 협박으로 보이지 않았다. 칼을 움켜쥔 매서운 손끝이나 이글거리는 그의 눈은 한과 증오로 활활 타오르는 듯이 보였기 때문이었다.

"간단하게 그때 이후의 일들을 말해줄 수 있을까?"

"당신은 누…… 누구요?"

종팔의 음성이 떨렸다. 그제야 종팔은 그가 일본에서 왔다는 그녀의 남편이라는 사실을 깨닫기 시작했다.

"그 여자는 지금 어디에 있어?"

"몰라요. 그때 P시를 떠나면서부터 헤어졌으니까 나도 몰라요."

"모른다고? 이 자식! 네가 죽인 거 아냐?"

정두섭은 면도칼로 그의 넥타이를 싹둑 자르면서 눈앞으로 바짝 가져갔다.

"제발 그런 말씀은 하지 마십시오. 맹세컨대……."

종팔의 입에서 확 하고 단내가 풍겨나왔다. 사람을 죽인 놈들이 무슨 짓을 못할까 싶었다.

위기를 모면하기 위해 종팔은 그 동안의 경위를 낱낱이 아뢰겠습니다 하는 심정으로 이실직고를 하지 않을 수 없었다.

하지만 정두섭의 반응은 냉담했다.

"거짓말 하지 마. 네가 그 여자를 죽이고, 가지고 있던 돈을 죄다 가로챘잖아?"

정두섭은 그의 말을 못 믿겠다는 듯이 거칠게 몰아붙였다. 종팔은 다급했다.

"아냐 형. 아니 형님! 내가 왜 여자를 죽이겠어요? 시초는 나 때문이었지만 형님이 귀국할 때는 노름판에서 죄다 탕진하고 한 푼도 없을 때였어요. 돈이 있었다면 형수님이 왜 도망을 갔겠어요?"

“너도 같이 갔었잖아, 인마.”

정두섭은 기어코 분통을 참지 못하고 종팔의 가슴을 걷어찼다. 종팔은 의자와 함께 나가떨어졌다가 다시 그 자리에서 무릎을 꿇었다. 체면이라는 것은 이런 장면에서는 전혀 소용에 닿지 않는 물건이었다.

“형님, 잘못했습니다. 하지만 전적으로 내 잘못만은 아니었어요. 형수님이 돈을 죄다 잃고는 형님이 두려워서 나까지 도망간 것뿐이었어요.”

정신을 차린 땅개가 똥파리처럼 빌고 있는 한심한 종팔의 꼴을 보고는 그를 도와주는 유일한 방법은 그것뿐이라는 듯 다시 눈을 감았다.

“나쁜 연놈들. 그게 어떻게 번 돈인데 그따위 짓으로 죄다 말아먹어?”

어깨에서 힘이 쭉 빠지는 듯했다. 어두웠던 과거를 청산하고 늦게나마 사람답게 살아보려고 했었는데⋯⋯. 조금 전의 불길 같은 분노는 조금씩 사라지고 있었다.

“이봐! 이름이 종팔이라고 했지?”

“예.”

“네 녀석의 행위는 비록 법적으로는 공소시효를 넘겼다고 하지만 내게는 시효가 없어. 여러 말 하지 않겠다. 네놈 말만으로는 모든 게 믿어지지 않아. 그러니까 여자를 죽이지 않았다는 증거를 내게 보여줘야만 한다는 거야.”

“어떻게 보이란 말입니까?”

“열흘 간의 시간을 주겠다. 지금부터 열흘 후에 여자를 이곳에 데려다놓는 거야. 그리고 네 녀석이 써버린 피 같은 내 돈도 함께 가져와야 돼. 어때, 그렇게 할 수 있겠어?”

종팔은 그제야 안도의 한숨이 나오기 시작했다. 우선 끔찍한 녀석들의 손아귀에서 벗어난다는 사실이 무엇보다 반가웠다. 하지만 열흘 만에 그것도 십수 년이나 헤어졌던, 생사마저 분명하지 않는 여자를 찾는다는 것은 쉽지 않을 것으로 여겨졌다. 하지만 그것은 어디까지나 앞으로 남은 열흘 후의 문제일 뿐이다. 변수는 얼마든지 있을 수가 있다.

"말해봐. 하겠다는 거야, 말겠다는 거야?"

정두섭이 또다시 으르렁거렸다. 선택의 여지가 있을 리 없다.

"하지요. 누구 말이라고 감히 어길 생각을 하겠습니까?'

종팔의 머리 속은 게바라에게 달려가서 도움을 청할 생각으로 가득 차 있었다. 마침내 일방적으로 진행된 불공정한 협상은 끝이 났다.

"그리고." 이번에는 은철이 나섰다. "경마장 사건 말인데, 당시 경찰서에 몽타주를 만들 때 누가 갔었어요?"

싸움을 하기 전까지와는 달리 정중한 말투였다.

"우리 집 마담하고 애 하나가 갔었소. 그건 왜요?"

"그림이 전혀 다르게 나와서 고맙다는 인사를 하려고 했었소. 그런데 이 가게는 사장 혼자서 하는 게 아닌 것으로 알고 있는데 또 누가 지분을 갖고 있소?"

은철은 은근한 말로 넘겨짚는 말을 했다. 몽타주 부분이 신경쓰였다. 우연한 일로 여겨지기도 했지만 보이지 않는 그림자를 얼핏 느낄 수 있었다.

"마담과 내가 합해서 반을 갖고 있고 나머지는 남미의 교민 되는 분이 갖고 있소."

"남미의 교민이라……. 그분은 가게에 자주 나오지 않나요?"

“거의.”

“연락처를 알고 싶은데.”

“바쁘게 다니는 사람이라 나도 모르고 있소. 하지만 약속한 열흘 후에는 혹시 만날 수 있을지 모르겠소.”

종팔의 입술이 묘하게 비틀어졌다. 지분을 갖고 있는 사람이 네 녀석보다는 한 수 위의 고수라는 사실을 말해주고 싶었지만 지겨운 녀석들과의 대화가 길어질 것 같아 입을 다물었다.

“잘 알겠소. 그리고 어떻게 들릴지는 모르지만 우리는 경마장 사건과는 무관한 사람들이오. 범인이라면 우리가 간 뒤에 당신이 신고도 할 수 있을 텐데, 이렇게 당당하게 약속까지 할 수 있겠소? 그때쯤이면 우리도 결백을 증명할 수 있는 증거를 확보할 수 있을 거요. 우린 그날, 사건이 있기 훨씬 전에 수표를 주운 것뿐이오. 당신이 엉뚱한 마음을 먹고 수작을 부린다면 어리석은 짓일 거요. 내가 아는 혐의만 가지고도 교도소에 갈 사람은 우리가 아니라 당신이니까.”

은철은 종팔을 노려보았다.

“그럼! 오늘은 이만 실례하겠소.”

이내 두 사람은 문을 열고 사라졌다.

유람선 선착장에서 조금 벗어난 보도에 놓여 있는 플라스틱 간이의자에 은철은 경희와 함께 앉아 있었다. 두 사람은 이제 막 선착장을 벗어나 강심 쪽으로 향하는 유람선의 선체를 말없이 보고 있었다. 가정의 달이라 그런지 효도승객들을 위한 60년대 풍의 가요멜로디가 파도 대신 출렁거리고 있었다.

그날 헤어지고 3주 만의 만남이었다. 그날과 마찬가지로 경희의 연락을 받고 제노바에서 식사를 한 다음 오늘은 그녀의 아파트 대신 이곳을 찾았다. 점퍼에 낡은 청바지 차림이었지만, 그녀의 바지는 찢거나 아슬아슬한 부분을 작위적으로 훼손시켜 노출한 것은 아니었다.

장소가 바뀌었다는 것은 보다 진지한 대화를 하기 위해서였다. 얼마 전까지만 해도 벗을 삼았던 예술계의 인사들이나 교양인들은 빈 자리는 있었지만, 이곳까지 초대할 생각은 두 사람 모두에게 없는 것 같았다.

그러나 강을 가로지르고 있는 대교 아래의 매점 부근에서 가끔씩 들려오는 취객들의 주정은 그런 분위기를 만들지 못하고 있었다.

"그 동안 성과는 좀 있었어요, 셜록 홈즈 씨?"

"셜록 홈즈? 이거 영광인데. 당연히 성과가 있었지."

"어떤?"

경희가 묘한 관심을 보였다.

"어떤 사무실을 두어 번 들락거렸는데, 아가씨가 날 초짜 외판원으로 알고 딱해 보였는지 들고 있는 서류봉투를 가리키면서 팸플릿을 한 장 보여달라고 하더군."

"호호, 그래서요? 이건 내 짐작이지만 아가씨가 오빠에게 관심이 있었던가 봐."

"나도 그랬어. 사랑은 외판원 가방에서도 발견할 수 있다는 것을 느꼈어."

"그리고 또?"

"또 한 번은 이랬지. 경마장에 갔었거든."

"최 이사님 사건이 있었던 곳?"

"응, 평소에 잘 갔었다는 마주실에 어렵게 들어갔었어."

“그래서요?”

“마권을 사려고 구매표를 앞에 놓고 골몰하고 있는 사람에게 최 이사님을 아느냐고 물었지. 그랬더니 ‘이사요?’ 하며 반색을 하는 것 같아서 일이 잘 풀리는 줄 알았지. 그런데 웬걸. 그 양반은 나하고 대화를 나누려고 하기보다는 창구 쪽으로 가서 마권부터 먼저 사는 게 아니겠어?”

“마권 사는 게 급해서 그랬겠지, 뭐.”

“그게 아냐. 마권을 사고부터는 내게는 아는 체도 안 했으니까. 그런데 조금 있다가 말이 뛰고 어쩌고 하는 것 같더니 갑자기 ‘2-4야’ 하고 소리치면서 나를 부둥켜안은 사람은 조금 전의 그였어. 제기랄! 그 양반에게는 이사가 2-4마권으로 들렸던 모양이야. 덕분에 5십만 원을 챙기기는 했지만.”

“그렇지만 모르는 사람이 권하는 것을 대번에 살 수가 있어요?”

“아마 내가 그럴듯한 소스라도 갖고 있는 사람으로 여겼던 모양이야.”

“어쨌든 성과가 없었던 것은 아니네.”

경희는 웃지 않았다. 이제 두 사람은 강물을 거슬러올라와 선착장에 닿는 유람선을 보고 있었다.

“언제까지 사건에만 매달려 있을 생각이야?”

“범인이 체포될 때까지. 정길이 만큼은 꼭 내 손으로 법정에 세우고 말 거야.”

은철의 결심은 흔들림이 없어 보였다.

“오빠의 능력으로는 무리야. 나도 이번 사건을 지켜봤지만 벌써 시일이 이렇게 지났는데도 수사는 진전이 없잖아. 사무실에 있는 사람들도 요즘은 별로 관심을 두려고 하지 않아요. 신문이나 방송 뉴스에는 매일같이 새로운 사건들이 홍수처럼 쏟아져 나오는데 경찰도 한계가 있지 않겠어요? 지금이 오빠에게는 중요한 시기야. 경찰도 오빠에게는 관심을 두지 않잖아? 정작 범인으로 쫓기는 신세라면 계란으로 바위치기일망정 사건에 부딪혀보기라도 하겠지만, 그렇지도 않는데 굳이 아까운 세월을 그런 데서 허비하려고 해요?"

"경희는 몰라서 그래. 놈들이 노리는 것을⋯⋯."

은철은 선문답이라도 하는 듯했다.

"오빠는 몸도 마음도 정상이 아냐. 수형생활에서의 지친 건강을 되찾는 것이 우선 급한 일이에요. 그런 다음 할 일은 정길이를 찾을 것이 아니라 미래를 찾는 일이라고요."

그날 이후 전화 한 번 없었던 영훈에게서 간접적이나마 그의 심중을 접하게 된 것은 공교롭게도 그의 약혼이 발표된 어제였다. 경희의 통장에 무려 10억 원이라는 거액이 입금되어 있었다는 사실을 어제서야 발견한 것이었다.

보험회사의 업무와 같은 냉정한 논리에 따라 결정된 액수였으리라. 사랑은 떠나갔다.

그의 아이를 낳고 퇴근하는 그를 위해 식탁을 준비하고 주변에 있는 그를 알고 있는 부유한 마나님들과 쇼핑을 하고 자선을 기획하는 일 따위는 적어도 하지 않아도 좋게 되었다. 물론 그런 미래를 상상한 적은 없었다. 일순간에 모든 것을 잃어버린 사람들의 허망함과 슬픔 같은 것은 없었다. 그러나, 그러나⋯⋯.

어젯밤은 꽤 마신 것으로 기억되었다. 만취한 다음날이면 의례 은철을 찾는 자신을 이해할 수가 없었다.

"그렇잖아요? 마냥 그 일에만 매달려 있다는 것은 하루하루 자신을 퇴보시키는 것과 다름없어요. 세상은 지금 이 순간에도 하루가 다르게 변하고 있어요. 그런 마음가짐으로 언제 현실에 적응하려고 그래요? 이대로 가다가는 자신이 망상에 사로잡혀 영영 헤어나지 못하고 말 거예요."

"……."

"한 가지 제의하고 싶은 게 있어."

"뭔데?"

"오빠가 말한 도장을 지금 해보세요. 오빠는 스승님의 꿈을 펼칠 의무가 있잖아요. 스승님이 추구한 세계가 병약한 사람들에게는 희망을 주고, 많은 사람들의 건강을 유지시켜주며, 사고의 영역을 수련하기에 따라서는 무한대로 넓혀줄 수도 있는 것이 무도라는 걸 나도 알아요. 그런 멋진 일을 왜 하루라도 빨리 하려고 하지 않으세요? 그런 다음에는 학교를 다녀요. 보다 많은 사람들에게 유익함을 주려면 아무래도 체계적인 이론으로 논리를 설명해야 하지 않겠어요? 공부를 하는 거예요. 고대와 현대의 현자들을 두루 만나보는 거예요. 거기서 얻은 지식과 정진을 계속해서 얻은 결과를 토대로 하여 비로소 스승님의 무도 세계를 완성하는 거예요. 물론 책도 내야겠지요."

"경희는 지금 무슨 꿈같은 말을 하고 있는 거야?"

"꿈이 아니에요. 현실을 말하고 있는 거라고요."

경희의 얼굴은 상기되어 있었다.

"왜냐하면 내게 돈이 조금 있기 때문이죠. 10억 정도. 나는 그 돈을 오빠의 성공을 위해 빌려줄 수가 있어요. 물론 이자 없이…… 그 돈이라면 모든 것을 시작하기에 부족하지는 않을 거예요. 피치 못할 사정으로 돈을 돌려받지 못할 경우가 생기더라도 오빠를 원망하지 않겠어요. 그건 내가 원해서 하는 것이니까. 그러니까 이젠 그따위 일들은 모두 잊어버리세요."

은철은 가슴이 뭉클했다. 경희의 한 마디 한 마디가 더할 수 없는 애정으로 다가왔다. 그 돈은 분명 영훈의 배신에 대한 대가이리라. 경희는 그 돈을 자기에게 쾌척하려는 것이었다. 단지 이제까지의 증오는 모두 잊고 앞으로의 인생에만 전념한다는 조건으로……. 그러나 새롭게 떠오르는 어떤 부정적인 생각을 거부하기라도 하듯 은철은 세차게 머리를 저었다.

"고마워! 난 경희가 이렇게까지 생각해줄 줄 몰랐어. 당연히 경희의 말을 따라야겠지. 이런 행운은 두 번 다시 내 인생에서 찾아올 수 없을 테니까."

"그렇게 해요. 세상 모든 게 자신의 의지만으로 해결되는 건 아니잖아. 분하고 억울하지만 고난을 일찍 내려주신 신에게 감사하고 앞으로 나아가다 보면, 평범했던 사람들보다 오히려 더 큰 행복감을 느낄 수도 있지 않겠어요? 결국은 자신의 마음이에요."

"사람들은 자신의 불운을 신의 탓으로 돌리기도 하고, 신에게 해답을 미루기도 하지."

"내 비유가 마음에 들지 않았다면 미안해요."

"아냐, 그런 뜻이 아니었어. 아무튼 고마워. 근데 한 가지만 물어볼까?"

"뭔데?"

"영훈 씨가 처음으로 기업을 시작한 지가 언제쯤이었어?"

경희는 아직도 사건의 언저리에서 배회하고 있는 은철이 안쓰러웠다.

　은철은 경희의 제의가 고맙긴 하지만 그녀에게 신세를 지면서까지 매달릴 만큼 절박한 사항은 아니라고 생각했다.

　"6년 정도 지났을 것 같은데. 창립기념일이 그해 10월 언제쯤이었으니까. 그때쯤이었을 거예요, 아마."

　그날 종대의 집에서 본 각서의 날짜는 7월이었다.

　"정권이 바뀌기 전, 야인 시절의 최 이사님이 뭘 했는지 혹시 들어본 적 있어?"

　경희는 실망했다. 그렇게 설득을 했는데도 그는 아직도 제자리에 있는 듯했다. 그러나 경희는 참을성 있게 그의 변신을 시도하기로 했다.

　"그분은 시류에 민감한 분이었던가 봐요. 당시는 여당이 주변기관에 있는 인사들과의 친분도 있었다고 들었어요."

　"뭐 어때! 과거 민주화 운동을 할 때는 같은 동지였을 텐데. 하지만 비애도 적잖이 느끼긴 했을 거야. 한쪽은 개혁을 위한 체력보강으로 진수성찬을 앞에 놓고 있을 텐데, 한쪽은 한숨 섞인 자장면이라니……. 어쨌든 과거 군부 시절부터, 야당 생활은 여간 마음먹지 않고는 할 수 없다고 했었잖아. 같이 어울렸다가도 점심시간만 되면 갑자기 분위기가 서먹서먹해질 정도라고 했으니까. 보다 못한 어떤 한 사람이 마음먹고 그럴 듯한 곳에서 몇 번 총대를 멨다고 하는데, 나중에 알고 보니 마누라 곗돈을 들고 줄행랑을 놓은 돈이었다는 거야. 하하."

　은철은 농담을 섞어가며 분위기를 가볍게 가져가려고 했다.

　"지금은 무슨 일을 하고 있다고 해요?"

　"지금은 정치에 초연한 채 고향에서 조촐한 식당을 하고 있다고 들었어. 요즘 세상에서 흔치 않은 멋진 분이 아닐까? 근데 당시 최 이사님이 친하게 지냈다는 인사가 허춘삼이라고 하는 사람 아니었어?”

“글쎄요. 이름은 잘 모르겠지만 그쪽 우익 인사의 일을 도와줬던가 봐요. 좀 무식한 편인 그분이 친구인 최 이사님에게 시시콜콜한 것까지도 맡겨둘 정도라고 들은 적이 있어요.”

“……..”

은철은 각서를 처음 대할 때의 직감대로 뭔가 매듭이 풀려가는 것을 느꼈다. 최대포의 역할이 눈에 선해 보였다. 쥐뿔도 없는 당시의 영훈이 실세들의 배경을 등에 업고 있는 허춘삼에게 각서를 건네주었다는 것은 지극한 모순이 아닐 수가 없었다. 그러나 그 모순이라고 하는 것은 모든 의혹들을 눈 녹듯이 사라지게 하기에 충분했다. 영훈이 손에 쥐고 있을 어떤 기획을 담보로 허춘삼의 힘을 작용시켜 융자를 성사시켰을 것은 불을 보듯 뻔한 일이었다. 두 사람 사이에서 다리 역할을 했던 것은 당연히 옥만호의 몫이었을 테고…….

그러나 두 사람 사이에 있었던 어떤 갈등이 끝내 살인까지 이어지게 된 것이리라. 최 이사는 어쩌면 협상 테이블에서 무게만 잡고 있는 허춘삼을 대신해서 영훈과 담판을 했을지도 모를 일이었다. 목에 깁스라도 하고 있는 듯이 보스 기질이 강한 허춘삼은 자질구레한 각서 따위는 아예 최 이사에게 맡겨두었을 것이다. 그후 사건은 건달들의 암투로 포장되었고, 권력형 비리에 골머리를 앓고 있는 지금이나 다름없는 그때 역시 검찰이나 경찰 관계자는 사건의 확대에 자신감을 잃고 있었을 것이다.

의문의 열쇠를 쥐고 있는 최 이사 역시 악마들 사이에 있었던 의미 있는 눈짓으로 이루어진 검은 거래에 만족하고 끝내 의문을 제기하지 않았을 것이다. 이번 사건 역시 약점을 쥐고 있는 최 이사의 과욕에서 빚어진 지난번의 연장선상에 불과하다고 은철은 생각했다. 그림은 뚜렷해졌다.

그러나 이 사실을 어떻게 입증할 수 있단 말인가? 그에 대한 답은 정길을 법정에 세우는 일뿐이었다. 그와 영훈은 과연 어떤 관계일까?

가상의 세계에서 만났던 피살자의 표정에서나 기자를 가장해서 찾아갔던 신월동의 국립과학 연구소에서 보여준 부검 사진은 은철의 예상과 일치했다. 강도로 위장하기 위한 흔적들 속에서 결정적인 상처 부분은 오히려 미세하게 보였지만, 그것은 절대적인 경지에 이른 자가 아니라면 도저히 불가능한 것이었다. 적어도 자신을 능가하는 고수임에 틀림없었다.

두 사람이 앉아 있는 벤치 앞으로 연인 사이인 듯한 커플이 시끄러운 수다를 늘어놓으면서 지나갔다.

은철의 긴 침묵에 불안해진 경희는 슬쩍 그를 돌아보았다. 그러나 은철은, 몇 번인가 호의를 베푼 적이 있었던 백수 친구가 알고 보니 재벌의 아들이라는 사실을 알았을 때의 그런 표정을 짓고 있었다. 경희는 마음이 놓였다. 그러나 은철의 다음 말은 그녀를 다시 긴장시켰다.

"그 동안 영훈 씨를 한번 만났었어?"

"아니, 그건 왜?"

"역시 그랬었구나."

"약혼을 했다는 소문은 들었어."

경희는 담담하게 말했다.

"나도 알고 있어. 그 사실을 몰랐더라면 하마터면 경희의 진심을 오해할 뻔했으니까."

"그건 무슨 뜻이야?"

"그건······!"

"그건 뭐야?"

"강영훈이 나와의 어떤 거래를 위해 경희를 통해 수작을 부리는 것
은 아닐까 하고 생각했을지도 몰라."

은철의 말에 경희는 자신의 제의가 부질없는 것임을 알 수 있었다.
그의 집념은 드디어 영훈이라는 대상 앞에서 걸음을 멈추고 주변을 맴
돌고 있는 중이었다. 불안했던 예감대로······.

사실 경희의 제의도 그런 불안감에서 연유했었다. 영훈의 불행을
원치 않았기 때문이었다.

아침부터 내리던 비는 조금 전에 그쳤다.

대기는 음습했고 후텁지근하기까지 했다. 은철과 정두섭은 종팔의
가게에서 5분 정도 걸어갈 수 있는 거리에서 택시를 내렸다. 오늘은
종팔과 만나기로 약속한 날이었다. 전화는 하지 않았다. 이런 경우에
전화를 한다는 것은 자신들의 초조함을 드러낼 뿐이라고 생각한 탓이
었다.

두 사람은 보도를 따라 천천히 내려갔다. 자정이 가까운 시간이었
지만 취객들과 올빼미 데이트족들이 가끔 스치고 지나갈 뿐 거리는 조
용했다.

종팔의 가게가 가까워지면서 두 사람은 긴장하기 시작했다. 맞은편
도로에 주차해 있는 검정색 에쿠스가 신경을 자극했던 것이다. 짙은
선팅으로 가려진 내부는 낮이라고 해도 내부를 분별하기가 어려울 정
도였다. 부근의 심야식당에서 식사를 하려고 잠시 주차시켜놓은 것으

로 생각하면 그만이었다. 그러나 잘 단련된 은철의 감각기능은 사소한 것에도 경계심을 늦추지 않고 있었다.

몸 속의 진기를 끌어올려 내공을 집중시켜 은철의 시야에 들어온 차의 내부에는 네 명의 건장한 사내들이 있었다. 역시 복병은 있었다.

가게의 룸에는 몇 명이 더 대기하고 있을까?

그 중에서도 은철과 눈이 마주친 보안경의 사내가 특히 인상적이었다. 하마터면 정길로 착각할 뻔했었지만 중남미계의 인물로 보였다. 그 역시 은철을 보고 놀라는 표정이 역력했다.

"누구일까? 그자는 나를 알고 있는 표정이었는데."

한눈에 고수임을 직감할 수 있었다. 좀체 잊혀지지 않는 눈빛이었다. 복병을 예상하고 있었지만 그렇다고 여기까지 와서 물러설 수 없는 일이었다. 어차피 종팔의 방에서 부딪힐 것으로 예상하고 그와의 가상대결을 머릿속으로 그리면서 은철은 정두섭과 함께 금맥의 입구로 들어섰다.

"어서 오셔."

사장실에는 종팔 혼자 있었다. 열흘 전의 놀란 쥐새끼 같은 모습은 어디에서고 찾아볼 수가 없었다. 뭔가 단단히 믿는 구석이 있는 모양이었다.

"그 동안 잘 있었소?"

은철이 대꾸를 했다. 정두섭의 일이긴 했지만 본인 자신이 나서는 것은 모양이 좋지 않아 보였다. 정두섭은 그날처럼 입구의 의자에 앉아 담배를 꺼냈다.

"앉으시지."

종팔이 자리를 권했다.

“여자는 어디에 있소?”

은철은 단도직입적으로 물었다. 밖의 사내들을 의식하고 있는 은철은 되도록 일을 빨리 끝내고 싶었다.

“하하, 그 점은 염려 말아요. 내 이번에 형수님을 찾느라고 전국을 헤맨 것을 생각하면 아직도 진땀이 흐를 지경이오.”

종팔은 비윗살 좋게 이죽거렸다.

“그래서 찾았다는 거냐?”

떨어져 앉아 있던 정두섭의 눈이 반짝하고 빛났다.

“그런데 문제가 생겼소.”

“문제라니?”

“저번에 말한 바 있는 교민되시는 분이 먼저 댁들을 한번 만나고 싶다는데 어쩌겠소?”

종팔은 자신감에 차 있었다. 생쥐 같은 자식! 기어코 본심을 드러내는 종팔의 두꺼운 얼굴을 보기 좋게 돌려버리고 싶었다.

“밖의 차에 앉아 계신 분? 보안경을 쓰고 있던데…….”

종팔은 움찔 했다. 짙은 선팅으로 가려진 내부를 뚫어볼 수 있는 은철의 초인적인 능력이 놀라웠다. 어쩌면 그는 게바라와 엇비슷한 고수일 수도 있다는 생각이 들었다. 이제까지의 자신감은 조금씩 사라지고 있었다.

“이왕이면 룸에서 대기하고 있는 친구들도 초대해야겠지. 지금쯤은 하품을 하고 있을 테니까.”

종팔의 이마에는 진땀이 배어났다. 하지만 까짓 거!

수화기를 집으려고 손을 뻗었다. 그 순간 수화기의 벨이 울린 것은 동시의 일이었다.

“응! 나야.”

예상대로 게바라의 전화였다.

“녀석과 타협해서 돌려보내도록 해. 요구하는 대로 응해주고.”

“왜?”

“그럴 일이 좀 있어. 결국은 돈 문제 같은데 시끄럽게 하지 말고 조용히 해결하도록 해.”

“아는 사이야?”

“그런 건 몰라도 돼. 위험하지는 않겠지?’

“별로.”

“그럼, 애들도 철수시켜.”

무뚝뚝한 게바라답게 전화는 간단하게 끊어졌다. 종팔은 알다가도 모를 일이라고 생각했다. 고르고 고른 정예들을 모아놓고도 텃밭에서 활개를 치는 녀석을 털끝 하나 건드리지 못하도록 하다니……. 게다가 그는 녀석들의 몽타주마저 엉뚱하게 지시한 바가 있었다. 종팔은 게바라와 녀석의 관계가 심상치 않다는 사실을 느꼈다. 이제는 다른 방법이 있을 수 없다.

“방금 그 양반에게서 전화가 왔는데, 바쁜 일이 생겨서 만나지 못하겠다는 연락이 왔소.”

“그래요? 그것 참 유감천만인데. 언제 한번 만남을 주선해줄 수 없겠소?”

잔뜩 긴장해 있는 은철의 표정이 부드러워졌다.

“원한다면.”

“그럼 이야기를 다시 시작해 봅시다. 여자를 어떻게 했다고 했소? 오늘 분명히 이 자리에 데리고 온다고 했는데.”

"그런데 그게……."

"그런데라니. 이건 약속위반이야. 내가 성미가 급하다는 것 정도는
알고 있을 텐데. 또 무슨 수작을 하려는 거야?"

종팔은 찔끔했다. 믿고 있었던 게바라 일행들은 이미 떠나가고 없
을 터였다.

"사실은 여자가 있는 곳을 알고 모셔오기는 했소."

은철은 종팔과 관계하고 있는 조직의 세력이 어느 정도인지 능히
짐작할 수가 있었다.

"어디서 데리고 왔소?"

"흑산도에 있었소."

"흑산도?"

어업 전진 기지인 흑산도는 서해의 외딴섬이었다. 고기잡이철이 돌
아오면 뱃사람들만 득실거리는 곳이었다. 몸을 파는 여자들은 거기가
종착역이었다. 그곳 외에는 더 이상 갈 곳이 없었다. 정두섭의 아내는
서울과 지방의 유흥가를 전전하다가 결국은 그곳까지 흘러갔던 것이었
다. 종팔이 난처해한 것도 무리는 아니었다. 여자를 그 지경으로까지
망가지게 한 데 대한 책임을 모면할 수 없기 때문이었다.

정두섭의 눈에서 불꽃이 튀고 있었다. 차라리 종팔의 입에서 그런
말을 듣지 않는 것만 못했다.

"이 개자식!"

순간적으로 이성을 잃은 정두섭이 종팔을 향해 돌진했다. 증오로
불타는 야수로 변한 정두섭의 육탄공세에 종팔은 속수무책이었다. 쿵
하는 소리와 함께 종팔의 몸이 바닥에 나가떨어졌다. 뒤이어 정두섭의
몸이 포개졌다. 맹렬히 덤벼드는 정두섭의 몸을 밀쳐내려고 안간힘을

다하는 종팔의 팔을 정두섭은 이번에는 미친 듯이 물어뜯기 시작했다.

"아악!"

종팔이 비명을 질렀다. 그때 방문이 벌컥 열리면서 들어온 사람은 땅개와 그 일행들이었다. 은철은 슬쩍 고개를 돌렸다. 은철을 보고 잠시 머쓱한 표정을 지었지만 세 사람은 지체 없이 엉겨붙어 있는 두 사람에게 달려가 싸움을 뜯어말렸다.

"아저씨! 왜 이러세요? 말로 하시라니까요."

"네놈들이 상관할 게 아냐. 저리 꺼져."

종팔의 팔을 한 입 베어 물고 있는 정두섭의 말은 당지 웅웅거리는 소리로 들릴 뿐이었다. 싸움은 끝이 날 수밖에 없었다. 웃옷을 벗고 가쁜 숨을 몰아쉬고 있는 종팔의 팔에는 선혈이 낭자했다. 은철의 제지로 본래의 자리로 돌아가 앉은 정두섭 역시 헐떡거리면서 종팔을 노려보고 있었지만 조금 전의 발광 일보 직전의 표정은 아니었다.

은철은, 종팔에게 담배를 권하고 라이터로 불을 붙여주고 있는 땅개에게 시선을 돌렸다. 땅개 역시 은철을 마주 봤다. 그러나 처음 만났을 때의 적의에 찬 시선은 아니었다. 두 사람은 묘한 동류의식을 느꼈다. 보스에게 맹목적인 헌신을 하는 땅개에게서 은철은 진한 사나이의 정을 느꼈다.

"형! 왜 이러세요? 심정은 알겠지만 그런다고 원한이 풀리는 건 아니잖아. 일을 해결하는 데 아무런 도움도 되지 않고. 우선 진정하세요."

"내가 지금 진정하게 됐어? 남의 가정을 박살내놓고 여자까지 몹쓸 지경으로 만들어놓은 비열한 자식을 눈앞에 두고 진정하라니."

정두섭은 여전히 악을 써댔다.

"너 이자식, 잘됐다. 오늘은 내가 물러가지 않을 게다. 너가 죽든
지 내가 죽든지 한번 결판을 내보자."

"형도 참. 아주머니께서도 결점이 있었던 건 사실이잖아. 그리고
아직 확인도 되지 않은 터에 흥분만 하고 있으면 어떡해요? 여기까지
모시고 왔다고 하니 아주머니를 먼저 만나보는 게 순서가 아니겠어
요?"

정두섭은 이제 쉴새없이 담배 연기를 내뱉기 시작했다.

"가서 한 마담에게 여자를 데려오라고 해."

종팔이 젊은이들에게 말했다. 여자를 룸의 어딘가에서 기다리게 해
놓은 모양이었다. 보스의 체면이 말이 아니었다.

"그리고 배 전무도 밖에 나가 있도록 해. 별일 없을 테니까."

종팔은 땅개마저 내보냈다. 더 이상 난처한 꼴을 보여주고 싶지 않
았던 모양이었다. 조금 있다가 한 마담이라는 여우같은 여자의 부축을
받고 한 여자가 방으로 들어왔다. 종팔은 한 마담마저 쫓아냈다. 소파
에 기대앉은 그녀의 실제 나이는 사십대 중반이었지만 겉으로는 나이
가 훨씬 더 들어 보였다.

품질이 좋지 않은 투피스 차림에다 슬리퍼를 신고 있었다. 구두는
신고 왔겠지만 건강이 좋아 보이지 않는 그녀에게 누군가 슬리퍼를 준
모양이었다.

눈동자는 풀려 있었고, 자신이 왜 이런 곳에 있는지 알지 못하는 듯
했다. 알코올중독과 마약이 원인인 듯했다. 정두섭은 기가 막혔다. 이
런 꼴을 보려고 지난 세월을 허비하면서 찾아다녔단 말인가? 지긋지긋
한 과거를 청산하고 남보란 듯이 살고 싶었는데, 왜 이년은 절망밖에
안겨줄 수가 없었을까? 왜 여태 죽지도 않고 어기적거리면서 나타났을

까?

"제기랄."

정두섭은 여자에게서 시선을 돌렸다. 그가 정두섭을 알아봤기 때문이었다. 그녀의 두 눈은 회한으로 젖어 있었다. 용서를 구하고 싶었는지도 모를 일이었다. 그러나 부질없는 것임을 알았기에 그녀의 어깨는 소파의 등받이에서 소리없이 흔들리고 있었다.

"형님! 뭐라고 드릴 말이 없습니다."

잠자코 있던 종팔이 이윽고 정두섭의 앞에 무릎을 꿇었다.

"내가 저지른 일들이 형님에게 얼마나 고통을 주었는지를 생각하면 어떤 말로 용서를 구해도 형님 마음을 돌릴 수 없다는 것은 알고 있습니다."

"어쭈?"

"게다가 형수님까지 이런 지경에 이르도록 만들어놓았으니……. 나는 사실 이제까지 많은 사람들을 망치게 했던 부도덕하고 인정 없는 깡패였습니다. 하지만 이번 일을 겪고부터는 뭔가를 조금은 알 수가 있었습니다. 내게도 아직 한 가닥 남은 양심이 있다는 것을 알았기 때문입니다."

"얼씨구! 웬 국회의원?"

"형수님에 대한 일은 뭐라고 구차한 변명은 하지 않겠습니다. 하지만 형님 앞에서 맹세하겠습니다만, 이 김종팔이 앞으로는 두 번 다시 이런 일은 저지르지 않겠습니다. 남의 불행을 획책하지 않고 사회에 해를 끼치지 않는 선량한 사람으로 다시 태어나겠습니다. 형님!"

종팔은 고개를 숙였다. 얼굴 가죽이 두꺼운 탓에 진실된 말로는 생각되지 않았다.

“짜식! 이빨 하나는 죽여주는군. 그래서 어쨌다는 거야. 또 무슨 수작을 부리려고 그래?”

그러나 정두섭의 말은 조금 전과는 달리 날이 서 있지 않았다. 아내의 꼴을 본 정두섭은 갑자기 산다는 것이 부질없는 것으로 여겨졌다. 종팔은 재빠르게 책상으로 가서 서랍을 열고 봉투 하나를 꺼내왔다. 일이 잘 풀리지 않을 때를 대비해서 만반의 준비를 해둔 것이었다. 그다운 처세였다. 그 동안의 거친 세계에서 살아남을 수 있는 생존법이기도 했다.

“이건 뭐야?”

일 억짜리 수표 한 장이 들어 있었다.

“형님 돈입니다. 그때 내가 썼던 거죠.”

“이 자식, 지금 나하고 농담하자는 거야? 내가 가지고 있었던 게 십억 정도는 됐었는데 겨우 이거 한 장 가지고 합의를 하려고 해?”

“형님! 이해해주십시오. 영업사장 주제에 무슨 돈이 있겠습니까? 돈이 있다면 그까짓 것 가지고 째째하게 놀겠습니까? 성의로만 알고 받아주십시오.”

애걸하는 녀석에게 더 이상 할 말이 없었다. 사장의 가게에서처럼 흥정할 성질도 아니었다. 정두섭은 마지못한 듯이 화난 표정을 잔뜩 지으면서 수표를 안주머니에 찔러 넣고는 은철에게 눈짓했다. 볼일이 끝났다는 뜻이었다.

“형수님은 어쩌시려고요?”

은철은 여자 앞에서 발길을 돌리려고 하지 않았다. 정두섭은 잠시 갈등했다. 측은한 생각이 들었다. 이대로 돌아선다면 그녀의 갈 곳은 뻔했다.

“부축해서 데리고 나와. 난 보다시피 피가 묻었잖아.”

정두섭은 괜히 못마땅한 표정을 짓고 있었다.

이튿날 은철의 앞에는 언제 일어났는지 잠을 깬 정두섭이 아침 준비를 끝내고 소주잔을 앞에 놓고 있었다. 아주머니는 종팔의 가게를 나오자마자 먼저 병원에 입원을 시켰다. 그 상태로는 정상적인 생활이 어려울 것으로 여겨졌다. 적어도 한 달 정도는 안정이 필요했다. 정두섭은 여자를 두고 밤새 고민한 듯했지만, 마음을 정리한 듯이 보였다. 밥상을 사이에 두고 두 사람은 마주 앉았다.

“은철아, 좌우간 고맙다. 네가 아니었다면 이번 일을 이렇게 산뜻하게 해결할 수가 있었겠어?”

“형도, 무슨 말씀을! 나한테는 신경 쓰지 마세요. 앞으로의 일이 중요하잖아요. 형수님도 돌아오셨겠다, 경마장에서 튀길 생각일랑 마시고 이젠 형수님의 행복을 위해 노력하셔야죠.”

“하하, 경마장은 생각만 해도 끔찍하다. 근데 은철아.”

“왜요?”

“이건 내 생각이다만, 녀석에게서 받은 돈의 절반을 네게 떼어주고 싶은데 어때? 그 돈으로도 어렵겠지만, 어쨌든 도장을 시작해보는 게 좋지 않겠어?”

“그런 걱정은 안 해도 돼요. 사건 생각만으로도 머리가 꽉 차 있는데. 아직은 그런 것까지 생각할 여유가 없어요.”

“네 집념은 못 말리겠구나. 그럼, 나중에라도 쓰게 예금이라도 해둘까? 어차피 포기하고 있던 건데 네가 찾아주었잖아.”

“돈이 필요한 건 나보다 형이야. 형은 뭔가를 시작해야 돼요. 몸이 회복되면 형수님도 예전처럼 도와줄 테고……. 그런 다음 궤도에 오르게 되면 얼마든지 형에게 의지할 수도 있는데. 그런 말은 없었던 걸로 하고 앞으로의 일이나 잘 구상해봐요. 가능하면 나도 도와줄 테니까.”

은철은 생각하는 것부터가 달랐다. 자기에게는 없는 막냇동생같이 여겨졌다.

“사건은 어때? 뭔가 기미가 보이기라도 하는 거야?”

식사를 마친 은철이 그릇에 주전자를 기울이고 있었다. 이제는 사건을 정리할 때가 됐다. 어두운 터널의 끝이 보이는 듯했다. 그러나 여전한 의문사항은 정길의 행방이었다. 어떤 식으로든지 비슷한 나이의 수십 명에 달하는, 컴퓨터에 입력되어 있는 정길을 알아낼 수는 있다. 그러나 그는 바보가 아닌 이상 가명을 썼을 것은 너무도 당연한 일이기에 포기하기로 했다.

옥만호와 강영훈의 주변과 의심되는 인물까지 살펴보았지만 아직 정길의 모습은 드러나지 않았다. 그는 어디에 있을까?

과연 그는 한 번 사용하고 거래를 끝낸 떠돌이 청부업자였을까? 그러나 용의주도한 그들이 그런 모험을 할 리가 없었다. 그는 분명히 일정한 거리를 유지한 채 그들의 주변에 잠복해 있을 것으로 생각되었다.

이번 사건의 대담성과 치밀함은 그와 연계시켜 생각하지 않을 만큼 그의 이미지가 물씬 묻어나고 있었다.

“조금씩 가닥을 잡아가고 있는 것 같아요.”

“그래?”

“적어도 내가 당한 사건만큼은 전모를 파악할 수가 있었어요. 그리고 이번 사건에 대해서는 어느 정도 심증이 굳혀졌는데 사건의 열쇠를 쥐고 있는 정길이란 자를 찾아낼 수 없다는 게 문제죠.”

은철은 믿고 있는 정두섭에게만은 자기의 고민을 말해주고 싶었다.

"정길이라면 너를 교도소에 보낸 자 아냐? 그자가 이번 사건에도 관련이 있다는 말이지? 묘한 일이로군. 그렇다면 이번 사건의 배후에 있는 몸통도 그때와 같은 인물로 생각하고 있다는 말이로군."

"거의! 피살된 최대포가 그들과 관련이 있는 인물이었으니까요. 이번 사건은 그때의 것과 별개로 취급할 수 없어요. 그때 일을 알고 있었던 최대포가 어떤 거래를 위해 협박할 수 있었을 거란 정황은 충분히 상상할 수 있으니까. 제거 대상인 그를 작업하기 위해 그때의 정길이를 다시 등장시킨 거죠."

"흠! 정길이라……. 도대체 어떻게 생긴 인물이야? 그림으로 설명해 줄 수 있겠어?"

은철은 볼펜을 꺼내 달력의 뒷면에다 정길의 얼굴을 그리고 있었다. 몇 번의 보완을 거친 후에 완성된 정면과 옆면의 두 개의 그림은 제법 그를 닮아 있었다.

"내가 아는 얼굴은 아니군."

그러나 정두섭은 열심히 그의 얼굴을 뜯어보고 있었다. 언제든지 꺼내볼 수 있었던 종팔이 사진처럼 기억에 저장하고 있는 듯했다.

"특징은 보안경이로군. 거의 쓰고 다닌다면서?"

"그렇죠. 완벽한 특징은 눈에 있다고 봐야 하니까. 보통 때는 평범하게 보이지만 주의를 기울일 때면 눈빛이 달라지니까요. 엄청난 수련의 결과로 보였지만, 그자는 사도의 극악한 무도를 익힌 것 같았어요."

"6년 전의 기억이라면 조금 틀리게 가정해서 봐도 되겠군."

"그렇죠."

"머리스타일을 바꿨다거나, 어쩌면 성형수술도 했을 가정도 할 수 있는 문제 아니겠어?"

"성형수술?"

그의 말은 거대한 사찰의 범종 소리를 연상시켰다.

"그렇지만 아무리 그랬다고 해도 눈만큼은 변화를 줄 수가 없지. 역시 눈에다 중점을 두고 찾아볼 수밖에."

정두섭의 말에 얼핏 떠오르는 인물이 있었다. 어젯밤 짙은 선팅의 차안에 앉아 있으면서 눈이 마주친 남자!

사건이 있던 날, 소매치기한 수표로 금맥을 찾아간 것은 우연이 아닌 당위성으로 인정할 수 있었다. 하지만 그후부터 전개된 몇 번의 우연은 은철을 망설이게 했다.

게다가 그는 남미의 어느 곳에서 왔다고 하지 않았던가?

그러나 그가 종팔과의 약속과는 달리 가게 밖에서 은철을 확인하고는 이상하게도 다툼질에 개입하지 않았던 것은 사실이었다. 은철의 상상력은 조금씩 탄력을 받기 시작했다.

그가 장악하고 있는 가게에 들른 용의자들이 몽타주 작성에 협조하지 않았던 부분도 사실이었다.

사건의 전말을 알고 있는 범인이라면 용의자들이 체포되지 않은 상태에서 항상 경찰의 추격권에 머물러 있어야만 했다. 그러고 보니 교민이라고 하는 그의 신분 역시 생각해볼 여지가 있었다. 정길의 변신이라면 그때의 사건 후 수사가 압축되면서 신분변조가 가능한 남미의 어느 곳으로 날아가서 성형수술과 함께 다른 사람으로 위장했을 가능성은 충분했다. 당연히 그는 국적 세탁까지 했을 것으로 여겨졌다.

그가 다시 귀국을 하게 된 것은 옥만호와 영훈의 성공시대가 시작되면서부터이리라. 큰 물에서 놀면 놀수록 더욱 진가가 발휘되는 그에게 새로운 과제가 주어졌기 때문일 것이다. 굵직한 정보를 제공하는 기관이나 언론관계자는 옥만호와 영훈의 소관 사항이겠지만, 그들과는 다른 차원의 정보나 임무를 위해 금맥말고도 차명으로 된 몇 개의 업소와 위장업체를 그는 소유하고 있을 것이다. 쓰레기들의 청소를 위해 고용하고 있는 그의 부하들은 하나같이 충성심으로 뭉쳐 있는 정예들일 것이다.

과연 그들이 목표하고 있는 것은 무엇일까?

문제의 해결은 허춘삼의 살해범으로 우선 그를 검거한 다음 재판 과정에서 최대포에 대한 혐의를 하나하나 밝히는 것뿐이다. 어느새 은철은 게바라의 눈빛에서 정길을 연상하고 있었다.

은철은 안주머니에서 꺼낸 수첩에 적혀 있는 장 형사의 전화번호를 앞에 놓고 휴대폰의 다이얼을 누르고 있었다.

자신의 능력만으로 모든 것을 파악하기에는 역부족으로 느꼈기 때문이었다.

"은철이, 여기야 여기."

약속한 커피숍에 장 형사가 먼저 와 있었다.

"그 동안 별일 없었어요?"

은철은 의례적인 인사를 하면서 자리에 앉았다. 장 형사는 일행이 없어 보였다. 중요한 소스원과 만날 때는 그의 심리상태를 고려해서 둘이서만 얘기를 나누는 것은 상식이다.

은철은 커피를 시켰고 장 형사는 홍차를 시켰다. 수사본부는 이제 유명무실해졌다. 대책회의는 지난주를 끝으로 열리지 않았다. 슬슬 소속 부서의 일을 챙기고 있었다.

그런데도 은철의 연락을 받고 한걸음에 달려온 것은 그에 대한 기대 때문이었다. 교활한 범인에게 끝까지 당할 수 없다는 오기 탓이기도 했다.

"열흘 전에 최 이사 집에 들러 뭔가 가져간 걸로 알고 있는데, 그것 때문인가?"

뒤늦게 도착한 그가 최 이사의 아들에게 들었을 것으로 짐작되었다. 경찰에 의해 철저히 수색됐을 그곳에서 중요한 단서를 챙긴 것으로는 생각하지 않았다. 본론으로 들어가자는 투의 말이었다.

"부탁 하나 하고 싶어서 왔어요."

"부탁이라니?"

아코디언 소리를 내면서 달려왔던 그의 다리에서 힘이 빠지는 소리가 들렸다.

"하지만 조건이 있어요."

"부탁을 하는 편에서 조건이라니? 어쨌든 말을 해야 조건을 들어줄 수 있잖아."

"안 돼요. 먼저 조건을 들어줘야 해요."

"그래?"

"싫으면 없던 걸로 하죠, 뭐."

분명히 순서가 아니었지만 도리가 없었다. 녀석에게 오늘 또 당하는 건 아닐까? 하지만 은철에게는 이제까지의 정보보다 특별한 것이 있어보였다.

"좋아! 네가 말하는 조건이라고 하는 걸 들어주지. 사나이 대 사나이로."

그의 말 속에서 심상찮은 기류를 감지한 탓이었다.

"내용을 묻지 않겠다는 것과 아무에게도 말하지 않겠다는 거요."

"그게 조건이라는 거야?"

"그래요."

대답은 간단했다.

"좋아. 난 이미 약속을 했잖아."

은철은 남은 커피를 마저 비웠다.

"어떤 사람에 대한 조사를 의뢰하고 싶어서요."

"사적인 거야, 공적인 거야?"

"둘 다. 하지만 현재로서는 사적인 것으로 봐야겠죠."

"조사할 사람은 누구야?"

"방배동에 있는 룸살롱, 알죠?"

"알다마다. 용의자라고 하는 녀석들이 들렀던 곳? 꼴에 고급으로 놀았다고 하던데……."

"그 집 사장이 지분이 얼마 안 되는 영업사장이라는 것도 알고 있어요?"

그건 은철에게 처음 듣는 말이었다. 그곳 역시 수표의 피해자였고, 사건에 협조할 수밖에 없는 업소로 일반적인 공식사항으로만 치부하고 있었던 터였다.

"글쎄."

"가게의 실권을 쥐고 있는 사람이 따로 있다는 거죠."

"그래서 그 사람이 이번 사건과 관계가 있다는 거야?"

"그런 건 묻지 않기로 이미 약속이 되어 있잖아요. 그만해야겠구면."

"아냐. 그냥 한번 해본 말이었어. 신경 꺼어. 그래서?"

은철은 잠시 하던 말을 중단했다. 그리고 은근히 믿지 못하겠다는 표정을 지어보였다.

"그 가게의 실질적인 주인이 남미 쪽의 교민이었어요."

"그래서?"

"그 사람의 인적 사항에 대해 알고 싶어서요. 국적 관계라든가, 관계하고 있는 사람들, 과거의 가족 관계, 한국에서의 생활 뭐 그 정도뿐이죠."

"흠!"

장 형사는 담배 연기를 길게 내뿜고 있었다.

"내가 알기로는, 사업자 등록에도 그사람 이름은 빠져 있을 거예요. 현재로서는 그 사람의 거처를 먼저 파악해서 내게 알려주는 게 제일 중요한 문제죠. 가게를 맡고 있는 김 사장에게는 아예 기대를 하지 않는 게 좋을 거예요. 그렇게 묻는다면 동업 사실까지도 부인할 테니까. 행정적인 서류로 파악이 되지 않는다면 도청이나 미행밖에는 방법이 없을 것 같아요."

"도청이나 미행이라……."

장 형사는 잠시 난색을 표하였다. 그러나 변덕 많은 제보자를 의식해서 속으로만 꿀꺽 하고 말을 삼켰다.

"그런데 나도 한 가지 제의하고 싶은 게 있어."

"뭔데요?"

"협조는 하겠어. 하지만 자네 말만 믿고 수고하는 내게도 무슨 대가는 있어야 하지 않겠어? 말하자면 그럴듯한 미끼 같은 것을 던져줘야 좀더 열성적으로 설치고 다니지 않겠느냐는 말이지."

"물론이죠. 거처만 알려준다면 내가 파악하고 있는 이번 사건의 전
모를 말해줄 수 있어요. 검토를 하고 확인을 하고 늦장을 부리든 말든
그것은 그쪽 사정이고, 내가 알고 있는 것은 죄다 털어놓을 수가 있어
요."

장 형사는 마치 그가 언제나 머리에 둥근 후광을 이고 다니는 그림
속의 인물로 착각되었다.

"그리고 한 가지만 더 양해를 구하고 싶은데……."

장 형사는 어느새 그가 엄격한 상관이라도 되는 듯이 조심스럽게
말했다.

"도청이나 미행이 꼭 필요한 수단이 됐을 때를 가정해서 하는 말이
지만, 사실 내 힘만으로는 무리야. 그때는 내가 중간 단계를 거치지
않고 책임질 수 있는 사람과 독대를 해야겠는데. 그래도 되겠어?"

은철의 눈살이 찌푸려졌다. 그러나 예상된 수순이었다.

"이건 무엇보다도 신중을 기해야 하는 일이에요. 내가 알기로는 모
종의 역할을 하고 있었던 사람인데, 바스락 하는 소리를 냈다가는 혐
의가 있는 사람이라면 어디론가 튀어버리지 않겠어요? 그렇게 되면 모
든 게 도로아미타불이라고요."

"알았어, 걱정하지 마. 내 어떻게 하든지 간에 그 사람의 거처를 알
아볼게."

은철은 휴대폰의 번호를 건네주었고, 두 사람은 커피숍을 나왔다.
은철은 꼭 정길의 검거만은 자기 손으로 하고 싶었다.

영훈은 손에 쥐고 있던 작은 돌을 핏빛 노을이 무성하게 타오르고
있는 수평선 너머로 힘껏 던졌다. 길게 포물선을 그리면서 날아간 돌
은 수면에 닿으며 또 한 번의 작은 포물선을 그리면서 바닷속으로 사

라졌다.

　동해안의 한적한 바닷가. 횟집의 비치파라솔이 있는 탁자에 영훈은 게바라, 아니 정길과 함께 있었다. 영훈은 또 한 개의 돌을 주워 던졌다. 이번에는 한 번, 두 번, 세 번이나 수면에 부딪혔다가 사라졌다. 문득 고향의 바닷가에서 뛰어놀던 어린 시절이 생각나서였다.

　영훈이 자랐던 곳은 P시의 바닷가 언덕에 자리잡고 있던 조그만 고아원이었다. 여섯 살 터울인 형과 함께 고아원에서의 생활이 시작된 것은 네 살 때의 일이었다. 부모와 함께 살던 시절의 이야기는 형의 입을 통해서였지만 여느 가정의 아이들이나 다름없이 행복했었다. 그러나 아기 다람쥐 같은 그들의 보금자리에 먹구름이 밀려들기 시작한 것은 건축업자인 아버지가 무리한 분양사업을 시도하면서부터였다.

　비극의 서막이 열리기 시작한 것은 은행의 융자가 막히면서 사채업자의 고리대금을 쓰면서부터였다. 재기를 위한 아버지의 노력은 눈물겨웠다. 그러나 그것은 홍수에 불어나는 개울물처럼 사채업자의 이자만 늘려줄 뿐이었다. 채무 변제를 요구하며 찾아오는 깡패들의 행패는 날로 극심해갔다. 은행융자를 제외하고도 제법 차액이 남는 집도 그들의 손에 넘어갔다. 경기회복만 되면 문제없을 것으로 여기고 있던 미분양상가 건물도 그들에게 내줄 수밖에 없었다.

　깨끗이 손을 털고 사태의 추이만 지켜봤어도 이런 화는 불러들이지 않았을 것이다. 더 이상 먹이가 없어진 그들은 미인으로 소문난 어머니에게까지 눈독을 들이기 시작했다. 간신히 지탱하고 있던 둑은 드디어 무너져 내리기 시작했다.

　가족들은 야반도주를 할 수밖에 없었다.

　그들의 손길에서 벗어난 가족들은 새로운 환경에 적응하면서 행복

의 탑을 한 층 한 층 쌓아올리고 있었다. 건축기사 자격증을 가지고 있
는 아버지가 대형건설업체에 취직을 했기 때문이었다. 그러나 영훈이
기억하고 있는 지금까지의 생애에서 가장 행복했던 꿈같은 시절은 1년
으로 만족해야만 했다.

그들이 살고 있는 집을 어떻게 알았는지 사채업자의 부하인 깡패들
이 찾아왔기 때문이었다. 그들의 폭력에 시달리던 아버지가 끝내 선택
한 것은 자살이었다.

자신이 죽음으로 남아 있는 빚과 가족의 불행을 모두 안고 가려고
했던 것이었다. 사체가 안치되어 있는 병원에 사채업자가 직접 찾아왔
다. 그 자가 아버지의 죽음을 조문하려고 온 것은 물론 아니었다. 단
지 생사를 확인하기 위해서였다.

아버지의 주검을 확인한 그가 원금의 몇 배를 챙겼음에도 불구하고
자신의 미수에 걸려든, 인간의 영혼까지 빼먹지 못한 것이 끝내 분했
던지 탁 하고 아버지의 얼굴에 침을 뱉었다.

아버지의 죽음은 그의 희망사항과는 달리 가족에게 도움이 되지 못
했다. 오히려 가족을 더욱 큰 불행으로 몰고 갔다.

끝내 어머니는 연대보증을 핑계로 한 그들의 협박에 못 이겨 영훈
과 형을 고아원에 맡겨두고 그들을 따라갈 수밖에 없었다.

어머니가 남겨놓고 간 것은 털실로 손수 짠 따뜻한 스웨터와 돈을
많이 벌어서 3년 후에 찾아오겠다는 약속뿐이었다. 그리고 어머니는
약속을 지켰다.

정확하게 어머니는 3년 후에 다시 나타난 것이었다.

그날 외출을 나온 영훈과 형은 어머니와 함께 여관방에서 하루를
보냈다. 평소 먹고 싶었던 자장면도 배가 터지도록 먹었다. 어머니에

게서 받은 선물케이스를 뜯어보지도 않은 채 들고, 영훈은 여관방의 구들장이 꺼져라 뛰며 돌아다녔다.

이제는 고아원과도 안녕이었다. 소꿉친구인 정아와 헤어지는 것이 서운하기는 했지만 어머니와 함께 살 것을 생각하면 그다지 대수로울 것도 없었다.

그러나 형은 영훈과는 달리 즐거워하는 표정이 아니었다. 그의 눈에는 어머니가 낯설어 보였기 때문이었다. 눈동자는 초점이 흐려져 보였고 피부는 거칠어졌으며, 3년 전과는 비교할 수 없을 정도로 여위어 있었다. 중국집에서 배달한 독한 술을 연신 비우면서도 기운이 없어보였다.

감추려는 눈물을 형에게 들킨 어머니는 기어코 울음을 터트렸다. 방안의 무거운 공기를 영훈도 알아차렸다. 그녀는 자신의 죽음을 예감하고 회귀본능에서 찾아온, 한 마리 지친 짐승이었다. 어머니의 예감이 확실히 어쨌는지는 모르지만, 그녀는 그날 밤을 넘기지 못했다.

고아원에서 처음으로 여행을 다녀온 것은, 성인이 가까워 고아원을 떠날 수밖에 없었던 형과 함께였다. 영화도 보고 아이스크림도 엄청 먹어봤고, 낯선 도시에서 새로운 풍물들을 접하면서 보낸 시간들은 영원히 잊지 못할 추억거리였다. 형은 멋진 이별식을 평소부터 준비한 모양이었다.

그날 밤, 여관에 방을 정한 형은 무슨 볼일이 있다고 하면서 영훈을 혼자 남겨놓고 여관을 나섰다.

형을 기다리며 열린 창문을 통해 무심코 밖을 내려다보고 있는 영훈의 눈에 갑자기 펑 하는 소리와 함께 멀리 떨어진 건물에서 집채 만한 화염이 솟아오르는 것을 보게 된 것은, 형이 외출한 뒤 한 시간 정도의 시간이 지난 뒤였다.

여기저기서 사람들의 웅성거림과 함께 화재 현장으로 떼지어 몰려가는 발소리들이 분주하게 들렸고, 소방차들의 사이렌 소리는 고막을 찢는 듯했다.

형이 방문을 열고 들어온 것은 바로 그때였다. 아무렇지도 않은 듯이 웃옷을 벗어 걸고 있는 형의 몸에서는 종류를 알 수 없는 기름냄새가 났다. 형은 마치 불꽃놀이라도 즐기려는 듯 창문 쪽으로 다가서며, 거대한 불기둥을 이루고 있는 화재 현장을 지켜보고 있었다.

화염은 밤하늘을 붉게 물들이고 도시 전체를 태울 듯이 혓바닥을 날름거리고 있었다. 현장의 뜨거운 열기가 그곳까지 날아들고 있었지만, 형은 아랑곳하지 않았다. 야릇한 형의 기분이 영훈에게도 전달되었는지, 그 역시 가슴에 묻어두고 있었던 응어리가 떨어져나간 것처럼 솟아오르는 불길 속에서 어떤 희열을 느끼기조차 했다.

이튿날 사람들의 말에 의하면, 소방대원들의 필사적인 노력 덕분에 불길은 더 이상 번지지 않고 진화되었다고 했다. 그리고 평소에 평판이 좋지 않았던 사채업자와 지역의 깡패 한 사람이 불길 속을 빠져나오지 못한 채 현장에서 숨진 채로 발견되었다고 했다.

"승산은 있어?"

정길은 아니, 영철은 수평선 쪽으로 시선을 주고 있는 영훈에게 물었다.

"현재는 20 대 80 정도. 하지만 막상 뚜껑이 열리면 틀려지겠지."

두 사람은 며칠 후에 있을 야당 경선의 개표 결과를 놓고 의견을 주고받고 있었다. 영훈의 표정은 밝아보였다.

이영만 총재와 박 부총재, 그리고 옥만호의 3자 대결로 가시화되었

던 경선은, 이 총재의 미흡한 인식변화와 민주적인 경선에 회의를 느
낀 박 부총재의 경선 포기가 아닌 느닷없는 탈당으로 인해 경선은 두
사람의 대결로 압축되었다.

그녀의 탈당으로 위기의식을 느낀 당은 또 한번 출렁거리고 있었다.
매사에 평지풍파만 일으키고 다닌다며 비난의 화살을 날리던 측근 의
원들도 숨죽인 채 그녀의 행보에 촉각을 곤두세우고 있었다. 뒤늦게
자성론이 불거져나오기도 했다. 복당을 추진하는 세력도 나타났다. 그
러나 다행히도 입맛에 맞지 않는 기존 정당과는 차별화를 선언하고 박
부총재는 정동중의 자세를 취하고 있었다.

상대 후보와 연계라도 된다면?

끔찍한 가상의 시나리오에 간담이 서늘했던 이영만은 그제야 가슴
을 쓸어내렸다. 그러나 그의 태도에는 많은 변화가 생겼다. 우선 총재
직부터 사임했다. 그리고 많은 의원들의 지적 사항이 되기도 했던 측
근의 가신 몇 명도 읍참마속(泣斬馬謖)의 심정으로 솎아냈다.

두 사람만의 맞대결로는 흥행의 요소가 반감될 것을 우려한 이영만
은 파격적일 만큼 세심한 부분까지 옥만호를 위해 배려해주었다. 불공
정 경선이라는 시비가 생길 요소는 근본적으로 차단했다. 대의원과 국
민 참여율을 반반으로 한 선거인단에게 이제는 좋은 성적표를 받기 위
해 필드로 뛰쳐나가 선의의 경쟁을 벌일 일만 남은 셈이었다. 물론 이
영만은 자신만만했다.

"의원님은 무슨 생각을 하고 계셔? 물론 차기를 겨냥해서 경선에
나섰겠지?"

영철은 영훈의 심중이 궁금했다.

사실 옥만호 자신도 경선 제의가 들어오기 전만 해도 그런 생각을

했을 것이다. 이영만을 뛰어넘기에는 그의 벽은 너무도 높고 두터운 것으로 여겼기 때문이었다. 그러나 지난 4년 동안의 그의 행보는, 대세론에 안주하고 있었던 그의 주변에 포진하고 있던 장애물들을 하나씩 제거해 나갔고 변화시켰다.

현대사의 진화에 대한 시대의 흐름을 겸허히 수용하면서 권위주의와 파벌보다는 생산적인 정치를 지향하며, 불우한 이웃이 날로 늘어가고 있는 우리 사회의 구조에도 눈을 돌릴 줄 아는 그의 조용한 행보는 개혁 성향의 의원들은 물론 내색은 하지 않지만 많은 의원들의 공감을 이끌어내고 있었다.

집권 여당에게는 괴물로 인식되고 있는 메이저 언론과의 관계도 비교적 부드러웠다. 무시할 수 없는 영훈 회사의 광고물 탓이기도 했다. 영훈의 손을 통해 나가는 은밀하고 대가성 없는 돈은 일부 의원들에게는 중요한 자금원이 되면서, 그들을 우군화시켰다. 경선 열기가 조금씩 달아오르기 시작하면서 옥만호는 서서히 자신감을 보이고 있었다.

상대당의 후보 경선은 조금씩 열기가 식고 있었다. 일곱 명의 주자 가운데 네 명이 중도 포기한 상태였다. 경선 초기만 해도 다크호스 정도로 여기고 있던 노삼택 후보의 돌풍으로 인해 걷잡을 수 없는 소용돌이 속에 휘말렸다가 조정 국면에 접어든 지금은 별다른 변수만 없다면 그의 승리는 확정적이었다. 음모론이나 보이지 않는 손의 개입을 주장하는 상대 후보의 공세도 만만찮았지만, 자질론이나 급진적인 개혁 성향에도 불구하고 그의 후보 수락 연설은 초읽기에 들어간 것으로 보였다. 본선에서 만날 이영만과의 여론조사에서도 무려 20%나 앞서 있었다. 기성정치에 식상한 민의의 흐름을 보여주고 있었다.

"초기에는 그런 생각도 없잖아 있었겠지. 경선을 제의 받았을 때는 당원으로서의 의무로 여기고 계셨으니까. 하지만 상황은 많이 변했어. 벌써부터 지각변동을 예고하는 균열이 감지되고 있어. 캠프에는 비주류 인사는 물론이고, 당의 중진들도 모습을 보이고 있으니까. 의례적인 예의 차원이라고 할 수도 있겠지만 유동성을 내포하고 있다는 뜻으로 생각해도 되지 않을까? 현재 그분들과의 접촉은 장인 되실 분이 맡고 계셔."

머지않아 영훈의 장인될 사람은 5선의 고참 중에서도 왕고참이었다. 전직 대통령들과의 교분도 각별했지만, 정치 신진들을 위해 모든 당직에도 초연하고 있었으며, 정치일선에서는 한 발 비껴나 있는 듯한 그였다. 자신의 사업에 바람막이 역할로 만족하고 있는 그였지만 결정적인 순간에는 그의 의중에 촉각을 곤두세우는 언론이나 의원들이 많았다.

"문제는 바람이야. 민의의 표출에 소극적인 보수정당이 선거인단이지만, 그들의 정치적인 욕구를 새로운 비전으로 채워줄 수 있는 대상을 발견할 수 있다면 쉽게 열광할 수 있다는 말이지. 하지만 투표함이 가까워지면서부터 갈등을 느끼겠지."

"상대당의 후보를 의식하니까. 과연 이영만이 아닌 다른 후보로도 승리할 수 있을까 하는 의구심은 누구라도 갖게 될 테니까."

"그러니까 그런 우려를 하루빨리 불식시키는 것이 최대의 관건이야. 변화를 선도하는 진보세력에게 발목이나 잡는 색깔론보다는 오히려 상대방보나 한 발 앞선 참신한 정책개발과 시대의 요구에 발빠르게 대처할 줄 아는 합리적인 개혁의 이미지로 이영만의 얼치기 보수를 흔들어놓아야만 한다는 거야."

"결국은 바람이로군. 그러니까 동생은 선거인단의 반을 차지하고

있는 국민 참여자들에게 승부를 걸겠다는 말이로군. 내가 맡은 역할도
그쪽이니까."

"물론 순수한 참여자도 있겠지만 대의원의 힘에 작용하는 표도 있
겠지. 하지만 그다지 소속감을 느끼지 않는 그들로서는 선택의 폭이
자유로울 수도 있다는 거야. 여당의 후보 경선에서도 봤겠지만, 대세
론이 무너지면서 그들은 대안론에 표를 던졌을 뿐이야. 상황은 유리하
게 돌아가고 있어. 새로운 정치세력으로서의 안정감을 보여주면서 한
시 바삐 대세론을 잠재우는 것이 승리의 지름길이야."

"지구당 위원장은 얼마나 확보하고 있어?"

"20% 정도의 잠재적인 동조자로 분류하고 있는 사람들까지 우리
표로 끌어들일 수 있다면 좀더 늘어날 수도 있겠지. 그러나 이번 경선
은 수의 논리로만 일희일비할 성질이 아냐. 많이 뺏느냐 주느냐, 어쨌
든 그런 형태로 끝날 테니까."

언제나 한 발 앞서가는 총명한 동생의 성공을 위해 헌신하는 그는
마침내 영훈에게도 기회가 찾아온 것을 느꼈다.

"그 정도만 해도 대단한 수확이야. 상대당의 후보는 현역의원 겨우
한 사람만의 협력만 가지고도 골리앗을 이겼잖아."

"원군은 또 있어."

"어떤 건데."

"이미 정보화의 시대로 접어든 인터넷과 네티즌을 이용하는 거지."

"흐음!"

"나는 이걸 벌써 몇 년 전부터 조직화하고 활용하고 있었어. 물론
기업의 활동을 위해서였지만 작년에는 관련기업을 인수한 바도 있어.
내게는 프로들이 우글거리고 있어. 물론 상대쪽도 대비하고 있는 건

사실이야. 하지만 스파이를 잠입시켜본 결과 원시인에게 돌팔매를 당할 수준밖에 되지 않더군. 인터넷마케팅의 기법을 활용한 홍보팀을 가동 중이야."

"격세지감을 느끼는군. 당시 우리가 치른 그때의 선거는 소총에 대검을 착검하고 벌리는 육박전 수준밖에 안 되잖아."

영훈이 웃었다.

"그래도 형이 입수해준 전국적인 선거인단 명부는 컴퓨터를 갖고 있는 사람이거나 아니거나 상대방에게 치명적인 내상을 입혀줄 수 있는 보물덩어리야. 적어도 우리에게 세뇌된 사람들은 기권을 하지 않고 투표소에 갈 사람이거든."

영철은 기분 좋은 표정으로 영훈을 쳐다봤다.

"하지만 경선은 상대당과는 달리 쉽게 결과가 나올 것 같지 않아. 우리 사회에 깊이 각인된 보수의 벽과 당의 정체성에 대해 의외로 고민하는 사람들이 많으니까……."

"게다가 그들은 숫자상으로 우리를 압도하고 있고……. 결국은 바람을 일으키느냐 마느냐 하는 싸움이로군. 그런데 동생."

영철은 의미심장한 눈빛으로 의자에 앉은 채 영훈을 쳐다봤다. 영훈에게는 좀체 보이지 않던 안광이 보안경 속에서 이글거리고 있었다.

"만일 이번 경선이 의원님의 승리로 돌아간다면?"

영철의 잔뜩 긴장된 표정과는 달리 영훈은 잘생긴 얼굴 가득히 활짝 웃음을 지었다.

"여당이 후보는 꺾을 수 있다고 봐. 같은 개혁 성향의 두 사람이 맞붙는다면, 물론 어려운 싸움이 되겠지만 결국 나는 선생님의 손을 들어주고 싶어."

"그런 다음에는?"

영철은 갑자기 갈증을 느끼고 탁자 위의 음료수병을 집었다.

"선생님의 꿈이 펼쳐지는 거야. 물론 정치라고 하는 것이 과거와 같은 일인지상주의로 흘러가지는 않아. 지금은 시스템의 시대야. 그러나 적어도 지금과 같은 모순덩어리 세상만큼은 확실히 변화시킬 수 있다고 생각하고 있어. 선생님의 본질을 굳이 말한다면 사회적인 시장경제론자라고나 할까? 하지만 경선 도중에 품 들여가면서 그런 것을 어리석게 강조할 필요는 없겠지. 다른 말로도 얼마든지 포장할 수도 있지, 어차피 세상은 승자의 것일 테니까. 안 그래?"

영철은 이번에는 동생의 말을 조용히 듣고 있었다. 그러나 마음 속으로는 불만이 일어나지 않을 수 없었다. 단지 스승의 성공만을 위해서라면 그 동안의 노고와 대가는 너무나 컸고, 지금은 위험에까지 직면하고 있기 때문이었다.

"나는 선생님과 생각을 같이 하고 있어. 우리는 이미 통치이념을 완성시켜놓았어. 집권 후의 구상에 대한 모든 것도……. 어쩌면 국시에 위배되는 것인지도 몰라. 하지만 우리 사회에서는 혁명적인 이런 과업을 어떤 대가를 치르더라도 거쳐야만 비로소 세계 어느 곳에서도 이루지 못했던 복지와 분배의 정의가 실현되는 이상적인 국가가 완성될 수 있는 거야. 물론 이것은 공개할 수 없는 것들이야. 선생님의 임기 중에는 실현 불가능한 것들이기도 하고. 선생님의 임무는 개혁 조급증에 빠져 실패했던 이제까지의 전례를 참고삼아 우리들의 이상을 실현시킬 수 있는 토양을 마련하는 것으로 충분해. 그래서 나는 다음 총선에 국회위원에 도전하기로 결심했어. 선생님의 일을 측근에서 도와주기 위해서야. 그리고 많은 세월이 필요하지 않을 거야. 나는 선생님이 다져놓은 길을 따라 내가 꿈꾸고 있는 세상을 보란 듯 이루고 말 거야."

그제야 영철의 얼굴이 활짝 펴졌다.

사상이나 이념 따위는 영철로서는 아무래도 좋았다. 영훈이 피력해 보인 실체가 무엇인지는 모르지만 영철은 동생이 대견스러웠다. 이제까지의 수고와 노력이 헛되지 않았음을 새삼 확인할 수가 있었다.

그러나 뭔지 까닭 모를 불안감은 그를 긴장시키고 있었다. 영훈의 말에서도 느낄 수 있었지만, 요즘 들어 자신의 주변을 조여오는 듯한 의문의 그림자를 의식하면서부터였다.

종팔의 가게 앞에서 은철을 확인하면서 그 느낌은 더욱 현실로 굳어졌다. 영철은 본능적으로 위기를 직감했다. 경찰의 냄새도 맡을 수 있었다.

"동생!"

영훈은 다소 들떠 있는 듯했다. 얼음처럼 차가운 이성의 소유자인 그도 자신의 포부를 생각할 때만은 버릇처럼 몸이 떨리곤 했다.

"그런데 문제가 생겼다."

"뭔데?"

"아무래도 경찰의 움직임이 심상찮아. 그리고 6년 전에 있었던 허춘삼 사건 때 교도소에 갔던 녀석이 주변에서 맴돌고 있어."

"흠! 그 녀석이 나왔다고? 혹시 은철이라고 하는 녀석 때문에 과잉 반응을 하는 건 아냐?"

"아냐, 이건 내 직감이지만 분명히 뭔가 있는 것 같아."

고도의 수련으로 인해 인간의 한계를 뛰어넘는 그의 의식 세계에서 뭔가 감지되고 있는 것이 있다면 예사로운 것이 아니었다.

“확실해?”

“거의.”

“수사를 끝낼 것 같은 말을 들었는데 갑자기 설치는 이유가 뭘까?”

“새로운 단서를 포착했을 테지.”

“강도 쪽이 아니라면 수사 초기처럼 내게도 찾아오는 녀석이 있을 텐데 그런 건 없잖아.”

“글쎄.”

“좌우간 거머리 같은 녀석이었어. 공갈 협박을 일삼는 놈이 죽음을 자초한 것뿐이었어. 분수를 알았어야지. 우린 양심에 꺼릴 것은 아무 것도 없어.”

“적어도 동물의 세계에서는……. 오히려 그곳에서는 정의라고도 할 수 있겠지.”

“……”

영훈은 잠시 뭔가를 생각하는 듯했다.

“당분간 내가 잠수하는 게 어떨까? 나만 찾지 못한다면 범행을 입 증할 수 있는 방법이 없잖아? 허춘삼 때처럼 잠시 나갔다오면 안 될 까?”

“그건 안 돼.”

“왜?”

“지금은 중요한 시기야. 일생일대의 도박에 승부를 걸어야 할 때라 고. 어느 때보다 형이 필요해. 형의 조직이 가동되지 않으면 이번 경 선은 이길 수가 없어. 게다가 확실하게 파악된 것도 없잖아? 사태의 추이를 지켜보면서 대비책을 세우는 게 어때?”

“하지만 위험을 느낄 때쯤은 이미 늦을 수도 있어. 내가 체포되는 상황이라도 생기면 그때는 너도 없고 의원님도 없다는 걸 알아야 해."

"무슨 소리를 하고 있는 거야? 주사위는 이미 던져졌다고. 형답지 않게 이런 기회를 걷어차고 비겁하게 도망하려는 거야?"

영훈의 음성이 갑자기 격양되고 있었다. 영철에게는 고아원을 떠난 후 처음으로 철부지 동생으로 생각되었다.

"그게 아냐. 우선 냉정을 찾고 내 말을 들어봐."

"그런 말은 듣고 싶지 않아. 내게 지금 중요한 것은 단 한 가지뿐이야."

영훈은 막무가내였다. 상실에 대한 초조함으로 영훈은 흥분하고 있었다.

"나는 세상을 저주하고 있어. 형은 과거의 불길 속으로 그놈들을 밀어넣은 것으로 만족하고 있을지 모르지만 나는 아냐. 그놈들은 여전히 죽지 않고 세상을 비웃으며 활보하고 있어. 허춘삼으로 나타나기도 하고 최대포로 변신을 하기도 하고, 교활한 성직자로 둔갑하기도 하는 거야. 그들은 영원히 없어지지 않아. 이건 우리만이 겪었던 비극이 아냐. 이 세상은 온통 악마들의 흉내만 내려 하고 있어. 이웃의 불행은 외면한 채 내 자식, 내 가족만 챙기는 이기주의자들만 득실거리고 있어. 세상은 온통 썩고 더러운 쓰레기들의 악취만 진동하고 있어. 나는 이 사회의 왜곡된 구조를 뿌리째 뽑아버리려 하고 있어. 그런데 이런 순간에 형이 그런 생각을 하고 있다니……."

영훈의 눈에는 불꽃이 일고 있었다. 그리고 그의 목소리는 자신도 모르게 악마에게 영혼을 팔아넘긴 자의 탁하고 갈라진 음성을 닮아 있었다.

영철은 한가롭게 물살을 따라가고 있는 고기잡이배를 보고 있었다.

그러나 갈등하고 있었다.

"미안해, 내가 잠시 흥분을 했었던가 봐."

"아냐! 괜찮아."

영훈은 배 위를 선회하고 있는 갈매기들을 보면서 말했다.

"내키지 않으면 직접 나서지 않아도 돼. 조정은 할 수 있잖아? 형의 역할은 경선 기간 동안이면 충분해. 그리고 형이 우려하고 있는 것은 내가 경로를 통해서 알아볼게."

야당의 국민 경선은 인천, 울산, 강원, 제주를 거쳐 오늘은 이제까지의 선거인단수에 맞먹는 대구, 경북의 대회전을 남겨놓고 있었다. 애초부터 어떤 노림수에 의해 획책된 것인지, 아니면 당에 활기를 불어넣고 후보에 대한 붐을 조기에 확산시키고자 하는 의도에서였는지 모르지만, 상대당의 경선 시도는 그림 같은 드라마를 연출하면서 성공적으로 막을 내렸다고 할 수 있었다.

계속되는 실정으로 체념 상태에 빠져 있는 선거인단에게 광주 경선이 있기 전에 실시한 모 방송국과 신문사의 여론조사에서 노삼택이 이영만을 꺾을 수 있다는 조사 결과는 광주의 선거인단에게 재집권에 대한 희망의 불꽃을 지펴주었다.

그래서 노삼택은 대망의 후보를 거머쥘 수가 있었고, 국민 경선제도는 세습적인 양위형태의 권력승계를 지양하고, 앞으로의 한국정치사에 변화의 큰 획을 긋게 되었다.

야당의 경선열기는 상대당에 비해 미미한 수준에서부터 시작되었다. 이영만의 카리스마가 워낙 강했던 탓에 지구당 위원장이나 일부 대의원을 제외하고는 일반국민들에게는 옥만호를 대선을 위해 몸을 푸

는 스파링 파트너 정도로 여기는 분위기였다. 그러나 시간이 지나면서
부터 야당의 경선 역시 조금씩 이상 조짐을 보여주고 있었다.

그것은 인터넷상에서 한여름의 소나기구름처럼 몰려오는 이영만에
대한 파상공세였다.

경선이 시작되기 전에 여론조사에서 노삼택 후보에게 압도적인 우
위를 보였던 라이벌 후보가 광주 경선을 시작으로 역전을 당하면서부
터, 드디어 가열된 이념논쟁을 시작한 내용들이 주류를 이루었다. 연
일 그가 토해내고 있는 것은 노 후보의 정치여정에서 드러난 좌파적
이념에 대한 핵심을 찌르는 비판들이었다.

소속당의 정강정책인 중도개혁 노선을 이탈하여 많은 국민들이 외
면 속에 진행되고 있는 자당의 대북정책에도 용기 있는 설복을 잊지
않았다. 많은 사람들의 공감을 이끌어내기도 했다.

그러나 끝내 그는 좌절하지 않을 수가 없었다. 정권 재창출을 위한
열망 앞에서는 아무리 그의 주의주장이 뛰어난 것이라고 해도 대중적
인 인기와 바람 앞에서는 함량미달로 여겨졌기 때문이었다. 문제는 여
기서부터 불거졌다.

상대당의 치열한 이념논쟁에도 불구하고 보수 우익을 대변한다는
이영만의 목소리가 실종되어버린 것이었다. 상대당의 후보가 연일 발
언 수위를 높여가고 있는데도 그는 수수방관만 하고 있었던 것이다.

다소 부푼 감은 있지만 좌익세력이 4백만을 헤아린다는 어느 월간
지의 대문짝만한 제목에서 시사해주듯, 이 정권 하에서 좌파의 팽창
속도는 가히 기하급수적이라고도 할 만했다. 물론 부의 쏠림 현상과
사회적인 모순에서 원인을 찾아야겠지만 아직도 대부분을 차지하고 있
는 상식 수준의 보수적인 사람들은 조금씩 불안해하고 있었다. 우익을

대변하는 목소리들이 현저하게 줄어들었기 때문이었다.

공동 정부의 한 축을 담당하고 있었던 노정객이 빗속의 고속도로를 질주하고 있는 유조차와도 같은 현 정권의 제동장치 역할을 충실히 해준 덕분에 그나마 충격이 덜했지만, 고스톱의 국화처럼 열끗짜리에도 끼여들고 피에도 왔다갔다하는 분주한 정치행보 탓에 그의 말에 진지하게 귀를 열고 있는 사람은 그다지 없었다.

사람들의 눈과 귀는 자연스레 이영만에게 쏠리고 있었다. 그러나 지난 4년 동안의 그의 정치는 많은 사람들을 실망시켰다. 날치기나 의원 빼가기 등의 국회 현안이나 차기 대선에서 걸림돌이 되는 검찰이나 관련기관의 인사에만 민감한 반응을 보였을 뿐, 낡아빠진 사회주의도 경도되고 있는 현 정권의 정책에는 승자의 전리품으로 인정하는 듯한 어정쩡한 자세를 보였기 때문이었다. 이러한 그의 모순은 인터넷상에서 캠페인을 벌이고 있는 정체불명의 사람들에게 호재를 만들어주었고, 상대당 후보의 노사모 회원들과의 연계로까지 발전되고 있었다.

이영만의 추락은 인터넷을 지배하고 있는 자들 모두가 원하는 바였기 때문이었다.

그러나 이영만의 정치 상품은 누가 뭐라고 해도 보수다.

그런데도 변화를 추구하는 개혁 성향의 청년층과 함께 다양한 목소리마저 껴안으려고 하는 그의 과욕은 어느새 오늘의 이영만을 있게 한 보수의 이미지를 희석시키고 있었다.

진보와 개혁을 우군으로 둔 집권 여당의 후보와 겨루게 될 이영만은 전가의 보도인 색깔론으로는 적어도 상대 후보를 잠재울 수 없게 되었다. 승부는 그의 도덕성으로도 낙관할 수 없게 되었다.

정책으로 판가름할 수밖에 없게 되었다.

일찍이 군사정권 이래로 면면히 이어져온 동서 지역대결에서 동방 불패의 신화는 이영만의 대에서 심하게 흔들리고 있었다. 사람들은 대 안론에 대해서 조심스럽게 생각하기 시작했고, 옥만호에 대한 호기심 이 차츰 고조되고 있었다.

그러나 아직은 때가 무르익지 않았다. 지난주에 있었던 선거인단 수 2천3백여 명의 인천 경선은 과거 체육관 선거를 방불케 하는 80% 의 투표율을 보였다. 이영만이 기선제압에 얼마나 심혈을 기울였는가 를 보여준 한 판이었다.

스코어는 8 대 2. 겨우 골드게임을 면한 옥만호의 참패였다. 그러 나 옥만호는 조금도 위축되거나 실망하지 않았다. 오히려 결과를 당연 한 듯이 받아들였다. 이영만의 전력투구에도 불구하고 별다른 권력 누 수 없이 표로써 화답해준 우군의 신뢰에 만족하는 빛까지 어려 있었다. 전력점검 차원과 상대방의 예봉을 피하기 위해 그다지 노력을 기울이 지 않은 첫번째 경선 결과였다.

"그래! 이제부터야."

옥만호의 두 눈은 모든 것을 용해시켜버릴 듯이 이글거리고 있었다. 옥만호의 희망사항대로 사태가 조금씩 호전되기 시작한 것은 다음 경 선 지역인 울산을 거치면서 30에 턱걸이를 했고, 선거인단 수는 보잘 것 없었지만 제주와 강원 지역에서는 어느새 40에 육박하고 있었다. 전체적인 표로 계산하면 극히 미미한 숫자였지만 상징성은 무시할 수 없었다.

태고의 숨결을 간직한 채 꿈쩍도 하지 않아 보이던 휴화산의 내부 에서는 이미 활발한 화산활동이 시작되고 있었다.

귀족의 이미지를 불식시키기 위해 이영만이 오늘의 경선 장소인 대구에서 삼류 호텔을 나와 측근들과 들른 식당에서 4천 원짜리 점심식사를 마친 표정은 밝아보이지 않았다.

물론 된장찌개에 생각보다 적은 우렁이 들어 있었던 탓은 아니었다. 어느새 지척거리까지 추격해 온 옥만호를 의식해서였다. 이대로의 추세가 계속된다면 추월당할 수도 있다는 불안감이 스멀스멀 일어나기도 했다. 며칠 전에 있었던 TV 토론에서는 완패를 자인할 수밖에 없었다. 토론에 임하는 그의 준비는 완벽했다. 마치 길목을 지키고 있다가 흠씬 두들겨주고 다시 골목에서 기다리고 있는 깡패녀석을 대하는 기분이었다.

정치생활의 대부분을 엘리트코스로만 일관한 그로서는 들도둑 같은 옥만호의 생소한 전략전술에 말려 끝내 출구를 찾지 못한 채, 미로 속을 우왕좌왕하다가 보낸 지겨운 하루로 생각되었다. 그는 더 이상 자신이 선택한 교수 출신의 만만한 어제의 옥만호가 아니었다.

이영만은 잠시 눈을 감았다. 그를 보좌하고 있는 측근들을 한 사람씩 떠올려보기 위해서였다. 그러나 그런 대응책을 마련해준 지략 넘치는 모사가는 좀체 생각나지 않았다.

"그는 누구일까?"

의문의 인물도 인물이지만, 그를 발탁한 옥만호의 안목을 이영만은 어느새 두려운 마음으로 생각하고 있었다.

경선을 성공적으로 마무리지은 후에 초야의 기품 있는 선비를 만나보기로 했다. 가능하면 자기 사람으로 만들고 싶었다.

경선 장소인 대구 체육관으로 가기 위해 이영만이 자리에서 일어날 때, 은철은 이미 체육관에 도착해 있었다.

은철은 모자를 깊숙이 눌러쓰고 두꺼운 안경을 쓰고 있었다. 물론 은철이 찾는 인물은 게바라였다.

장 형사와 만난지도 일주일이 지났다. 파트너인 황 형사와 주변을 캐고 다니고 있긴 하지만, 아직 뾰족하게 건진 것은 없다고 했다. 국적부터 모호한 상태에서 관계기관에 협조를 구하기도 난감했다. 그러나 수사의 범위가 한정되어 있는 관계로 언젠가는 걸려들 것으로 낙관하고 있었다. 말은 그러했지만 느긋한 그의 성격으로 봐서 뭔가 실마리를 잡고 있는지도 모를 일이었다.

경선장에서 게바라의 모습은 찾아볼 수가 없었다. 한 번만 더 그를 볼 수 있다면 정길과 구별할 수 있을 것 같았다. 은철은 거의 두 사람을 동일인물로 단정하고 있었다. 물론 영훈도 보이지 않았다. 옥만호의 경호를 맡고 있는 청년들을 주시해봤지만 게바라의 수하인 듯한 느낌은 들지 않았다. 그들은 보다 은밀하게 움직이는 것으로 여겨졌다.

경선장은 입장하는 선거인단으로 차츰 메워져가고 있었다. 연예인들을 동원한 화려한 식전 이벤트는 먼 옛날 전설 속이 이야기인 듯 분위기를 띄워보려고 틀어놓은 스피커에는 지직거리는 잡음이 섞이기는 했지만 한참 주가를 올리고 있는 십대 스타들의 내용을 알 수 없는 노래가 그런 대로 흥을 돋우고 있었다.

상대당에서는 선거인단 모집 경쟁률이 50 대 1이 넘는 곳도 있다고 했지만, 조직을 확대할 돈도 없고 바람을 일으키는 도전적인 요소도 없는 야성을 잃은 야당으로서는 선거인단 모집에 그다지 열성을 보이지 않은 듯했다.

지구당 위원장의 설득이나 제 발로 찾아오는 사람들에게 원서를 받는 정도라고 했다. 그러나 지금의 분위기는 뭔가 달라보였다.

이윽고 주최측이 나눠준 막대풍선을 치켜들고 후보의 이름을 연호

하는 선거인단 사이로 후보들의 모습이 보이자 경선장은 열기로 휩싸이기 시작했다. 먼저 등단한 사람은 이영만이었다. 우레 같은 박수 소리에 파묻혀 청중들의 성원에 화답하는 제스처를 길게 보인 후, 그는 마이크 앞으로 다가섰다. 그는 역시 침착했다.

"존경하는 대구 경북 시민 여러분! 역사 이래 유례가 없는 부정과 부패로 얼룩진 지금의 정권을 갈아치우기 위해 대통령 후보 경선에 나선 이영만이 인사드리겠습니다."

이영만은 또 한 차례의 박수를 유도한 후에 말을 이었다. 대중연설에 이골이 나 있는 그로서는 극히 자연스러운 여유였다.

그때였다. 옥만호의 핵심 선거 참모인 K 의원이 어디선가 걸려온 전화를 받고 바쁜 걸음으로 체육관 밖으로 나가는 모습이 은철의 눈에 들어왔다. 은철이 이내 그의 뒤를 따랐다.

체육관 밖으로 나온 그는 사방을 둘러보다가 길가에 잠시 세워놓은 차에서 내려 손을 번쩍 들고 있는 남자에게 다가갔다. 은철은 긴장했다. 건장한 남자의 얼굴이 어디선가 한 번쯤 본 기억이 있었던 탓이었다. 두 사람은 차 속으로 모습을 감추었다. 차는 검정색 에쿠스였다. 그제야 은철은 종팔의 가게 앞에 주차하고 있었던 차가 생각났고, 그 자가 바로 게바라 옆에 앉아 있었던 사실이 기억났다.

'그렇다면?'

은철은 신경을 집중시켜 내부를 살펴봤지만 게바라는 보이지 않았다. 동료인 듯한 기사까지 세 사람이 전부였다.

그러나 확실해진 것은, 게바라의 수하로 여겨지는 인물의 등장으로 정길과 게바라가 동일인물일 것이라는 추측이 사실로 드러난 셈이었다. 정길이 아닌 게바라가 옥만호의 경선에 관심을 보일 리는 만무하기 때문이다.

은철은 이틀 전에 어렵게 찾아간 영훈이 자랐던 고아원을 떠올렸다. 고아원에서의 영훈은 형과 함께 생활했던 것으로 기록되어 있었다. 그러나 성인이 되어 고아원을 떠나게 된 그의 형인 영철은 지금까지도 행방이 묘연했다.

정길과 영훈의 형인 영철과의 관계를 조금씩 좁혀가던 은철은 이윽고 게바라를 포함한 세 사람이 같은 인물이라는 결론을 내리기에 이르렀다.

영훈과 여섯 살 터울인 영철과 비슷한 연령의 정길과 게바라, 사건과 밀접한 관계를 가지고 있는 두 사람, 그리고 영훈과는 어딘지 모르게 닮은꼴이 엿보이는 그들의 용모에서 은철은 더욱 확신을 굳혔다.

그렇다. 그들은 떼려야 뗄 수 없는 혈연관계였던 것이다. 당연히 정길은 옥만호의 경선에 관여할 수밖에 없었다. 그는 보다 비중이 큰 역할을 수행하고 있을 것으로 여겨졌다. 은철은 수첩을 꺼내 차량번호를 빠르게 적었다. 미행을 할 수도 없고, 우격다짐으로 제압을 한다고 해도 소득은 없을 것이라는 생각에서였다.

이윽고 그들의 밀담이 시작되고 있는지, 운전기사가 밖으로 나왔다. 그는 사방을 둘러봤다. 근무요령을 숙지하고 있는 고도로 훈련된 병사처럼 그의 태도는 빈틈이 없었다. 상황을 알아보게 하고도 다른 메시지를 전하려고 측근을 보낸 현장에 정길이 나타날 확률은 거의 없어보였다. 은철은 고개를 숙인 채 체육관 쪽으로 향했다.

체육관에서는 이영만에 이어 등단한 옥만호의 연설이 한창 진행되고 있었다. 은철은 창문을 통해 에쿠스를 주시하고 있었지만, 밀담의 내용이 심각한 수준인지 바깥의 풍경은 아직도 정지된 화면을 보여주고 있었다.

"어렸을 적 저의 꿈에는 대통령이라는 단어는 없었습니다. 고학을 하면서 학업에 정진해야만 했던 저로서는 정치란 국민을 편하게 해주려는 사람들의 사명감에 불타는 행위로만 알고 있었습니다. 저의 꿈은 소박했습니다. 초등학교와 중학교에 다닐 때는 박봉에 시달리면서도, 어린 저희들에게 꿈과 희망을 심어주는 교사상에서 미래를 열어가야 하는 개척정신을 부추김받았고, 고등학교 시절에는 역사를 통해서 굽힐 수는 있어도 결코 꺾이지 않는 민족혼을 배웠습니다. 저는 그런 스승님들을 존경했고 저 역시 후진들을 위한 등불을 밝히기 위해 한 방울의 석유가 되기를 원했습니다. 그러나 연구실의 창은 어둠으로 휩싸였습니다. 백년대계인 교육은 표류하고 있었고, 정책에 불만을 느낀 선생님들은 거리로 뛰쳐나갔습니다. 국민에게 유익하고 희망을 주는 정치가 아닌, 실망과 나락으로 빠뜨리는 정치는 사회 전반으로 퍼져나갔다가 어김없이 교육현장에도 찾아왔던 것입니다. 그것은 명령을 내리는 보스는 있어도 국민에게 비전을 제시하고, 희망의 나라로 이끌어가는 지도자가 없었던 탓이었습니다. 저는 소위 말하는 정치 9단이라는 사람들을 혐오하는 사람들 중의 한 사람입니다. 본인 스스로는 훈장으로 여길지는 모르지만, 그것은 그들을 향한 조소이고 모멸이었을 뿐이었습니다. 처세에 능숙한 그들이 서커스의 단원출신이 아닐까 하고 생각하는 사람들도 있었을 것입니다. 지도자에게 요구되는 최고의 덕목은 무엇보다도 신뢰입니다. 국민 모두를 마음과 마음의 끈으로 묶어주는 것은 지도자에 대한 믿음과 신뢰입니다. 지금의 사분오열된 이념과 지역감정과 이기적인 사고로 팽배해 있는 혼돈의 시대에서 진정으로 필요한 것은 신뢰를 바탕으로 한 강한 리더십뿐입니다. 그런 그는, 구태여 범인으로서는 상상할 수도 없는 천재 따위가 아니라도 좋습니다. 국제감각이 뛰어난 멋쟁이가 아니라도 좋습니다. 사소한 일에 실수를 곧잘 저지르는 사람이라도 상관없습니다. 다만 끊임없는 자기계발과 미래에 대한 확실한 비전과 탁 트인 시야로 사물을 직관하고, 국민 모두를 가족같이 사랑하며 정치 경제 분야에서뿐만 아니라 전쟁과 개발독재, 그리고 이 슬픈 문민시대를 거치면서 오늘에 이른 잘못된 도덕적 관행마저 변화시켜야 할 것입니다. 역사적으로 돌아봐도 우리는 한줌밖에 되지 않는 무리들로 인해 고통과 좌절의 시기를 너무나 오랫동안 겪어왔습니다. 그러나 우리는, 고난에 허덕이면서도 서로의 뜻과 지혜를 모아 난국을 헤쳐나온 것이 한두 번이 아닌 이 나라의 진정한 주인들이었습니다. 그런 경험은 다시는 되풀이되지 않아야만 합니다. 그러기 위해서는 이제부터 우리는 모두가 대통령이 된 심정으로 눈을 부릅뜨고, 난마같이 얽힌 국정의 매듭을 풀고 주변의 비뚤어진 가치관을 바로 세우고 먼지를 털어내고 새 시대를 준비할 열린 인물을 찾아야만 할 것입니다. 물론 이 자리의 제가 그런 막중한 임무를 수행할 적임자라고 말씀드리기는 송구스럽습니다. 그러나……"

옥만호는 잠시 연설을 중단하고 넓은 체육관을 메우고 있는 사람들을 천천히 둘러보았다. 상대 후보나 상대 당에 대한 비방과 폭로, 독설이 난무하는 유세 현장에 익숙해 있는 사람들에게는 다소 의외로 여겨지는 내용이었다. 현실을 무시한 교수 출신 후보의 따분한 강의를 듣는 기분이기도 했다. 그러나 그의 연설에는 열혈남아의 폭풍 같은 기개도, 혁명가의 비분강개는 없었지만 촉촉하게 가슴을 적셔주는 그 무엇을 느낄 수 있었다. 옥만호가 시도한 순간적인 집단 최면에 빠진 사람들은 지금의 시대가 요구하는 지도자상에 대해 나름대로 생각하는 분위기였다.

은철은 장 형사에게 전화를 하기로 했다. 발품 들일 것 없이 차적 조회를 부탁하기 위해서였다.

"은철이냐?"

신호음과 함께 전화는 바로 연결되었다. 장 형사의 음성은 밝았다.

"진전은 좀 있어요?"

"벌써 신발 뒷굽을 갈아야 할 지경이야. 내 파트너는 가게 앞의 복덕방에 취직을 시켜놓다시피 하고 있어 그쪽은 어때? 새로 들어온 물 좋은 거라도 있어?"

자신감 넘치는 그의 말이 오히려 불안했다.

"아뇨, 어느 정도 돼 가는지 궁금해서요. 지금 구체적으로 하고 있는 일이 뭐예요?"

"자네에게 보낼 보고서도 추가해야겠구먼. 조금 더 기다려 봐, 조만간 뭔가 건져지는 게 있을 거야."

"그게 아니죠. 내가 뭔가를 알고 있어야 상황에 맞게 소스를 줄 수 있지 않겠어요?"

"하긴 그래."

장 형사는 구미가 당기는지 입맛을 다셨다.

"며칠째 잠복을 하고 있지만 게바라는 아직 보이지 않아. 그렇다고 술집 사장에게 이실직고하라고 깽판을 칠 수도 없고. 그래서 가게 매상이 어떤 은행계좌를 거치고 있는지를 알아봤지만, 거기서도 별다른 소득이 없었어. 가게의 명의로만 고여 있으니까. 네 말이 사실이라면 언젠가는 변동이 생기겠지. 그렇지만 어느 세월에 그걸 기다려? 그래서 지금은 가게를 인수했을 때의 수표를 추적 중이야."

의기양양한 그였지만 지금쯤은 실수를 인정하며 미간에 주름을 모으고 있을 게 분명했다. 계좌추적은 그의 능력으로는 불가능하기 때문이다.

그는, 은철과는 아무런 상의 없이 한 발 앞서 수사 책임자와 독대를 마쳤던 것이었다. 지금쯤 룸살롱 금맥의 전화는 종팔의 휴대폰을 비롯해 경찰의 감청 거리에 발가벗겨져 있을 것으로 생각되었다.

"너무 설치잖아?"

언젠가는 이런 경우를 예상하고 있었다. 그러나 지금은 때가 아니었다.

태풍 전야의 적막과 칠흑 같은 어둠 속에 숨죽인 채 있다가 코앞으로 다가온 상대의 급소에 비로소 비수를 꽂아넣는, 고대의 자객 같은 은밀함을 요구하는 상황에서 그들의 행위는 경망스러워보였다.

"지금 있는 곳이 어디야?"

은철의 속내를 떠보려는 말 같기도 했다. 어쩌면 그는 자신의 휴대폰까지 도청하고 있는지도 몰랐다.

"어디긴요, 서울 시내죠. 어쨌든 알았어요. 다시 연락 드릴게요."

황당해하는 장 형사의 표정을 상상하며 은철은 전화를 끊었다. 체육관 밖의 두 사람도 밀담이 끝났는지 K 의원이 차에서 내리는 모습이 보였고, 잠시 후 차는 어딘가를 향해 속력을 내고 있었다. 옥만호의 연설은 계속되고 있었다.

"제가 정치에 입문하게 된 것은, 문민정부가 시작되기 바로 전 비례대표인 국회의원직을 맡으면서부터였습니다. 학문을 접고 그다지 고상하다고 생각하지 않는 정치 일선에 나선 동기는, 대통령이 아닌 유능한 참모가 되기 위해서였습니다. 비전을 가지고 있는 지도자 밑에서 그의 꿈을 위해 수족같이 헌신하면서 세상을 변화시켜보려고 했었습니다. 그러나 그들은 열정을 불태워야 할 대상에 대해서는 오히려 두려워하고 있었습니다. 구태의연한 정치 놀음에서 벗어나려고 하지를 않았습니다. 그들은 권력이 도덕적 가치의 규제 하에 이루어져야 하는 것조차 모르고 있었습니다. 지도자의 리더십을 하나의 술수로 착각하고 있었습니다. 결과적으로 말해서 그들이 바로 청산의 대상이었습니다. 그후 저는 그들이 하찮은 이상을 꿰매고 덧칠하기보다는 제 자신을 관리하기로 했습니다. 오랜 세월의 각고의 노력과 준비 끝에, 저는 이제 감히 국민 여러분들에게 말씀드릴 수 있게 되었습니다. 옥만호와 함께 간다면 뭔가 특별한 것을 얻을 수 있다고! 제가 대통령에 당선이 된다면……."

이어서 옥만호의 장밋빛 이상향의 세계가 체육관 가득히 펼쳐지고 있었다. 다소 추상적이기는 했지만, 수준 높은 선거인단에게는 먹혀드는 내용이었다. 우리 사회의 신뢰회복과 함께 믿음의 정치를 펴겠다는 소신과, 끊임없이 자신을 담금질하는 모습을 통해 국민들이 의식개혁을 자발적으로 일으키겠다는 그에게서 한민족을 이끌어갈 수 있는 자질과 비전이 엿보였다. 권역별로 치르는 경선을 위한 연설문 중 하나에 불과했지만 많은 사람들에게 깊은 여운을 남겨주었다.

조금 있으면 투표가 시작될 것이다. 은철은 자리에서 일어났다. 더 이상 있어봐야 시간 낭비일 뿐이었다.

은철이 경선 결과를 알게 된 것은 고속버스 안에서였다. 정규 뉴스 시간이 아닌 여흥프로에서 성급한 진행자가 자투리 시간을 때우는 것으로 얼핏 생각되었지만 그게 아니었다. 어쩌면 그는 현재 진행하고 있는 한심한 프로를 당장 집어치우고 뉴스에만 매달리고 싶은 심정으로 가득 차 있을지도 모를 일이었다. 그만큼 쇼킹한 내용이었다.

6천 명에 달하는 선거인단의 70%가 참여한 투표에서 예상을 뒤엎고 옥만호가 유효 투표수의 절반이 훨씬 넘는 6 대 4의 스코어로 승리한 것이었다. 팔공산 자락의 미래의 부처인 갓바위 미륵은 옥만호의 손을 들어주었다.

옥만호의 반란군은 드디어 대세론에 취해 있는 적의 선봉부대를 팔공산 골짜기로 유인하는 데 성공했다. 그리고 철저히 유린했다. 진정한 승부는 이제부터였다. 전장에서의 승리는 외형적인 요소나 전략보다 전기를 먼저 파악하는 것을 우선 순위로 두고 있다. 전운이 무르익기를 참고 인내하며 기다렸다가 날뛰는 장졸들이 사기가 극에 이르렀을 때, 비로소 첨예한 전술로 질풍노도, 쾌도난마의 형세로 적의 주력을 일시에 궤멸시키는 것이다.

은철은 지금쯤 옥만호가 점령한 섬의 망루에서 패주하는 적군을 지켜보며 노심초사하고 있던 전기가 마침내 찾아왔음을 확신하고 있을 것으로 여겨졌다. 옥만호는 이제까지 진행된 경선에서의 전환점을 달구벌의 전선으로 초점을 맞추고 전력투구했던 것이었다.

한번 뒤집힌 대세론은 여당의 경선에서 봤듯이, 끝내 재기 불능의 상태에서 벗어나지 못하고 대안론에게 영광의 자리를 물려주었다. 은철은 승자의 팡파르가 울려퍼지는 무대에서 옥만호의 승리를 축하하는 포옹 장면을 연출하며 자신의 도량을 애써 과시하는 이영만의 모습을 떠올리며 씁쓸한 미소를 지었다.

그러나 이영만이 호락호락한 인물로 생각되지 않았다. 여당의 경선과는 주변의 여건과 토양부터 달랐다. 어둠 속에 비친 한줄기 빛을 따라 무조건 쫓아간 듯한 걷잡을 수 없는 산사태는 일어나지 않을 것으

로 여겨졌다. 절박한 선택을 요구할 만큼 대안론이 급물살을 탈 소재
는 그다지 크지 않았기 때문이다. 그러나 경선이 거듭될수록 흥미를
더해갈 것으로는 의심치 않았다.

　내일쯤 경선 대책 캠프에서의 이영만은 호들갑을 떨고 있는 조간신
문들을 앞에 놓고 굳어 있는 참모들에게 기분 좋게 한숨 푹 자고 난 후
의 표정으로 가벼운 농담을 건네고 있을 것이다. 그리고 이어지는 회
의에서는 이제까지 수면에 드러내지 않고 있었던 옥만호에 대한 다각
적인 분석과, 그의 모든 것에 대한 철저한 검증에 활발한 논의가 이루
어질 것이다.

　그러나 이영만은 자신의 이미지에 걸맞지 않고 같은 당의 동료에
대한 의리를 역설하면서 그들에게 '옥만호를 벗겨라'에 대한 제안을
유보시킬 것을 명령할 것이다.

　유보?

　회의가 끝났지만 수렴된 의견들보다는 폐기처분을 간신히 면한 '옥
만호를 벗겨라'에서 눈치 빠른 핵심 참모들은 전면전이 코앞에 닥쳐왔
음을 감지하고 긴장하고 있을 것이다. 효용가치가 엄청날 것으로 여겨
지는 소재를 느슨하게 흘려버릴 그들이 아니다. 오히려 그들은 한 발
더 나아가 발가벗겨진 옥만호의 몸에 입혀줄, 더럽고 냄새나는 옷들을
생각하고 있을 것이다. 이유는 그들은 정치인이기 때문이었다.

　은철이 고속버스에서 내린 것은 밤이 늦은 시간이었다. 숙소인 정
두섭의 집으로 가기 위해 택시를 세웠다. 정두섭이 건네준 얼마간의
돈으로 그다지 어려움을 느끼지 않고 사건에 전념할 수가 있었다. 교
태를 지으며 손짓하고 있는 유흥가의 불빛을 건성으로 보면서 은철은

장형사의 배신을 생각했다. 조직원으로서의 한계는 이해할 수 있었지만 역시 경찰은 믿을 수 없는 존재로 생각되었다.

그런데 바로 그 시간, 예기치 않은 사고가 발생했다. 다름 아닌 장형사의 파트너인 황 형사가 실종되는 사고였다. 그가 소지하고 있던 권총과 함께.

"나야, 그 동안 잘 있었어요?"

대구에 다녀온 다음날, 경희에게서 전화가 걸려왔다.

"경희구나. 요즘 어때?"

"그저 그래. 그 동안 한번쯤은 전화를 해줄 줄 알았어. 물론 기다리진 않았지만."

"하하, 그렇겠지. 너무나 높이 떠 있는 당신이기에. 그런데 어젯밤 사무실에서 회식이라도 있었어? 제법 꺾은 것 같은 음성인데…….."

"역시, 탐정은 아무나 하는 게 아니구나. 그런데 비싼 오빠께서 오늘 시간이 있는지 모르겠네."

"업자가 시간 빼고 나면 그날로 졸업이겠지. 무슨 일인데?"

"무슨 일은……. 그냥 머리도 식힐 겸 공기 좋은 야외로 한번 나가보고 싶어서.. 야생화라도 몇 송이 꺾어오면 좋고…….."

"웬 낭만? 근데 지금은 근무시간이잖아. 혹시 잘린 거 아냐?"

"호호, 사실은 회장님 별장에 갈 일이 생겼어. 며칠 후에 그곳에서 모임이 있거든. 관리하시는 분에게 전해줄 것도 있고. 준비 상황을 체크하러 가는 길이야. 어때! 하루 정도 보디가드가 될 수 없어요?"

"무슨 말씀. 기꺼이 수행해드리겠습니다, 아가씨. 어디서 만나면 좋을까?"

경희는 오후 세 시쯤에 만나자고 했다. 아내가 입원하고 있는 병원에 가기 위해 준비를 하고 있던 정두섭이 귀를 쫑긋 세웠다.

"녀석, 음흉하긴! 바쁘게 돌아다니면서도 건수는 언제 올렸어?"

"아니에요, 형. 예전부터 아는 사이였는데 우연히 만났을 뿐이야."

"우연? 연애는 바로 우연이란 놈이 조화를 부려서 시작되는 거야. 심각해?"

"그런 게 아니라니까요. 사건 때문에 몇 번 만났을 뿐이었어요. 그런데 부탁을 하나 해야겠는데."

"무슨 부탁이야?"

"차적 조회를 해야겠는데, 차량등록과에 한번 들려주시겠어요?"

"소유주를 알아보려고? 알았어. 하지만 그런 일에는 해당 부서의 담당자를 만나봤자 난색을 보일 것은 뻔한 일일 텐데, 차라리 내가 알고 있는 보험회사 직원을 통해볼게."

정두섭은 이유를 묻지 않았다.

별장은 서울에서 그리 멀지 않은 양평의 용문산에 있었다. 울창한 자연림에 둘러싸여 있는 그곳은 얼핏 보기에는 평범한 전원주택이나 삼림욕을 즐기려고 찾아온 사람들을 위한 간이숙박업소 정도로 보였다. 하지만 관리인의 안내를 받아 잘 정비된 정원을 지나 집안으로 들어선 은철은 그제야 실내의 내장재나 장식품들에서 타인의 시선을 의식하지 않는 곳에서는 마음껏 교만할 수 있는 주인의 취향을 엿볼 수 있었다.

흙만 빼고는 전부 수입품으로 보였다. 외진 도서 지방에서 쌍방울 두쪽만 차고 상경해 이룬 회장의 눈부신 축재가 경이롭게 생각되었다.

경희는 관리인에게 은철을 소개했다. 경희와는 구면인 듯했다. 이미 상냥한 여비서의 보이프랜드로 짐작을 하고 있는데도 굳이 오빠라고 하는 대목을 강조하는 경희에게 나이 지긋한 관리인은 사람 좋아보이는 웃음만 짓고 있었다.

은철은 창을 열고 바깥을 구경하고 있었고, 경희는 관리인과 가벼운 세상 이야기를 나누면서 찾아온 용건에 대한 말을 주고받고 있었다. 이윽고 그녀의 용건이 대충 끝났다는 것을 눈치챈 관리인은 기왕 온 김에 바쁘지 않으면 저녁을 준비하겠다고 했다.

"저번에도 그냥 갔는데……. 들른다는 연락을 받고 할멈을 시장에 보냈는데 그렇게 해요."

"그러셨다면 마침 잘 됐네요. 아저씨 생신이 며칠 후로 알고 있는데 이런 기회에 두 분이 집에 가셔서 오붓하게 보내시면 좋잖아요? 먹을거리를 준비해왔어요."

관리인은 부근의 지역주민인 듯했다. 관리인의 생일까지 챙기고 있는 섬세함을 비서의 임무로 묻어버리는 경희였다. 관리인은 미안한 듯 머리를 긁적였다.

"그럼!"

그는 은철에게도 목례를 해보이면서 밖으로 나갔다.

호젓한 산속의 저녁은 빨리 찾아왔다. 주변의 산봉우리들이 주황색의 물감을 뿌려놓은 것처럼 장엄한 낙조를 보여주는 듯하더니, 경희가 준비해온 음식을 요리하고 있을 때는 어느새 어둑어둑해져 있었다. 열어놓은 창문을 통해 들어오는 숲의 향기는 싱그러웠으며, 경희와 나눈 한 잔의 와인은 골짜기를 타고 내려오는 바람과 함께 가벼운 욕망을 불러일으키고 있었다.

이윽고 요리가 끝난 음식이 몇 개의 그릇에 담겨 식탁에 올려지고 경희와 마주 앉았다. 이런 분위기를 예상하고 애쓴 흔적들이 배어 있는 식탁이었다. 은철이 와인을 잔에 채웠다.

"우리 건배할까? 이런 자리를 마련해준 회장님을 위해서?"

"중단 없는 그의 욕망을 위해서도."

두 사람은 유쾌하게 웃으면서 잔을 부딪쳤고 식사를 했다. 경희는 식사 도중에 은철이 접시가 비워지지 않았는데도 가지런히 썬 고기와 야채를 채워주는 것을 잊지 않았다. 은철은 잘 다듬어진 그녀의 손톱과 단정하게 빗어넘긴 머리 모양이 예쁘다고 생각했다. 창 밖으로는 은하수가 무리 지어 흘렀고, 숲의 고요함과 풀벌레 소리, 청량한 달빛과 이따금 들리는 바람소리는 멋진 앙상블을 이루는 배경음악을 연주하는 듯했다.

이제까지의 삶에서 처음으로 느껴보는 행복감이었기에 은철은 마치 비현실적인 세계에 와 있는 것 같은 느낌이 들기도 했다.

"얼마 전에 대여점에서 비디오를 빌려봤어."

경희가 식사를 잠시 멈추고 말했다.

"어떤 건데. 야한 거?"

"주문은 그걸로 했는데 엉뚱한 게 끼여왔던 모양이야. 프랑스 영화였던가봐요."

식중무언이라는 우리 고유의 문화는, 구미의 영향 탓인지 지겹도록 보여주는 TV연속극의 식사 도중의 수다 탓인지는 모르지만, 어느새 우리 주변에서 사라졌다.

"그런데 영화의 내용이 좀 특별했어."

"어떤 내용이었는데?"

은철은 흥미를 보이며 물었다.

"남자 주인공이 마약거래집단의 하수인이었는데 십만 불 정도 되는 판매대금을 007 가방에 넣고 지하철을 탔어요. 한데 옆자리에 있던 비슷한 가방을 가지고 있는 노숙자와 가방이 바뀌면서 이야기가 시작되는 거였어요. 같이 내리긴 했는데 가방은 노숙자 거였죠."

"그래서?"

"남자에게는 청천벽력 같은 일이 아닐 수 없었지. 당장 죽이려고 달려드는 보스의 험상궂은 얼굴을 떠올리면서 하얗게 질린 그는, 여자친구에게 다급하게 전화를 하지. 돈을 찾든지, 채워넣든지 방법은 두 가지 뿐이었거든. 내용을 알게 된 여자도 충격을 받을 수밖에. 하지만 남자친구의 비극을 수수방관만 하고 있을 수 없는 그녀가 할 수 있는 것이라고는 부자이기는 하지만 사이가 좋지 않은 의붓아버지에게 돈을 빌리는 것뿐이었어요."

은철은 경희가 방금 비운 잔을 다시 채워주었다.

"여자는 마침내 엄마가 아닌 정부와 함께 있는 의붓아버지를 찾아가서 자초지종을 말하고 돈을 빌려달라고 사정했지만, 그는 멍청한 남자친구에 대한 험담만을 늘어놓으면서 한마디로 거절했어요. 엄마와 이혼할 때 지불할 위자료를 먼저 떼어달라고 애원했지만 아무 소용이 없었어. 거기서부터 영화는 세 개의 가정을 정해놓고 새롭게 진행되는 거죠."

"가정이라…… 인생에서 가정이라고 하는 것은 존재하지 않아."

"영화니까. 어쨌든 여자는 남자친구를 만나기 위해 그가 기다리고 있는 광장의 전화부스를 향해 뛰기 시작했어요. 닥쳐올 공포에 질려 있을 그에게는 자기가 필요했으니까요. 물론 돈을 찾았을 실낱 같은 희망도 간직한 채 말이죠. 하지만 첫번째 가정은 비극으로 끝나고 말 았어요. 보스의 총에 맞아 피투성이가 된 그의 주검 앞에서 그녀가 오 열하는 장면으로 막을 내렸으니까. 두 번째 가정 역시 그녀에게는 안 됐지만, 더 큰 비극으로 끝나고 말았어요. 이번에는 거꾸로 애인이 먼 저 보스를 쏘아 죽이는 장면이었죠. 하지만 뒤이어 몰려온 경찰차에 둘러싸인 그가 무차별 난사를 시작하자 이어지는 경찰의 응사로 인해 두 사람 모두 벌집처럼 구멍난 처참한 모습으로 아스팔트 위에 뒹굴고 있었으니까요.”

“세 번째는?”

은철이 물었다. 경희는 조그맣게 웃었다.

“이번에는 해피엔딩이야. 세 번째는 거리를 달리고 있었지만, 영화 에서는 그녀에게 초능력이 있다는 것을 보여주고 있었어. 지나치는 사 람들의 모습에서 그녀가 느낀 그대로 그들의 과거와 미래가 화면에 나 타나고 있었거든. 거들먹거리면서 차에서 내리는 귀부인의 과거가 창 녀였고, 머지않아 끔찍한 재앙을 당하는 미래가 보였어. 하마터면 부 딪칠 뻔했던 자전거 도둑의 미래는 종신형을 선고받은 죄수로 나타났 고, 유모차에서 잠들어 있는 예쁜 여자아이의 미래는 다섯 쌍둥이를 낳은 후에 엉망이 되어버린 그녀의 삶을 보여주고 있었죠. 그런 그녀 가 잠시 걸음을 멈춘 곳은 카지노 앞이였죠. 어떤 영감이 작용했던지 그녀는 그곳으로 들어갔어요. 가지고 있는 돈은 고작 백 불. 하지만 룰렛 게임기 앞에서 십만 불로 튀겨질 수 있는 마지막 베팅 찬스를 갖 게 되기까지는 그다지 많은 시간이 걸리지 않았어요. 어느새 주위로 몰려든 사람들의 웅성거림 속에서 게임은 시작됐고, 그녀의 희망대로 회전판은 마술에 걸린 듯이 그녀가 베팅한 숫자를 향해 멈출 듯 멈출 듯 다가오고 있었죠. 침 넘기는 소리 외에는 물을 끼얹는 듯한 정적에 쌓인 채. 응시하는 주위 사람들의 표정이 일그러지기 시작한 것은 회전판이 막 숫자를 넘어서려는 찰나였어요. 순간, 고막을 찢는 듯한 히스테릭한 그녀의 비명이 터져나왔어요. 창문이 흔들리고 화병이 바닥에 떨어지는 소동 속에서 마치 '양철북'이라는 영화에서 성장이 멈춘 난쟁이 주인공의 초능력에 의해 술잔이 산산조각으로 깨지는 장면처럼 그녀는 기적을 보여주었어요. 더 이상 기계가 움직이지 않았기 때문이죠."

"역시 경희는 영화광이었어. 그래서?"

"한결 가벼운 걸음으로 광장에 도착한 그녀에게 상황은 전혀 엉뚱한 곳으로 흘러가 있었어요. 바뀐 가방을 가지고 좀더 빨리 현장에서 벗어나려던 노숙자가, 그녀와 부딪칠 뻔했던 자전거 도둑과 자전거 흥정을 하고 있는 장면을 남자친구에게 들켰던 탓이었죠. 물론 돈은 회수되었고, 절망에 찬 노숙자의 눈망울이 붉어지고 있을 때 보스를 태운 리무진이 도착했죠. 가방은 아무 일도 없었다는 듯이 그에게 건네졌고, 남자친구 역시 보스의 변함없는 충직한 부하로 되돌아가 있었죠. 그때 남자는 그녀가 들고 있는 종이 봉투에 호기심을 보였어요. '그건 뭐야?' '아무것도 아냐.' 남자친구에게 그렇게 말한 것은 또 다시 찾아올지도 모를 불행을 예비하기 위해서가 아닐까요?"

"하하, 그랬을까?"

저의를 알 수 없는 경희의 명화극장이 끝나면서 은철은 식사를 마쳤고 과일을 깎기 시작했다.

그러나 한 가지, 사람들은 더 많은 가정을 만들어낼 수도 있지만 결국 인생이란 것은 한 개의 가정도 용납하지 않는 선택으로 흘러갈 뿐이다. 그것이 비록 잘못된 것일지 몰라도. 은철이 식사를 마치면서 경희도 흥미를 잃었는지 수저를 놓았다.

"설거지는 내가 할게."

흐트러진 화장을 고치고 싶은 여자의 마음을 알고 있다는 듯 은철이 말했다.

"지당한 말씀. 한데 이런 것에도 자기를 내세우려고 하는 것이 남자들의 허세일까?"

그녀는 한쪽 눈을 찡긋해보였다.

"고약한 말씀이네. 호의를 그런 식으로 생각하다니. 취소할까보다."

"아냐, 좋은 일에도 박해는 따르잖아. 밀고 나가세요. 남아일언 뭐라고 하는 말도 있잖아요?"

"남아일언 풍선껌이라고 했던가?"

은철이 설거지를 마쳤을 때 경희는 테라스의 흔들의자에 앉아 밤하늘의 별을 보고 있었다.

"노숙자는 그후 어떻게 됐을까?"

은철이 나란히 놓여 있는 의자에 앉으면서 입을 열었다. 경희는 그동안 말끔하게 세수를 마쳤고, 육감적인 핑크색 드레스로 갈아입고 있었다. 화장을 지운 그녀의 얼굴은 이슬과 달빛에 더욱 성숙해지는 야생화처럼 활짝 피어 있었다.

"그게 궁금해요?"

자기의 변화에 무관심한 은철의 한심한 매너에 실망한 듯 경희가 대꾸했다.

"응, 무지개의 끝에서 발견한 금덩이에 환호하던 그가 다시 노숙생활에 적응할지가 궁금해서 그랬어."

"대개의 작품들에선 독자들의 몫으로 많은 부분을 할애하는 편이 죠. 그러나 이 영화를 만든 사람은 그런 것까지 신경을 쓴 것 같아요. 떨리는 손으로 가방을 건네준 노숙자가 남자에게 뭐라고 말을 했겠어 요?"

"글쎄, 보관료에다 인건비를 합해서 백 달러 정도 요구하지 않았을 까?"

"틀렸어요. 그는 이렇게 말했어요. 자네 혹시 권총 같은 거 가지고 있나?"

경희는 실의에 젖은 노숙자의 말을 흉내내며 말했다.

"거금을 지니고 있는 남자를 범죄 집단의 일원으로 단정했기 때문 일 테죠. 남자는 말없이 권총을 건네줬어요. 순간, 노숙자는 총구를 남자의 얼굴로 가져갔어요. 하지만 그는 이내 권총을 포켓에 넣고는 고개를 떨군 채 제 갈 길을 걸어가고 있었어요. 그러니까 영화를 만든 사람은 그의 행복할 수 있는 선택을 위해 권총을 선물했던 거였죠."

은철이 멀어져가는 노숙자를 상상하면서 두 팔을 흠칫 올리는 제스 처를 지어보였다. 영화 속의 남자가 했을 법한 행동이라고 생각하면 서.

"그런데 설거지를 하는 동안 그 정도 생각만 하고 있었어요?"

"하하, 그럴 리가."

사실은 줄곧 그녀에 대한 생각만 하고 있었다. 그녀를 만나고 차를 타고 오는 동안에도.

"오빠? 우리 진실게임 할까?"

경희는 갑자기 화제를 바꾸었다. 미적거리는 은철에 대한 불만 같기도 했다.

"진실게임?"

"왜 있잖아? 게임이라는 가벼운 기분에서 시작하지만, 진실이라는 룰을 벗어날 수 없는 그런 거. 스릴 있고 스트레스에는 그만이라는 거야."

"그래? 그거 재미있겠구나. 하지만 상처를 받는 경우도 생기지 않을까?"

"오빠는 진실을 말하는 게 두려운 모양이야."

경희의 저의가 한꺼풀 벗겨져 보였다. 그것이 이곳에 함께 온 유일한 목적으로까지 여겨졌다. 은철도 물러서고 싶지 않았다.

"그런 건 아냐. 그럼 내가 먼저 시작해볼까? 경희는 왜 단발 커트에 머리핀을 하고 있을까?"

"식사 준비를 하다 보니까 그렇게 됐어."

"그럼 빼. 난 네 머리카락이 흘러내리는 게 좋아."

경희는 핀을 떼어냈다.

"조금 전에 별을 보면서 무슨 생각을 했어?"

"인생이 허공에 매달린 줄을 붙들려고 애쓰는 부질없는 것으로 여겨졌어요. 어차피 허공으로 돌아갈 인생에서 의미를 찾는 게 우습기도 하고."

영훈의 배신으로 인한 그녀의 슬픔이 은철을 우울하게 했다.

은철은 슬픔이 무엇인지 아는 사람이었다.

"그런 생각을 할 때도 있겠지. 때로는 더듬이를 잃은 곤충처럼 혼란 속에 빠져들기도 하지만 사람들은 다시 일상으로 돌아갈 수밖에 없잖아. 고맙게도 현실은 충분히 방향감각을 제시해주니까."

"오빠, 나 조금 따분하다. 뭐 재밌는 것 없을까?"

"어떻게?"

"도대체 내게 향하는 감정은 뭐야?"

진실게임의 칼자루가 경희에게로 옮겨졌다.

"그게 알고 싶어?"

"딱 부러진 걸로."

그녀와 함께 있는 곳이라면 예외 없이 찾아와서 자신의 현실에 비판을 가하는 이성의 무너지는 소리가 들렸다. 은철은 더 이상 자신의 감정을 숨기고 싶은 마음이 없어졌다.

"사랑하고 있었어! 여학생 때부터. 교도소에서도 경희는 나와 함께 있었어. 잊으려고 하는 마음의 맹세는 오히려 경희에 대한 집착을 더 강하게 했을 뿐이야. 하지만 출소 후 나는 경희가 살고 있는 곳을 의식적으로 피해 다녔어. 스승님에 대한 아픈 기억도 그랬지만 경희와의 만남을 두려워했었지. 하지만 이렇게 만날 줄이야. 그날 이후부터 경희는 먼 과거로부터 이어진 여정에서 만남과 헤어짐을 거듭하며 오늘에 이른 운명적인 사랑으로까지 생각하게 됐어."

감정을 극도로 배제한 고백이었지만, 그의 진심은 고스란히 경희에게 스며들고 있었다. 후련함을 느낀 은철은 자신을 지탱하고 있던, 스스로 그어놓은 금속에 갇혀 있던 자신이 갑자기 우스워졌다. 두 사람의 시선은 때마침 밤하늘을 가르는 유성의 궤적을 따라가고 있었다.

"경희의 진실은?"

"오빠는 내게 있어서 첫사랑이었어. 오빠가 떠나간 후 나는 첫사랑은 이루어질 수 없다는 속설을 믿는 사람 중 한 사람이 되었어요. 하지만 나는 추억만으로는 만족할 수가 없었어. 두어 번의 로맨스도 있었지만 확실하게 선택한 카드는 영훈 씨야. 하지만 그이는 내게……. 극단적인 상황마저 생각하고 있는 내게 오빠의 등장은 의지처가 되어주었고 용기를 갖게 해주었어요. 오빠를 만나지 못했더라면 영원히 자신을 추스르지 못했을지도 몰라. 오빠는 그때나 지금이나 내게는 좋은 사람이었어요. 따스한 위로의 말도 없었고 다정한 눈길도 없었지만, 나는 오빠의 마음을 잘 알고 있어요. 지금 순간, 오빠와 함께 있는 것만으로도 내 마음은 평화를 찾아가고 있고, 증오는 풀어지기 시작했어요. 만일 내게 선택할 수 있는 마음의 준비가 갖춰진다면 나는 주저없이 오빠를 택할 거예요."

"경희!"

바람이 불어왔다. 어디선가 무리에서 떨어져 갈 곳을 잃은 철새의 비상을 위한 푸드득거리는 힘찬 날갯짓이 들려오는 것 같았다.

은철은 의자에서 조용히 몸을 일으켜 떨리는 입술을 경희의 이마에 가져갔다. 그러자 경희는 은철의 어깨에 손을 얹고 뜨거운 입술로 반응해왔다. 촉촉이 젖어 있는 경희의 입술은 이미 은철의 행위를 예감하고 있었던 것으로 보였다.

또 한 번 바람이 스치고 지나갔다. 두 사람의 입맞춤은 붙박이별들의 시샘 속에서도 계속되고 있었다.

은철의 욕망은 참을 수 없을 정도로 고조되었고, 몸은 어둠을 활활 태우는 횃불처럼 뜨겁게 타오르고 있었다.

격정을 이기지 못한 은철은 경희의 젖무덤에 얼굴을 파묻고 있었다. 그곳은 가슴 저린 모정의 기억을 되살려주는 기능을 이미 잊고 있었다. 오직 쾌락의 봉우리와 열락의 골짜기로만 이루어져 있었다.

"아!"

그녀의 불규칙한 신음 소리는 은철을 더욱 자극했다.

"행복해요, 은철 씨."

그녀는 가쁜 호흡을 뱉으면서 말했다.

"내 손을 잡아주세요."

은철은 팽팽하게 솟아오른 그녀의 유두를 탐닉하면서 경희의 손을 잡았다.

"일어나서 침대로 가요."

은철은 더욱 큰 희열에 대한 기대로 달아오르고 있었다.

"그리고 약속해주세요."

"무슨?"

"앞으로는 우리만의 사랑을 위해 노력하겠다고."

은철은 대답 대신 쥐고 있는 경희의 손에 힘을 주었다.

"이제까지 있었던 일들은 모두 잊어버리세요. 바보 같은 인생에서 의미를 찾으려고 하지 말아요. 오빠와 나 우리 두 사람만으로도 얼마든지 세상을 채울 수가 있어요. 영훈 씨 따위가 뭔데 집착하고 있어요? 말해주세요. 이 순간부터는 그에 대한 모든 것을 잊어버리겠다고. 이제부터가 중요한 거예요. 침대로 가요."

은철은 그제야 경희의 행위에서 뜻하는 바를 알 수 있었다.

이곳에 온 경희의 의도가 선명한 그림처럼 펼쳐져보였다. 그녀의 사랑은 사랑이 아니었다. 하지만 사랑이었다. 영훈이라는 사람에 대한……. 은철은 뜨겁게 달아오르는 욕망이 사라지는 것을 느꼈다.

"영훈 씨에게 나쁜 감정이 있다는 것은 알아요. 하지만 그이에게 잘못이 있다면 경찰에게 맡겨버리면 되잖아요? 나는 오빠의 성취를 위해서 헌신할 각오가 되어 있어요. 인생은 가정이 아닌 단 한 번의 선택만을 필요로 해요. 오빠는 영훈 씨가 아닌 나를 선택해야만 해요."

경희는 영훈의 불행이 현실로 닥쳐왔을 때의 절망보다 그것을 앞두고 있는 지금 현재의 두려움에 초조해하고 있었다. 갑자기 굳어 있는 은철의 표정에 경희는 당황했다.

"우리 부모님은 큰 재력가는 아니지만, 알부자로 소문이 나 있어요. 게다가 나는 동기간 없는 외동딸이잖아요? 오빠가 무슨 일을 하든지 간에 부모님은 큰 힘이 되어줄 거예요. 나를 선택하는 것 자체가 오빠에게는 두 번 다시 찾아볼 수 없는 행운이야. 바보 같은 생각들로 인해 이런 기회를 차버리려고 하지 말아요. 결혼을 앞두고 있는 영훈 씨가 우리 인생과 무슨 상관이 있단 말인가요? 잊어버리세요. 내버려두란 말이에요."

경희의 말이 두서없는 혼란으로 변해 있었다. 그러나 그것은 이제까지의 은철의 행동에서 영훈의 파국이 가까워졌음을 감지한 그녀가 꺼낸 마지막 카드이기도 했다.

그러나 은철의 선택은 이미 굳어 있었다. 은철은 무겁게 입을 열었다.

"정말 고마워! 그 정도로까지 나를 생각해주는 경희에게 고마움을 느끼지 않을 수가 없어. 하지만 사건에서 손을 떼라는 부탁은 들어줄 수가 없어. 그건 안 돼. 나는 세상에서 악인이라고 부르는 사람을 교도소에서 수도 없이 만나봤지만 근본적인 악인은 만나보지 못했어. 어쩔 수 없는 환경과 자신을 제어하지 못한 나약함이 그들을 어둠의 구렁텅이로 밀어넣었지만, 갱생의 가능성이 보이지 않는 사람은 없었어. 그러나 그는 달라. 그는 선악의 구분조차 자기 중심적으로만 생각하고 있는 사람이야. 확고하게 구축해놓은 자기 세계의 테두리 안에서만 모든 것을 용납할 뿐, 그외의 것은 철저하게 배격하는 인물이야. 기회만 주어진다면 자신의 의도대로 세상까지도 변화시켜보겠다는 자아도취의 환상에 빠져있는 위험 인물이야. 그의 부는 악마의 이상을 실현시켜줄 만큼 충분히 쌓였고, 그의 조종을 받고 있는 옥만호는 사실상의 본선이나 다름없는 경선에서 날로 우위를 더해가고 있어. 이대로 방관만 하고 있다면, 세상은 악마의 먹구름으로 덮여버리고 마는 거야. 이번 일은 내 개인의 원한과도 관계가 있지만, 긍정적인 삶을 살아가고 있는 많은 사람들을 위해서라도 그들을 심판하고 싶어. 경희의 괴로운 심정은 알겠지만 경희의 생각과는 달리 그는 세상의 단순한 악의 무리들과는 차원이 달라. 어쨌든 경희에게 도움을 주지 못해서 미안해."

굳이 이런 말까지 경희에게 하고 싶은 마음은 없었다. 그러나 황폐해진 그녀의 의식 밑바닥에 폐허의 잔해처럼 굴러다니는 영훈에 대한 감정에서 그녀를 벗어나게 하기 위해서는, 하루빨리 그의 환상에서 깨어나게 하는 것만이 유일한 길로 여겨졌다. 그것은 이제부터 영훈이라는 거대한 벽과 마주치게 될 자신에게 다짐하는 말이기도 했다.

은철이 자리에서 일어났다. 그의 마음을 돌리기에는 이미 틀린 노릇이었지만, 어두운 밤길을 혼자 걸어가게 할 수는 없었다. 경희는 바쁜 걸음으로 차고 쪽으로 향했다.

은철이 커피숍에서 장 형사와 마주 앉았다. 오늘 만나게 된 것은 그의 전화를 받고서였다. 차를 주문하고 나서도 장 형사의 심각한 표정은 좀체 풀리지 않고 있었다. 은철은 은근히 불안했다. 약속을 지키지 않았다는 것은 이미 알고 있는 사실이었지만 또 다른 실수를 저지르지 않았을까 하는 불안감 때문이었다.

"황 형사가 부산 출장에서 실종됐어."

은철의 예감이 적중된 꼴이었다.

"언제 그랬어요?"

"사흘 전이야."

"같이 가지 않았어요?"

장 형사는 머뭇거리다가 뱉듯이 말했다.

"사실, 이번 일은 애초의 약속대로 혼자만 하려고 했었어. 하지만 게바라가 내게는 벅찬 상대였어. 소리도 없고, 흔적도 없고, 머리카락 한 올도 주워보지 못할 만큼 그림자도 끌고 다니지 않는 자였어. 아무래도 윗선의 도움이 없으면 불가능하다는 판단을 하게 된 거야."

"구체적으로 말한다면."

"범죄의 냄새는 분명히 나는데 모습을 드러내지 않으니 환장할 노릇 아니겠어? 이실직고를 하는 수밖에 없었지."

"장 형사님도! 내가 언제 그 사람들에게 미리 고해바치라고 했어요?"

"어떡해? 귀신과 술래잡기를 할 수도 없고."

"그쪽의 반응은요?"

"해는 지고 셔터문 내리려고 하는 참인데, 한번 대들어보는 심정이었겠지. 미행, 도청, 계좌추적, 사실 그때부터 네게는 미안한 노릇이었지만 사건은 이미 내 손을 떠나 있었어."

"그래서요?"

"그러던 중에 가게를 인수했을 때의 수표를 추적하던 팀에게서 구입자금이 게바라가 아닌 전혀 엉뚱한 사람에게서 흘러나온 사실을 알게 된 거야."

“어떤 사람이었는데요?”

“임동하라고, 부산에 있는 인물이었어. 원래는 파월권이라고 하는 도장을 하고 있던 자였는데, 실력이 대단했던 모양이야. 그곳의 폭력 조직과도 연계가 되어 있었는데, 술김에 조직의 실력자 한 명을 죽이고 폭행치사로 5년을 복역하고 나온 자였어. 그런데 문제는 가게를 인수할 당시의 그는 알코올 중독자 신세가 되어 있었다는 거야. 그런 자가 룸살롱을 인수하다니. 돈을 송금한 곳은 파라과이였고.”

“파라과이라면, 미국이나 중남미의 중개무역기지로 알려져 있잖아요? 우리 교민들도 많이 건너가 있다던데.”

“알고 있군. 요즘은 국제적인 돈세탁 기지로도 뜨고 있다고 하더군.”

은철은 조동식이라고 하는 인물에 대해 잠시 생각했다. 그는 정두섭의 차적 조회로 인해 드러난 인물로, 현재 서른넷의 세계 여행사라고 하는 제법 규모가 큰 여행사 대표였다.

그 역시 무도를 익힌 자로 한때는 유파가 다른 일본의 국진 가라데에 도전했다가, 불곰과 대련을 즐긴다는 미국의 콜로라도에서 건너온 불곰 같은 녀석을 준결승에서 만나 반칙으로 불구를 만든 후 무도계를 떠났다는 설이 있긴 했다. 하지만 그의 여행사를 통해 드나드는 야쿠자 조직의 인물들을 염두에 둔다면, 그곳이 건달세계를 전전한 듯한 느낌이 드는 재일 동포 출신이었다.

지금은 호텔 인수에 열을 올리고 있다고 했다.

은철은 잠시 눈을 감았다.

조동식과 임동하? 그들은 어떻게 정길과 관계를 맺게 되었을까? 같은 무도인 출신이라는 점에서 공통점을 느낄 수가 있었다. 혹시 그들은 같은 사문의 인연을 가진 자들이 아닐까?

　장 형사의 말이 계속되었다.

　"그런데 임동하가 기거하고 있었던 곳이 초량에 있는 러시아인들이 운영하고 있는 유흥가였어. 항구도시의 특성상 외국선원들이며 주둔하고 있는 미군들을 상대하는 텍사스의 성격이 짙은 곳이었지. 지금도 영업의 성격은 비슷하지만, 개방이 되고 러시아인들이 몰려오고부터는 업소의 주인들이 러시아인들의 천지로 변해버렸다고 하더군."

　"당연히 러시아 마피아들도 있을 테고. 한데 임동하가 왜 그런 곳으로 스며들었을까요? 보호받을 수 있는 피난처로?"

　"그건 아냐. 2년 동안의 또라이 행세로 건달들과의 관계는 청산됐다고 할 수 있었지. 그리고 지금은 임동하의 직계부대들이 그쪽보다 더 세다고 하니까 그런 건 아냐."

　"그렇다면 그는 새로운 사업무대인 그쪽으로 발을 넓힌 거겠죠."

　"그렇게 봐야겠지. 혹시 남아 도는 무기로 널려 있는 러시아를 상대로 죽음의 상인으로 변신하려 했던 건 아닐까?"

　"장 형사님도. 요즘 영악해 빠진 건달들이 그런 일을 하려고 하겠어요? 하지만 학교(교도소)에서 듣기로는 부산의 핵심 조직원들은 러시아인들로 인해 무장을 끝냈다고 하던데 사실인가요?"

　"그럴 리가? 어쨌든 수사본부에서는 임동하를 확보할 필요를 느꼈겠지. 그래서 적당한 건수를 만들어 사전구속영장을 발부받아 검거반을 내려보냈는데 황 형사도 포함된 거야."

　"어처구니없군. 그렇게 당부를 했었는데."

　"이번 일은 정말 미안하게 됐어. 결국은 황 형사에게도 그렇게 된 셈이고. 책임자가 수사통에서 잔뼈가 굵은 사람이 아닌 것을 간과한 것이 원인이었어. 현장에 도착했을 때 놈은 이미 잠수를 한 뒤였고, 러시아인들만 우글거리고 있었대. 낭패감을 느끼고 있는 동료들보다 이럴 때일수록 튀는 그의 성격이 결과적으로 화를 자초한 꼴이 됐을 테고. 황 형사의 파트너로는 내가 적격이었는데……."

"별일이야 있겠어요? 너무 맘 아프게 생각하지 말아요. 이번 일은 검찰과는 별도로 수사책임자의 공명심에서 독단적으로 일을 벌인 것 같아요. 하지만 이렇게 소란을 피웠는데 게바라가 무슨 대책을 세우지 않을 리는 없을 테고……. 그게 문제죠."

"그래서 하는 말인데."

장 형사는 말을 꺼내놓고는 자기도 딱하다는 표정을 지어보였다.

"수사본부의 캡이 자네를 한번 만나보고 싶다는 거야. 처음에는 쓸 만한 정보 정도로만 알고 나섰는데, 실종사고가 생기면서부터는 당연 히 책임문제가 불거질 게 아니겠어? 직접 수습을 하겠다는 생각에서겠 지. 당장 발등에 불이 떨어진 그로서는 여간 심각한 문제가 아니잖 아?"

은철이 얼굴 가득 불쾌한 표정을 짓고 있었다.

"내게도 보통 문제가 아니잖아요? 제보자의 권리를 보호해주는 기 본적인 상식도 없는 자가 또 무슨 수작을 하겠다고?"

수사에 협조를 하고 싶은 마음도 없잖아 있었다. 그러나 지금까지 의 일로 미루어봐서는 더 큰 실수를 하지 말라는 법도 없었다. 공명심 에 가득 찬 그는 유일한 희망사항인 정길의 체포도 자기에게 허용하지 않을 것 같았다.

털끝 하나 다치지 않은 채 정길을 체포해야만 모든 사건의 전모가 드러날 텐데도 그는 정길을 사살할 지도 모를 지상 최대의 바보짓을 연출할 위기에 있었다. 극히 비밀을 요하는 정길의 체포작전이 영훈의 귀에 들어가기라도 한다면 모든 것은 끝장이다. 그때는 자신의 목숨도 보장받을 수 없게 된다.

사태는 심각해졌다.

이번 사건으로 정길이 택할 카드는 뻔했다. 여행사를 하고 있는 측근까지 거느리고 있는 그에게 위조여권 정도는 간식거리에 불과할 것이다.

그러나 한 가지, 은철에게 위안이 되는 것이 있었다. 허춘삼 사건 때와는 달리 그는 옥만호의 경선에 깊이 개입하고 있는 듯했다. 그리고 조동식과 임동하의 경우에서 볼 수 있듯이, 독립된 사업형태로 운영되고 있는 몇 개의 방계조직을 더 거느리고 있을 가히 밤의 대통령이라고도 할 수 있는 그가 하루아침에 모든 것을 팽개치고 해외 도피에 나설 것으로는 여겨지지 않았다. 그는 분명히 사태의 추이를 지켜보면서 대책 마련에 부심하고 있을 것이다. 그것이 영훈이 원하는 것이라고 생각되었다.

하지만 사태가 이런 식으로 파문을 일으킨다면 당연히 그들의 생각은 달라질 수밖에 없다.

시간이 없다. 은철은 자리에서 일어났다.

"내게 신경 써주는 것은 고맙지만 차라리 그럴 시간에 게바라의 몽타주라도 공항 검색대에 비치해두는 게 어떻겠느냐고 캡에게 말해주세요. 몽타주 정도는 수사본부에 우편으로 전해줄 수가 있으니까. 그럼!"

장 형사는 자리에서 일어나지 않았다.

"그럼, 자네는 앞으로 어떻게 할 생각인가?"

탁자에 고개를 숙인 채 장 형사가 말했다. 사건에 몰두하느라 머리
염색이 벗겨져 희끗희끗 삐져나온 뒷머리를 보니 안쓰러웠다.

은철이 다시 자리에 앉았다.

"나는 경찰이나 검찰을 믿지 않는다고 언젠가 말한 적이 있었을 거
예요. 특히 현장 체질이 아닌 인물에 대해서는 정도가 더하다고 할 수
있어요. 능률과 냉소주의에 길들여진 그들은 연민이나 상대방의 입장
따위는 쉽게 잊어버리거나 둔감해지는 편리함을 갖고 있죠. 어차피 세
상은 그들이 원하는 방향으로 흘러가지 않을 수가 없으니까……. 나
같은 종류의 사람들을 그들은 경멸하기보다는 오히려 측은하게 생각하
고 있을 거예요. 하지만 그건 나 역시 마찬가지죠. 그와의 거래는 끝
났다고 전해줘요."

"자네를 강제연행이라도 해서 데리고 오라던데."

"하하, 임의동행도 아닌 강제연행이라……. 안 돼요. 영장을 가지
고 오라고 해요."

그때였다. 건장한 두 사내가 언제 들어왔는지 은철의 곁에 바짝 붙
어 섰다. 경찰의 냄새가 물씬 묻어났다.

"박은철 맞지? 자넬 체포해야겠어."

"무슨 건으로 체포하겠다는 거요?"

은철이 시간을 벌려는 듯이 되물었다.

"강도살인 혐의야."

뭔가 잘못되고 있다는 느낌이 들었다. 사내의 말이 끝나기도 전에
반대편에 있던 자가 은철이 팔을 꺾으면서 수갑을 채우려고 했다. 순
간, 은철은 꺾인 팔을 그자의 머리 위로 돌리면서 수갑을 채우려는 그
의 팔을 반대로 꺾었다. 마주보고 있던 형사가 덮치자 은철은 강력한

발차기로 그의 복부와 턱을 잇달아 걷어찼다. 그리고는 숨쉴 틈도 없이 팔을 꺾어 비명을 지르고 있는 자의 목덜미 급소에 예리한 수도를 내리치고는 테이블 사이로 처박았다.

"움직이지 마."

돌연 총소리와 함께 등 뒤에서 악쓰는 소리가 들려왔다. 첫 발은 공포탄이었다. 두 번째는 어김없이 실탄이 날아와서 몸 어딘가에 박힐 것이다.

"역시! 그랬었구나."

은철의 얼굴에는 비웃음이 일고 있었다 검거조는 세 명이었다. 천천히 몸을 돌리자 눈앞에는 당장이라도 불을 토할 것만 같은 총구가 은철의 움직임을 따라 조용히 움직이고 있었다. 은철은 얼굴 가득히 조소를 띄우면서 장 형사를 노려봤다.

"비겁한 자식!"

총을 들고 있는 자가 장 형사에게 고갯짓을 했다. 수갑을 채우라는 뜻이리라. 장 형사는 마음의 갈등을 느끼고 있는 듯했다. 재촉하듯 권총이 비껴 세워졌다가 다시 은철에게 겨누어졌다. 그때 장 형사의 몸이 움직였다.

그리고는 왼팔을 사내의 겨드랑이 사이로 가져가는 동시에 재빨리 권총을 쥐고 있는 그의 오른쪽 손목을 비틀기 시작했다.

"은철아, 빨리 튀어. 빨리 튀란 말이야, 인마, 게바라를 잡을 사람은 너뿐이야."

생각하고 말고 할 것도 없었다. 은철은 지체 없이 문을 박차고 뛰쳐나갔다. 뒤에서 팔과 손목을 제압당해 악을 쓰고 있는 동료 형사의 소리가 들렸다.

"장 형사 미쳤어? 놔. 이 손 놓지 못해?"

"그래, 난 미쳤다. 대신 날 데리고 가서 구워먹든지 볶아먹든지 맘대로 하라고. 누군 속도 없는 줄 알아? 설득해서 데리고 오란 녀석은 누구고, 나를 미행시켜 너희들을 보낸 놈은 누구냐고."

한참을 뛰던 은철은 비로소 쫓아오는 자가 없다는 것을 알고 지나가는 택시를 세웠다.

강도살인 용의자로 체포하겠다는 그들의 말은 이미 금맥의 사장인 종팔의 신병을 확보하고 있다는 뜻이기도 했다. 좀더 선명한 게바라의 몽타주 외에도 효용가치가 많은 그를, 능률적이고 냉소적인 수사책임자는 서둘러서 검거했던 것이다.

그의 과거 전력에서 검거할 건수야 아무거나 들춰내도 코에 걸면 코걸이고 귀에 걸면 귀걸이다. '취조실에서 낱낱이 아뢰겠습니다.' 하고 똥파리처럼 두 손을 비비면서 미주알고주알 털어놓듯이 주절거리고 있을 그의 모습이 눈에 선했다.

그러나 게바라의 거처만큼은 자백받지 못할 것으로 여겨졌다. 통닭구이를 하고 냉면 겨자를 그의 코에 집어넣는다고 해도 그 역시 게바라의 거처를 모르고 있기 때문이었다.

숨가쁘게 달려온 경선 열차는 드디어 전국 순회를 마치고 종착역인 서울 입성을 앞두고 있었다.

야당의 경선은 서울을 눈앞에 두고서도 한치 앞을 내다볼 수 없는 치열한 접전을 벌려왔다. 현재 스코어는 불과 4백여 표를 앞서고 있을 뿐인 이영만의 박빙의 리드.

이틀 후면 두 사람은 결승선인 대선 고지에 우뚝 선 채 마주보고 있으리라. 또한 끝없이 펼쳐진 비옥한 평야를 굽어보며 각고 끝에 후보를 거머쥔 승자의 포효와, 끝없이 추락하는 패자의 비명을 두 사람에게서 동시에 듣게 될 것이다.

전국민의 관심사는 야당의 경선에 집중되고 있었다. TV연속극에 넋을 놓고 있는 주부들조차 최초의 역전이 이루어진 경북 지방의 경선을 시작으로, 뉴스시간의 채널권만을 간신히 유지하고 있는 작아진 남편 옆에서 화면을 흘깃거리게 되었다. 그리고 열차의 북상 속도가 빨라지면서부터 차츰 후보의 대담프로에도 빠지지 않게 되었다.

다정하게 악수를 나누며 청운의 꿈을 주고받던 친구 사이의 두 주인공이 거친 세파를 헤치면서 만나게 되는 우여곡절의 쌍곡선 속. 하지만 아름다웠던 시절의 순수는 사라지고 원수로 돌변하는 한 편의 드라마와도 같은 경선은, 고무줄 연속극에도 인내심을 발휘하던 그녀들에게도 생생한 다큐멘터리 논픽션의 빠른 템포 속에서 이루어지는 감동은 신선한 충격이 아닐 수가 없었다.

모계사회로 진입한 듯한 영상매체에서 소외감을 느끼고 있던 이 땅의 남성들 역시 오랜만에 대하는 선이 굵은 드라마에 열광하고 있었다.

경북 지역에 이어 전주 경선에서도 상승세를 이어가던 옥만호가 마침내 전체 득표수에서 이영만을 추월하게 된 것은 두 번째로 많은 유권자들이 포진되어 있는 부산 경남에서였다.

이영만 측의 대안 부재론에 정면대결을 피한 채 바닥권에서부터 출발한 옥만호 측의 고도로 계산된 작전의 승리였다.

경선 지역이 바뀔 때마다 조금씩 상승세를 키워가면서 상대 대의원들의 동요를 유도했고, 이탈 세력을 부추겼다. 또한 국민 참여자들에게는 기성 정치권에서는 찾아볼 수 없는 자신만의 신선한 이미지를 극

대화시킨 새로운 정치의 틀을 연일 제시하면서 마르지 않는 샘물 같은 그의 잠재력에 대한 기대치를 더욱 가중시켜나갔다.

10% 정도의 열세에서 뒤집기를 시도한 부산 경남에서 보여준 그의 저력은 결코 하루아침에 이루어진 마술의 세계가 아니었다. 드디어 탄력을 받기 시작한 대안론이 흔들리는 대세론을 밀쳐내고, 70년대 초반의 김대중, 김영삼의 경선 결과와 같은 기막힌 역전극을 보여줄 날도 멀지 않은 듯했다. 줄서기 문화에 익숙한 의원님들의 계산기 두들기는 소리가 시끄럽게 들려오기 시작했다. 그러나 옥만호의 신나는 3연승 휘파람 소리는 아쉽지만 경선 고지의 6부 능선쯤에 해당하는 충남의 경선을 끝으로 잠시 주춤해야만 했다.

상대 후보의 진영에서 가동한 '옥만호 벗기기'가 서서히 효과를 내면서부터였다. 경선캠프의 별동대에 의해 기획된 작전명은 '마야!'

때를 같이 해서 비선조직인 '이영만 대통령 만들기' 그룹의 움직임도 활발해졌다. 옥만호의 정치적 궤적에 의문을 품고 그의 연설문과 방송국에서의 대담 내용을 면밀히 분석하며, 이념의 저변을 추적하던 일부 보수적인 언론들도 개혁적인 그의 노선에 이상 징후를 느꼈는지 서서히 옥만호 때리기에 가세하고 나섰다.

"옥만호, 그는 누구인가?"

"옥만호, 그의 앞으로의 행로는?"

"좌냐, 우냐. 깃발을 보여다오."

뒤집기를 성공했을 때는 영웅열전의 한 사람으로까지 묘사되는 그가 졸지에 사상과 이념적으로 생각해볼 여지가 있는 문제아로 매도되는 분위기가 생겨났다. 그러나 대수로울 것은 없었다. 현직 대통령마저 좌파로 매도되는 세상이 아닌가?

하지만 보수우익을 대변한다는 야당의 경선이었다. 옥만호의 안정감은 조금 훼손되었다.

강직함과 청렴결백의 대명사이기도 한 그가 사실은 유명기업의 지분을 10%나 가지고 있다는 사실도 도마 위에 올랐다. 그러나 그것도 대수로울 것은 없었다. 회사설립의 동기가 된 제품의 공동제작자라는 사실이 밝혀졌기 때문이었다.

오히려 음지의 연구실에도 볕들 날이 있다는 사실을 현실로 보여준 셈이었다. 덕분에 영훈도 일반 사람들에게 유명인사로 떠올랐다. 신흥기업의 성장 과정에서 흔히 불거져나오는 비리에 관한 것에 사람들은 촉각을 곤두세웠지만 그런 것에는 지나칠 정도로 깨끗했다. 영훈이 거느리고 있는 계열기업의 주가는 무려 20%나 솟구쳤다. 그러나 옥만호의 청렴성은 조금 떨어졌다. 털어도 먼지 하나 날 것 같지 않던, 하마터면 지나칠 뻔했던 그의 주변 문제에서 '마야' 팀은 의외로 큰 것 하나를 건졌다.

그의 조부(祖父)되는 사람의 정신병력이 '마야' 팀에 의해 밝혀졌기 때문이었다. 찬스와 위기는 항상 하찮은 것에 도사리고 있었다. 10여 년을 질환에 시달리던 조부는 가산마저 탕진한 채 끝내 자살로 생을 마감했던 것이었다. 이사를 두어 번 더한 끝에 정착한 곳이 지금의 옥만호의 지역구였다.

상대방에서는 유전적인 질환을 가지고 있는 그에게, 과연 국가의 안보와 국리민복을 위한 대통령직을 맡길 수 있겠느냐 하는 의문을 강력하게 제기하고 나섰다.

정신질환과 유전자와의 관계?

웬만한 부품 몇 개는 떨어져나간 사람이 오히려 정상적인 사람 취급을 받는 별난 공화국에서 느닷없는 또라이 논쟁이 가열될 조짐이 보였다. 정신과 개업의들이 가게 선전을 위한 방송사에 대한 출연로비 전쟁도 예상되었다.

그러나 그런 소동은 그다지 일어나지 않았다. 가난한 집안 사정으로 인해 1년 정도 집안 일을 도왔던 옥만호를 '마야' 측은 정신착란 증세를 보였던 기간으로 직격탄을 날렸기 때문이었다. 다소의 증인도 확보하고 있다고 했다.

경선 기간을 열흘 정도 남겨놓은 시점에서 터져나온 폭로의 파장은 매우 컸지만 조부의 병력말고는 다분히 의도적이었다. 아니면 말라는 식의 깎아내리기 의혹도 배제할 수는 없었다. 그예로 증인이라는 사람들의 증언은 경선 기간이 끝나도록 없었기 때문이었다.

그러나 옥만호가 입은 상처는 컸다.

더웠다. 5월 초인데도 이상고온 현상은 수은주를 30도를 오르내리게 하고 있었다. 이번 여름은 얼마나 더울는지…….

드디어 옥만호 측도 복수혈전에 나섰다. '마야' 측의 폭로전을 도화선으로 해서 양쪽은 마치 잊고 있었던 일이 생각나기라도 한 것처럼 상대 후보를 수렁 속으로 밀어넣는 게임을 시작했다.

경선은 점입가경으로 접어들고 있었다. 심판도 없고 룰도 없는 총성 없는 전쟁이었다. 그 중에서도 영훈의 직할부대원들의 활약은 사생결단의 독기를 품고 있었다. 경선 지역을 달리할 때마다 희비가 엇갈렸다. 경선은 비로소 이 땅의 선거문화다운 토종 본색으로 돌아가 있었다. 어쨌든 이틀 후면 퇴로가 없는 절벽 위에 우뚝 선 두 사람만의 진검 승부로 경선이 마무리지어지게 되었다.

경선 열기로 뜨겁게 달아 있던 그날 신문의 사회면에는 부산에서 있었던 엽기적인 사건 한 토막이 실려 있었다. 해산물을 채취하는 해녀들에 의해 돌에 매달린 퉁퉁 부은 사체 한 구가 신고되었다는 내용이었다. 사체는 행방불명되었던 황 형사로 판명되었다. 공무집행중인 경찰관이 살해되었다는 것은 국가에 대한 중대한 도전이 아닐 수가 없었다. 수사본부는 왈칵 뒤집혔다.

번쩍거리는 굵은 말뚱들로 인해 수사본부는 하루 종일 몸살을 앓았다. 대책회의에서 수사본부장이 한 일이라고는 이제까지의 상황을 보고하는 것뿐이었다. 살해현장인 부산에는 날고 긴다는 베테랑들이 투입되었고, 수사본부의 조직도 대폭 보강되었다. 어제까지의 캡은 담배 심부름 정도나 할 수 있는 2선으로 물러났다.

“친구, 나 좀 볼까?”

금맥 부근의 당구장에서 마지막 남은 쓰리쿠션을 맵시 있게 마무리 짓고 세면장에서 손을 씻고 있는 땅개의 부하인 권투쟁이를 부르는 소리가 들렸다.

“아니, 이 자식은?”

야구 모자를 깊숙이 눌러쓰고 있는 젊은이는 은철이었다. 녀석은 은철을 경계하는 모습이 역력했다.

“알아보니 다행이야. 사장이 (경찰에) 딸려갔다면서?”

“그걸 어떻게 알았어?”

“나도 관련이 있어서 그래. 땅개 형은 어때?”

말하는 투로 봐서는 그때처럼 해코지를 하려고 온 것은 아닌 것으로 보였다.

“아직은. 근데 땅개 형은 왜 찾는 거야?”

그래도 녀석은 의심이 풀리지 않는 모습이었다.

"사실은 나도 수배중이야. 건수는 뭐라고 하는데?"

"과거 명동에 계실 때 있었던 일이라고 하더군."

"해결사?"

"맘대로 생각해. 근데 땅개 형은 왜?"

녀석은 잡혀간 종팔보다 직계인 땅개에서 더 신경이 쓰였던 모양이었다.

"피차 도움이 될 일이 있어서 그래. 만나게 해줄 수 없겠어? 판단은 땅개 형이 할 테니까. 넌 내 말을 전해주기만 하면 되는 거야."

또래인 줄 짐작은 하고 있었지만 스스럼없이 말을 트는 은철에게 거부감보다는 친밀함이 느껴지는 모양이었다. 녀석은 잠시 생각하는 듯하더니 시간과 장소를 말했다.

"안 돼! 이 부근에서는. 지금 여기 있는 것만으로도 신경이 쓰여서 진땀이 날 지경이야."

은철은 약속 장소를 다른 곳으로 정했다.

"오랜만이에요, 형!"

은철이 자리를 잡고 앉는 땅개에게 인사를 했다. 커피숍 구석자리의 박스가 꽉 차는 듯했다.

"무슨 일로 날 찾았어?"

퉁명스럽게 내뱉으며 두어 번 목을 꺾어보이는 시늉을 하는 땅개는 그때의 쑥스러운 기억을 의식하고 있는 듯했다. 스타일이 구겨지기는 하지만 이번 사건에 도움을 줄 수도 있다는 똘마니의 말을 듣고 그래도 솔깃한 마음에서 나온 그였다.

"사장은 영장이 떨어졌어요?"

“어젯밤에 정식으로 구속이 됐다는군.”

“형도 공범으로 되어 있을 텐데 언제까지 피해 다닐 수는 없잖아?”

“씨팔놈들이 별것 아닌 건수 가지고 사람을 죽이려고 하다니. 근데 넌 우리 사건하고는 아무 관계도 없잖아?”

“물론이죠. 하지만 사장이 이것저것 닥치는 대로 벌리는 바람에 졸지에 쫓겨다니는 신세가 돼버린 거죠.”

“너, 정말 경마장 사건의 강도 맞아?”

사실이 그렇다고 해도 곧이곧대로 말할 바보는 없을 것이다. 은철이 땅개의 단순함에 호감을 느꼈다.

“형도 참. 내가 범인이라면 나를 뻔히 알고 있는 그곳에 미쳤다고 들락거렸겠어요? 설명하자면 길어지겠지만, 단순한 우연으로 그 일에 말려든 것뿐이었어요.”

“그래? 하긴 나도 그렇게 생각은 하고 있었어.”

“그런데 이런 말 형에게 하기는 뭣하지만, 과거에 허춘삼이라고 하는 사람, 형이 기억하고 있을는지 모르겠네요.”

“허춘삼?”

땅개는 잠시 기억을 더듬는 듯하더니 이내 아는 체를 했다.

“알고말고. 몇 년 전인가 전혀 무명인 녀석들에게 당했잖아.”

“내가 바로 그 사건으로 얼마 전에 징역을 살고 나왔어요.”

“뭐? 그럼 네가 사건을 짊어지고 갔다는 그 녀석이야?”

땅개는 놀라는 표정을 감추지 못했다. 범행의 대담성도 그랬지만, 그때 젊은 녀석의 싸움 솜씨 또한 건달계에서 회자되었던 터였다. 땅개는 은철에게 호감이 갔다. 그리고 동정을 느꼈다. 어떤 사연이 개입되었는지 모르지만 6년이라는 장타를 치고 교도소 생활을 마감하고 나온 지금에도, 최소한 무기징역은 각오해야 할 강도살인이라는 누명을 쓰고 쫓겨다니는 그의 신세에 측은한 마음을 떨칠 수가 없었다.

"사실 그때도 억울하게 당해서 갔는데, 이번에도 이런 일이 생길 줄이야 누가 알았겠어요?"

계속되는 불운에 진저리가 났는지 은철이 고개를 설레설레 저었다.

"그래서?"

"그래서 혐의를 벗기 위해 나름대로 사건을 파헤쳐보기로 했던 거죠. 그런데 공교롭게도 나를 이용했던 당시 주범인 정길이란 자가 이번 사건에도 깊숙이 개입돼 있다는 것을 알게 되었어요. 그 자가 게바라와 친구 사이라는 것도 알게 됐고요. 그때부터 나는 결백을 증명하는 것도 문제지만, 정길에 대한 복수심으로 경찰에 앞서 기어코 내 손으로 그자를 잡으려고 했었죠."

"그래서 성과는 있었나?"

"완벽하지는 않지만, 이번 사건의 전모를 거의 파악할 수 있게 되었어요. 그런데 정작 정길을 잡으려고 보니 놈이 낌새를 눈치챘는지 좀체 모습을 드러내지 않잖아요? 그래서 일단은 친구인 게바라를 통해 접근을 시도해보려고 했었지만 그 역시 여의치 않고……. 그래서 결국은 경찰과 거래를 하게 된 거죠."

하지만 땅개에게 게바라의 정체를 사실대로 말할 수는 없었다. 종팔과 마찬가지로 그 역시 신세를 지고 있었기 때문이었다.

"하지만 경찰은 믿을 수가 없는 자들이었어요. 부산 사건과 같이 소동만 크게 일으켰고, 게바라의 거처를 모르는 사장을 구속시킨데다 제보자인 나까지 체포하려고 하니……. 정길이는커녕 게바라까지 잠적하게 만든 꼴이 됐잖아요."

"그러니까 게바라의 거처를 알려준다면 사건을 귀띔해줄 수 있다는 네 말을 듣고, 게바라와 관계가 있는 형님을 연행해갔는데 취조 도중에 네가 사고난 수표로 술을 마셨다는 엉뚱한 사실이 튀어나왔다는 얘기로군."

"그런 셈이죠."

"지끔쯤 경찰은 게바라와 은철이 너, 두 마리 토끼를 쫓느라고 혈안이 되어 있겠군."

"형도 포함되어 있어."

어쩌다보니 한 배를 탄 꼴이 되었다.

"해결사 사건이라면, 잘못하면 두 바퀴짜리는 될 텐데……."

은철은 말끝을 흐리면서 눈을 감았다. 땅개는 그답지 않게 한숨을 푹 내쉬었다.

"구속까지 시키는 걸 보면 게바라에 대해서는 나온 게 없나보죠?"

"그러니까 답답하지. 휴대폰도 수시로 바뀌는 그가 형님에게 거처를 가르쳐줬을 리가 있겠어?"

"그래서 찾아오긴 했는데……."

말끝을 흐리면서 땅개를 쳐다봤다. 일순 땅개의 눈이 반짝 하고 빛났다.

"나는 이렇게 생각해요. 경찰이 사장을 구속시킨 것은 일종의 인질이 아닐까 하는 생각이 들어. 사장을 손에 넣고 있으니까 게바라가 사건과 무관하다면 사장의 구명을 위해서라도 고분고분하게 찾아올 테고. 그렇게 되면 타깃은 나 하나니까 체포를 하든 설득을 하든 사건의 전모를 알아내겠다는 계산이겠죠. 사장 문제는 검찰에 송치되면 기소유예로 풀어주면 될 테고……."

“흠! 말 되네.”

“아니면 수배가 된 내가, 억울하면 찾아와서 사건의 내막을 털어놓을 수도 있다 그런 얘기 아니겠어요?”

땅개는 이번에는 고개만 끄덕였다.

“하지만 문제는, 내가 수사에 협조를 하게 되면 위기감을 느낀 정길이 그야말로 용궁까지 잠수를 탈 게 아니겠어요? 자칫 잘못하면 나만 강도사건으로 코가 꿰일 수도 있고……. 그렇게 되면 사장은 사장대로 교도소에서 만기 출소할 날짜만 하릴없이 꼽고 있을 테고.”

은철이 남아 있는 커피를 마저 마셨다.

“문제는 게바라의 소재만 파악하면 되는 건데.”

“그렇게 된다면 너도 떳떳하게 나설 수가 있잖아.”

“말하면 입만 아프죠. 혹시 형은 그에 대해서 알고 있는 게 없어요?”

땅개는 고개를 저었다. 잠시 침묵이 흘렀다.

“조동식이라고 몰라요?”

“조동식? 예전에 불곰을 잡았다는 여행사 친구 말이지? 한데 조동식은 왜?”

“맞아요. 그 사람이 게바라와 가까운 측근이라던데…….”

“그래?”

금시초문인 듯한 표정이었다.

순간 땅개는 게바라가 베푼 호의와 골목길에서의 악동 시절부터 형님으로 모셔온 종팔을 놓고 잠시 갈등했다.

그러나 오래 갈 것도 없이 땅개의 입술은 굳게 다물어졌다.

“작전을 한번 해보자는 거야?”

“게바라를 찾으려면.”

“좋아! 잘됐어! 안 그래도 쪽발이 자식들과 어울려다니는 게 밥맛으로 보였는데. 그는 지금 야쿠자 자금으로 호텔 인수를 마친 상태야. 피닉스라고 알지?”

은철은 고개를 끄덕였다.

“개업 준비를 위해 호텔 방 하나를 개인 용도로 쓰고 있어. 9층 901호실이라고 했던가?”

은철의 표정에는 그제야 만족한 미소가 스며들고 있었다.

“내가 도울 일은?”

“키를 한 개 복사해줬으면 좋겠어요.”

“그 정도쯤이야. 그리고?”

“형의 커버가 필요해. 될 수 있으면 조용하고 신속하게 마무리를 짓고 싶지만, 그의 수하들에게 방해를 받는다면 조금 어렵게 일을 풀어가지 않겠어요?”

“그렇겠지! 우호적인 분위기 속에서 회담을 끝내려면 말이야. 쓸만한 친구들로 골라 신경 쓰지 않도록 할게. 작전은 언제 할 거야?”

“빠르면 빠를수록. 열쇠는 내일이면 되겠어요?”

“해볼게.”

두 사람은 휴대폰 번호를 교환했다. 은철의 것은 오늘 아침 가리봉동에서 구입한 신용불량자나 불법체류자들이 쓰는 일명 묻지마 폰이었다.

목련이 소담스럽게 피어 있는 잘 손질된 정원을 내려다보며 영훈은 2층 거실에서 영철의 잔에 찬 맥주를 채워주고 있었다. 대지 5백 평에 외국의 유서 깊은 가문의 저택을 모방해서 지은 이 집은 영훈의 소유로, 경선 기간 동안 옥만호와 중요 인사들과의 밀담 장소로 제공되기도 했다. 벽시계의 분침이 자정을 넘긴 오늘은 이제까지의 치열했던 경선 전쟁의 대미를 장식하는 마지막 서울 경선이 있는 날이었다.

시야를 구분 못할 자욱한 포연 속에서 치른 혼신을 다한 후회 없는 한판 승부였다. 지상에서 존재하는 병법의 기책과 묘책은 죄다 동원한 듯했다. 포섭과 매수를 위해 원없이 돈을 쏟아부었다. 이제 남은 것이라고는 진인사대천명 같은 잠꼬대 소리가 아니라 누구의 운이 더 세고 질기냐에 달렸을 뿐이다.

경선에서 승리한 후보는 언제 그랬느냐는 듯이 어제의 적들의 상처를 어루만져주고, 서로에게 가했던 욕설을 화합의 술안주로 삼으며 빼앗겼던 정권창출을 위해 원래의 한몸으로 돌아올 것을 호소하리라. 또한 오늘을 한마당 축제의 장으로 승화시키려고 할 것이다.

영철은 건배를 하자는 제스처를 하면서 잔을 입으로 가져갔다. 그는 식도를 후련하게 타고 내려가는 찬 맥주의 맛을 음미하기라도 하듯이 눈을 감았다.

고아원을 떠난 후로 참으로 많은 세월이 흘렀다. 그러나 그 많은 세월 속에서도 자신만을 위했던 시간은 파월이라는 스승을 만나 무도를 익힐 때뿐인 것 같은 생각도 들었다. 파월은 그에게 많은 것을 가르쳐주었다.

파월과 그의 인연이 시작된 것은, 무작정 상경한 그가 미아리 부근의 양아치들과의 우연한 싸움 끝에서였다. 흠씬 두들겨맞은 영철을, 파월이 자신의 거처로 데리고 갔다. 전쟁 때 학교 건물을 미군에게 접수당하고 임시로 지은 가교사의 교실 한 개를 불하받았는지 아니면 무단으로 점검하고 있었는지는 모르지만, 그곳이 그의 숙소 겸 도장이었다. 파월은 세상을 활활 태울 것 같은 증오와 저주를 영철에게서 느꼈던 것이었다. 자질 같은 것은 아무래도 좋았다.

영철을 데려온 이유는 단지 그것뿐이었다. 그 역시 말 못할 사연을 지닌 인물이기 때문이었다. 그러나 그는 마지막 의발 제자인 영철에게도 자신의 과거를 털어놓지 않은 채 무덤으로 사라져갔다.

영철이 파월을 따라온 지도 1년이 지났다. 그 동안 영철의 무도에 대한 성취는 날로 일취월장했다. 그것은 그의 내면 깊숙이 잠재해 있는 마성 때문인지도 모를 일이었다. 파월 역시 그의 빠른 성장에서 삶의 의미를 찾을 정도로 열정적이었다. 내공을 수련할 때의 도장은 기이한 정적에 가라앉았지만, 외가공을 겨루는 대련 때의 기합소리는 짐승의 그것처럼 처절했고, 낡은 목조 건물은 위태롭게 흔들거렸다. 괴상한 도장에 운동을 하려고 찾아오는 수련생은 물론 없었다.

파월의 진면목이 발휘된 것은 새로 조성되고 있는 산 밑의 호화 주택가에서 미친 도베르만 종의 개가 목줄을 끊고 도장 부근까지 올라왔을 때의 일이었다. 스승은 영철에게 눈짓을 했다. 그 동안의 성취를 시험해 보기에는 절호의 기회라고 여긴 모양이었다. 자기 몸무게보다 훨씬 더 나가는 맹견과 맞선 영철이었지만, 오히려 마음은 차분하게 가라앉았고 정신은 더욱 맑아지는 것을 느꼈다. 어쩌면 그는 과거 어디쯤에서 사나운 맹수들과 겨룬 경험이 많은 것으로 보이기도 했다. 순간, 도베르만이 도약을 시도했고 영철의 발길도 맹견의 목줄기를 향해 동시에 날았다. 쿵 하고 땅에 떨어진 도베르만이 사지를 버둥거리면서 애절한 눈빛을 보인 것은 극히 찰나의 순간이었다.

도베르만에게 마지막 온정을 베푼 것은 영철이 아닌 스승이었다. 활짝 펼쳐진 그의 손바닥에서 섬광처럼 분출된 장풍은 고통 없는 영원한 안식의 나라로 도베르만을 데려다주었다. 그러나 스승은 무도 외에는 그 무엇도 할 줄 몰랐다. 철저한 도제의식에 젖어 있는 그에게 도장 청소나 취사, 세탁 등은 몽땅 영철의 몫이 될 수밖에 없었다. 생활비역시 예외가 아니었다. 가끔씩 외출을 나간 영철은 소매치기나 비슷한 직업에 종사하는 부류들에게 돈을 뜯었다. 스승은 그런 일이 싫어서 떠나간 제자들을 전송해준 경험이 많은 사람이었다. 스승은 영철이 아니었더라면 흙속에 묻힌 진주 쇼핑을 위해서 몇 번 더 거리로 나섰을 것이다.

그런 그에게 파월이라는 이름을 갖게 된 내력을 알게 된 것은 입문한 지 3년째의 어느 날이었다.

스승의 스승은 중국에서 건너왔다고 했다. 일찍이 곤륜산의 명문무예가의 후예였던 그는 내공으로 달을 깨겠다는 야망을 품고 쇠잔해진 달의 기운이 좀더 늦게까지 남아 있는 동쪽을 향해서 왔다고 했다. 그러나 그는 달을 가리고 있는 구름만 흩어지게 했을 뿐, 달을 깨는 데는 실패했다. 쓸쓸하게 이국땅에서 숨져간 스승의 뜻을 이어받기 위해 그는 이름까지 파월로 바꾸었다고 했다.

오십 평생을 정진에 정진을 거듭하던 스승이 드디어 꿈을 이루겠다고 나서던 날, 영철에게 들려준 말이었다. 그러나 스승의 도전 역시 비극으로 끝나고 말았다. 스승은 구름은커녕 달을 가리키고 있는 굵은 소나무의 가지만 볼썽사납게 부러뜨려 놓았을 뿐, 피를 한 말이나 쏟은 채 진기가 다한 그는 끝내 그날 밤을 넘기지 못했다.

그후 영철은, 스승에게서 절기는 이어받았지만 노인네들의 주책을 답습하지 않았다. 그 대신 고아원에서 동생같이 여겼던 임동하를 데리고 왔고, 세상을 저주하고 언젠가는 빚을 돌려받아야겠다고 생각하는 악마의 자질이 엿보이는 자들을 규합했다. 모자나 양말을 착용해야만 제대로 된 잠을 잘 수 있는 양아치도 있었고, 명문대 출신도 있었다.

조동식은 이른바 유학파에 해당했다.

영철은 스승인 파월을 조사로 한 파월권의 초대 장문인이 되었다. 훗날, 영철이 파라과이에서의 생활을 마치고 귀국했을 때 이들은 하나같이 지역의 맹주로 자리잡고 있었다.

"여권은 준비됐어?"

영훈이 물었다. 그도 사건의 심각성을 알고 있었다. 수사의 강도가 이제까지와는 전혀 다른 차원의 것이기 때문이었다.

"응! 동하 것하고 같이 하려니까 조금 늦어지긴 했지만 오늘 저녁 때까진 받아볼 수 있을 거야. 짜식이 괜한 실수만 하지 않았어도. 하지만 어쩌겠냐? 이왕 저질러진 일인데."

"어렸을 때부터 동하 형은 항상 성급한 것이 문제였어."

"아냐, 이번 일은 데리고 있던 KGB 저격수 출신 두 녀석이 우발적으로 저지른 모양이야."

"수배전단도 붙었는데 공항으로는 안 되잖아."

"일단은 일본으로 건너가서 나갈 예정이야. 밀항선은 이미 수배를 해놨어."

"지금 동하 형은?"

"나하고 같이 있어. 러시아 녀석들도. 경선은 어때? 잘 될 것 같아?"

영철은 이런 와중에도 경선 결과가 궁금했다. 옥만호의 승리로 확정된다면 이런 정도의 시련이야 아침햇살에 묻혀버릴 하잘 것 없는 이슬 정도로 여겨졌다. 그러나 결과에 대해 항상 낙관적이던 영훈의 표정이 이제까지와는 달라보였다.

"새로 시작하는 기분이야. 유권자 수가 만 명이 넘는 서울은 그만큼 각자의 생각도 다양한 곳이거든. 우리가 이제까지 고심했던 것은 바람이잖아. 근데 추풍령을 넘어오면서부터는 별로였잖아. 개혁 성향이 강한 그쪽의 경선이었다면 미리 샴페인을 터트릴 수도 있었을 텐데……. 하지만 걱정하지 마. 모든 걸 오늘 경선에 초점을 맞춰놨으니까."

영훈은 자신감을 잃지 않고 있었다. 그러나 불안해하고 있었다. 영철의 마음은 착잡했다. 이제까지 동생의 빛나는 성취만을 위해서 살아온 세월이었다. 결혼도 하지 않았다. 동생을 위해 자신이 맡아야 할 역할을 알고 있었기에 걸리적거리는 그런 것은 영광의 그날까지 미뤄놓은 그였다. 그러나 좀체 초조한 모습을 보이지 않던 영훈의 입에서 나온 자신감이 결여된 말이 그를 우울하게 만들었다.

"잘 될 거야. 도시란 곳은 원래 야당성이 강한 곳이잖아. 게다가 의원님은 서울과 가까운 곳 출신이기도 하고. 이제까지 촌놈들이 설쳐댔는데, 한번은 본때를 보여줄 때가 됐다고 생각하는 분위기들이야."

영훈은 소리없이 웃었다.

"이제까지 선전한 것만 해도 그게 어디야? 설혹 지면 어때? 의원님은 아직 나이가 있잖아. 너도 그렇고. 무명의 의원님이 이 정도 득표력을 인정받았다는 것은 사실상 진 게임이 아니라는 것은 누구라도 알고 있어. 마라톤 경주에서 간발의 차이로 패배한 선진 선수를 탓하는 사람은 아무도 없어. 오히려 그는 더 많은 가능성을 사람들에게 심어주는 계기를 갖게 된 거야."

영철은 만약의 경우를 생각한 위로의 말도 덧붙였다.

그러나 영훈의 반응은 냉담했다.

"그건 잘못된 생각이야. 흔해빠진 일반론이라고. 선생님은 추락하는 순간부터 모든 것을 잃게 돼 있어. 평범한 3선 의원으로 돌아갈 뿐이야. 승부를 예측할 수 없는 이런 순간에도 선생님을 견제하려는 음모는 도처에서 진행되고 있어. 이영만에 의해 선택된 운 좋은 록키 정도로만 알았던 선생님에게 진짜 차기를 노리고 있었던 거물들은 잔뜩 화가 나 있고. 정치는 록키가 입신할 수 있었던 복싱 같은 단순한 스포츠가 아냐. 주먹 하나 세다고 아무나 챔피언에 도전하는 건 아니야."

영훈은 초조해하고 있었다. 이번 경선에 이기지 못하면 모든 것이 끝장일 수도 있다는 강박관념에 사로잡혀 있었다.

"나는 사실 이번 경선에 모든 걸 걸었어. 퇴로가 없는 배수의 진을 친 셈이야. 선생님은 경선에서 실패하면 청소년을 위한 순회강연이나 하시면서 평범한 일생을 보내겠다고 하셨어."

영훈은 형의 얼굴에서 일고 있는 감정의 파장을 읽어보기라고 하듯이 뚫어지게 쳐다봤다.

"하지만 나는 안 돼. 어떻게 해서 여기까지 왔는데……. 절대로 포기할 수 없어. 꿈으로만 여기고 있던 야망을 펼쳐볼 수 있는 기회가 눈앞에 놓여 있는데 어떻게 물러날 수가 있겠어?"

영훈은 어릴 적부터 유난히 고집이 셌다. 그러나 그의 주장은 일관성이 있었고, 항상 반석처럼 든든한 이유가 있었기에 좀체 그의 고집을 꺾을 수가 없었다. 그것은 전형적인 천재들의 비타협적인 독선이기도 했다. 영철은 영훈의 말에서 움직일 수 없는 어떤 결의를 느낄 수 있었다.

　"경선에서 지더라도 포기하지 않겠다는 말은 무슨 뜻이야?"

　영훈은 심호흡을 하듯 길게 들이마신 숨을 한숨처럼 토해냈다.

　"사실 나는 선생님에게 기회가 오는 것을 차기쯤으로 생각하고 있었어. 지난날이나 앞으로 내가 이룰 재정적인 모든 것을 오직 그날만을 위한 준비였을 뿐이야. 기회가 너무 빨리 찾아왔다고 생각하긴 했었어. 하지만 그 차기라는 것도 사실은 보장된 것이 아니잖아? 사양할 것은 없다고 생각했지. 그리고 기회는 이번이 마지막이라는 것……. 다시 한 번 미련을 가져볼 수도 있지만 그건 어리석은 짓이야. 이념 성향이 다른 선생님을 견제하기 위해 이영만이 내세운 상대는 이번 경선을 거울삼아 더욱 완벽해진 조직과 전술로 선생님을 무력화시킬 것은 불을 보듯 뻔한 일이야. 아니, 그들은 집권 기간 동안 아예 뿌리째 갈아엎으려고 할지도 몰라."

　"집권에 실패한다면?"

　"결과는 마찬가지야. 신비감이 사라진 급진 성향의 선생님이 보수 정당에서의 운신의 폭은 그다지 넓지 않아. 결국 선생님은 초라한 비주류로 전락할 수밖에 없어. 그래서 나는 이번 경선에서 회사 재정이 걱정될 정도의 자금까지 투입했던 거야. 만일 결과가 내 생각대로 되지 않는다면, 어쩔 수 없이 다른 선택을 할 수밖에 없어."

　"다른 선택이라면?"

　영철은 심한 갈증을 느낀 듯 어느새 비어 있는 잔을 자기 손으로 채웠다. 영훈도 처음으로 자기 앞에 놓인 잔을 입으로 가져갔다.

　"누군가에게 유고가 생기게 할 수밖에 없어."

　"유고?"

영훈이 던진 말의 중압감에 영철은 전신이 조여오는 듯한 팽팽한 긴장감을 느꼈다. 그것은 이제까지 그의 손을 거쳤던 많은 유고와는 확실하게 구분되는 엄청난 것이었다.

"언제부터 그런 생각을 했었어?"

"선생님에게 경선 제의가 들어왔을 때부터. 부산의 동하 형에게 쓸 만한 인물을 수배해놓으라고 말한 것이 그때였으니까."

다른 수하의 인물이라면 몰라도 임동하에게만큼은 배신감이 들지 않았다. 고아원 시절부터 영훈에게 각별했던 그였기 때문이었다. 그는 죽음을 두려워하지 않는 사나이였다.

"방법은 그들을 활용하는 외에도, 몇 가지 더 생각해둔 것은 있어. 경선 기간 도중에 시도하려고 했었지만 결과를 예측할 수 없는 시소게임이 계속되어 지금까지 미뤄온 것뿐이야."

영훈의 음성은 음모를 획책하는 자들의 축축하게 젖어 있는 소곤거림이 아니었다.

"하지만 그건……."

엄청난 발상에 질리기도 했지만, 후보로 결정된 후의 강화될 경호도 맘에 걸렸다.

"선택의 여지가 없어. 기회는 영영 날아가 버리니까. 모가지를 비틀더라도 한번 찾아온 기회를 우리 앞에 주저앉혀 놔야만 해. 문제는 형의 결심이야. 형은 내게는 하나밖에 없는 가족이지만, 나는 그 이상의 의지처로 생각하고 있어. 우린 세상의 평범한 형제들과는 달라. 우린 어린 나이답지 않은 많은 생각을 하면서 성장기를 보냈어. 형도 어떤 결론을 얻은 것으로 생각하지만, 나 역시 결론을 내릴 수가 있었고 그것은 어떤 것과도 바꿀 수 없는 내 인생의 유일한 목표가 되어버렸어."

영훈은 컵의 맥주를 마저 비웠다.

"형이 아니었다면 지금의 나는 애초부터 존재하지도 않았어. 그런 내게 형의 도움은 그 어떤 것보다도 더 큰 힘이 되어줄 거야. 지금이 우리에겐 최대의 고비야. 지금에 와서 형이 다른 선택을 하리라고는 생각하지 않아."

영훈의 말은 단호했다.

극히 짧은 시간이었지만 영철로서는 많은 시간이 지나간 기분이었다. 영철의 표정이 차츰 굳어지기 시작하면서 마침내 그의 두 눈에는 특유의 섬뜩한 안광이 폭사하기 시작했다. 움직일 수 없는 어떤 확고한 결심이 그의 전신에서 타오르고 있는 듯했다. 그것은 아직도 등과 허리에 배어 있는 듯한, 영훈의 배설물에 대한 아픈 기억 때문인지도 모를 일이었다.

그래, 까짓것! 어차피 무덤으로 가는 인생이 아닌가? 그날, 여관방에서 잠든 영훈을 옆에 두고 임종을 앞둔 어머니의 여윈 손을 잡고 맹세하지 않았던가? 내게 중요한 것은 동생을 부탁하던 어머니와의 약속을 지키는 것뿐이다. 그가 추구하는 세상이 무엇인지는 모르지만, 불우했던 어린 시절부터 품고 있었던 내 생각과도 별반 다를 것이 없을 것이다.

위조된 여권은 쓸모없는 종이조각으로 변해버릴지도 모를 일이다. 특히 러시아 저격수 녀석들의 것은……. 성공하더라도 어차피 그들은 현해탄의 고기밥이 될 수밖에 없으니까…….

"딩동."

조동식이 살고 있는 아파트 차임벨이 울렸다. 귀가 시간이 항상 늦은 그였기에 올해 초등학교에 입학한 딸아이와 저녁식사를 마치고 모녀간의 단란한 시간을 보내던 조동식의 아내는 밖을 내다보았다. 낯선 방문객이었지만 깔끔한 차림의 신사였다. 예쁘게 포장된 선물꾸러미가 발 밑에 놓여 있었다.

"조동식 씨 댁인가요?"

"그렇습니다만, 어떻게 오셨나요?"

"일본에 있는 친척되는 사람입니다. 얼마 전에 통화를 했었는데 잠깐 바쁜 일이 생겨서 먼저 집으로 가 있으라고 하더군요."

"어머, 그러세요? 안 그래도 여직원에게 전화를 받고 기다리고 있는 중이에요."

문이 열리고 안으로 들어간 신사는 다름 아닌 정두섭이었다.

"안녕! 우리 예쁜 공주님. 이름이 뭘까?"

"은영이에요."

은영이는 윗니가 없는 잇몸을 드러내면서 말했다. 조동식에게는 눈에 넣어도 아프지 않을 외동딸이었다.

"그럼, 은영이는 몇 살?"

"7살."

"미운 7살이라던데. 그래도 우리 은영이는 엄마 말씀 잘 듣지?"

"네."

낯선 아저씨라서 그런지, 은영은 어머니의 치마 뒤로 조그맣게 몸을 숨겼다.

"그래서 내가 은영이 주려고 일본에서 선물을 사왔단다. 은영이 마음에 들는지 모르겠네. 한번 끌러보렴."

정두섭은 선물꾸러미를 내밀었다. 포장된 상자에서 나온 것은 레일이 딸린 기차였다. 아이가 있는 것은 알고 왔지만 성별을 몰라 은영이에게는 실수를 한 셈이었다.

"기차네!"

그러나 은영은 기차를 보고 환성을 질렀다. 전혀 실망하는 표정이 아니었다. 여자라는 고정관념에서 받아본 선물들에 식상한 은영이에게 신선한 충격이었다.

"고마워요. 아저씨. 우와! 철이가 가지고 있는 것보다 기차역이 더 많네."

아이가 의외의 선물에 만족해했다.

"아저씨가 뭐야? 오빠더러. 은영이 아빠가 내게는 아저씨뻘 되니까 은영이에게는 내가 오빠지."

정두섭은 은영이와 함께 친구처럼 기차놀이에 열중했다. 아주머니에게는 큐빅으로 장식한 18K 목걸이를 선물했다. 하지만 다이아몬드라고 했다. 큐빅과 다이아몬드를 쉽게 구분할 가정주부는 별로 없으리라는 생각에서였다.

"안녕하셨어요. 장 형사님."

은철은 장 형사에게 전화를 했다.

"야! 은철이구나. 지금 어디 있나?"

"저번엔 고마웠어요. 그때 일로 혹시나 해서 전화를 해봤는데. 그날 어떻게 됐어요? 혼나셨죠?"

"혼이 난 정도가 아냐. 중요한 범인을 검거 직전에 도피시켰는데 목이 문제가 아니라 지금쯤은 어느 교도소 뺑끼통 옆에 찌그러져 있어

야 정상이겠지. 아니면, 경찰이면 눈에 불을 켜고 있는 녀석들에게 흠
씬 두들겨맞고 어느 병동에 입원해 있거나."

"하하, 그래서 그날 어떻게 됐어요?"

"우리끼리 없었던 일로 하기로 했어. 선배랍시고 아무것도 해준 게
없는데, 그래도 자기들 손으로 옷을 벗기기는 내키지 않았던 모양이
지? 눈물이 나올 지경이더라고. 하기야 그런 의리도 없다면 누가 순사
생활을 하려고 하겠어? 어쨌든 그친구들에게는 맛이 간 하루였지. 범
인에게는 터지고, 시말서는 시말서대로 쓰고, 무슨 그런 개 같은 날이
다 있었겠나?"

장 형사의 푸념은 끝이 없을 것 같았다.

"알았어요. 그럴 것 같아서 장 형사님에게 선물을 준비해둔 게 있
어요. 이번 사건의 전모를 밝힌 노트를 우체국의 사서함에 보관해두었
는데 앞으로 몇 시간 후가 될지는 모르지만, 사서함 번호와 키가 있는
곳을 알려드릴게요. 어쩌면 오늘 중으로 돼지를 잡을지도 몰라요."

"돼지? 돼지라면 잔칫상에 빠지지 않고 올라오는 거잖아. 혹시 게
바라를 말하는 건 아냐?"

"어쨌든 다시 연락드릴게요."

흥분한 장 형사는 담배를 거꾸로 문 채 라이터를 켰다.

피닉스 호텔 902호실.

조동식이 개인 용도로 사용하고 있는 바로 옆방이다.

은철의 고물 휴대폰이 강하게 진동하기 시작했다. 한 번, 두 번, 세
번, 그리고 사이를 두고 또 한 번 울렸다. 세 번의 진동은 조동식이 지
금 룸으로 가고 있다는 뜻이고 사이를 둔 한 번은 일행을 나타내는 것
으로 혼자라는 신호였다. 절호의 기회였다. 호텔은 이미 땅개의 그룹

들에 의해 장악되어 있었다.

느닷없는 훼방꾼이 나타난다면 땅개의 패거리들에 의해 이제까지 은철이 있었던 902호로 조용히 안내될 터였다. 은철은 재빨리 일어나 901호실의 문을 열쇠로 열고 들어갔다.

조동식은 저녁식사를 마친 이맘때쯤이면 전망 좋은 곳에 위치한 사무실 겸 손님들이 접대를 위한 901호실에 들른다. 남에게 알리고 싶지 않은 잔무를 처리하기 위해서였다.

방으로 들어간 조동식은 스위치를 올렸다. 이내 실내가 밝아졌다. 환해진 조명 아래 이해할 수 없는 그림이 잠시 조동식을 어리둥절하게 했다. 책상 위에 운동화 차림의 두 발을 올려놓고 의자에 앉아 있는 사내가 눈에 들어왔기 때문이었다.

"어떻게 오셨어? 방문은 어떻게 열고?"

울화통이 치밀었지만 사내의 묘한 분위기에 압도되어 조용히 물었다. 은철이 대답 대신 책상에서 발을 내리고 의자를 조동식 쪽으로 천천히 돌렸다.

"당신 조동식이지?"

새파란 녀석이 댓바람에 반말이다.

"그렇다면?"

조동식은 부글부글 끓었지만 경계심을 늦추지 않은 채 대꾸했다. 그제야 은철이 자리에서 일어났다.

"동경에 있는 하야시 구미 친구들하고 동네를 쓸고 다니는 걸 평소부터 우리 형님이 못마땅하게 여기셨나 봐. 나더러 주의를 주라고 해서 찾아왔어."

"하하, 그래? 재미있는 녀석들이군. 네 형이란 작자는 대체 어떤 분이냐?"

그제야 조동식이 긴장을 풀기 시작했다. 기껏해야 세상 모르고 날뛰는 신흥조직의 녀석들이 업소의 이권을 챙기려고 나선 것으로 여겨졌다. 마침 몸도 근질근질하던 참이었다.

"얼마 전에 이 부근을 접수하신 분이셔. 그런데 말귀를 못 알아듣는 거 같네. 아무래도 대장인 게바라를 만나야겠구먼."

의외로 녀석은 많은 것을 알고 찾아온 것으로 보였다. 한데 저따위 녀석의 입에서 게바라 형님의 이름이 오르내리다니…….

"이 자식이?"

거친 숨소리와 함께 전광석화 같은 오른손 훅이 은철의 안면을 향해 날아갔다. 흥분을 하면 약점이 쉽게 노출되게 마련이다. 은철은 주먹을 비스듬히 흘리면서 다음 동작을 예비하지 않은 탓에 돌아간 그의 허리 아랫부분을 양팔로 껴안고 힘껏 어깨 너머로 집어던졌다.

그러나 역시 조동식은 만만한 상대가 아니었다. 가볍게 몸을 틀며 찾기를 한 그는, 은철의 계속되는 공격을 피한 후 양손을 갈퀴처럼 구부려 목 부분의 천돌혈을 찍으려고 했다. 은철은 황급히 몸을 피했다. 그러나 그것이 은철을 유인하기 위한 허초였다. 순간적으로 방심하고 있던 대퇴부의 상단을 조동식이 후려찼다. 심각한 데미지는 입지 않았지만 대번에 충격이 왔다. 공격을 당한 부분의 다리가 절름거렸다. 조동식은 재차 같은 부위를 공격해왔다. 이번에도 적중된다면 한쪽 무릎을 바닥에 꿇을지도 모를 일이었다. 위기일발.

은철은 몸을 날려 그의 턱을 향해 뛰어올랐다. 바람소리와 함께 오른발의 앞축에 정확하게 턱을 강타당한 조동식의 얼굴이 크게 젖혀졌다. 은철은 숨 돌릴 사이도 없이 중심을 잃고 있는 조동식에게 그가 당한 똑같은 급소에 왼발을 꺾어찼다. 한 번, 두 번, 세 번, 계속되는 가격에 충격을 이기지 못한 조동식의 육중한 몸이 드디어 비틀거리며 무너져내리기 시작했다. 은철은 서비스 차원에서 그의 옆구리를 다시 한 번 찍었다. 가쁜 숨을 몰아쉬고 있는 그의 얼굴은 절망으로 일그러져 있었다. 싸움이 시작되고 불과 4, 5분도 경과하지 않았다.

"골았구나!"

후회해도 버스는 떠난 뒤였다. 몸의 한쪽 기능이 정지해버린 그에게 이제는 사형집행자의 처분만 남아 있을 뿐이었다.

"대단한 실력인데. 하마터면 내가 당할 뻔했잖아."

사실이 그랬다. 승부는 종이 한 장 차이로 아슬아슬하게 가려졌던 것이다. 그러나 그 종이 한 장 차이라는 것은 일생을 투자해도 극복하지 못하는 예가 허다하다. 생과 사의 갈림길이기도 했다.

"피차 바쁜 사람들인데, 시간을 절약하기로 하는 게 어때?"

"……."

"부산의 임동하와는 같이 운동한 사이야?"

조동식은 깜짝 놀랐다.

"역시 그랬구나! 신문을 보고 알았지. 원래는 부산에서 파월권이란 도장을 했다는 것도 적혀 있더군. 내 짐작이 틀리지 않았다면 당신 조직의 핵심인물들은 모두 파월권의 고수로서 같은 스승에게서 무도를 익힌 자들이야."

녀석이 자기의 예상과는 전혀 엉뚱한 말을 꺼냈다. 도대체 찾아온 목적이 뭘까?

"그래서 어쨌다는 거야? 파월권하고 관계라도 있단 말이야?"

"파월권하고는 관계가 없어. 게바라에게는 용무가 있지만."

"게바라?"

"그럼 이쯤해서 본론으로 들어가야겠구먼. 당신은 모르겠지만 나는 오래 전부터 게바라에게 돌려받아야 할 게 있어. 자세한 내용은 나중에 알게 될 테니 생략하고, 우선 중요한 것은 지금 게바라를 만나야 한다는 거야."

조동식은 그의 말에서 보다 심각한 이유가 있을 것으로 생각되었다. 그러나 그의 부탁을 들어줄 수는 없었다.

"내 얼굴을 자세히 봐."

조동식은 은철을 노려봤다. 그제야 어디선가 한 번쯤 본 듯한 얼굴이었다. 훅! 그는 다름 아닌 금맥에 나타난 김 사장에게 1억을 뜯어갔다는 경마장의 살인강도라는 것을 알 수 있었다. 밤이었고 어두운 차 속에서였지만 틀림없는 그때 그 녀석이었다. 조동식의 등은 진땀으로 젖어 있었다. 그런데 이상한 것은 그날 보여주었던 게바라의 태도였다.

막강한 수하들을 옆에 두고도 녀석의 모습을 보고는 철수를 지시했던 것이다. 당시의 게바라는 무슨 이유에서인지는 몰라도 분명 녀석과의 말 못할 사정이 있는 것으로 여겨졌었다. 연민을 느끼고 있는 듯도 보였었다. 하지만 이렇게 집요하게 찾아다닐 줄 알았으면 사정은 달라졌을 것이다.

"나는 당신을 세 번째 보는 셈이야. 대구 경선장에서도 봤고, 금맥 앞에 주차해 있는 차에서도 봤으니까."

그러니까 에쿠스의 차 내부를 꿰뚫어봤다는 얘기도 되는 셈이었다. 조동식은 이제까지와는 비교도 되지 않는 공포를 느꼈다.

"그때 당신은 분명히 게바라 옆에 있었어."

"그럼 그때는 왜 모른 척하고 지나쳤던 거야? 세가 불리하다고 생각했기 때문에?"

"천만에. 금맥에서 마주칠 줄 알았지. 하지만 쥐새끼처럼 사라지고 말았던 거야. 내가 당신을 추적하고 찾아온 이유에 대해서는 더 이상 말할 필요가 없겠지? 최측근에 있는 당신이 그의 거처를 모른다면 말이 안 될 테니까. 어때? 이쯤해서 슬슬 털어놓는 게?"

녀석은 자신들의 내부의 일도 알고 있었다. 하지만 게바라와의 의리를 저버릴 수 없었다.

"나는 모른다. 그는 누구에게도 거처를 알려준 적이 없어."

"믿어도 될까? 하지만 아냐, 당신은 그와 임동하의 위조 여건을 건네줘야 하니까. 혹시 여기 오기 전에 게바라에게 여권을 전해주고 온 건 아닐까?"

더 이상 녀석을 속이기도 틀린 듯했다. 하지만 모른다고 버티는 것만이 유일한 방법이었다.

"그런 적 없다. 착각은 자유니까 마음대로 생각해."

"그래? 그렇다면 할 수 없는 일이지. 평생을 앉은뱅이로 살아갈 수밖에."

은철은 아킬레스건을 잘라버릴 듯 손끝을 모은 수도를 그의 발목 뒤축으로 향했다. 조동식의 얼굴은 백짓장처럼 하얗게 질려 있었다.

"나는 당신이 지금 뭔가를 잘못 생각하고 있다고 봐."

은철은 잠시 동작을 멈추고 한 번 더 기회를 주겠다는 듯이 말했다.

"게바라는 지금 수배 중이라고. 어쩌면 임동하와 같이 있을지도 모르지. 전국의 경찰이 지금 눈에 불을 켜고 그의 소재를 뒤지는 중이야. 당신은 그의 수하이기는 하지만 그의 범죄에 직접적으로 가담한 적은 없잖아. 게다가 직계도 아니고 말이야. 당신 족보는 하야시 구미에 올라있는데, 돼먹지도 않는 의리 따위에 어영부영하고 있다가는 나중에 옥석 구분 없이 같이 깨지고 마는 거야. 그렇게 되면 힘들게 만들어놓은 이 호텔은 어떻게 되는 거야? 하야시 패거리에게도 쫓겨나고 징역만 잔뜩 둘러멜 뿐이야. 또 가족은 어떡하고? 난파선에서 빨리 탈출하는 거야. 당신이 살길이라고는 게바라의 거처를 내게 말해주고 그와 손을 끊는 것밖에는 없어."

조동식은 괴로운 듯 한숨을 내쉬었다. 그러나 태도는 조금도 변하지 않았다.

"씨팔! 마음대로 하라고. 난 모른다고 했잖아."

"그래? 그렇다면 더 이상 묻지 않겠어. 경찰보다 한 발 앞서 복수를 하고 싶었는데, 당신 맘이 정 그렇다면 나도 끝장이야. 괘씸한 네 녀석에게나 보복을 할 수밖에. 네 가족까지도 모조리 없애버릴 거야."

"뭐? 가족?"

조동식의 표정에 당황해보이는 빛이 역력했다.

"가족을 어떻게 하겠다고?"

"전화해봐. 내가 어떤 결심을 하고 당신을 찾아왔는지 알려면."

은철이 휴대폰을 내밀자 조동식이 황급하게 버튼을 눌렀다.

"여보세요."

이내 아내의 음성이 흘러나왔다.

"나야, 집에 별일 없지?"

"당신 친척이라고 하는 사람이 집에 와 있어요. 당신이 보냈다고 하던데."

"이런! 빨리 은영이 바꿔봐."

기다릴 것도 없이 은영의 밝은 음성이 들려왔다.

"아빠야?"

"응, 은영이구나. 그 아저씨라는 사람 어디 있어?"

"나하고 기차놀이하고 있어. 참 좋은 아저씨야. 바꿔줄까?"

조동식은 눈앞이 캄캄했다.

"알았어. 내 곧 집으로 갈게."

조동식은 전화를 끊었다. 상대는 게바라의 거처를 알기 위해 철저한 준비를 해놓았던 것이다. 그는 당황하고 있었다. 이미 분별력을 잃고 있었다. 살인까지 저지르고 다니는 놈들이 무슨 짓인들 못하겠는가.

"게바라에게 보복을 하겠다고 했는데 그를 이길 수 있을까?"

"걱정 끊어. 그런 건 내가 신경 써야 할 일이니까. 소문을 들어서 알겠지만 난 성미가 급한 사람이야. 어쩔 거야?"

"구로동에 있는 삼영 케미칼이라는 폐건물이 있어. 원래는 고무공장이었는데 게바라가 아는 사람이 얼마 전에 인수한 곳이야."

조동식은 괴로운 듯 한숨과 함께 말을 뱉고는 얼굴을 카펫에 파묻었다.

"미안하지만 잠시만 더, 그대로 있어줘야겠어."

은철은 조동식의 수맥을 누른 후 밖으로 나왔다. 기다리고 있던 땅개가 의미 있는 눈길을 보냈다.

"된 거야?"

"고마워 형! 인수하러 오는 사람이 있을 테니까. 그때까지만 부탁해."

"알았어. 경찰 녀석들에게 종팔이 형님 일이나 잘 말해줘. 더 도울 일은 없어?”

“됐어요. 형은 게바라와 마주치게 되면 서로 맘 편할 게 없잖아.”

호텔 밖으로 나온 은철이 장 형사에게 전화를 했다. 노트가 있는 사서함의 열쇠가 있는 장소를 일러주었고, 잠들어 있는 조동식을 하룻 밤만 경찰서에서 보호해달라고 했다. 그리고 두 시간쯤 후에는 게바라가 있는 장소를 제보해주는 다른 사람의 전화가 있을 거라는 말도 덧붙였다.

은철의 이름은 연신 불러대는 장 형사의 말소리를 한쪽 귀로 흘리면서 전화를 끊은 은철은 이번에는 정두섭을 불러내 상황이 종료됐음을 알려주었다.

“게바라가 있는 곳을 알아냈어?”

“네, 지금 그리 가려고 해요.”

“위험할 텐데. 어차피 경찰에 알려줄 건데 같이 가는 게 어때?”

“안 돼요. 그자는 꼭 내 손으로 처리해야만 돼.”

“그게 어디야? 나도 같이 갈게.”

“아냐, 형은 따로 할 일이 있어. 앞으로 두 시간쯤 뒤에 장 형사라고 하는 사람에게 내가 있는 곳을 알려줘야 해.”

은철은 삼영 케미칼과 장 형사의 휴대폰 번호를 말해주었다.

한 달 남짓했던 야당의 경선은 끝이 났다.

결과는 유효투표수의 4만여 표 가운데 고작 7백여 표를 앞선 이영만의 힘겨운 승리로 돌아갔다. 옥만호는 서울 경선에서 마지막 남은 투혼을 유감없이 발휘했지만, 중반의 상승세를 되살리지 못한 채 끝내 분루를 삼켜야만 했다. 체육관을 가득 메운 사람들은 승자와 패자 할

것없이 최선을 다한 두 사람에게 아낌없는 박수를 보냈다.

승자에게 축하의 인사를 보내는 옥만호의 감회는 착잡했다. 패배의 충격을 털어버리기에는 많은 시간이 필요할 것으로 보였다. 그러나 그런 개인의 감정 따위는 오색 테이프와 꽃가루가 장내에 물결치고, 막대 풍선과 피켓을 치켜들고 일제히 후보로 선출된 이영만을 연호하며 열광하는 집단의 열기 속에서는 한낱 구름 속에 섞여든 수증기처럼 흔적도 없이 묻혀버렸다.

이윽고 당의 화합과 이영만의 대선 승리를 위해 백의종군의 자세로 다시 한 번 팔을 걷어붙이고 협력을 아끼지 않겠다는 옥만호의 결과에 승복할 줄 아는 아름다운 패자의 감동적인 연설이 있었고, 간신히 대선 후보를 거머쥔 진땀나는 이영만의 감회어린 후보 수락 연설이 있었다.

장내는 또 한 차례의 박수와 함성으로 뒤덮였다. 어제는 적이었으나 오늘은 동지로 변한 두 사람이 맞잡은 손을 번쩍 치켜들고 대미를 장식하는 화합의 제스처를 보이자 기다렸다는 듯이 카메라의 플레시가 일제히 터졌고, 승자의 팡파르는 체육관의 지붕을 날려버릴 듯이 요란스럽게 울려퍼졌다. 경선은 끝이 났고 사람들은 체육관을 나서기 시작했다.

그날은 승자를 위한 축하모임도 없었고, 패자를 위한 위로연도 없었다. 뭔가 이유를 꼬집어 말할 수는 없었지만, 양측 다 그렇게 하는 것이 좋을 것만 같은 막연한 느낌 때문인 것 같았다.

그날 밤, 옥만호는 자택의 서재에서 영훈과 함께 있었다. 물론 침울하게 가라앉은 분위기였다.

"영훈이."

옥만호는 평소의 강 회장이 아닌 제자 시절의 이름을 불렀다.

"예! 선생님."

"마치 긴 여행을 다녀온 것 같구먼. 오지의 밀림 속을 헤매기도 하고, 낯선 이방인들에게 쫓기기도 하고, 풍광 좋은 해변에서 미녀들에게 둘러싸여 맥주를 마시기도 하고, 승도 만나고 속도 만나고……. 한바탕 꾸고 난 꿈에서 이제 막 깨어난 기분이 드는군."

"장자의 꿈이었습니까?"

"아닐세. 하지만 비슷할 수도 있겠구먼. 현실보다 더 치열한 꿈속의 꿈에서 마구 휘둘리다가 비로소 사람 사는 동네의 이치를 조금은 터득하고 잠에서 깬 것 같으니까."

"선생님이 염원하던 세상을 위한 재도전의 포석도 있었습니까?"

"유감스럽게도 없었네. 그러나 학교 문을 나설 때의 꿈은 아직도 흔들리지 않고 있네. 자네를 만난 것이 내게는 행운이었어. 정리되지 않은 이념체계와 미래에 대한 목표를 확실하게 세울 수 있었으니까. 청빈이라는 상표밖에는 내세울 게 없었던 초기 의원 시절에도 굽히지 않고 의정활동에 전념할 수 있게 했던 자금은, 오늘의 나를 있게 한 결정적인 계기가 아니었을까?"

"과분한 말씀이십니다, 선생님."

"그러나 이제는 모든 것을 뒤돌아보고 정리해야 할 시점이 된 것 같아. 경선이 끝남과 동시에 내게 밀착했던 지구당 위원장들의 고민도 시작되겠지. 게다가 그 중의 반은 영훈이의 노력으로 이루어진 급조된 팀이니까. 천지개벽이라도 일어난 것처럼 이영만에게 선택받을 일이 있기 전에는 나와 같은 길을 가려는 사람은 극히 제한적인 숫자밖에 안 돼. 그들을 난처하게 해서는 안 되겠지? 나는 자네에게도 말한 바 있었지만, 이번 한번의 결과만으로 만족하고 싶어. 여기서 더 이상 머뭇거린다는 것은 웬만한 소재로는 초등학생도 웃지 않는 그런 코미디를 하겠다는 바보 같은 생각으로 여겨질 뿐이야. 그렇게 하는 것이 당도 살고 그들도 사는 길이 아니겠어?”

옥만호는 이미 오래 전부터 두 개의 가정으로 끝날 수밖에 없는 결과를 놓고 마음을 비운 것으로 보였다. 영훈의 자금도 기대할 수 없게 되었다. 만회하기 위해서는 2, 3년의 각고의 노력이 필요할 때였다. 다가올 정치적 시련도 그를 움츠러들게 했다. 솔직히 표현한다면, 이제까지 숨겨졌던 그의 나약함이 지금에 와서야 모습을 드러낸 것으로도 볼 수 있었다.

“나는 최근에야 나 자신의 한계에 비로소 눈을 뜨기 시작했어. 좀 더 유능한 인물과 인연이 되었더라면 아마 영훈이는 그 사람과 샴페인을 터트렸을지도 몰라.”

옥만호는 잠시 말을 멈추고 온화한 스승의 눈길로 영훈을 지켜봤다.

“나는 이번 경선을 통해서 많은 것을 배웠다고 할 수 있어. 평소에는 간과하고 있었던 것들이 새로운 의미로 다가왔지. 승부에는 졌지만, 세상을 보는 눈은 한층 높아졌다고 할 수 있는 셈이지. 경선이 실패로 돌아간다면 지역구를 자네에게 물려주기로 결심하고 있었어. 이제까지의 수고와 노력의 종착역은 결국 자네란 것도 알게 되었고……. 이젠, 영훈이 자네 차례야. 자네의 능력을 높이 사고 있는 이영만도 결코 반대는 하지 않을 거야. 세상은 유능하고 활력 있는 젊은이들이 펼쳐가야 하는 거야.”

옥만호의 결심은 단단해보였다. 그러나 영훈의 반응은 스승의 의견이 자기와 상반될 경우라도 우회적인 표현으로 조심스럽게 접근하던 이제까지와는 달리 정면으로 맞섰다.

"선생님은 아직 그런 말씀을 하실 때가 아닙니다. 지지세력에 대한 우려도 하실 필요가 없습니다. 항상 유동성을 내포하고 있는 그들은 어떤 변수가 작용하면 더 많은 세력을 모을 수가 있습니다. 중요한 것은, 선생님은 이영만과 끝까지 호각의 접전을 하셨다는 사실에 있습니다. 누가 나섰더라도 이영만을 곤경에 몰아넣을 수 있는 인물은 단언하건대 선생님 외에는 아무도 없습니다. 정점에 올라섰을 때 물러날 줄 아는 것은 승자의 몫이지, 선생님의 경우에는 어려운 여건 속에서도 선생님을 믿고 따라준 많은 분들에 대한 배신 행위일 뿐입니다. 아직은 시기상조로 생각됩니다."

영훈의 말은 형과 나누었던 대화와는 극히 대조되는 말이었다.

"아냐, 이건 단순한 논리로 설명되는 게 아니야. 내 결론은 이런 가정에서 출발했는지도 몰라. 만약 영훈이가 나 정도의 경력으로 경선에 나섰더라면, 7백여 표의 차이는 극복할 수 없는 대상이 아니었어. 나는 포기하려는 게 아니야. 더 큰 가능성에 희망을 걸고 싶었기 때문에 하루라도 빨리 자네에게 기회를 주려고 생각한 것뿐이야. 나는 자네를 나와 별개의 인물로 생각하지 않아. 피로해진 말을 갈아타는 것뿐이야."

"말을 갈아탄다고요?"

"그래!"

"말이라…에쿠스! 저는 달리는 야생마 에쿠스를 아주 좋아하죠. 목표를 향해 질주하는 말(馬) 말입니다."

"그야 나도 알고 있다네."

영훈은 꿈을 꾸듯 말했다.

"제 영혼 속에 살아 있는 천마는 싸움에서 승리하고 돌아오는 개선

장군이 탄 말이죠. 제 삶에 있어 불가능은 없습니다. 언제나 저를 믿으십시오."

영훈의 의지력 강해 보이는 삼각형의 눈매에서는 야망이 불타오르고 있었다. 순간 피곤해보이던 옥만호의 얼굴에 희망의 빛이 잠시 스쳤다. 하지만 그것도 잠시 뿐 경선 과정에서의 어려움을 생각하니 만사가 귀찮아졌다.

그런 옥만호의 얼굴을 바라보며 영훈이 말했다.

"선생님, 그것은 적절하지 않는 말씀입니다. 지역구를 물려받고 선생님이 뜻하신 대로 제가 의회에 진출한다고 해도 궁극적인 목표에 도달하는 것은 요원합니다. 세상은 지금 순간에도 끊임없이 변하고 있습니다. 좋은 정치란 것은 필요한 시기에 필요한 것들을 적재적소에서 기능하도록 해야 하는 것입니다. 선생님과 저의 구상은 그때쯤에는 쓸모없는 낡아빠진 탁상공론에 불과할 것입니다. 지금이야말로 시대적인 요구에 부응해야 할 때입니다. 패배의식에 젖어서는 안 됩니다. 어떤 난관을 무릅쓰고라도 우리에게 주어진 소명을 저버려서는 안 됩니다. 선생님과 저는 이제까지 숱한 난관을 극복한 바 있지 않습니까?"

"그렇지만 경선은 끝났어. 우리는 패배했고."

"아닙니다, 선생님. 경선은 끝났지만 대안이 없는 것은 아닙니다."

"대안이라니?"

극히 짧은 시간이었지만, 옥만호는 자신의 선택이 잠시 흔들리는 것을 느꼈다. 하지만 깜짝 놀란 듯한 그의 이마와 미간에는 다시 굵은 주름살이 고랑을 이루고 있었다. 부질없는 말로 여겨졌기 때문이다.

영훈은 잠시 갈등했다. 거사 계획을 털어놓는다는 것이 망설여졌기 때문이었다. 이번 일은 쥐도 새도 모르게 진행시켜야만 했다. 그에게

부담을 주지 않고 형과 자신 두 사람만이 영원한 비밀로 간직한 채 묻
어버려야만 했다. 그러나 일이 성공하고 대권을 손에 잡은 후 변심할
수도 있는 그의 발목을 잡기 위해서는 이번 일을 귀띔해둘 필요가 있
었다.

"그것은……."

영훈의 말은 낮고 조용했지만 귀기마저 띠고 있었다.

"그것은 뭔가?"

"그것은 이영만에게 어떤 유고가 생기게 하는 것입니다."

옥만호의 표정이 단번에 굳어졌다. 아니 몸 전체가 무거운 납덩이
로 변해버린 듯했다. 옥만호는 마치 싸우기라도 할 듯 영훈을 노려봤
다. 그의 말과 표정에서 정상인으로서의 대화가 가능한지를 의심하는
눈빛이기도 했다. 지극히 이성적이고 냉정한 그의 사고가 한순간에 너
무나 큰 변화를 보였기 때문이었다. 그러나 영훈은 자신이 한 말을 다
시 확인시켜주듯 또박또박 말을 이었다.

"그렇게 된다면, 고작 7백여 표 차이로 분패한 선생님 외에는 달리
대안이 없을 게 아니겠습니까?"

그제야 옥만호는 정신을 수습했다. 그리고 황당한 그의 제의에서
벗어나고 싶었다.

"아니야, 자네가 뭔가를 잘못 생각하고 있어. 그건 무모한 짓이야.
반역 행위야. 못들은 걸로 해두는 게 좋겠네."

"선생님, 저는 이미 오래 전부터 이번 일을 계획하고 있었습니다.
순간적인 충동이나 감정에서가 아닙니다. 저는 이미 각오를 마쳤습니
다. 기필코 이번 일을 성사시켜 선생님에게 대권이 돌아가도록 하겠습
니다. 어차피 국가의 기본을 변화시키려고 나선 우리가 아닙니까. 이 모

든 것은 하나의 과정에 불과할 뿐입니다. 그리고 기회는 다시 찾아오
지 않습니다."

"그러나 영훈이, 이건 성공한다는 보장이 없어. 이영만이 제거되면
서 우리에게 쏟아질 여론의 의혹이나 강도 높은 수사도 생각해봐야 하
지 않겠어? 우린 공멸할 뿐이야."

옥만호의 음성이 떨렸다. 영훈에 대한 두려움 때문이었다. 이제까
지의 영훈은 하고자 하는 일은 반드시 실행에 옮기는 무서운 집념의
소유자였다.

"선생님, 두려워하지 마십시오. 역사가 시작되어 온 이래 수도 없
이 반복되어 온 사건 중의 하나일 뿐입니다. 혁명에는 반드시 희생이
따를 수밖에 없습니다. 그리고 선생님은 실패에 대해 걱정하실 필요가
없습니다. 오늘 있었던 선생님과의 대화는 방문을 나서는 순간부터 저
의 기억 속에서는 사라질 것이기 때문입니다."

어항 속을 유영하는 금붕어의 입처럼 옥만호의 입술이 두어 번 움
직였지만 곧 굳게 다물어졌다. 영훈의 결심이 번복되는 일은 없을 것
으로 생각되어서였다.

"사실, 이번 일은 선생님에게 심려를 드리지 않고 실행에 옮기려고
했었습니다. 선생님과 저는 이영만의 유고에 대해서는 말을 아끼면서
앞으로의 정치 일정에만 전념하면 될 뿐이었습니다. 그런데도 구태여
이런 말을 하게 된 것은, 저로서도 망설이긴 했지만, 부친 같이 여기
고 있는 선생님에게 끝까지 심중의 뜻을 숨길 수가 없기 때문이었습니
다. 용서해주십시오. 물론 선생님은 이번 일에 협조를 하지 않으실 분
으로 생각하고 있습니다. 또 그렇게 하셔야만 합니다. 조용히 결과만
지켜봐 주십시오. 선생님에게 누가 되는 일은 절대로 없습니다. 결코

제게도 그런 일은 없을 것으로 단언할 수 있습니다. 이번 일은 은밀하고도 감쪽같이 처리될 것입니다. 차체의 결함으로 인한 교통사고로 위장될 수도 있고, 심장발작으로 인한 돌연사로 가장할 수도 있습니다. 이영만의 집권을 우려한 얼굴 없는 친북 극좌 세력의 저격사건으로 몰아갈 수도 있습니다. 중요한 것은, 어떤 수단 방법으로든 정해진 시간표 대로 목표에 도달해야만 합니다.”

영훈의 결심은 이미 루비콘 강을 건너고 있었다. 영훈의 자신감 넘치는 어조에 옥만호도 적잖은 심적 동요를 느끼고 있었다. 앞으로 거친 들판을 헤쳐나가야 하는 정치생활에 의기소침해 있었던 그였기에 정계은퇴를 결심했었다. 잡았다 놓쳐버린 대권의 환상은 그를 영원한 불면의 밤으로 뒤척이게 할 지도 모를 일이었다.

그러나 새로운 희망의 불빛이 보이기 시작했다. 경선 기간 동안 옥만호는 대통령이 된 꿈을 꾸고, 꾸고 또 꾸었다. 승기를 잡고 있을 때는 정적인 계파인 보스들조차 굽실대는 것으로 보였다. 아니, 자신을 알고 있는 모든 사람이 그랬다. 순간적으로 그의 마음은 정상적인 궤도를 벗어나 무한 질주를 하고 있었다. 권력의 실체를 알게 된 옥만호는 이제 어제의 그가 아니었던 것이다.

“과연 자네 말대로 될까?”

아차! 하고 실수를 했다는 느낌이 들었지만 이미 내뱉은 말을 주워 담을 수는 없는 노릇이었다. 그것은 영훈의 일에 묵시적인 동의 내지는 최소한 방관하겠다는 뜻이기도 했다. 그제야 영훈의 얼굴에서 조용한 미소가 어리기 시작했다.

“걱정하지 마십시오, 선생님. 그들은 전문가입니다. 증거 따위를 남겨놓는 어리석은 자들이 아닙니다. 오더를 준 윗선이 누구인지도 관심을 갖지 않는 자들입니다. 게다가 사건의 연결 부분은 도마뱀의 꼬리처럼 잘려나가게 되어 있습니다."

영훈은 자신만만해하고 있었다.

거사의 일정을 눈으로 묻는 듯하는 옥만호에게 영훈이 다시 말을 이었다.

"계획은 2, 3일 내로 예정하고 있습니다. 저는 이미 치밀한 사전 준비를 해놓았습니다. 실패는 있을 수 없습니다."

영훈의 말은 단호했다. 영훈은 옥만호의 태도에서 안도감을 느낀 듯 자리에서 일어났다. 경선이 끝난 지금 몸과 마음이 함께 지쳐 있는 그에게는 휴식이 필요했다.

"그럼, 선생님."

영훈이 공손히 인사를 한 뒤 밖으로 나갔다.

옥만호는 아무런 반응도 보이지 않은 채 앉은자리에서 눈을 감았다. 그리고 생각에 잠겼다.

영훈이 서재를 나서면서부터 이상하게도 조금 전의 들뜬 기분이 사라졌다. 대신 옥만호의 머릿속은 양심의 소리와 악마의 속삭임으로 온통 뒤죽박죽되었다. '영훈'이라는 최면에서 깨어난 탓인지도 모를 일이었다. 그러나 한 가지 분명한 것은, 정계 은퇴까지 결심하고 있었던 그에게 이제까지 몰랐던 영훈의 실체가 그제야 보이는 듯했다.

이영만의 유고를 계획하고 있는 영훈이 제정신이 아닌 환상에 빠진 이상 성격자로 생각되기도 했고, 번뜩이는 그의 천재도 알고 보면 태생적으로 악마의 기질을 타고났기 때문에 가능한 것으로 여겨졌다. 그 예로, 자신을 괴롭혔던 인물들은 하나 같이 그의 주변에서 사라졌거나 비참한 말로를 걷고 있었다. 그의 말을 따르지 않는다면 언젠가는 자신도 살해될지 모른다는 두려운 마음이 들었다.

영훈이 자기 몫으로 돌아올 모든 결과를 10년 후로 설정한 다음, 자신을 교묘하게 조종하고 있는 것으로 여겨지기도 했다. 그의 스케줄은 영훈이 관리하고 있었고, 모든 업무는 그와의 협의를 거쳐야만 가능했으며, 자신의 행동 하나하나에도 영훈의 통제가 따랐다. 그렇다면 나는 이제까지 그의 마술에 걸려 있었던 꼭두각시였단 말인가? 옥만호는 갑자기 긴 잠에서 깨어난 기분이 들었다. 순간적으로 감당할 수 없는 좌절감과 비애가 밀려왔다.

"안 돼. 더 이상 그의 음모에 끌려다녀서는 안 돼. 국회의원이기 전에 한 사람의 시민으로서도 반역 행위는 중지시켜야만 돼. 그리고 이건 그에 대한 배신 행위가 아니라 영훈을 살리는 길이다."

이제까지 그와의 각별했던 사제간의 정이 결심을 망설이게 했지만 옥만호의 결단은 의외로 빨랐다.

그러나 영훈에 대한 진실의 장막을 열어보일 수가 없었다. 옥만호는 내일 아침 기자회견을 자청해서 서둘러 정계은퇴를 발표하기로 했다.

자신이 없는 정치판에서 이영만의 유고는 영훈에게는 아무런 의미가 없을 것이었다. 아마도 그의 유고는 천수를 다한 그의 자택이나 병원에서 있을 것으로 여겨졌다.

그때 밖에서 노크소리가 들렸다.

"전화가 왔는데요." 아내가 말했다. "총재님이신가봐요."

옥만호는 한걸음에 전화기 앞으로 달려갔다.

"옥 의원 아니십니까? 이영만입니다."

전화의 목소리는 과연 이영만이었다. 이영만의 음성은 경선 전의 그를 대할 때보다 훨씬 정중했다. 상대를 인정한다는 뜻이기도 했다.

이영만의 전화는 패자를 배려하는 마음이 듬뿍 담긴 위로의 전화였다.

옥만호의 표정은 마치 적진에 생포되어 끌려온 패장이 도량 넓은 적장의 환대에 송구스러워하는 모습이었다. 옥만호는 몇 번인가 정계 은퇴에 대한 말을 꺼내보려고 했지만 기회를 놓치고 말았다.

"그 동안 옥의원님이 저를 많이 때렸으니 이번에는 반대로 저를 도와줘야 할 것 같습니다. 하하"

경선 기간 중에 있었던 자기 진영에서의 낯뜨거운 에피소드까지 들려주면서 옥만호의 긴장을 풀어주던 이영만은 너털웃음과 함께 화제를 바꾸었다. 이영만은 어느새 냉정한 자신으로 돌아가 있었다.

"지방선거가 코앞에 닥쳐왔는데도 지금 우리 당은 경선 후유증으로 제기능을 못할 정도로 위기에 처해 있습니다. 워낙 경선이 치열했던 탓이었겠지요. 같은 당원끼리 적과 아군이라는 깊이 팬 감정의 골은 옥 의원님과 저와의 악수와 포옹만으로 화해의 분위기는 연출할 수 있겠지만, 근본적인 문제 해결에는 도움을 주지 못할 것 같습니다. 옥의 원님의 진영에 계셨던 분들도 당의 입장은 십분 이해하지만, 하루아침에 태도를 바꿔 저나 당을 위해 헌신할 분은 소수로 생각되며, 저희 진영 사람들 역시 이영만이라는 존재는 과연 무엇인가? 하고 허약한 제게 의구심을 품고 있는 것이 지금이 현실입니다."

이영만은 착잡한 심정을 사심없이 토로했다. 옥만호는 적어도 그를 솔직한 사람이라고 생각했다.

"지금의 위기를 타개하는 데는, 편리한 과정을 선택하는 술수나 결과만을 중시하는 약은 계산으로는 통하지 않을 것으로 생각됩니다. 이럴수록 정도를 찾지 않고, 쉽게 대처할 수 있는 수단만 생각한다면 사태를 더욱 악화시킬 거라고 여겨집니다."

이영만은 잠시 말을 끊었다. 기승전결(起承轉結)을 적절히 구사하는 그의 화법을 생각하면 결론이 나올 것 같았다.

"나는 언제나 위기 때면 옥 의원님을 생각하고 찾았습니다. 이번 경선에서도 예외 없이 옥 의원님을 선택했지만, 결과는 옥 의원님에게 마음의 상처만 가중시키고 말았으니……. 하지만 우리는 이럴 때일수록 당원으로서의 의무를 생각해야 하지 않을까요? 모든 것이 내 부덕의 소치로 웃어주시고, 심기일전해 다시 한 번 당과 나라를 위해 수고를 해주셨으면 합니다. 전화상으로 이런 말 하는 것이 예의가 아니지만 형식에 얽매일 만큼 한가한 시기가 아니고, 어차피 내일은 쉬실 것이기에 마음을 정리하시라는 뜻에서 하는 말입니다만, 이번 지방선거에서 옥 의원님께서 꼭 선거대책위원장을 맡아주셔야만 하겠습니다."

옥만호는 충격으로 인해 조금 전 영훈 때와 같이 또 한 번 공황 상태에 빠져들었다. 집 안이라는 좁은 공간에서 잠시 사이에 천국과 지옥을 경험한 기분이었다.

하지만 옥만호는 이제까지 마음을 굳히고 있었던 정계은퇴라는 말은 왠지 해서는 안 될 것 같은 생각이 들었다. 이영만의 말은 계속되었다.

"나는 이런 위기 때 대처할 수 있는 능력을 발휘할 분으로 옥 의원님을 적임으로 생각하고 있습니다. 어디에 계셔도 특유의 친화력으로 두각을 나타내는 의원님이 아니십니까? 다소 잡음이 있을 수도 있지만, 개의치 말고 심도 있는 대화와 리더십으로 당을 화합으로 이끌어주십시오. 알다시피 나는 계파에 연연하는 사람이 아닙니다. 차기에 대한 인물은 어느 누구에도 가능성을 열어두고 있습니다. 옥 의원님 자신이라 생각하고 매진하셔도 무방합니다. 피곤하신데 장황하게 늘어놓아서……."

"아닙니다, 총재님!"

"그럼, 모레 의원회관에서 만나기로 할까요?"

이영만의 전화는 끊어졌다.

"선대위원장이라……."

옥만호는 일어나서 방 안을 한 바퀴 돌았다. 이영만에 대한 이제까지의 고정관념이었던, 넘어야 할 벽이라든가 타도의 대상이라는 생각은 어느새 사라졌다. 오히려 동반자로서, 그리고 정치에 입문했을 때의 훌륭한 관리자로서의 역할을 다할 수 있는 괜찮은 보스로 여겨졌다.

'나는 계파에 연연하는 사람이 아닙니다.'

'당신 자신이라 생각하고 매진하셔도 무방하겠습니다.'

이영만의 말이 귓전에 맴돌면서 그의 심장을 뜨겁게 달구고 있었다. 정계은퇴를 생각하고 있었던 조금 전까지의 자신이 경솔하게 생각되었다.

"아직도 기회는 있는데……."

영훈이 시도했던 음모나 억지가 아닌, 정치인으로서의 정도를 걸으면서 당당하게 꿈을 쟁취할 수 있는 길이 오히려 많아진 지금인데……. 갑자기 영훈의 존재가 혐오스러워졌다. 그에게 안주했던 자신이 부끄러웠다. 그는 정상적인 사고를 가진 사람이 아니다. 살인을 밥 먹듯 사주했으며, 지금은 이영만을 노리고 있다. 아무리 완전범죄를 장담한다고 해도 대선 후보가 살해되었다면 전국의 검찰과 경찰을 동원해서라도 그 전모는 반드시 밝혀질 것이다.

자신이라고 무사할 리 없다. 그는 미쳤다. 정치를 부정하는 것이 아니라 국가 자체를 부정하고 있는 것이다. 시간이 없다. 그는 당장 이영만을 어떻게 한다고 하지 않았던가?

이영만이라는 새로운 오너를 잡게 된 옥만호는 권력의 구린내에 취해 있는 구더기가 되어, 이영만도 살리고 영훈도 살릴 수 있는 조금 전의 정계은퇴라는 아름다운 선택은 어느새 잊고 있었다. 경선 과정을 거치면서 옥만호는 헛된 꿈을 너무나 많이 꾸었다. 미친 사람은 영훈만이 아니었다. 영훈의 사주에서 벗어날 길은 그것뿐이라는 듯 옥만호는 물이 새는 난파선에서 뛰어내린 사람이 구명조끼를 잡듯이 황급하게 전화통을 붙잡았다.

인간의 타락은 한계가 없었다.

그는 마침내 유다의 형상을 한 사악한 교주의 얼굴로 제자를 팔기 시작했다.

"그래요? 그럴 리가? 어쨌든 알겠습니다. 제가 집으로 찾아가 뵙도록 하지요."

이영만은 측근에게 느닷없는 외출준비를 시켰다. 이영만의 자택 부근에서 건수나 없을까 하고 대기하고 있던 기자 몇몇이 황급한 그의 외출에 특종을 예감한 듯 이영만의 차를 날아갈 듯이 뒤쫓고 있었다. 차가 목적지인 옥만호의 집 골목길로 접어들자 발빠른 그의 행보에 기자들의 얼굴에는 저절로 쓴웃음이 지어졌다.

구로동의 삼영 케미칼 부근에서 택시를 내린 은철은 먼저 건물의 구조부터 살폈다. 공장 건물은 자재나 부품을 싣고 간 탓인지, 타일이 군데군데 벗겨진 거대한 4층짜리 시멘트 건물이 흉물스럽게 서 있었다. 입구는 플라스틱 가드레일로 봉쇄되어 있었고, 경비초소는 이미 어두워진 관계로 내부가 보이지 않았다. 두꺼운 커튼으로 가려진 4층의 구석진 방과 1층 입구의 로비에 불빛이 새어나오는 것으로 봐서 사람이 있는 것 같았다. 그러나 숫자는 얼마 되지 않을 것으로 여겨졌다.

기껏해야 정길과 임동하, 그리고 러시아인들과 국내를 빠져나갈 수 배중인 측근 인물 한두 명을 포함해 오륙 명 정도로 생각되었다. 하루 이틀만 늦었어도 놈들과 마주칠 일은 적어도 국내에서는 없었으리라.

정길은 4층에 있을 것으로 짐작되었다. 은철은 재빨리 침입로를 더듬어봤다. 비상계단은 없었고, 물받이 파이프가 길게 내려져 있었다. 또한 1층에 있는 녀석들에게 배후를 공격당할 우려도 들어 은철은 정면돌파를 시도하기로 했다.

가볍게 담을 넘은 은철은 정문 옆에서 꺾어지는 지하차도의 입구에 일단 몸을 숨겼다. 낌새를 눈치채지 못했는지 정문 쪽에서는 아무런 반응이 없었다. 은철은 차고를 조사할 목적으로 둘러보았지만 승합차 밴과 벤츠 한 대만 있을 뿐 사람의 모습은 보이지 않았다. 다시 차고의 입구로 나온 은철이 이번에는 돌 몇 개를 주어 정문 쪽으로 던졌다. 그제야 반응이 있었다.

문이 열리는 소리와 함께 사방을 둘러보는 사람의 모습이 보였다. 러시아인으로 짐작되었다. 그들은 아무런 이상을 느끼지 못했는지 잠시 후 문이 닫히는 소리와 함께 잠잠해졌다.

간격을 두고 은철은 좀더 가까운 곳으로 돌을 던졌다. 이번에도 역시 문이 열리면서 좀전의 러시아인 모습이 보였다. 그렇지만 이번에는 혼자가 아니었다. 군에서는 매력을 잃었지만 손맛이 좋은 개방형의 우지기관총과 함께였다. 손때가 묻은 옛친구로 짐작되는 물건이었다.

입구에서 잠시 머뭇거린 그는 이내 차고 쪽으로 향했다. 녀석은 역시 프로였다. 은철이 대기하고 있는 차고의 입구에 이른 그는 적이 있다는 가상 아래 촉각을 곤두세우고 있다가 갑자기 거총 자세로 은철을 향해 몸을 꺾었다. 그러나 그보다 은철이 빨랐다. 상대의 유무에 확신을 갖지 못한 그의 이마에 이미 숨소리까지 세고 있었던 은철의 쇠파이프가 날아든 것은 순간적인 일이었다.

은철은 재빨리 우지를 잡고 충격으로 기능을 잃고 있는 녀석의 손가락을 방아쇠에서 떼어냈다. 그런 다음 녀석을 차고 안에 끌어넣고는 전리품으로 접수한 우지를 녀석과 같은 자세로 들고 조심스럽게 정문 쪽으로 향했다. 두꺼운 유리문 옆에서 바짝 귀를 세우고 건물 안의 동정을 살폈다. 기척 소리는 들렸지만 말 소리는 없는 것으로 봐서 한 사람밖에 없는 것으로 생각되었다. 차고 안에 가두어놓은 자의 동료이리라. 은철이 끈질기게 상대를 기다렸다. 밖으로 나간 동료가 궁금한 모양인지 드디어 녀석이 자리에서 일어나는 소리가 들렸다. 유리문을 조심스럽게 열고 나온 자는 거구인데다 덩치에 걸맞게 트럭도 부순다는 람보 기관총으로 무장하고 있었다. 은철이 그의 관자놀이에 가볍게 우지기관총 총구를 찔러넣었다. 졸지에 기습을 당한 그는 총을 땅바닥에 떨어뜨린 채 두 팔을 올렸다.

은철은 하얗게 질려 있는 녀석에게 눈짓으로 차고 쪽을 가리켰다. 거구인 그를 운반하기가 지겨워서였다. 차고에 도착한 은철은 먼저 총구를 녀석의 명치에 쑤셔박음으로서 신고식을 했고, 허리를 꺾는 녀석의 목덜미에 개머리판을 후려치는 것으로 매서운 맛배기를 보여줬으며, 주먹으로는 마수걸이로 턱을 돌려놓았다. 이어지는 소나기 펀치와 함께 마무리는 녀석의 낭심을 걷어차는 것으로 장식했다. 키대로 길게 뻗어있는 녀석은 마치 동면에 들어간 동굴 속의 곰을 연상시켰다.

　은철은 죄 많은 십자 형태로 포개어 뉘여놓고 싶었지만 예술을 즐길 시간적인 여유가 없는 까닭에 그곳을 나왔다. 조심스럽게 문을 열고 들어간 1층은 예상대로 아무도 없었다. 우지를 앞세우고 발소리를 죽이면서 올라간 2층에도 사람의 그림자는 보이지 않았다. 문제는 3층이었다.

　4층에는 분명 정길이 혼자 아니면 임동하와 같이 있을 것으로 여겨졌다. 3층 역시 아래층과는 달리 한두 명의 환영 인사가 대기하고 있을 것으로 생각되었다. 은철은 계단으로 향하다 말고 물건을 운반하는 승강기 쪽으로 눈길을 돌렸다. 자신의 뜻대로 움직여줄지는 작동을 해봐야 알겠지만, 마음만으로 곧장 타고 올라가서 정길과 맞닥뜨리고 싶었다.

　은철은 승강기의 버튼을 눌렀다. 다행히 1층에 멎어 있던 승강기는 느린 속도로 스멀거리면서 올라와 괴물처럼 입을 벌렸다. 승강기에 올라선 은철은 잠시 3층과 4층의 버튼을 놓고 갈등했다. 하지만 역시 배후를 염려해 3층을 택했다. 승강기가 3층에 멎으면서 벼락같이 튀어나온 은철은 한 사내와 눈이 마주치면서 총구를 사내 쪽으로 향한 채 벽에 몸을 붙였다.

　"손들어!"

　졸지의 상황에 당황한 상대는 가슴의 권총 케이스에 손 한 번 넣어보지 못한 채 엉거주춤 일어나 손을 들었다. 은철이 또 다른 일행을 확인하기 위해 사방을 둘러보았지만 다행히 없었다.

　"웃옷 벗어."

　총구를 사내에게 향한 채 은철이 말했다. 예상한 대로 겨드랑이 밑에는 리벌버가 매달려 있었다.

"권총 케이스도 바닥에 내려놔."

은철은 바짝 다가섰다. 사내는 한 손으로 걸치고 있는 가죽벨트를 끌러 바닥에 던졌다. 벨트가 바닥에 떨어지는 소리와 함께 은철이 우지의 개머리판을 어퍼컷으로 그의 턱을 향해 올려쳤다. 불필요한 살상은 원치 않았기 때문이다. 그런 것은 앞으로 한 시간쯤 후에 도착할 경찰의 몫이었고, 자기로서는 길목을 막고 있는 훼방꾼을 잠시 동안만 제압하면 그만이었다. 그러나 사내는 만만하게 볼 상대가 아니었다. 턱을 향해 올라오는 우지의 방아틀 뭉치와 총열을 잽싸게 잡은 그는 힘으로 은철과 맞서기 시작했다. 충성심과 함께 자신의 실력을 과신하고 있는 자로 보였다.

"동하 형! 빨리 내려와"

녀석은 은철을 벽 쪽으로 몰아붙이면서 4층에 있는 임동하에게 큰 소리로 구원을 요청했다.

"타타타타."

방아쇠에 걸려 있는 손가락이 움직이면서 몇 발의 총성이 울렸다. 계단을 급하게 내려오는 발소리가 들렸다. 은철은 벽 쪽으로 밀리는 척하면서 힘껏 사내의 몸통을 계단 쪽으로 돌렸다.

"탕."

총성이 울린 것은 거의 동시의 일이었다. 심장이 있는 등 부분을 관통당한 녀석의 얼굴이 일그러지면서 우지에 가하던 힘이 뚝 떨어졌다. 은철이 녀석을 엄폐물로 삼고 계단 밑의 사내를 향해 총탄 세례를 퍼부었다.

"타타타, 타타."

연발 사격시 제어가 곤란한 노리쇠인 탓에 은철의 손가락이 방아쇠에서 떨어질 때까지 총탄은 계속해서 사이클을 되풀이했다. 사내는 날아갈 듯이 몸을 피했다. 권총으로 기관총에 대항한다는 것은 무리다. 열세를 절감한 듯 사내가 웅크리고 있는 곳에서는 숨소리조차 들리지 않았다. 은철은 이쯤해서 정길이 등장하지 않을까 싶어 계단 쪽으로 신경을 썼다. 그러나 정길의 모습은 보이지 않았다.

"탕."

또 한 번 총소리가 울리면서 한 개만 켜놓은 형광등이 깨지는 소리가 들렸다. 어두웠던 실내가 더욱 캄캄해졌다. 녀석은 경찰이 눈에 불을 켜고 잡으려고 하는 임동하였다. 임동하는 기둥과 깨진 벽돌벽 사이의 극히 제한적인 곳에 있었다. 오랫동안 있을 곳이 아닌 것으로 판단한 은철은 기다리기로 했다. 3분, 5분, 그러나 녀석은 꿈쩍도 하지 않았다. 다급한 쪽은 오히려 은철이었다. 지금쯤 정길은 탈출을 시도하고 있을지도 모를 일이었다. 임동하와의 거리는 불과 20미터. 3, 4초면 도달할 수 있는 거리이기도 했다. 은철의 머릿속은 빠르게 회전하고 있었다. 불가능할 것으로 생각되지 않았다. 모험을 해보기로 했다.

은철은 옆에 있는 의자를 힘껏 임동하가 있는 곳으로 던졌다. 기둥 뒤쪽에서 의자가 떨어지는 소리가 들렸다. 임동하의 시선이 잠시 그쪽을 향했다. 은철은 기회를 놓치지 않고 뛰었다. 벌써 1초는 벌었다. 아니, 그 이상인지도 모를 일이다. 우지가 불을 토하기 시작했다. 적어도 기관총 사격이 있을 동안에는 그가 얼굴을 내밀지 못할 것으로 여겨졌다. 임동하가 있던 곳이 벌써 코앞으로 다가왔다. 은철은 사격을 멈추었다. 그를 유인하기 위해서였다. 녀석이 말려들지 않으면 기둥을 지나치면서 마지막 일격을 가할 생각이었다. 그러나 임동하가 모습을 드러냈다.

　그 역시 도망갈 데라고는 없는 막다른 골목이었던 것이다. 권총과 우지의 총성이 순간적으로 교차했다. 은철은 어느새 기둥을 지나쳐 있었다. 그의 뒤에는 복부에 관통상을 입은 임동하가 검붉은 피를 쏟으면서 괴로운 듯이 헐떡거리고 있었다. 경찰이 빨리 도착한다면 목숨은 건질지 모른다는 생각이 들었다.

　은철이 처음 도착했을 때 밖에서 본, 불이 켜져 있었던 4층 방은 어둠에 싸여 있었고 방문은 활짝 열려 있었다. 은철은 실내의 엄폐물을 겨냥하고 몸을 한 바퀴 굴리면서 들어가 몸을 밀착시켰다. 사람이 있는 것 같지는 않았다. 그렇다면 정길은 이미 이곳을 빠져나갔단 말인가? 그때였다. 인기척이라고는 없는 방 안에서 말소리가 들렸다.

　"은철이냐? 기다리고 있었다."

　말소리를 따라 시선을 고정시키다보니 창가의 의자에 희끄무레한 물체가 눈에 들어왔다.

　"오랜만인데 이리로 오지 그래. 쓸모없는 빈 총은 버리고."

　정체불명의 그림자는 가라앉은 쉰 목소리로 말했다. 어디선가 들어 본 음성이었다. 은철은 그가 정길임을 직감했다.

　"독사와 싸울 때 네 발, 그 다음 임동하에게 열두 발, 그리고 여덟 발, 마지막 것이 여섯 발이었으니까 지금 탄창에서 놀고 있는 실탄은 없을 거야."

　은철은 방아쇠를 당겼다. 탁 하는 쇳소리만 들릴 뿐 실탄은 발사되지 않았다. 노리쇠를 전진 후퇴시켜 다시 한 번 당겨보았지만 탄환을 차는 공이가 빈약실을 때리는 공허한 격발 소리만 울릴 뿐이었다. 은철이 일어났다. 정길과 조금 사이를 둔 의자에 앉았다.

　"오랜만이오."

"그래. 나를 찾아다니느라고 꽤 애를 썼다면서? 그런데 지금 내겐 이런 게 있는데 어떡하면 좋을까?"

정길이 책상에 올려놓은 것은 차고에서 잠들어 있는 녀석이 가지고 있는 것과 같아 보였지만 길이는 짧아 보였다. 개머리판을 제거한 탓으로 여겨졌다.

"우리 육군에 지급되어 있는 M60의 아들뻘이지. 하지만 무기는 자손들이 오히려 서열이 높잖아. 부산에 있는 친구들에게 선물로 받은 거야. 동생에게도 한 개 줬어."

"강 회장에게? 강 회장도 그런 위험한 게 필요한가요?"

"좋은 거니까. 난 좋은 거라면 뭐든지 동생에게 줬어."

정길은 담배를 꺼내 물고 라이터를 켰다. 그의 얼굴이 환하게 드러났다.

"잘된 수술로는 보이지 않아."

"그럴 거야. 원래의 인물이 시원찮은 놈이었으니까."

"어쩔 수 없는 운명으로 받아들여야지. 지금 신분 역시 그 사람일 테니까. 수술은 파라과이에서 했어요?"

"응, 그래도 그쪽에서는 날고긴다고 하는 의사 녀석이었어."

"도대체 사람은 얼마나 죽였어요?"

"넌 별걸 다 물어보는구나. 하지만 은철이 너니까 특별히 말해줄 수도 있어. 난 사실 첫 살인 외에는 별로 기억나는 게 없어. 지적을 해준다면 아, 그때 그거? 그런 정도일 뿐이야."

"마지막 살인은 최대포였죠?"

"알고 있었구나. 하지만 취미로 하는 건 아냐. 피를 묻힌다는 게 고상하다고 생각하지 않으니까. 그리고 비위생적이기도 하고. 하고 싶은 질문은 끝난 거냐?"

"아냐, 아직 있어. 그때 허춘삼 사건 때, 그러니까 내가 재판을 받고 있을 때였지. 그 당시 익명으로라도 재판부에 내가 살인을 할 줄 모르고 따라나섰다는 탄원서라도 올릴 생각은 없었어요? 내게는 무척 도움이 됐을 텐데."

"그땐 내가 파라과이에 있을 때야. 그리고 설사 이곳에 있었다고 하더라도 아마 그런 일은 없었을 걸로 생각해. 왜냐하면 끝난 사업에는 미련을 두지 않는 게 내 주의거든. 체질 탓인가봐. 하지만 미안하게 생각하고 있어."

"솔직해서 좋아요. 난 사실 당신에 대해 품고 있었던 당시의 원한을 잊기로 한 적이 있었어. 내가 구속되고 행려병자가 되어 돌아가신 스승님의 뜻을 펼쳐보려고 무도에만 심취한 적이 있었거든. 많은 정진도 있었지만, 내면의 갈등을 치유할 수 있는 깨달음을 얻은 것이 내게는 큰 수확이었어."

"어쩐지…… . 세다고 소문을 들었어."

"그런데 내게 또다시 그런 일이 생기다니. 그것도 당신과 연관된 일이 말이야. 묘한 인연이라고 생각되지 않아요?"

"그건 과거사야. 우린 지난 세상에서부터 풀지 못했던 악연이 있었던 탓이야. 그쪽 세상에 가면 이번에는 멋지게 응어리를 풀어보자꾸나. 이걸 네게 먼저 써먹을 줄이야."

정길이 총의 노리쇠를 후퇴시켰다. 노리쇠에 정착된 발톱 모양의 탄피 제거기가 탄피가 아닌 실탄을 튕겨냈다. 정길은 노리쇠를 다시 원위치시켰다.

"그건 불공평하잖아. 지금 내가 먼저 간다면 언제 올지도 모를 당신을 어떻게 기다려."

"그런 걱정은 하지 마라. 음양의 이치란 원래부터 조화를 이루게
되어 있으니까. 나는 너를 죽이고 너는 나를 죽이게 되어 있어."

정길은 가리고 있던 커튼을 활짝 열었다. 창 밖에서 펼쳐지고 있는
광경에 은철은 놀라움을 금치 못했다. 이미 포위를 끝낸 경찰들이 하
달될 명령을 기다리며 엄폐물을 이용해 거총 자세를 하고 있었기 때문
이었다. 은철을 염려한 정두섭이 약속을 어기고 장 형사에게 은철과
정길이 있는 곳을 미리 알려준 것이었다.

"네가 데리고 온 개들이야. 임동하와 싸울 때 에워싸기 시작했지."

"……."

"근데 사실은 나도 걱정되는 게 하나 있어."

"뭔데?"

"저승에 가면 먼저 가서 빳다 치는 자가 선배잖아? 그러니까. 그때
가서는 네게 형이라고 불러야 될 텐데. 그걸 지금 고약하게 생각하고
있는 중이야."

은철은 위급한 상황에서도 실소를 금치 못했다. 정길은 이미 죽음
을 각오하고 있었다.

"자, 이제 그만 일어나볼까? 여긴 답답하니까 옥상으로 올라가는
게 좋지 않겠어?"

그때 밖에서 마이크 소리가 들리면서 서치라이트가 일제히 불을 밝
혔다.

"게바라, 너는 이미 완전히 포위되었다. 투항하라. 너는 완전히 포
위되었다. 투항하라. 투항하라."

마이크 소리에 화답이라도 하듯 1층에서 요란하게 기관총 소리가

울렸고 서치라이트가 깨지는 소리가 들렸다. 차고에 있던 녀석들이 잠에서 깬 모양이었다.

"어때, 옥상에 올라가니까 시원하지? 불꽃놀이도 구경할 수 있고 말이야."

정길은 총구를 은철에게 겨눈 채 말했다.

"난 별로야. 쇠붙이 때문에 감상할 기분이 들지 않아."

"이것 때문에 그래? 물론 나도 마음에 들지 않겠지?"

"둘 다."

"교도소에서도 운동만 계속했다면서? 소문에 의하면 맞상대가 거의 없을 거라고 하던데."

은철의 얼굴에서 희미한 미소가 일었다.

"아냐, 있어. 그건 바로 당신이지."

두 사람은 이미 이심전심으로 통하고 있었다. 그것은 죽음보다 강렬한 유혹이었다. 천하제일의 고수와 겨룰 수 있다는 무도인으로서의 희열 앞에서는 모든 것이 부질없는 것. 최고의 경지에 이른 자에게 최고를 확인한다는 것은 꿈 같은 일이 아닐 수 없다. 정길의 심장은 그 희열로 인해 터져나갈 것만 같았다. 옥상에 올라온 목적은 단지 그것뿐이었다. 그 이상도 이하도 아니었다.

"총을 버리면 나도 조금은 괜찮은 인간으로 보일까?"

"물론."

정길은 물탱크의 벽면에 총을 세웠다. 이내 두 사람의 얼굴에서 웃음이 사라졌다.

정길은 파월권의 정화라고 할 수 있는 늪 속의 용이 달을 향해 비상하는 자세를 취했고, 은철은 스승의 독문 무공 중에서 자신의 손에 의해 다시 태어난 스피드를 위주로 한 섬전쾌권의 자세로 맞섰다. 선수를 양보하는 선배의 배려에 대한 예의 차원에서 선제공격은 당연히 은철의 몫이었다.

유연한 보디웍으로 눈속임을 하던 은철의 오른쪽 발이 정길의 발목을 후려차려고 뛰어든 것은 순식간의 일이었다. 본능적으로 뒤로 물러선 정길의 안면에 양 훅이 번갈아 날아갔지만 헛스윙으로 그쳤다. 숨쉴 틈도 없이 다시 은철의 앞차기가 턱을 노렸지만 무위로 돌아갔다. 그러나 섬전쾌권의 특징은 일단 시전을 하고 나면 순서에 관계없이 십여 초는 그야말로 전광석화처럼 출수가 되는 기술이었다. 웬만한 고수는 3, 4초를 견디기가 어렵다. 뭐가 걸려도 하나는 걸리게 마련이었다.

드디어 칠팔 초의 출수만에 뭔가 걸렸다. 그러나 그것은 정수리 부분의 백화혈을 겨냥한 은철의 수도가 몸을 숙이는 정길의 십자 가로막기에 걸렸을 때였다. 재빨리 손을 교차시키면서 맥문을 움켜쥔 정길에게 벗어나기 위해 은철은 허공으로 몸을 날렸다. 간신히 위기를 모면한 은철에게 이번에는 정길의 이단옆차기가 바람처럼 날아왔다. 은철은 몸을 비틀며 다시 한 번 위기를 모면했다. 그러나 그것은 은철의 오산이었다.

물탱크의 벽을 찬 정길은 착지도 하지 않은 채 탄력을 이용해 뛰어올라 이번에는 반대쪽의 오른발로 가슴을 강타했다. 옥상의 보호벽까지 밀려났지만 은철은 재빨리 반격 자세를 취했다. 한번 잡은 기회를 놓치지 않겠다는 듯 정길의 파상 공세는 계속되었다. 휘익 하는 바람 소리와 함께 돌려차기가 아슬아슬하게 안면을 스쳐갔고, 뒤이은 발뒤축차기가 명치에 꽂혔다. 휘청하는 몸을 간신히 고정시킨 은철은, 목을 겨냥하고 날아오는 수도를 피하면서 처음으로 빈틈을 보인 정길의 옆구리에 강력한 팔굽치기를 찔러넣었다. 충격을 받은 듯 주춤하는 정길에게 은철은 이번에는 그의 척추를 부러뜨릴 듯이 명문을 향해 수도를 날렸다. 둔탁한 소리와 함께 그의 상체가 세워졌다. 찬스!

고수들의 대결에서는 단 한 번의 결정적인 기회를 누가 먼저 잡느냐 하는 데서 승부의 명암이 갈린다.

숨쉴 틈도 없이 은철의 수도가 다시 정길의 목을 강타했다. 정길의 몸이 침몰 직전의 함선처럼 기우뚱거리자 은철은 마지막 결정타로 생각되는 오른손 혹을 그의 턱을 향해 날렸다. 그러나 정길은 이제까지의 상대와는 확실히 달랐다. 왼쪽 팔목을 들어 공격을 막은 그는 잽싸게 은철의 옷깃을 잡고 바닥으로 끌어당기며 회음부에 한쪽 발을 가져갔다. 이른바 누워던지기 한판이었다.

공중으로 던져진 은철의 몸이 간신히 보호벽에 부딪치면서 뒹굴었다. 그때 녀석들의 기총소사가 또다시 시작되었고, 경찰의 응사가 콩볶듯이 들려왔다.

정길은 다급함을 느꼈던지 그자리에서 몸을 날렸다. 미처 자세를 취하기도 전에 은철의 가슴에 그의 뛰어차기가 적중했다. 선혈을 한 모금 울컥 토해내는 그의 머리 위로 돌려차기가 한 차례 지나갔다가 다시 회전하며 이번에는 은철의 턱을 흔들었다. 상황은 순식간에 역전되었다. 보호벽에 몸을 의지한 은철이 다시 자세를 취했지만 이미 다리는 풀려있었다. 위기일발, 역시 정길은 한수 위였다.

가물가물 멀어지는 의식 속으로 갑자기 스승의 모습이 떠올랐다. 스승은 구급차에 실려 가는 초췌한 모습이 아닌, 평소의 엄한 자태였다. 스승은 말끔한 도복 차림으로, 주화입마에 빠지면서 중단한 자신이 경험한 모든 무공을 종합한 합연신공을 시전해보이고 있었다. 은철은 자신도 모르게 스승의 동작을 따라하고 있었다.

정길의 원투 스트레이트가 느릿하게 안면을 향해 오고 있는 것이 보였다. 은철은 꿈속에서처럼 스승이 하는 대로 오른손과 왼쪽 팔목을 번갈아 바깥쪽으로 쳐냈다. 원투가 무위로 돌아가면서 필연적으로 찾아오는 것은 홀딩.

은철은 스승이 하는 대로 허리를 옆으로 꺾었다. 정길의 몸이 바닥을 굴렀다. 스승은 공중으로 뛰어오르면서 정길의 목에 양쪽 발을 엇갈리게 놓으면서 정권공격을 얼굴의 미간으로 가져갔다. 은철도 공중으로 뛰어올랐지만, 정길은 스승 때와는 달리 어깨 넘어 바닥을 양손으로 짚으면서 공중돌기를 하며 은철의 공격을 피했다. 역시 스승은 훌륭했다. 그러나 스승은 은철을 탓하지 않았다. 열세를 절감한 정길이 드디어 진력을 끌어모은 장풍을 발출했다.

스승은 경쾌한 칠성보행법으로 장풍을 피했다. 은철 역시 완벽하게 익힌 바 있는 그 방법으로 파팟 하고 허공을 가르는 소리만 들었을 뿐이었다. 정길은 또다시 장풍을 시도했다. 그러나 그것은 단전의 진기를 끌어올려야 했기에 다소의 시간을 지체하는 것이기도 했다. 정길의 장풍과 간발의 차이로 스승의 반격이 시작되었다. 스승의 오른손 휘어치기가 정길의 턱에 작렬했고, 이어 왼손 올려치기가 가슴의 옥당혈에 명중했다. 은철도 스승이 보여준 것과 똑같이 턱을 가격했고 가슴을 명중시켰다.

일순 스승의 모습이 사라졌다.

하지만 그 다음부터 은철의 동작은 무아지경에서 이루어지는 꿈결처럼 행해졌다. 얼마 동안의 시간이 지나고 정신을 차린 은철의 눈에는 보호벽에 넝마처럼 널려 있는 정길의 모습이 보였다.

"이겼구나."

은철의 가슴은 벅찬 환희로 떨고 있었다. 비록 스승의 환영에 의해서였지만, 그것은 한으로 맺힌 혹독한 수련의 결과가 없었더라면 불가능한 일이었다. 그 환영 역시 은철의 마음이 지어낸, 스승을 사모하는 정과 합연신공에 대한 수수께끼를 무의식 상태에서야 비로소 깨칠 수 있었던 구도 정신의 결과였다.

그때 밤하늘의 어둠을 가르면서 요란한 소리를 울리며 한 대의 헬리콥터가 옥상을 선회하기 시작했다. 경찰 특공대를 태운 경찰청 소속 헬기였다. 승리에 도취한 은철은 정길을 깜박 잊고 있었다. 은철이 양쪽 팔을 활짝 펴고 흔들면서 상황이 끝났음을 알리는 신호를 보냈다. 헬기는 조심스럽게 옥상 위로 접근을 시도했다. 줄사다리가 내려지고 특공대가 내려올 차례였다. 그때였다.

요란한 기관총의 연속음과 함께 헬기를 향해 빗발처럼 총탄이 날아가기 시작했다. 놀란 헬기는 사정거리를 벗어나기 위해 급상승했다. 하마터면 함정에 빠질 뻔한 조종사의 욕지거리만 남겨놓고 헬기는 어둠 속으로 사라졌다.

"대단한 실력이었어."

보호벽을 등지고 M20을 겨누면서 정길이 말했다. 보안경이 날아간 그의 두 눈에서는 소름 끼치는 안광이 폭사하고 있었고, 바람에 휘날리는 갈기머리는 영락없이 악마를 연상시켰다.

"진작부터 자질을 인정하고 있었지만, 나를 꺾을 만큼 성장했을 줄은 몰랐다. 축하한다. 천하제일권으로 손색없는 실력이었다. 하지만 시간이 없구나. 용서해라, 은철아. 두 번씩이나 너를 죽이다니."

정길은 총구를 은철에게 향했다. 은철은 체념했다.

　그때였다. 옥상의 문이 거칠게 열리면서 번쩍 하는 섬광과 함께 온 세상이 백색과 푸른빛으로 뒤덮이는 폭염이 일어났다. 섬광탄이 폭발했던 것이었다. 그리고 연달아 총성이 울렸다.

　"은철아, 괜찮아?"

　"우리가 왔어, 은철아."

　눈을 비비면서 일어나는 은철에게 달려온 두 사람은 특공대를 자원한 장 형사와 정두섭이었다. 두 사람은 똑같이 보호안경을 쓰고 있었다.

　"정길이는?"

　"섬광탄이 터지면서 옥상에서 뛰어내렸어."

　은철은 건물 아래를 내려다보았다.

　"타타타, 타타."

　정길은 기관총을 난사하면서 포위망 속으로 돌진하고 있었다. 경찰의 사격도 일제히 정길에게 집중되고 있었다.

　"안 돼!"

　은철의 입에서는 절망에 찬 신음 소리가 새어나왔다.

　자살 행위였다. 정길은 사건의 열쇠를 혼자서만 거머쥔 채 지옥의 유황불로 뛰어들고 있었다.

　"개새끼들아……."

　누구를 향해서인지도 모를 절규가 총성 속에 묻히면서 정길의 몸이 분해되고 있었다.

　"강 회장은?"

　"조금 전에 연락을 받았는데, 강 회장 집에는 우리 팀보다 검찰 수사관들이 먼저 도착해 있었대."

“그래서요?”

“벌써 튀고 없었다는 거야. 하지만 신경 쓰지 마. 대한민국은 좁아. 도망가려고 해도 숨을 곳이 없는 곳이 이 나라야.”

정길을 자기 손으로 법정에 세우려고 했던 이제까지의 수고는 물거품으로 변하고 말았다. 정길이 없는 지금에 와서, 영훈을 체포한다고 해도 환상적인 그의 변호인단은 두 번의 살인교사로는 결코 교수대에 세우지 못하게 할 것이다. 아니, 유능한 그들은 살인교사 따위는 아예 없었던 것으로 만들 수도 있다.

허춘삼 사건에 대한 것도 자신할 수 없는 지경이 되고 말았다. 당사자가 없는 지금 돈도 빽도 없는 날건달도 아닌, 전도유망한 기업이 회장님에게 심증만으로 형을 선고할 간 큰 재판부는 없을 것이기 때문이다. 이영만의 사건을 모르는 은철이 탈진한 채 시멘트 바닥에 주저앉았다.

밤 11시. 공영방송의 뉴스라인이 시작되고 있었다.

오늘의 뉴스 초점은 역시 야당의 경선 결과였다. 체육관을 가득 매운 선거인단의 환호와 열기 속에 두 손을 번쩍 치켜들고 득의만면해 있는 당선자의 목에 화환을 걸어주며 축하의 악수를 건네는 옥만호에게 다정하게 포옹 장면을 연출해보이는 당선자의 얼굴을, 화면이 클로즈업시키고 있었다.

7백여 표의 차이로 분패한 실패자의 표정에서도 대조되는 명암의 흔적은 결코 보이지 않았지만, 어딘지 모르게 느껴지는 그의 좌절과 고독은 경희를 우울하게 했다.

지금쯤 어디에선가 실의에 잠겨 있을 영훈의 모습도 안쓰럽게 떠올랐다. 그는 지금 어디에 있을까?

침대에 누워 있던 경희는 잠을 청하기 위해 리모컨을 손으로 더듬었다. 이미 9시 정규뉴스를 시청한 탓이었다. 경희가 리모컨을 찾아 손에 들고 있을 때 화면이 바뀌었다. 이번에는 경선 장소가 아닌 밀집된 공장지대로 짐작되는 곳이었다. 방송사의 중계차가 드문드문 서 있었고 카메라의 조명과 서치라이트의 불빛이 교차하는 가운데 웅성거리고 있는 사람들 틈에서 상기된 표정의 리포트가 들뜬 목소리로 현장 중계를 하고 있었다.

새로운 뉴스였다. 내용은 부산에서 있었던 경찰관 살해사건의 용의자들과 경찰 사이에 있었던 총격전이었다. 그러나 이미 사건은 종료된 뒤였다. 사상자가 의외로 많았는지 경광등을 번쩍이면서 매미떼처럼 시끄러운 소리를 내며 줄지어 있는 구급차 속으로, 발끝에서부터 머리까지 시트로 덮여 있는 사체로 변한 듯한 물체가 들것으로 옮겨지고 있었고, 부상으로 인한 고통으로 이를 악물고 있는 사람들의 모습도 보였지만 누가 용의자이고 경찰인지는 분간이 쉽지 않았다. 그 동안 리포트는 몰려든 사람들로 인해 마이크를 떨어뜨리기라도 했는지 두 손으로 움켜쥐고 총격전이 시작되고부터의 상황을 장황하게 보도하고 있었지만, 두 명의 외국인을 포함한 나머지 용의자에 대한 신원은 아직 밝혀지지 않고 있었다.

다만 보도 내용 중에서 경희에게 충격적으로 들린 것이 있다면, 최초의 총격전이 민간인 신분의 박은철과 용의자 사이에 시작되었다는 사실이었다.

"박은철이라면?"

경희는 불안했다. 은철의 안부가 우선 걱정되었지만, 그녀의 불길한 예감은 이번 사건이 영훈과도 관련이 있을 것으로 여겨졌다. 그러나 지금의 그녀로서는 확인할 길이 없었다. 경희는 스스로에게 침착하자고 다짐했다. 단순한 동명이인일 수도 있었다. 그러나 놀란 가슴은 좀체 진정되지 않았다.

전화벨이 울린 것은 바로 그때였다. 경희는 리모컨의 전원을 끄고 수화기를 들었다.

"여보세요."

"……."

전화선 너머 상대방에게서는 이상하게도 아무런 응답이 없었다. 경희는 다시 한 번 상대방을 불러봤지만 역시 반응이 없었다. 경희는 수화기의 발신자 번호 표시를 빠르게 살펴봤지만 전화번호가 나타나지 않았다. 공중전화를 사용하고 있는 것으로 여겨졌다. 경희는 문득 스치고 지나가는 불길한 연상작용에서 아파트 동의 입구를 살펴봤다. 그리고 상가건물의 자판기에 설치되어 있는 공중전화로 눈길을 돌렸다. 그녀의 예감대로 그곳에는 사람의 모습이 보였다. 수화기를 들고 있는 그가 무심코 돌아보며, 경희와 눈길이 마주쳤다. 어두운 가로등 불빛 아래였지만 그의 얼굴을 확인한 경희의 가슴은 갑자기 뛰기 시작했다.

그는 영훈이었다. 그이가 찾아오다니…….

믿어지지 않는 꿈같은 현실이었다. 경희의 가슴은 방금 채운 맥주잔의 거품처럼 한껏 부풀어올랐다. 하지만 이런 시간에 그리고 하필이면 그런 곳에서 피로에 지친 구겨진 모습으로 서 있는 영훈은 그의 신변에 중대한 변화가 생겼음을 어렵지 않게 짐작할 수 있게 했다. 그것은 경선 후유증과는 확실하게 구분되는 그의 추락에 대한 슬픈 예감이었다. 조금 전에 있었던 TV의 보도는 그녀의 생각을 더욱 선명한 색깔로 보여주는 듯했다.

"영훈 씨, 나야. 경희예요."

병적일 만큼 깔끔했던 평소의 그와는 달리, 노타이 차림의 흐트러진 자세로 머뭇거리고 있었다. 치열한 삶을 살아왔던 이제까지의 그와는 너무나 대조적으로 보였다.

"당신이 집 앞에 와 있다는 걸 알고 있어요. 집으로 오세요. 당신 집이잖아요."

수화기를 통해 그의 한숨소리가 짧게 들려오는 듯했다. 가엾게도 그는 떨고 있었다.

"기다리고 있었어. 이리로 와요. 당신이 하고 싶은 말이라면 뭐라도 다 들어줄게. 여긴 변한 것이라고는 아무것도 없어. 방은 항상 청결하게 해놓았고. 당신이 즐겨찾는 와인도 준비돼 있어요. 수화기를 내려놓고 곧장 집으로 와요."

잠옷 차림만 아니었으면 당장이라도 뛰어가고 싶었다. 딸깍 하고 수화기가 내려지는 소리가 들렸고, 영훈의 몸이 천천히 아파트의 입구 쪽으로 돌아서는 것이 보였다. 잠시 후면 노크소리와 함께 들어온 영훈이 어색한 미소를 보이기는 하겠지만 오랜만의 재회에 대한 기쁨을 가벼운 포옹으로 대신하고는 소파에 비스듬히 기대앉을 것이다.

경희는 서둘러 술병과 안줏거리를 거실의 탁자에 준비해놓았다. 이어 흐트러진 침대시트를 정리했고, 방 안을 한 바퀴 둘러보았다. 이제 남은 것은 가볍게 문을 두들기는 소리를 기다리는 것뿐이었다. 그러나 경희의 기대와는 달리 노크소리는 좀체 들려오지 않았다. 3분, 5분, 불안해진 경희는 바깥의 자판기 쪽을 보았지만 그의 모습은 보이지 않았다. 경희는 일어나서 현관문을 열어보았지만 복도에서도 사람의 기척은 없었다.

그제야 경희는 자신의 실수를 인정하지 않을 수가 없었다. 위기에 처해 있는 지금의 상황에서, 심리적으로나 감정적으로도 균형 감각을 상실해 있는 그에게 너무나 안일하게 대했던 것이다. 쫓기는 짐승의 본능처럼 아무런 생각도 없이 그의 강한 의지는 그녀와 눈이 마주치는 순간, 발길을 돌리게 했던 것이었다.

"바보같이……. 어떻게 해서라도 당신을 도와주고 싶었는데."

경희는 그의 생명뿐만 아니라 영혼까지도 구해주고 싶었다. 시트를 둘러쓴 채 구급차에 옮겨지는 사체가 그와 관련이 있는 보안경의 남자로 생각되었다가 갑자기 영훈의 모습으로 연상되었다.

"안 돼! 가지 말아요, 영훈 씨."

경희는 승강기의 버튼을 황급히 눌렀다.

영훈은 지나가는 택시를 세웠다.

"강남 쪽으로 갑시다."

무표정한 얼굴로 말했다. 혼잡한 곳이 오히려 안전하게 여겨진 탓도 있었지만, 그런 곳에서 옥만호의 배신에 대한 생각에서도 벗어나고 싶었다. 차창 밖으로는 조금 전까지 보이지 않았던 빗방울이 떨어지고 있었다. 콜택시 안에 켜놓은 조그마한 TV에서는 정글의 세계와는 비교할 수 없을 만큼 빠른 시간에 진행되었던, 또 다른 동물들의 살육극이 있었던 현장을 재생시켜주고 있었다. 들것으로 옮겨지는 부상자와 사체들 속에서 형과 임동하의 모습을 어렵지 않게 상상할 수 있었다. 집을 뛰쳐나오면서부터 이런 사태를 짐작하긴 했지만, 막상 그들의 최후를 목격한 영훈의 얼굴은 고통으로 일그러지고 있었다. 모든 것을 일시에 삼키고 지나간 지진의 폐허 위에 홀로 앉아 있는 듯한 착잡한 느낌이 들었다.

화면은 고아원의 언덕길에서 누군가를 기다리고 있는 듯한 형의 서성거림과 바닷가에서 잃어버린 신발을 주워주면서 함박웃음을 짓고 있던 동하 형의 어린 시절의 기억까지 함께 싣고, 하나둘씩 떠나가고 있는 구급차들을 보여주고 있었다.

"과연 나는 무엇을 얻으려고 지금까지 달려왔던 것인가?"

자정이 거의 되어가는 지금 시간. 비정한 도시의 보도 위에도 나른한 피로와 함께 일탈의 방일함이 짙게 깔리고 있었다. 거리에는 방뇨를 하는 취객도 보였고, 포장마차에 힘겹게 매달려 있는 여자의 삶도 보였다.

화살처럼 지나가는 창 밖의 풍경을 바라보면서, 영훈은 자신의 내부 비밀스러운 어딘가에서 끊임없이 솟아나는 불가사의한 능력을 과신한 채 판돈을 너무 키워놓은 자가당착의 모순에 비로소 눈을 뜨기 시작했다. 한줄기 빛을 따라 짊어지고 왔던 십자가는 사실 자기와는 너무도 어울리지 않는 가당찮은 것이었다. 실패에 대한 교훈을 알지 못했던 자의 흔해빠진 후회였지만, 십자가를 짊어지기 전에 십자가의 의미를 먼저 뼈저리게 느껴야만 했던 것이었다. 그러나 모든 것은 너무 늦어버렸다.

한번도 타인에게 따스한 인간애를 느껴보지 못했고, 한번도 삶의 자고 하찮은 부분을 사랑해본 적이 없었던 남자는 택시의 쿠션에 몸을 기댄 채 눈을 감았다.

임시국회가 열리고 있는 대정부 질의장에서 대표선수로 등단한 옥만호는 경선을 통해 더욱 완숙해진 몸짓과 특유의 카랑카랑한 음성으로, 권력부패와 정부의 실정에 초점을 맞춘 열변을 토하고 있었다. 나라를 결딴낸 권력의 핵심으로 대통령 비서실장, 북한전문의 특보, 국정원장 등을 거론하면서 대북정책의 혼선과 실패를 초래했고, 대통령의 아들들에게 용돈을 제공한 장본인이라며 해임을 촉구했다. 특히 주제와는 상관없는 이영만의 가족에 대한 여당의 공격을 모략이라고 강력히 비난했다.

이어지는 질의에서 옥만호는 지방선거를 의식하고 대통령을 끌어들여야 할 필요를 느꼈는지, 국가 사정기관이 야당의 대선 후보에 대한 음해공작을 진행중이라는 증거가 있다고 전제하고는 일련의 모든 사태에 대한 국정조사와 특검제가 실시되지 않으면 대통령 탄핵소추를 암시하는 중대 결심이 있을 것이라고 선언했다.

여당의원석이 술렁거리기 시작했고, 항의와 고함이 터져나오기 시작했다. 야당의원들도 지지 않겠다는 듯이 맞고함과 야유를 보냈다. 그때였다.

소란스러운 의원석 앞에 정체불명의 청년이 나타났다. 그리고 벼락같이 단상으로 올랐다.

"타타타타, 타타."

청년은 천장을 향해 기관총을 난사했다. 혼비백산한 의원들이 의자 밑으로 몸을 숨기는 진풍경을 연출했다. 방청석의 사람들도 공포로 혼비백산했다. 돌발적인 상황이 본회의장에서 벌어지고 있었지만, 어떻게 스며들었는지 아직 경비 경찰대는 모르고 있는 듯했다.

"선생님, 행복하십니까?"

옥만호에게 총을 겨누고 있는 청년은 다름 아닌 영훈이었다. 창백

해진 옥만호의 이마에는 진땀이 흥건히 배어 있었다. 차마 예상하지
못한 상황 탓이었다.

"선생님은 변하셨습니다."

영훈의 얼굴은 증오로 이글거리고 있었다. 그러나 모든 것을 포기
해 버린 자의 허무와 자조도 섞여 있었다.

"선생님은 술 취해 기분이 좋을 때면 이런 말씀을 하셨습니다. '인
생에서 멋진 것이 뭔지 아니? 술 취해 물가의 모래밭에서 잠이 드는
거야'라는 어느 젊은 시인의 시구를 인용하는 것을 즐겨하셨습니다.
그러나 선생님의 말씀은 거짓이었습니다. 선생님은 권력에 취해 만인
지상이 자리에서 잠들기를 지상목표로 삼고 계셨습니다. 그것은 이상
을 실현하기 위한 순수함이 아니었습니다. 오직 욕망의 덩어리였을 뿐
이었습니다. 자신의 욕망을 위해서라면 누구라도 헌신짝처럼 버릴 수
있는 용기가 있는 분이었습니다. 과연 선생님은 저를 압도하는 완벽한
악마였습니다."

영훈의 말은 느렸지만 또박또박하게 이어졌다. 영훈은 뭔가를 좀더
말하고 싶어하는 표정이었지만 그러기에는 시간이 없었다.

"영훈이! 한 가지만 물어봐도 될까?"

그제야 떨리는 음성으로 옥만호가 말했다.

"……."

"왜! 하필이면 위험한 이곳을 택해야만 했었나? 내가 즐겨찾는 공
원의 산책길도 진지한 작별인사를 나누기에는 좋았을 텐데."

복도를 달려오고 있는 경비경찰들의 어지러운 구둣발 소리가 옥만
호의 귀에 들려오고 있었다. 영훈의 총구가 잠시라도 자기를 비껴가기
만을 노심초사하고 있는 경찰의 총구도 보이는 듯했다. 영훈이; 그리

고 이영만이 그랬던 것처럼 그의 수호천사는 도처에 널려 있었다.

"선생님의 마지막 강의를 도와드리기 위해서입니다. 몸으로 보여주는 기회주의와 배신의 말로에 대한 명강의는 오랫동안 의원님들의 기억에 남을 것입니다."

"영훈이!"

옥만호는 다시 무슨 말인가를 하려고 했다. 조금만 지체할 수 있다면 기적은 현실로 나타날 수 있다. 그러나 영훈의 작별인사가 더 빨랐다.

"선생님을 끝까지 보관하지 못한 저를 용서해주십시오."

"영훈이!"

옥만호의 혀끝이 말려드는 듯했다.

"그럼! 선생님."

타타타타, 타타.

영훈의 M240이 거대한 괴수의 입에서 뿜어져나오는 불길처럼 불을 토하기 시작했다. 때를 같이해서 방청석에 있던 경찰의 총구에서도 총탄이 발사되었다. 영훈은 재빨리 연단으로 몸을 피했다. 그리고는 이미 몸을 숨기고 있는 의원석 위로 총탄 세례를 퍼부었다. 핵심의 접근에만 치중했던 자신의 비합리, 비타협적인 모순들이 요란한 총성과 함께 바닥에 구르고 있는 듯이 보였다. 형의 마지막 모습이 어린 시절 그와 함께 보았던 삼류극장의 낡은 필름처럼 어른거렸다.

이윽고 영훈의 총구에서 탕 하는 마지막 남은 한 발의 총성이 단말마의 비명처럼 울리면서 이마에 피와 뇌수를 뒤집어쓴 채 이내 단상에서 쓰러졌다. 그의 입술이 잠시 움직였다.

짧은 생애에서 느꼈던 그 무언가를 거창한 구호가 아닌 작은 목소리로 누군가에게 말해주고 싶었는지도 모를 일이었다.

　단정한 단발머리의 여행원에게 처음 말을 걸었을 때처럼…….

　어쩌면 그녀를 떠올렸는지도 모를 일이었다.

　에쿠스의 무한질주를 사랑했던 영훈! 그의 빛나는 천재는 욕망의
덧에 걸리고 말았다. 그의 에쿠스는 결국 현실 세계로 개선하지 못하
고 불귀의 객이 되고 말았다.

에쿠스

초판 1쇄 인쇄   2004년 5월 27일
초판 1쇄 발행   2004년 6월 3일
저자   박연명
펴낸이   조인숙
펴낸곳   일송북
출판등록   1998년 8월 13일 제6-1382
주소   서울시 중구 신당동 145-5
전화번호   2237-1673,9985
팩스   2237-7037
이메일   minato3@hanmail.net
값   9,500원
ISBN   89-5732-013-X 04810